Serial Studies in Ethnic American Literature

美国少数族裔文学研究丛书

总主编：张龙海

美国本土裔文学研究论集

Studies Collection in Native American Literature

陆晓蕾◎编著

厦门大学出版社 XIAMEN UNIVERSITY PRESS
国家一级出版社
全国百佳图书出版单位

图书在版编目(CIP)数据

美国本土裔文学研究论集/陆晓蕾编著.—厦门:厦门大学出版社,2021.6
(美国少数族裔文学研究丛书)
ISBN 978-7-5615-7720-2

Ⅰ.①美… Ⅱ.①陆… Ⅲ.①美国印第安人—文学研究—美国—文集
Ⅳ.①I712.06-53

中国版本图书馆 CIP 数据核字(2020)第 012749 号

出 版 人 郑文礼
责任编辑 高奕欢
封面设计 李夏凌
技术编辑 许克华

出版发行 厦门大学出版社
社 址 厦门市软件园二期望海路 39 号
邮政编码 361008
总 机 0592-2181111 0592-2181406(传真)
营销中心 0592-2184458 0592-2181365
网 址 http://www.xmupress.com
邮 箱 xmup@xmupress.com
印 刷 厦门集大印刷有限公司

开本 720 mm×1 000 mm 1/16
印张 20.5
字数 360 千字
版次 2021 年 6 月第 1 版
印次 2021 年 6 月第 1 次印刷
定价 78.00 元

本书如有印装质量问题请直接寄承印厂调换

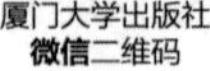

厦门大学出版社
微信二维码

厦门大学出版社
微博二维码

总 序

《美国少数族裔文学研究论丛》付梓之际,我顿觉轻松,思绪也随之走远。

早在2012年就有了编著这套论丛的想法。当时厦门大学召开繁荣哲学社会科学大会,提出“哲学社会科学繁荣计划”,计划每年专门拿出一亿元,用于支持文科科学研究,力争到2021年百年校庆之时,形成哲学社会科学研究的“厦大学派”。受此“繁荣计划”的激励,我顿时心潮澎湃,想着如何结合自己的美国少数族裔文学研究领域,申报大工程、大项目。于是,这套论丛的想法就有了。

虽然有了想法,但是,本论丛却迟迟没有出来。主要原因是在实际操作过程中碰到了一些难点,而这些难点现在反倒成了本论丛的特点:如何把握这些少数族裔文学之间的关系,如何处理综述和单个作家(作品)研究之间的关系,如何处理经典热门作家与新近冷门作家之间的关系。首先是美国少数族裔文学之间发展的不平衡。从历史、规模方面来看,美国犹太文学和美国非裔文学的确是首屈一指,而作为后来崛起的美国亚裔文学、美国拉美裔文学和美国本土裔文学也在奋起直追。考虑到美国华裔文学在国内正在吸引越来越多的关注,且研究成果不断增加,遂将其单列。其次,对族裔文学研究既有较为宏观的文化、历史层面的综述,也有较为微观的单个作家、作品的文本分析。因此,本论丛在选取论文时特别考虑到这两者之间的比例。最后,每个族裔文学中都有著名的代表性作家和作品,也有刚刚出道的年轻作家及其新作,既有族裔性主题明显的作品,也有族裔性不甚明显,甚至没有的作品。因此,本论丛尽量涵盖各族裔文学研究的特点,既紧紧抓住显性,也不放过隐性。

本论丛主要包括《美国犹太文学研究论集》《美国非裔文学研究论集》《美国亚裔文学研究论集》《美国华裔文学研究论集》《美国拉美裔文学研究论集》《美国本土裔文学研究论集》等。

《美国犹太文学研究论集》主要探讨犹太文学作品中明显的犹太主题或人物，如犹太大屠杀、犹太女性书写、犹太移民和知识分子形象等，研究视角包括创伤理论、形象研究、权力关系、叙事策略和文体风格等。涉及的作家既有经典的美国犹太作家（如索尔·贝娄、伯纳德·马拉默德、菲利浦·罗斯、辛西娅·欧芝克、哈依穆·波特克等），也有新近的年轻犹太作家（如阿丽嘉·古德曼、格蕾斯·佩蕾等），关于 E.L. 多克特罗《上帝之城》的犹太空间意识和保罗·奥斯特《玻璃城》中隐含的犹太性的论文也收录其中，这些年轻的作家往往没被纳入美国犹太作家的行列。由此可见，本书对主要的美国犹太作家及其作品都有论及，可以当作一本以研究作品为主的美国犹太文学简史。

《美国非裔文学研究论集》收集了近二三十年美国非裔文学研究领域的论文成果，以论文的学术质量为标准，以覆盖非裔文学发展的全过程为目标。尤其注意在一定程度上矫正我国非裔美国文学研究中出现的"超经典化"现象——即研究对象过于集中于几位获奖作家的代表作品——着意收录了一些涉及曾经被学界忽视的早期作家及其诗歌、戏剧、文学理论的研究成果，以期较全面地展示非裔文学研究的丰硕成果，同时也提供一本全面了解非裔文学发展史的辅助资料。

《美国亚裔文学研究论集》以美国亚裔文学的总体性研究为开端，收录了亚裔各个族裔文学分支的研究成果——日裔、韩裔、印度裔、菲律宾裔和越南裔文学中的经典作家和作品研究。作为《美国华裔文学研究论集》的外延，该论集以较为全面的视角展示了我国学者在美国亚裔文学研究领域的论文成果。

《美国华裔文学研究论集》采取总分结构——既关注美国华裔文学的总体性研究，也着重于经典华裔作家，如汤亭亭、赵健秀、谭恩美和黄哲伦这四位作家的研究。与此同时，论集还收录了一些我国学者较少关注的华裔作家的相关研究成果。该论文集是一部既涵盖华裔文学发展史也包含作家、作品的美国华裔文学研究的辅助资料。

《美国拉美裔文学研究论集》以成长主题、历史书写、女性视角、身份建构、文化再现和综合论述等为主题，涉及墨西哥裔、古巴裔、多米尼加裔、波多黎各裔等作家及其作品研究。来自不同拉美国家的移民及其后代语言共通，但由于原生国家的历史政治经济发展各不相同，因此在民族、种族和社会经济方面存在异质性。因此,在选取论文的过程中既考虑到族裔的代表性,也考虑到主题的关联性。

《美国本土裔文学研究论集》从美国本土裔文学历史叙事出发,以"口述与书写:本土裔典仪与印第安形象"、"现实与记忆:本土裔作品中的语言策略与政治话语"、"传统与当下:族裔与主流边界的在场与缺失"、"碰撞与融合:本土裔作品中的多元杂糅空间"、"人文与自然:本土裔作品中的生态景观"为主题,收录了近三十篇国内学者的相关研究论文,系统梳理了本土裔研究的发展脉络,为本土裔文学研究提供有价值的参考。

张龙海

2019年5月25日

于厦门陋斋

前　言

《美国本土裔文学论丛》从本土裔美国文学历史叙事出发，以“口述与书写：本土裔典仪与印第安形象”“现实与记忆：本土裔作品中的语言策略与政治话语”“传统与当下：族裔与主流边界的在场与缺失”“碰撞与融合：本土裔作品中的多元杂糅空间”“人文与自然：本土裔作品中的生态景观”为主题，收录了近三十篇国内学者的相关研究论文。

入选作家方面，人选广泛而有所侧重，不仅包括19世纪60年代美国本土裔文艺复兴时期的斯科特·莫马迪（N. Scott Momaday）、莱斯利·马蒙·西尔科（Leslie Marmon Silko）、路易斯·厄德里克（Louise Erdrich）、杰拉德·维兹诺（Gerald Vizenor）、琳达·霍根（Linda Hogan）、詹姆斯·韦尔奇（James Welch）等“第一代”本土裔优秀作家，也包括谢尔曼·阿莱克西（Sherman Alexie）等后起之秀。研究视角方面，本书涵盖了口述传统、本土裔传统的现代书写研究，恶作剧者与后印第安武士等形象研究，生态景观研究等。本书系统梳理了国内本土裔研究的发展脉络，可为美国族裔文学研究提供有价值的参考。

编选论文时，为保证全书体例相对统一，对少数论文格式做了一些调整。在此，对本书所选论文的作者表示感谢！

本论文集是厦门大学哲学社会科学繁荣计划“厦门大学美国少数族裔文学研究文库”的子课题之一，同时，还得到教育部人文社会科学研究青年基金（18YJCZH117）和中央高校基本科研基金（20720191053）的支持。

陆晓蕾

2021年1月

目 录

序 篇

第一部分 口述与书写:本土裔典仪与印第安形象

第二部分 现实与记忆:本土裔作品中的语言策略与政治话语

第三部分 传统与当下:族裔与主流边界的在场与缺失

第四部分 碰撞与融合:本土裔作品中的多元杂糅空间

第五部分 人文与自然:本土裔作品中的生态景观

综 述

序篇

关于本土裔美国文学历史叙事的思考

张　冲*

（复旦大学外国语言文学学院）

摘　要：以历史叙事的方式描述本土裔美国文学的发展会遇到一系列问题，而认识、思考这些问题并寻找可行的对策，不仅对这一描述本身具有现实意义，也能为认识美国其他族裔文学的发展提供有学术意义的参照。

关键词：本土裔美国文学；美国文学史

对本土裔美国文学[①]发展的历史叙述，随着20世纪七八十年代"重构美国文学史"的学术走向[②]而初显端倪，目前已经有了比较丰富的成果。初期多以文学史著作的章节或部分的形式出现，如埃利奥特（Emory Elliott）的《哥伦比亚合众国文学史》（1988）[③]，开篇就是著名美国本土作家莫马迪（N. Scott Momady）的《本土的声音》，展现北美印第安各民族在欧洲人涉足北美大陆之前的悠久历史和辉煌文化传统，论述这一传统在文学上的体现，以及它对后来及当今本土裔美国文学兴盛的重要意义。这一时期的美国文学选集也开始收入以英语记录或译出的本土口头文学文本，以及后来以英语撰写的书面本土裔文学作品。如果把出现在这些选篇之前的"导言"拼在一起，大致也能成为一篇"本土裔美国文学发展简述"或"概要"一类的文章。1990年，鲁奥夫（A.

---

* 作者简介：张冲，教授，主要研究方向为莎士比亚戏剧、美国本土裔文学。

① 目前国际上、特别是美国国内，本土族裔学者和作家为主的多数学者似乎倾向于以"本土裔美国文学"（Native American Literature）为通名，而以"美国印第安文学"（American Indian Literature）为别名。笔者认为，有必要参照国内学术界对美国其他族裔文学的译文，统一以"本土裔美国文学"作为对这一文学现象的正式译名。

② Sacvan Bercovitch, ed., *Reconstructing American Literary History* [M]. Boston: Harvard UP, 1986.

③ Emory Eliot, ed., *The Columbia Literary History of the United States* [M]. New York: Columbia UP, 1988.本书也译作《哥伦比亚美国文学史》。

L. B. Ruoff)出版了《美国印第安文学史》,[①]这应该是以单本著述形式出现的第一部关于这一文学传统的历史叙述,该书也因此成为这一领域研究的经典文献之一。2001年出版的《美国族裔文学的渊源》[②]一书将本土族裔文学列为当代美国四大族裔文学传统[③]之一,论述了这一文学传统从起源到20世纪90年代初期的大致发展脉络,着重介绍了当代几位比较活跃的本土族裔作家及其作品。2004年出版的《牛津美国文学百科全书》第三卷中列出了专门的"本土裔美国文学"条目,篇幅长达9页,介绍本土裔文学"口头传统""欧洲殖民与传教时期""早期自决与主权""19世纪自传和小说""本土作家的文化保护及教育",以及20世纪早中晚期等八个阶段,较全面地叙述了本土裔美国文学的发展。

但情况也不尽如此。1994年出版的八卷本《剑桥美国文学史》的第一卷"1590—1820",不仅给人以美国文学始于1590年左右的印象,"殖民文学"部分的第二节"本地居民"(Natural Inhabitants)中,主要谈的也不是本土居民的文学传统,而是欧洲殖民者在其殖民叙事中对本土居民的文化和历史偏见等。虽然这样的评论本身就是重构美国文学史努力的一部分,但把传统本土裔文学的存在完全置于学术视野之外,也的确使此书与《哥伦比亚合众国文学史》形成了鲜明的对照。2004年出版的《本土美国文学》,从书名看似乎应是鲁奥夫之后的又一部通史性著作,但书中九个章节的标题[④]却明白告诉读者,这本书实际上更接近于"入门"和"研究指南",而不是一部以14年前的著述为起点的、学术上更进一步和更深一步的历史著述,即使就指南功能而言,它与一年后出版的《剑桥本土裔美国文学指南》[⑤]相比,在学术深度上恐怕也还稍逊一筹。

国内学术界的本土裔美国文学研究近年来也开始出现成果,除了对当代本土作家作品的介绍评论外,一些学者也对本土裔美国文学的历史发展或演变进行了自己的思考,其中,王晨的《文化重建中的优势奇葩:美国印第安文

---

① A. L. B. Ruoff, *American Indian Literatures* [M]. New York: MLA, 1990.

② H. Grice, et al., *Beginning Ethnic American Literatures* [M]. Manchester: Manchester UP, 2001.

③ 本土裔、非裔、亚裔和西裔美国文学。

④ 这九个章节的标题分别是:"本土裔美国文学是什么?""时间线索""如何阅读本土裔美国文学""最优秀作品与最著名作家""本土裔美国文学的主题""关键问题""本领域的主要批评家及其观点""推荐阅读书目、参考书目及研究工具""词汇表"。

⑤ Joy Porter & Kenneth M. Roemer, eds., *The Cambridge Companion to Native American Literature* [C]. Cambridge: Cambridge UP, 2005.

学》、胡铁生和孙萍的《论美国印第安文学演变历程中的内外因素》、邹惠玲和郭继德的《后殖民理论视角下的美国印第安英语文学研究》，以及邹惠玲和丁文莉的《同化·回归·杂糅：美国印第安英语小说发展周期述评》，[①]有的尝试对本土裔美国文学发展的某个特定阶段或某种特定文学类型进行历史叙事，有的提出了这一文学传统“兴盛——衰落——复兴”的历史轨迹，但仍然少见如“非裔美国文学史”“华裔美国文学史”这样鲜明而确定的术语，给这一独特的美国族裔文学传统也冠上“本土裔美国文学史”的名称。

这样的情形实际上反映了一个学术困境，或一种尴尬：在对美国文学发展进行总体历史叙述时，在试图将本土裔文学传统，特别是绵延数千年的口头文学传统纳入美国文学总体时，学者们会遭遇一系列问题。其中最主要的是：这一文学传统早期的口头文学性质、用英语记录整理下来的文学资料本身的“真实度”、这一传统与欧美“主流”文学体裁之间的不匹配、这一传统本身发展的不均衡特点、它与“主流社会”“主流文学”及其他族裔文学之间的关系等。提出这些问题，思考应对的策略，这本身就是很有学术意义的事情，它可以在一定程度上促使我们反思，迄今为止我们不加质疑就接受下来的关于“文学”和“历史”的观念，是不是到了应该而且可以稍做修正或修补的时候了。

叙述本土裔美国文学发展，首先必须意识到，那是一个在几千年发展历史中曾一直以口头文学形式产出和传承的传统，它与书面文学有着本质的差别。从根本上说，口头文学是一种“活的文学”，是“有生命的文学”，是“动态地”发展着的文学。一段口头文学作品，不仅诞生于口头吟诵讲唱，其情节内容、语言表述，甚至伴随的音乐表演，都随着吟诵讲唱而发展变化，在一次次即兴重复中，在一代代交口相传时，被加进了一些内容，也可能被有意略掉了一些内容。换言之，口头文学是流动的文学，是一种“（口头）语言艺术”（verbal art），它在几乎永不停歇的发展中不断自我充实、改变，而要真正体验或欣赏这样的文学，需要亲历实际语境（场景）。时间变了，场景变了，机缘变了，“作者”（吟诵或讲唱人）甚至观众（受众、文学服务的对象）变了，那一段文学作品从内容到形式都可能随之改变。即使现在我们可以借助录音录像设备，将这样的文学活动记录下来并整理成文字，[②]其书面和影像资料也只能反映该文学“作品”某一特定的表现，虽然多少具有一些代表性，但是并不能完整体现该“作

① 以上各篇分别见于《社会科学家》2008 年第 10 期、《河南师范大学学报》2005 年第 2 期、《英美文学研究论丛》第 9 辑（2008 年 2 月）、《外国文学研究》2009 年第 3 期。

② 在我国，为抢救少数民族口头文学传统也在做着类似的努力。

品”的真实生命。[①]

事实上，揭示口头文学的流动性及其相对的不可复制性，不是要使我们的认识停留在转化为书面形式（甚至音像形式）的口头文学的特殊的不确定性上，并不是要让我们因无法完全真实再现本土口头文学而感到绝望，从而放弃任何对其做出历史叙述的努力，而是要我们正视这样的文本对文学研究传统观念提出的挑战，如“文本”“文学”“文学的功能”，等等。换句话说，是试图将有别于现有的文学史及文学叙事框架的传统和现象经削足适履的处理之后硬塞进来呢，还是修改现成的叙事框架，使它能够容纳新的、不同的传统，取舍之间就具有了特殊且重要的文学史意义。

除了口头文学的形式之外，书面化的美国传统本土裔文学还提出了另一个问题：它们从本质上说是“翻译文学”，其“可靠性”甚至还低于通常意义上的翻译文学，因为后者有“原本”为据，可比可查，而我们通过英语读到的传统本土裔文学，其来源基本有两种：欧美人用英语记录并翻译成英语的书面文本，和当代本土作家直接用英语转述的传统文学，它们都没有，也不可能以书面文本为基础。前者中有相当部分是19世纪前后传教士、人类学家等直接或间接根据自己与本土居民的交流而记录整理的成果，其着眼点主要在语言学研究上，并未从“文学作品”的角度来考虑。即使在作为文学而被记录并“翻译”成英语的作品中，也存在着因语言、文化、历史的差异而产生的不准确的理解甚至误译，同时也不能排除录译者为英语读者考虑而在词汇、意象、内容、形式等方面所做的修改。这一现象同样对文学研究和文学史叙述提出了问题：我们所熟悉的“批评工具”和“批评视角”，我们常用的那一套批评语汇和术语，是不是可以顺手拿来不加改变就用在本土裔美国文学、特别是传统文学的研究和叙述上？

值得庆幸的是，自19世纪末以来，一些以英语为创作语言的本土作家[②]因不满由“别人”来展示自己族裔的文学传统，担心欧美文学传统通过翻译对本土族裔文学的“侵蚀”，便自己用英语来重述族裔文化和文学。他们的作品虽仍然不是真正意义上的传统（口头）文学，依然有“翻译文学”的影子存在，但由于叙述者的族裔身份及其与各自族裔的文化、思想、情感和历史的渊源关系，使得这样的文本在作为研究和叙事对象时，其可靠性和可信度显然要胜出一筹。

---

① A. L. B. Ruoff, *American Indian Literatures* [M]. New York: MLA, 1990. pp.14-15.

② 如19世纪末的斯库克拉夫特（Jane Johnson Schoolcraft）、劳伦特（Joseph Laurent）、博宁（Gertrude Simmons Bonnin）等。

本土裔美国文学发展向我们提出的第三个问题，就是文学样式及其历史特征。在叙述欧美文学史时常用的“诗歌”“小说”“戏剧”“散文”等主要类别，以及在研究这些文学现象时所用的方法和视角，一整套批评术语，乃至文学价值的判断标准，在叙述和研究本土裔文学传统及作品时往往给人以枘圆凿方的感觉。用书面英语固定下来的传统本土裔文学，若从文体来说，主要就是诗体和散文两种，而这样的分类实际上抹杀了传统文学及其丰富的艺术和实用意义，抹杀了应用于不同场合的“诗行”之间具有文化意义的差别，如典仪诗歌与一般曲词、部落文化英雄传说与创世传说，等等。我们所熟悉的术语，如“意象”“含混”“反讽”“张力”“冲突”“高潮”“主题”“人物刻画”“情节结构”等等，也无法完全用于分析本土裔文学作品，特别是传统的本土裔文学作品，无论是以诗行形式表现的，还是以散文形式表现的，如“恶作剧者传奇”(the trickster tales)一类的作品。另外，本土裔美国文学传统中又有着十分丰富多彩的自传、部落历史与文化叙事，以及各种形式的演说和论辩。这些类型的文学作品通常是不会成为文学史叙事的主要内容的，但如果在对本土裔美国文学进行历史叙事时，我们也因这些文学形式不甚符合传统的主要文学类型观念而简约待之，那就会在历史叙事中产生很大的缺失，而且缺失的不仅是有名或无名的创作者，也不仅是有标题或无明显标题的各类散文，更是那些作品所体现的极富美国本土族裔特色的语汇、意象、语言策略、雄辩技巧，以及隐藏在文字背后的深厚文化和思想品质。

纵观本土裔美国文学的发展，我们可以看到明显的不平衡现象，似乎可以粗略地描述如下：它已有两三千年历史的瑰丽丰富的口头文学为起源，后因欧洲移民的到来和殖民叙事的兴起而淡出人们的视线，即使从 18 世纪下半叶起，陆续有借助英语而书面化了的文学现象出现，在随后的近两个世纪的时间里，这一文学传统实际上仍然处在十分“边缘”的地位。此后，随着大规模的西部开发及“驱除印第安人法”的实施，导致文学创作主体实际上被驱赶到了地理意义上的边缘，从而使本来就处于文化和社会边缘地位的本土裔文学，其生产地也被彻底边缘化了，这样的边缘地位一直延续到 20 世纪 60 年代末的“印第安文艺复兴”。只要对罗默尔(Kenneth M. Roemer)《文学、历史与文化时间表》①一文中的时间表稍做处理，就能对此有更为直观的认识。如果我们把

① Kenneth M. Roemer, "Timeline: literary, historical, and cultural conjunctions", *The Cambridge Companion to Native American Literature* [C]. Eds. Joy Porter & Kenneth M. Roemer. Cambridge: Cambridge UP, 2005. pp.25-35.

文学事件与历史—文化事件分置两列，就会立刻发现文学事件大段缺失，特别是在 1774—1824、1855—1890、1946—1964 这几个历史阶段，几乎形成空白，不能不使人感到震惊。虽然我们可以经过不懈努力，不断发掘出一些文学作品来稍稍填补空缺，但这依然无补于本土裔文学发展在这一时段的总体特征：一条时干时流的溪水，一个被挤到了边缘的传统。

罗默尔的时间表把本土裔美国文学的开端定在 1772 年，就是习惯上认定的本土美国人第一篇英语创作发表的年份。[①] 如果据此就将本土裔美国文学发展描述为一段“从边缘到经典”的过程，实际上便陷进了传统的美国文学史叙事框架，它将美国文学的实际历史开端定在了 1607 年，即英国及欧洲其他国家的移民正式以定居为目的踏上北美大陆的那一年。尽管此前的文学或其他作品也常在“关于北美的叙事”名下收于文学选集之中，但 20 世纪 80 年代之前的美国文学史著述，一般都将史密斯(John Smith)的《关于弗吉尼亚的真实叙述》(1608)列为美国文学第一书。这样的叙事不仅具有醒目的欧洲中心偏见，也在有意无意间抹杀了本土美国文学传统的辉煌开端，从而掩盖了它与其他族裔文学的历史发展之间的一个重要区别：如果说其他族裔文学(如非裔文学、华裔文学)传统的发展的确是起于“边缘”、走向“经典”的话，本土裔文学之“起”实际上超越了“边缘”和“经典”之别，甚至也无法用“历史发展”这样的术语来讨论，但它丰富瑰丽的文学价值依然可独领世界文学经典的一处风骚[②]。

厘清本土裔文学与美国“主流文学”的关系，也是对其进行历史叙事时无法回避的一个挑战。从以《哥伦比亚合众国文学史》为代表的一些美国文学史著述来看，叙述者十分希望、也一直在尝试将本土裔文学，特别是传统的本土裔文学纳入美国文学总体，这从《本土的声音》成为《哥伦比亚合众国文学史》开篇第一章便可见一斑，莫马迪在该章中不无自豪地写道：“它们(按指美国犹他州二十余处古印第安人岩画遗址)有两千年的历史，它们和其他东西一样，标示着美国文学的起源。”[③]作为本土美国文学复兴的旗手和主要作家、理论家、教育家，莫马迪当然有理由这样认为，而这样做的意义，至少可以体现在两

---

① 即奥康姆(Samson Occom)的布道演说《摩西·保罗之行刑》。

② 笔者对此的认识也经历了一个过程：本研究项目申报时的标题就是“从边缘到经典”，但现在看来，这一框架显然需要修正，因为它无法把传统的本土裔文学内容放进去。

③ Emory Eliot, ed., *The Columbia Literary History of the United States* [C]. New York: Columbia UP, 1988. p.5.

个方面:一是使一度“失语”的本土裔文学传统再次走上前台,二是有可能使美国文学的历史向过去延伸至少两千余年,在一定程度上缩短与世界其他主要文学传统之间在历史年限上的差距。但有意思的是,迄今为止,美国还没有一部文学史对这样的“历史发展”做出明确的叙述。无论是《哥伦比亚合众国文学史》,还是以《诺顿美国文学选集》为代表的选读中的历史叙事,所做的无非是“呈现”,即把本土裔文学传统和成就呈现在读者和研究者面前,至于这一传统何以能成为“美国文学”的起源,它与美国主流文学之间是否有、有怎样的传承和互动关系等,这些问题似乎都被抛给了读者,似乎都成了学者们刻意躲避的问题,而这样的学术“失语”,恐怕不能简单地以“宏大叙事不再重要,也不再可行”之类的话一辩了之。

事实上,要进行历史叙事,就躲不开所谓的“宏大叙事”,不同的只是叙事的规模、角度、方法和观点,特别是要摈除只有一种宏大叙事的片面观点。如果把宏大叙事当作一个复数概念来理解,如果意识到对同一现象可以有多种互补甚至冲突的宏大叙事,那问题就要简单得多。反之,若真的把反宏大叙事推到极端,剩下的就是一堆相互之间没有任何关联的事实碎片,甚至这些碎片事实的真实度都可以被怀疑,“历史”或“文学史”一词本身是否还有意义就成了问题。其实,问题的关键不在于叙事是否宏大,或宏大叙事是否重要,而在于这样的叙事是否可行,是否能帮助我们寻找到合适的框架或模式,使历史叙事体现新事实、新内容、新观点,这一点对本土裔美国文学发展的历史叙事尤其具有特殊意义。如果能找到一种方法或视角,将北美本土传统文学的起源发展与“主流美国文学”的起源发展放在一个框架中加以叙述和讨论,那对文学史研究和书写本身也是一个有意义的尝试。

作为一种特殊的当代美国族裔文学,本土裔文学在经历了20世纪60年代末的“印第安文艺复兴”后出现了蓬勃的发展。不仅作家与作品大量涌现,文学类型也逐渐丰富,当代本土裔文学不仅在传统“强项”诗歌、小说等领域不断推出优秀作品,而且在此前较少涉及的戏剧等领域,也开始有成果显现,其中的代表人物和作品有吉奥噶玛(Hanay Geiogamah)的《印第安身体》(1972)、《雾号》(1973),维兹诺(Gerald Vizenor)的《艾施与丛林鸭》(1994),格兰西(Diane Glancy)的《说真话的人》(1993)和豪(Le Anne Howe)的《印第安广播日》(1993)等,特别是当代著名的本土族裔戏剧演员、作家、教师兼导演小黄袍(William Yellow Robe,Jr.),迄今已演出、创作并执导四十余部戏剧,为当代本土戏剧的发展做出了很大的贡献。这一切,虽尚不能表明本土裔文学已经完全“走向经典”,至少也说明,这一族裔文学在“走进主流”的路上,已取得了令人瞩目的成就。但即便如此，在描述本土裔文学与“主流文学”，甚至与美国其他族裔文学之间的关系时，恐怕还是用“和而不同”一词比较贴切。这样的特殊性不仅体现在当代本土裔文学叙事的内容、形式、策略等方面，更体现在作品叙事所体现的本土文化、生活与当代美国主流社会文化、生活的关系上。同样描写当代美国，本土作家笔下的故事、人物和场景，往往迥异于主流作家的作品；同样描写族裔人在美国的境遇，特别是族裔人与白人社会和文化之间的差异、矛盾和冲突，本土作家的作品与非裔、亚裔（特别是华裔）、西裔等作家的作品之间，在叙事题材、主题思想、人物刻画、情节结构等方面，也都有着明显的差别。如何解读这样的作品，如何阐释这些作品超越了单纯的地理归属、在深层次上具有的“美国性”，这也是叙述本土裔美国文学的挑战之一。

综上所述，本土裔美国文学发展的历史叙事是一个充满挑战的尝试，挑战不仅来自一个从内容到形式都与传统学术视野有着明显差异的文学作品本身，更来自这一传统对文学史本身的概念、方法、叙事策略等提出的问题。正因为如此，尝试对本土裔美国文学进行历史叙事的意义就超出了提供又一部美国族裔文学史本身，它可能会在文学本体、文学史本体等方面提出更多、更深刻的问题，促使学术界进行思考并做出回应。

（原发表于《国外文学》2011 年第 1 期）

同化·回归·杂糅
——美国印第安英语小说发展周期述评

邹惠玲　丁文莉[*]
（江苏师范大学外国语学院）

摘　要:本文以后殖民理论对后殖民文学发展阶段的划分为依据,探讨作为美国少数族裔文学重要构成的美国印第安英语小说的发展周期,在后殖民理论框架下分析了印第安小说在各个发展阶段所呈现出的不同特点,阐释了印第安小说从同化、回归传统到与白人文化杂糅的发展趋势。

关键词:美国印第安小说;后殖民理论;同化;回归;杂糅

后殖民批评的经典之一《帝国回写》(*The Empire Writes Back*:*Theory and Practice in Post Colonial Literatures*)指出,后殖民文学"源于殖民经历",涵盖"从殖民开始之时至今,在帝国进程影响之下的所有文化"(Ashcroft,Griffiths & Tiffin 2)。该书作者认为,早期的后殖民作家或者是"代表帝国权力的移民",或者是"已经进入特权阶级"的"土著"和"弃民",他们在"帝国统治的直接控制下"从事创作。而"现代后殖民文学"呈现出"跨文化特征"。这一阶段的作家"挪用"殖民者的语言,"强调自己的独特角度"。(Ashcroft,Griffiths & Tiffin 6)另一位后殖民批评家博埃默也对后殖民文学做出类似的界定。她认为,后殖民文学"并不是仅仅指帝国之后才来到的文学,而是指对于殖民关系做批判性考察的文学……后殖民文学一个很突出的特征,就是它对帝国统治下文化分治和文化排斥的经验。尤其是在它的初级阶段,它也可以成为一种民族主义的文字"(3)。在讨论非洲和拉美的后殖民文学时,她指出,早期的后殖民作家把创作"纳入反殖民主义的事业",当作"争取政治解放的武器";(209)后期的后殖民作品则呈现出杂糅性,因为这一时期的作家既意识到自己所处的"边缘……同时也远离了自己的文化根源"(207)。

---

* 作者简介:邹惠玲,教授,主要研究方向为美国印第安文学和美国戏剧;丁文莉,副教授,主要从事美国文学领域的研究。

由于当今美国的霸权地位，美国文学一直未被纳入后殖民批评的研究范畴。作为美国文学重要构成的印第安英语文学也因此被排除在后殖民文学之外。然而，假如我们将美国印第安英语文学置于后殖民理论框架之中，则不难发现这种用英语书写的土著文学表现出十分明显的后殖民特征。本文拟从后殖民理论视角出发，简要阐释美国印第安英语小说从同化到回归传统、再到本土与西方杂糅的发展进程，初步探讨其中展现的后殖民性。

一、第一阶段：向往主流渴望同化

在美国建国之后的数百年间，各印第安部族挣扎于白人内部殖民主义[①]的强势统治之下，不仅丧失了部族的主权与土地，也被迫割断了与祖先文化传统的联系。作为内部殖民的一个主要方面，美国政府把印第安儿童圈锢在寄宿学校里，强迫他们放弃部族语言，接受英语文化的教育。自 18 世纪末，一些就读于寄宿学校的印第安人陆续出版了用英语书写的自传和历史记载等，但他们的作品并未引起主流社会的关注。到了 19 世纪末，特别是 20 世纪上半叶，越来越多的自幼脱离部族群体、在白人社会中长大成人的印第安后裔开始从事小说创作，其中一些人的作品逐渐在白人读者群中流传开来，赢得了他们的认可。然而，由于当时的联邦政府先在“印第安战争”[②]中给予印第安各部族毁灭性的打击，既而以高压手段推行文化灭绝政策，更由于这些印第安裔作家长期接受白人文化的熏陶，已经“暂时或永久地进入一个特定的特权阶层”，“在帝国许可下”从事创作。(Ashcroft，Griffiths & Tiffin：5)因此，这一阶段的印第安英语小说在主题和形式两方面遵从白人文学范式，从白人视角出发描绘印第安生活、塑造印第安人物形象，以直白的方式表达接受白人文明、融入白人社会的渴望。在这一批作家中，西蒙·博卡根(Simon Pokagon，1830—1899)、约翰·弥尔顿·奥斯肯森(John Milton Oskison，1874—1947)和查尔斯·伊斯特曼(Charles Alexander Eastman，1858—1939)较有影响。

---

① 在《主人种族的幻想》一书中，当代印第安裔学者沃德·丘吉尔以“内部殖民主义”(internal colonialism)指称几百年来欧美白人对北美印第安人的种族压迫与统治。参见 Ward Churchill，*Fantasies of the Master Race* [M]. San Francisco，CA：City Lights Books，1998.

② 从 1860 年到 1890 年，联邦政府对印第安各部族进行大规模军事镇压，最终摧毁了印第安民族对白人殖民的集体抵抗，史称“印第安战争”。

《林中女王》(*Queen of the Woods*,1899)是博卡根的半自传体小说,也是第一部出自印第安裔作家、以印第安生活为主题的小说。在这部小说中,博卡根用田园牧歌的诗意语言勾勒了充溢着梦幻气息的印第安世界,刻画了一个神秘的印第安女郎洛妮多作为这个梦幻世界的代表。他一方面把洛妮多描绘成飘忽于荒野山林之间的精灵,另一方面又仿照白人作家笔下的印第安刻板形象,将她塑造成一个在白人文明进程中注定会消逝的高贵印第安野人。而后,作者又为小说主人公设计了长达 40 页的布道词,用洛妮多之死反证白人基督教文化对印第安生存的重要意义,强调信奉白人上帝、接受英语教育是印第安民族逃脱灭亡厄运的唯一出路。作者以自己皈依天主教、认同白人文化的经历现身说法,劝诫印第安人放弃祖先信仰,接受白人文明的教化,尽早同化于白人社会。

与博卡根相比,奥斯肯森在认同白人文化方面走得更远。他不仅向读者隐匿自己的印第安族裔身份[①],而且在创作中舍弃印第安主题,着重表现白人的边疆拓荒经历。奥斯肯森一生发表了三部小说,其中《荒野丰收》(*Wild Harvest*,1925)以一位白人女性为主人公,从她的视角出发描述在边疆的生活。《布莱克杰克戴维》(*Black Jack Davy*,1926)讲述的则是白人男性拓荒者的西部传奇经历。这两部小说中都有次要的印第安角色作为边疆生活的点缀和白人主人公的陪衬,他们大多沉默不语,偶尔开口说话,所表达的也是融入白人社会的渴望。尤其是《布莱克杰克戴维》中的印第安人奈德,是一个典型的高贵印第安野人形象。他坚定地追随白人拓荒者戴维,勇敢地与他的敌人作战,最终在戴维的教诲之下摈弃自己的部族文化传统,成为一个基督徒。《三兄弟》(*Brothers Three*,1935)以一个拓荒家庭的三兄弟为主人公。小说开头提到三兄弟具有十六分之一的彻罗基血统,但书中主要讲述的却是他们以欧美白人身份离开西部荒野,进入现代化都市,奉行白人生活方式,不遗余力实现美国梦的故事。这三部小说揭示出作者奥斯肯森的文化立场:他不仅舍弃了自己的族裔身份,而且完全从白人视域出发描绘自己向往的白人世界,表现白人与印第安人之间主人与从属的关系。

显而易见,上述两位印第安裔作家对白人文化的认同主要源于他们所接

---

① 奥斯肯森出身于印第安彻罗基部族,但他发表作品时对自己身份的界定却是:来自彻罗基部族附近的一个地方,就读于斯坦福和哈佛,在纽约从事文学创作。参见 Charles R. Larson, *American Indian Fiction* [M]. Albuquerque, NM: U of New Mexico P, 1978. pp.3-4.

受的欧美白人信仰体系和价值观念的教育。而另外一些印第安作品摈弃印第安传统、推崇白人文明，除了作者所接受的教育外，还有另一个重要原因——在印第安英语小说发展的第一阶段，相当一部分作品是由印第安人与白人合作完成的。例如，一本描述印第安苏族历史与文化的《布莱克艾尔科心语》(*Black Elk Speaks*，1932)在美国社会广为流传，本书是由苏族人黑麋鹿(Black Elk)口述、白人作家约翰·奈哈德(John Neihardt)加工整理而成。而小说《西望落日》(*West to the Setting Sun*，1943)则是由印第安莫霍克族人埃塞尔·蒙切尔(Ethel Monture)提供印第安生活素材、白人作家哈维·查尔默斯(Harvey Chalmers)执笔完成。这一类经过白人合作者编纂、修改和润色的作品，不可避免地以白人文化为坐标，表现印第安文化的原始落后与注定消亡，宣扬“同化”是印第安民族的唯一出路。这一类作品中最具代表性的应当是伊斯特曼的小说。伊斯特曼前后出版了九部作品，虽然只有一部与他的白人妻子、诗人伊莱恩·古戴尔(Elaine Goodale)共同署名，但事实上他的所有作品都是在后者的协助下完成的。由于这一原因，虽然这些作品以印第安生活为创作题材，讲述印第安人的故事，其中所展现的却是欧美主流文化视域中的印第安世界。以在白人批评界和读者中获得广泛赞誉的自传体小说《印第安童年》(*Indian Boyhood*，1902)、《印第安之魂》(*The Soul of the Indians*，1911)和《今日印第安》(*The Indian Today*，1915)为例，这三部作品从白人视角出发，以作者的个人成长轨迹为主线，理想化地描述苏族神话、传说和历史，追忆父子两代人如何皈依基督教、在白人社会中磨除自己身上的野性，进化成为“文明人”，试图以他们的经历证明“印第安人需要、值得而且愿意融入主流文明之中”(Warrior 6)。特别应当指出的是，《今日印第安》以 1887 年美国国会通过《道斯法》之后印第安部族土地的私有化为背景，伊斯特曼非但没有谴责给印第安民族带来深重灾难的《道斯法》，反而称其为“印第安人的解放法令”(Eastman 58)。作为印第安人，伊斯特曼应当十分清楚，《道斯法》瓦解了印第安部族的宗教、社会和政治结构，迫使印第安人放弃他们民族的传统生活方式，但他在书中却以褒扬的语言表现《道斯法》如何帮助印第安人适应农耕生活，加速他们的文明进程。毫无疑问，伊斯特曼的这种政治立场与他的白人妻子的影响及参与创作是密不可分的。

二、第二阶段:抗议殖民回归传统

20 世纪六七十年代,美国印第安英语小说进入了一个新的发展阶段。这一阶段的印第安作家不再寻求与白人社会的同化,不再亦步亦趋地模仿、追随主流文学,而是在创作中"重新构筑起被殖民统治所破坏了的一种文化属性……寻根、寻源、寻找原初的神话和祖先",表达"恢复历史的需求"(博埃默 212)。印第安小说的发展出现这种根本性转折是有其深刻原因的。当时,黑人民权运动和反越战运动引发了"红种人权力"运动,这一运动孕育出大批以争取印第安人权利为己任的印第安激进分子,在一定程度上促进了印第安人政治与经济处境的改善,并最终导致当代印第安生活的解殖。在这样一种政治文化背景之下,新一代印第安作家的族裔意识逐渐增强,他们"把写作当成争取政治解放的武器"(博埃默 209),在创作中表达对内部殖民主义的抗议,倾诉回归印第安传统的渴望。1969 年,斯科特・莫马迪(N. Scott Momaday,1934—)的《黎明之屋》(*House Made of Dawn*,1968)成为第一部获普利策奖的印第安小说。这部作品的成功为印第安英语小说的发展开辟了新的方向,创立了新的模式。此后,印第安作家作为一个独立的群体迅速崛起,印第安文学发展的新阶段由此开始。后来,这一阶段被肯尼斯・林肯(Kenneth Lincoln,1943—)命名为印第安文艺复兴。印第安文艺复兴时期的作家从印第安传统文化中汲取营养,以反抗白人殖民主宰、回归祖先土地与传统作为自己创作的主题。在这一意义上,他们的创作呈现出早期后殖民文学的典型特征:"回溯历史和重塑过去",在'出行'和'回归'这样一个元叙述的层面上展开"(博埃默:227-228)。

首先采用"出行"和"回归"模式的作家是莫马迪。在《黎明之屋》中,莫马迪记述了印第安青年艾贝尔回到部族土地,重获印第安文化身份的旅程,为印第安英语小说开启了"归家"的叙述范式。尤为重要的是,莫马迪自始至终以印第安传统观念主导着艾贝尔返乡旅程的描述。莫马迪首先描写了艾贝尔脱离部族、离开家乡之后所遭受的肉体与精神磨难,然后叙述艾贝尔返回祖先土地、参加部族典仪的经历,表现他所获得的印第安意义上的再生。在这两方面的叙述中,莫马迪从印第安传统观念出发,突出表现了祖先土地之于印第安生存的重要意义。[①] 在一次接受采访时，莫马迪曾经强调指出，世代居住的土地是传统印第安人的“一种精神财富”。只有在祖先的土地上，他们“才能以一种特殊的方式认识自我，认识自我与土地的关系，才能为自己界定出一种地方感，一种归属”(Coltelli 91)。小说中，艾贝尔离家与归家的旅程所体现的正是莫马迪所阐述的这一印第安传统观念。在艾贝尔离开保留地、被重新安置到洛杉矶之后，他丧失了与祖先传统的最基本联系，既无法按照印第安方式生存下去，又不为主流社会所接纳，结果不仅生活没有着落，而且遭受到种种凌辱迫害，陷入无所归属的精神状态。借助艾贝尔的遭遇，莫马迪揭示了都市印第安人精神困境的根源，同时也对歧视欺压印第安人的白人社会、对以同化为目的的终结保留地、重新安置印第安人，从而割断他们文化根基的美国政府发出了抗议。而在叙述艾贝尔的回家旅程时，莫马迪所着力渲染的也是他如何在部族土地上找到归属、获得再生的。在小说的最后一部分，肉体和精神均伤痕累累的艾贝尔回到了族人中间，在祖先土地上参加部族的晨跑典仪。当他和族人一起奔跑并唱起古老的印第安谣曲《黎明之屋》时，他感受到谣曲所描绘的人与大地上万事万物的和谐之美，感到自己恢复了肉体和精神的健康，融入了部族的土地。这样，莫马迪不仅表达了自己对印第安传统观念的理解，而且为当代印第安人指出了印第安意义上的生存出路——返回祖先土地，回归部族传统，重塑印第安身份。

莫马迪所确立的“归家”范式对这一阶段的其他作家产生了巨大影响，并且在后者的创作中得到继承和发展。在这些遵循“归家”范式的作品中，又以詹姆斯韦尔奇(James Welch，1940—2003)的《血中冬季》(*Winter in the Blood*，1974)和莱斯利·西尔科(Leslie Marmon Silko，1948—)的《典仪》(*Ceremony*，1977)最为成功。《血中冬季》以一个无名印第安人作为主人公，讲述他从无所归属、寻找自我到回归印第安世界的故事。与莫马迪一样，韦尔奇在小说中把抗议白人殖民、回归祖先传统两个主题紧密结合起来。他并没有正面表现白人殖民给印第安民族带来的灾难，而是通过无名主人公的精神衰亡映射出内部殖民主义的同化政策所造成的当代印第安人的无根状态。这个无名氏虽然居住在黑脚族印第安保留地里，却从内心深处割断了与自己的

① 按照印第安传统观念，部族土地是部族群体的一个基本构成，是祖先精神传统的载体，是印第安生存的根基。因而，印第安人对于自己部族世世代代居住的土地怀有“深深的依恋”。参见 Thomas E. Sanders and Walter W. Peek，*Literature of the American Indian* [M]. Beverly Hills：Benziger Bruce & Glencoe，Inc.，1973. p.226.

族人、与自己部族的文化传统之间的联系，成为一个失去身份、没有根基的人。按照黑脚族部族传统，失去自我者只有在幻象祈求仪式上才能与部族重新建立起联系，重塑自我，但白人的同化教育使得他不再相信部族典仪，不愿意像祖先那样到荒野上去祈求幻象；他一次次离开保留地，到非印第安地区去寻找身份归属，结果却是更加痛切地感受到自己的无归属。在深深的痛苦之中，他返回保留地，到祖父的故居去寻找自己的归属，在"回溯历史"(博埃默 227)中逐渐领悟到自己无所归属状态的症结在于印第安群体观念的丧失，以及随之而来的与部族群体的疏离，他逐渐恢复了自己与部族群体、与故乡山山水水的联系，对生活重新产生了信心。最后，在祖母的葬礼上，他按照黑脚族的典仪传统把祖母的烟斗掷入祖母的墓穴，终于与古老的部族文化达成真正意义上的沟通，从而完成了归家的精神之旅，找寻到自己的印第安身份。

西尔科的《典仪》讲述的是一个从二战战场返回家乡的印第安混血儿塔尤通过参加部族典仪净化身心、重塑自我的故事。与莫马迪的艾贝尔和韦尔奇的无名氏一样，塔尤也是一个失去印第安传统根基的人。通过表现塔尤从美国军队退役后孤独迷惘、神志不清的精神状态，西尔科揭示出美国政府的同化政策给当代印第安人带来的深重灾难。而在接下来描述塔尤重构身份、找到印第安自我的过程时，西尔科侧重展示了印第安典仪的重要意义：通过参加一系列典仪，塔尤不仅恢复了内心深处对祖先历史的记忆，治愈了白人社会给他造成的肉体和精神创伤，而且重新建立起自我与自然界的和谐关系，召唤来雨水，结束了祖先土地上持续六年的旱灾，从而拯救了整个部族。在这一点上，较之莫马迪和韦尔奇，西尔科对印第安传统文化的回归蕴含着更为深刻的内涵。莫马迪和韦尔奇所表现的主要是小说主人公重塑印第安身份、融入部族传统，西尔科则在描述这种回归的同时展示了主人公参与重构部族传统的积极性，以及作为个体的回归对部族群体生存的重要意义。小说结尾，塔尤获准进入部族举行的典仪，讲述他自己的回归故事。这既意味着他找到了自己的归属，被部族重新接纳，也表明了他在经历了一系列典仪之后深刻认识到自己对部族所担负的道义职责，进而以自己在典仪上获得的启示与力量去参与典仪，为部族群体的健康和谐奉献自我。在这一意义上，西尔科大大地丰富、发展了莫马迪所开创的"归家"范式。

总而言之，在美国印第安英语小说发展的第二阶段，印第安裔作家们把反抗白人殖民与回归祖先传统这两个主题有机结合，"着力强调了恢复殖民前文化的必要"(Ashcroft, Griffiths & Tiffin 29)。一方面，他们向白人殖民主宰发出抗议，揭示当代印第安人边缘化生存困境的根源在于被迫脱离部族土地与群体、切断传统的根基;另一方面,通过脱离部族的印第安年轻人重返部族土地、在部族典仪上重新建立起与部族传统文化联系的叙述,他们在想象之中展示了解决印第安人生存困境的理想途径:回归印第安传统,获得印第安意义上的再生。

三、第三阶段:文化妥协与杂糅

自20世纪80年代以来,美国印第安英语小说越来越明显地表现出霍米巴巴在《文化的定位》中所描述的"杂糅性"和"不稳定性",而这一阶段的印第安作家也越来越倾向于认同巴巴所界定的"杂糅身份"(Bhabha 38),不再一味强调主宰与被主宰、中心与边缘的二元对立,不再试图"回到或恢复殖民前的本真文化"(Ashcroft, Griffiths & Tiffin 195),而是在创作中把"毁灭性的文化冲突"转化为"对差异性的接受",把"过去、现在、未来,把帝国和殖民文化杂糅于"他们的作品之中(Ashcroft, Griffiths & Tiffin 35-36),通过具有颠覆性的逆写和历史与现实的重构,力图跨越中心与边缘的文化界限,在文化妥协与杂糅之中达成"与入侵文化的共谋"(博埃默 263)。

从20世纪80年代到90年代,印第安小说进入一个空前繁荣的阶段,不仅作品数量繁多,而且在主题、内容和风格等方面越来越丰富多彩。一方面,印第安文艺复兴的领军人物不仅进一步发展了"归家"的叙述,而且借这种叙述体现出"口头与书面、过去与现在、本土与西方的杂糅"(Ruffo 7)。在《古老的孩子》(*The Ancient Child*, 1989)中,莫马迪讲述了一个混血印第安艺术家为部族神话所吸引,返回家乡重拾印第安文化记忆的故事。在《傻瓜乌鸦》(*Fools Crow*, 1986)中,韦尔奇表现了白人文化与印第安黑脚族传统的碰撞,在《印第安律师》(*Indian Lawyer*, 1990)中,他描述了一个已经跻身白人社会中产阶层的印第安律师的迷惘与身份索求。而在《死者年鉴》(*Almanac of the Dead*, 1991)和《沙丘花园》(*Gardens in the Dunes*, 1999)中,西尔科通过描写拉古纳年轻人的曲折经历——他因离开部族土地而迷失身份——继续探索对"离家—回家"主题。另一方面,那些在印第安文艺复兴时期已经步入文坛和那些在八九十年代崭露头角的印第安文学新人则把印第安口头叙事风格与白人文学手段交汇融合,"运用白人的形式来写本土的故事,不断把本土与侵略者的文化创造性地编织成一体"(博埃默 264)。虽然他们也在创作中表现印第安传统与保留地生活,但他们不再恪守都市与保留地、白人与印第安人的对立范式,而是更为关注印第安文化与主流文化之间的冲突、妥协与交融,关注印第安人当今多元社会中的身份重构。在这一批印第安小说家中,以杰拉尔德・维兹诺(Gerald Vizenor,1934—)和路易斯・厄德里奇(Louise Erdrich,1954—)最具代表性。

作为印第安人与白人的混血后代,维兹诺在他的诸多作品中表现出"对于相互冲突和杂交性文化归属的认可"(博埃默 263)。在创作中,他把印第安传统与白人文化杂糅起来,结合运用印第安口头叙事风格和后现代艺术技巧,借鉴多种后现代实验手段,讲述了一个个奇特而荒诞的印第安恶作剧者的故事,"在语言游戏中解放心灵"(Vizenor 82)。例如,在《哥伦布后裔》(*The Heirs of Columbus*,1991)中,他以戏仿手法改写了哥伦布发现新大陆的白人叙述。在他的笔下,"玛雅人把文明带给旧大陆的野人",成为哥伦布的祖先。因此哥伦布的新大陆之行不过是"归家之旅"(Vizenor 9)。更为奇特的是,500 年后,哥伦布与土著的混血后裔成立了一个恶作剧者部族国家。他们从哥伦布的遗骸中提取出疗治基因,使部族里的残疾儿童获得了新生。通过这种改写,维兹诺不仅颠覆了哥伦布的神话,而且消解了印第安与白人的二元对立,寓言性地表现了文化杂糅对于人类生存的重要意义。在《死的声音》(*Dead Voice*,1992)中,维兹诺虽然也是以印第安文化与白人文化的碰撞为大背景,但并未沿袭印第安文艺复兴的"归家"范式,相反,他创造性地改写了印第安奥吉布瓦部族的口头传说,着力表现以女恶作剧者贝格斯为首的混血印第安人们,述说他们是如何凭借部族口头故事的生命活力,以及恶作剧者超凡的变形能力,逐渐适应现代化都市生活并顽强生存下去。

与维兹诺一样,厄德里奇也是印第安人与白人的混血后代。她的代表作品包括《爱药》(*Love Medicine*,1984)、《甜菜女王》(*The Beet Queen*,1986)、《路径》(*Tracks*,1988)等。与印第安文艺复兴时期的小说不同,这些作品借助后现代技巧,侧重表现充斥着挫折、失落、悲伤、绝望,甚至暴力和死亡的当代印第安生活,因而招致诸多印第安学者和作家的批评。例如,西尔科就曾指责厄德里奇"缺少政治责任感",在创作中没有揭示印第安人边缘化处境的政治和社会原因,而是把这种处境归咎于"内在的心理冲突"。(Castillo 286)

表面上看,厄德里克在创作中背离了印第安文艺复兴的"归家"范式。在她的作品中,鲜有对印第安传统的弘扬和印第安典仪的赞颂,相反,她所着力表现的是部族群体的分崩离析,保留地内外纯种印第安人、混血印第安人和白人之间充满爱、恨、情、仇的错综关系,以及年轻一代印第安人对都市白人文化的向往与追求。以她的成名作《爱药》为例,这部作品由 18 个短篇组成,这些短篇通过不同角度的叙事者，讲述了喀什帕、拉扎雷、纳娜普什等印第安家族几代人的故事，多方位、多角度地刻画出一系列鲜活的印第安人物形象。这些人物形形色色，但其中绝大多数都对保留地生活厌倦乃至绝望，把离开保留地视作唯一的出路。他们满怀希望来到白人的大都市，做出种种融入白人中产阶层的努力，却发现自己始终困在白人社会的最底层。由于他们既切断了与印第安群体的联系，又得不到白人的认同，结果陷于两种文化的夹缝，成为红皮白心、无所归属的苹果人。通过这些人物，厄德里克表现了印第安与白人两种文化冲突之中，印第安人无可奈何的妥协和生存的艰辛，揭示出当代印第安人的精神困境。然而，厄德里克在《爱药》中还塑造了另一类印第安人物。这类人物之所以离开保留地进入白人社会，并非出于对保留地生活的绝望，而是要跨越文化边界，在白人与印第安两种文化的冲突、交融之中寻找、实现自我，以新的身份重返故乡。小说的主人公之一利普夏就是这类人物的代表。利普夏是一个具有神奇触摸能力的当代印第安药师，在得知自己是私生子后，他进入保留地之外的世界寻求身份。在白人社会的曲折经历使他进一步了解了白人文化，同时也更为深刻地把握住印第安祖先传统的精髓。后来他找到父亲，在其引导下确定了自我归属，最后凭借自己的神奇能力，把母亲的灵魂带回保留地，实现了母亲和自己的归家心愿。虽然利普夏这类人物在《爱药》中为数甚少，但借助他们穿越印第安和白人社会的旅程，厄德里克描绘了一种跨越中心与边缘界限的归家。通过这种归家，她传达了自己对印第安民族摆脱边缘化困境的思考，彰显出文化杂糅对于当代印第安人重构身份、赢得新生的重要意义。

纵观美国印第安英语小说的发展进程，我们可以看出，无论是在遵从白人文学范式、表达同化于白人社会愿望的早期阶段，还是在以反抗白人殖民与回归祖先传统为中心主题的第二阶段，抑或在边缘与中心杂糅的第三阶段，印第安作家们一直致力于借用白人写作形式表达自己对种族/文化身份的诉求。尤其在印第安小说发展的第三阶段，印第安小说家们把印第安口头叙事风格与白人文学手段有机结合，“运用白人的形式来写本土的故事，不断把本土与侵略者的文化创造性地编织成一体”（博埃默 263）。在创作中，他们力图消解边缘与中心的界限，不仅描写印第安文化与白人主流的对立冲突，更强调这两种文化的交汇融合，且侧重表现了文化杂糅赋予印第安民族的生命活力。借助这种对文化冲突与交融的双重描绘，他们摧毁了二元权力结构，表达了对文化妥协的认可，开辟出印第安小说发展的新方向，使之赢得主流社会的承认，成为多元化的当代美国文学的一个组成部分。

参考文献

[1]Ashcroft,Bill,Gareth Griffiths and Helen Tiffin.*The Empire Writes Back: Theory and Practice in Post-Colonial Literatures* [M]. New York: Routledge,1989.

[2]Bhabha,Homi K. *The Location of Culture* [M]. London: Routledge,1994.

[3]Castillo,Susan Perez."Postmodernism,Native American Literature and the Real: The Silko-Erdrich Controversy" [J]. *Massachusetts Review* 1991 (32): 285-385.

[4]Coltelli,Laura,ed. *Winged Words: American Indian Writers Speak* [C]. Lincoln: U of Nebraska P,1990.

[5]Eastman,Charles Alexander.*The Indian Today: The Past and the Future of the First American* [M]. New York: AMS Press,1975.

[6]Ruffo,Armand Garnet.*(Ad)dressing Our Words: Aboriginal Perspectives on Aboriginal Literatures* [M]. Penticton: Theytus Books Ltd.,2001.

[7]Vizenor,Gerald.*The Heirs of Columbus* [M]. Hanover: UP of New England,1991.

[8]Warrior,Robert Allen.*Tribal Secrets: Recovering American Indian Intellectual Traditions* [M]. Minneapolis: U of Minnesota P,1995.

[9]艾勒克.博埃默:《殖民与后殖民文学》[M].盛宁,韩敏中译,沈阳:辽宁教育出版社,1998年。

(原发表于《外国文学研究》2009年第3期)

美国印第安女性文学述评

刘　玉*
（西南大学外国语学院）

摘　要：在文化多元主义语境下，美国的族群研究向着开放、包容、多元、跨学科方向发展。美国印第安女性文学以延续自己民族悠久的口述传统为己任，历经百年的发展，而今呈现出多样化的发展态势，堪称当代美国文坛的一枝奇葩。

关键词：美国；印第安；女性文学

1969 年，斯坦福大学的年轻教授、凯欧瓦人 N.斯科特·莫马戴（N. Scott Momaday）的第一部小说《黎明之屋》荣膺普利策文学奖，同年，他的自传《雨山之路》面世。也是在这一年，一位年轻的苏人律师小文恩·德洛里拉（Jr. Vine Deloria）出版了《卡斯特为你们的罪而死》。还是在这一年，《南达科他评论》发行了一期专辑，收录了西蒙·欧提兹（Simon Ortiz）、詹姆斯·韦尔奇（James Welch）、简内特·坎贝尔（Janet Campbell）和菲尔·乔治（Phil George）的作品①。由此，美国印第安文学复兴声势浩大地吹响了序曲，许多年轻、优秀的印第安人作家进入公众的视野，凭借独特的文风、尖锐的主题跻身经典作家之列。

随着美国印第安文学初具规模，越来越为大家熟悉，美国印第安女性文学也羽翼渐丰。有趣的是，印第安文学并没有出现类似美国华裔文学和美国黑人文学中男女作家对峙的局面，印第安男作家通常对自己的女性同胞厚爱有加，而印第安女作家也很少大肆抨击某位印第安男作家的父权思想。这与很多印第安人部族的女性中心传统不无关系。在白人殖民者到来之前的“前接

---

* 作者简介：刘玉，教授，主要研究方向为批评理论、女性文学和美国印第安文学。

① Lawana Trout, “Introduction”, in *Native American Literature: An Anthology* [C]. Chicago: National Textbook Company, 1999. p.xxiii.

触”时期，女性在很多印第安人部族中享有极高的社会地位。她们往往是家族的中心人物，精力旺盛，顽强且富有智慧。很多印第安部族神话中都不乏这类女性神祇原型，如克里克人信奉的“思想女”、拉古纳-普韦布洛人的“蜘蛛女或蜘蛛祖母”、玛雅女神的“光之母”、切诺基人的“谷女希露”，以及那瓦霍人的“变形女”等等。[①] 然而，从 1492 年哥伦布踏上北美大陆的那一刻起，许多印第安部族开始接受白人价值观的洗礼，女性中心传统也不可避免地受到白人父权思想的冲击。印第安妇女的价值受到质疑，她们的地位不再稳固，她们的声音被湮没。著名的拉古纳-普韦布洛族女作家、诗人、批评家波拉·甘·艾伦(Paula Gunn Allen)这样谈及印第安妇女的处境：“土著妇女依然必须应对一个事实，一个更难于注意或讲述的事实：如果公众和个人视美国印第安人这一群体是隐形的话，那么印第安妇女则根本不存在。”[②]然而这些不存在的隐形人，同她们的白人姐妹抗拒刻板角色一样，并没有如白人殖民者所愿，安静温驯地扮演自己贤妻良母的角色。相反，她们用殖民者的语言、用自己的声音，讲述着一个又一个的故事。而在西方女性主义思想的影响下，越来越多的印第安女作家开始审视自己被殖民化的本族文化，重新认识自己女性中心的文化传统，并开始重塑女性在部族文化中的核心地位。笔者对印第安女性文学进行梳理后发现，印第安女性文学的成长壮大过程经历了女性意识萌发(1890 年到 1970 年)、女性身份书写(1970 年至今)两个阶段。

在白人殖民者到来之前，绝大部分印第安人部族尚未发展起自己的书写文字，印第安人是用口述的方式来延续部族古老的传说和自己的故事的。克里克人索非亚·爱丽丝·卡拉汉(S. Alice Callahan，1868—1894)的小说《森林之子瓦妮玛》(1891)是现存最早的由印第安妇女撰写的小说[③]。它的问世标志着印第安妇女开始用英语进行文学创作，也意味着白人殖民者无法再继续漠视印第安妇女的存在。小说讲述了克里克少女瓦妮玛的教育成长历程，与同时期的革新小说如《汤姆大叔的小屋》一样，是为白人读者写的。然而，小说却清晰地展现了作者的女性意识。两位女主人公，瓦妮玛和她的白人老师杰妮维弗·威尔之间的文化冲突，很大程度上体现了瓦妮玛信奉的克里克人女

---

① Paula Gunn Allen, *Grandmothers of the Light* [M]. Boston: Beacon Press, 1991. pp. 27-83.

② Paula Gunn Allen, *The Sacred Hoop: Recovering the Feminine in American Indian Traditions* [M]. Boston: Beacon, 1986. p.9.

③ 1854 年，约翰·罗林·瑞奇(John Rollin Ridge)出版了《乔昆·穆里塔冒险记》。这是第一部由美国土著人创作出版的小说。

性中心的思想与杰妮维弗·威尔所熟悉的白人妇女的屈从地位之间的交锋。

派居特人萨拉·温妮姆卡(Sarah Winnemucca,1844? —1891)是一位演说家、教育家和作家,她的著作《派居特人的生活:不公正和主张》(1883)据说是最早一部印第安妇女出版的书籍,书中描写了派居特人在腐败的白人印第安事务官员的控制下的不幸遭遇。欧堪那根人胡米苏玛(Humishuma,1888—1936)[①]的写作初衷是想保存奥堪罗甘族人的故事传说,不料却写成了小说《混血儿科荀韦》(1927)并一举成名,小说首次触及了"混血"的题材。混血女主人公科荀韦一直徘徊在两种文化之间,她既尊重祖母所代表的传统价值观,也迷恋来自东部的阿尔弗里德·德恩斯莫的现代人生活方式。然而,德恩斯发现科荀韦并不富有,弃她而去。科荀韦最后选择了一直陪伴在自己身边、同为混血的牛仔吉姆。小说突出了科荀韦的女性意识和种族意识,同时引入了一个主宰整个20世纪三四十年代印第安文学的主题——寻根。

纳科他人爱拉·德洛里拉(Ella Deloria,1888—1971)起初不过是一些人类学家的助手,最后却凭借反映苏人文化变迁的《说起印第安人》(1944),成为达科他苏族的语言学和民俗学的知名学者。波琳·约翰森(Pauline Johnson,1861—1913)是加拿大莫霍克族的一位女演员,写下了数卷脍炙人口的诗歌,在加拿大土著人和白人中广为流传。还有社会活动家苏人兹特卡拉莎(Zitkalasa,1876—1938)[②]和奥马哈人弗莱瑟姐妹(La Flesche sisters,1854—1903,1865—1915),她们在积极投身20世纪初各类改革运动时,写下了大量的演讲词和杂文。

印第安女性文学的第一阶段是印第安女作家英语写作的学习阶段,她们的首要任务是用"敌人的语言"书写自己的故事。大部分印第安部族在白人殖民者到来之前尚未形成文字,所以那些闪烁着民族智慧、蕴含了古老文化的曲词、祭祀文、歌谣、传说都只能以口授的形式世代相传,随着白人文化在印第安人生活中的影响日渐深入,许多古老的口头文学濒临失传。这一时期的女作家意识到,昔日的盎格鲁作家在试图研究和记录印第安口述传统时,不免会曲解这些宝贵的文化遗产。她们还担心双语教育会导致自己部族的语言走向消亡,所以倾力展现本族文化的光辉传统,试图让白人改变对印第安人的偏见,从而改写印第安人的刻板形象。不过,她们大多数囿于当时的时代背景,其作

① 胡米苏玛,又名克莱斯德尔·昆塔斯科特(Chrystal Quintasket)或莫琳·德芙(Mourning Dove),意为"哀伤的鸽子"。

② 兹特卡拉莎,又称格拉特鲁德·波妮(Gertrude Bonnin)。

品流露出浓厚的维多利亚淑女文学的文体特征，喜好说教和劝人向善，尤以胡米苏玛和约翰森为甚。但德洛里拉却显然摆脱了这一刻板的守旧思维，她在承继的同时更注重发扬，这使她从保存者的身份一跃成为创造者，为印第安英语文学奠定了一种全新的表达方式。

如果说第一阶段的印第安妇女写作的目的主要是回忆和保存，且书写的对象是白人，那么第二阶段的女作家则背负起更艰巨的任务——身份书写。20世纪60年代末兴起声势浩大的“印第安文学复兴”，当中涌现出的印第安女作家把创作重心放在了历史和现实的互动与关联上，更加关注兼具社会性别与族裔身份的土著妇女的命运，白人的喜好则被她们抛诸脑后。这一时期的女作家带着自己已经复苏的女性意识和文化烙印，用文字抗议白人的殖民化，内容涉及政治、经济、文化等方面。在她们看来，白人不仅夺去了自己的土地，带来了酒精，教会族人赌博，而且还把腐朽的父权思想灌输给自己的同胞。因此，白人不仅是印第安人苦难命运的罪魁祸首，还是印第安妇女地位削弱的肇因。不同于第一阶段女作家保存记忆的倾向，第二阶段的女作家更加注重身份重建。在身份重建过程中，性别意识和种族意识得以强化，还原历史和回归传统成为其确立身份的重要策略。这一阶段的文学作品，字里行间充满了敌视和愤懑，注重从政治、经济、法律、社会和性别等角度展现印白冲突，追寻身份和认祖归宗成为女作家们青睐的主题。

第二阶段的代表人物主要有莱斯利·马蒙·希尔科(Leslie Marmon Silko)、波拉·甘·艾伦、路易丝·厄德里奇(Louise Erdrich)、琳达·霍根(Linda Hogan)、伊丽莎白·库克琳恩(Elizabeth Cook-Lynn)、乔伊·哈久(Joy Harjo)、卡洛尔·李·山奇兹(Carol Lee Sanchez，艾伦的姐姐)、温迪·罗丝(Wendy Rose)、格洛丽亚·伯德(Gloria Bird)、黛安娜·格兰丝(Diane Glancy)、玛丽·托芒顿(Mary TallMountain)、雪莉·希尔·韦特(Shirley Hill Witt)、洛伯塔·希尔·怀特曼(Roberta Hill Whiteman)、雷娜·格林(Rayna Green)、格拉迪丝·卡迪弗(Gladys Cardiff)等。这些女作家生活在各不相同的物质和心理环境里，其文化身份也不尽相同，但她们都有一个共同的理想：将自己从小耳濡目染的部族文化发扬光大。她们中的一些人，如艾伦、山奇兹、罗丝、托芒顿等过的是十足的都市生活，然而她们凭借文字，返回到保留地。在那里，她们讲述着新墨西哥州、明尼苏达州、亚利桑那州、阿拉斯加州和俄克拉何马州乡间的趣闻轶事，有郊狼、牛仔献技、烂醉的酒鬼、周日夜间的打情骂俏、精彩的帕瓦[①]，还有那满肚子都是好听的故事的祖父祖母、为情所困的叔叔阿姨、身披黑袍的牧师和修女。而另一些人，如卡迪弗、韦特等则退回到历史主题，那旧日的时光、亦真亦幻的历史人物、脑海深处挥之不去的古老传说，透过文字的表述，再次焕发出诱人的魅力。还有一些人，如怀特曼、哈久、格兰丝、山奇兹等则从自己和同代人的生活中发掘主题和塑造人物，或描绘俄克拉何马乡间农庄的生活，或再现亚柏克尔克、纽约严峻的都市生活。而希尔科、厄德里奇、韦特、霍根、格林、艾伦等则把非印第安人的故事交织在自己的作品中，在她们的世界里，印第安人、白人和印白混血儿上演着一出又一出边缘的、肮脏的、滑稽的下层肥皂剧。[②]

这些女作家来自不同的部族，深受各自部族历史文化传统的影响，她们痛惜白人文化对自己民族性的蚕食，渴望通过发掘被歪曲、被湮没的部族历史文化渊源来消解白人的文化殖民。同时，她们也十分关注现实，她们深知，唯有现实之残酷，方可映衬出传统之可贵。她们之中，希尔科、艾伦和厄德里奇堪称当代印第安女性文学的佼佼者。

早在"印第安文学复兴"时期，希尔科就凭借诗集《拉古纳女人》(1974)和《典仪》(1977)蜚声文坛。她的作品将拉古纳一普韦布洛口述传统融入西方文学体裁，让土著人的时空观、自然观和灵学思想同当代西方物质文明对话；她的人物常常是拉古纳和欧洲混血儿，他/她们从土著人生活方式和文化传统中汲取道德力量，以克服白人社会的压制和异化。她的写作从不拘泥于某一固定的文体模式，倾力刻画了现代印第安人面对西方文化殖民时的种种困惑、无奈、抗争、出路，从内容到形式都体现出十足的"杂糅性"。《典仪》的主人公塔尤是一位因健康原因从第二次世界大战退伍归来的老兵，与希尔科作品里多数的主人公一样，塔尤也是个混血儿。战场上无休止的滥杀、堂兄横死的种种场景日夜折磨着他，使他很难适应新墨西哥印第安人保留地的日常生活。而土著退伍军人整日流连酒吧、沉迷杯中物的生活也让他无所适从。他试图从纳瓦霍仪式中找回迷失的自我，结果却无功而返。后来在一位上了年纪的混血儿比汤尼的帮助下，他认识到典仪的价值。在老人的引导下，塔尤懂得了人性和宇宙属于一个广袤的实体，而典仪则是维持该实体和谐平稳的必要手段。

---

① 帕瓦，即 powwow，北美印第安人的狂欢典仪。

② Rayna Green ed., "Introduction", in *That's What She Said: Contemporary Poetry and Fiction By Native American Women* [M]. Bloomington: Indiana University Press, 1984. pp.1-12.

《典仪》的成功之处在于它强调了印第安文化遗产中恒久的复原力量，尤其是说故事在塔尤的康复过程中所扮演的角色。小说独特的叙事技巧——将塔尤的故事纳入亦真亦幻的女始祖“思想女人”(Thought Woman)的歌咏之中——不仅让人耳目一新，更是凸显了印第安文化对历史性的超越。

艾伦是希尔科的堂姐，她不仅通过诗歌、小说享誉文坛，而且在印第安文学、文化研究领域造诣非凡。她是拉古纳-普韦布洛族、苏族、苏格兰人和黎巴嫩人的后裔，复杂的血缘背景让成年后的她戏称自己是“多元文化产物”[①]。与堂妹希尔科一样，拉古纳-普韦布洛文化中女性为中心的思想也深深影响着艾伦的文学创作和学术研究。她写的《圣环：重新发掘美国印第安传统的女性传统》(1985)是第一部以女性视角研究印第安文学的著述。艾伦还发表了包括《盲狮》(1974)、《阴影国度》(1982)、《皮与骨》(1988)在内为数不少的诗集。她的诗主要是自由诗体，以叙事见长，穿插抒情歌谣。印第安问题是艾伦诗歌不变的主题。《宝嘉康蒂之于她的英国丈夫约翰·罗尔弗》是艾伦最有名，也是诗歌选集最常收录的一首诗。这首诗颠覆了白人书写历史中宝嘉康蒂的故事，尤其是以风行全球的迪士尼动画片《风中奇缘》里宝嘉康蒂和白人青年探险家的浪漫故事为代表。艾伦的诗篇里，宝嘉康蒂从她的白人“爱人”那里得到的不是浪漫的情爱，而是肺结核——“一种缠绵病榻/腐烂的基督徒之死”[②]。艾伦的叙事诗里还出现过诸如玛雅人马琳娜尔、易洛魁族人莫莉·布兰特和肖松尼族人萨卡加韦阿等历史人物。[③]

---

① Elizabeth Hanson ed., *Paula Gunn Allen* [C]. Boise, ID: Boise State University, 1990. p.127.

② Paula Gunn Allen, *Skins and Bones*: *Poems* 1979-1987 [M]. Albuquerque, NM: West End, 1988. p.9.

③ Paula Gunn Allen, "C'Koy'u, Old Woman", in *Skins and Bones*: *Poems* 1979—1987 [M]. Albuquerque, NM: West End. pp.1-23.玛雅人马琳娜尔(Malinal)生卒时间不详，据记载，在1519—1521年的“西班牙征服”中，她是西班牙征服者艾尔南·柯提斯(Hernán Cortés)的女俘虏、翻译、谋士、情妇和知己。莫莉·布兰特(Molly Brant, 1736—1796)是英国任命的纽约省印第安事务主管威廉·约翰逊的妻子。她在美国独立战争期间立场鲜明地号召族人支持英王。萨卡加韦阿(Sacagawea,约1788—1812)是美国人刘易斯和卡拉克的西部探险队的成员，担任向导和翻译。1999年，美国财政部发行的新版一美元硬币上采用了萨卡加韦阿的肖像，以纪念她为自由和正义所做的贡献，但所谓的自由和正义只是白人的，并不属于印第安人。艾伦认为这些与白人世界联系在一起的印第安妇女长期被误读、被歪曲，她试图发掘她们真实的、属于印第安人的声音。

艾伦的小说创作虽然在数量上不能和她的诗作相提并论，但影响和意义绝不亚于后者。《拥有阴影的女人》(1983)是她历时13年，糅合自己的亲身经历，殚精竭虑完成的一部力作。小说讲述了一个名叫伊法妮·阿顿休的女性所经历的分裂、孤立和迷失方向的故事。伊法妮是个混血儿，身上有西班牙和印第安血统。在堂兄、丈夫和排斥混血儿及女同性恋的文化的压迫之下，在疏离了自己的文化传统之后，伊法妮绝望之极，企图结束自己的生命——起初是酒精，接着用毒品，再后来是小刀和绳子。直至最后一次她尝试自杀时和一只蜘蛛相遇，这只蜘蛛是克里斯族神话里的蜘蛛女始祖，它使伊法妮走出壁橱，走出囚禁自己肉体和心灵的牢笼，回归到健康、平衡、适当的生命之旅。小说简约凝练的语言颇有格特鲁德·斯泰因的风范，跳跃的叙事风格再现了人物游移动荡的内心世界。《拥有阴影的女人》真切地描绘出伊法妮在现代物质社会里追寻自我、身份的艰难历程，深刻地反思了20世纪印第安妇女如何被主流文化、欧美女性主义以及印第安社会男权思想逐步边缘化的事实。

在当代印第安文坛，路易丝·厄德里奇无疑是最耀眼的一颗明星。1984年，她凭借小说《爱之药》一举夺得全国图书评论界奖。迄今为止，她已经出版了两部诗集，完成了近10部长篇小说，其中包括与前夫迈克·多里斯合作的《哥伦布之冠》(1991)，以及6部北达科他系列小说：《爱之药》《甜菜女王》(1986)、《轨迹》(1988)、《宾果厅》(1994)、《燃情故事集》(1996)、《无马镇最后的奇迹报告》(2001)。厄德里奇的小说栩栩如生地刻画了生活在北达科他保留地的当代印第安人，以优美的笔触、细致的白描将这些男男女女的日常生活和七情六欲娓娓道来。厄德里奇的父亲是德国人，母亲则有八分之三的齐佩瓦族血统，祖父曾多年担任海龟山脉部落首领。1954年，厄德里奇降生在明尼苏达州的小瀑布城，但她却是在距离海龟山脉保留地很近的瓦佩顿市长大。儿时的她常到海龟保留地去，和母亲的族人，也是自己的族人交往，聆听他们动人的故事。1972年，厄德里奇赴达特茅斯学院求学，也是在这一年，她和该学院负责美国土著人研究系的人类学家、小说家、她未来的丈夫和创作伙伴迈克·多里斯相识了。厄德里奇1976年获学士学位，3年后获硕士学位，这期间她从事过各种工作，采挖制糖的甜菜、摘黄瓜、在电影院卖爆米花、替自动倾卸卡车过磅、誊写广告副本和冲洗照片，她也做过临时保姆、救生员、短期厨师和图书馆图书上架员，还卖过炸鸡和馅饼，当过女招待。这些生活经历使形形色色的人进入厄德里奇的生活，进入她未来五彩缤纷的文学世界。如果说厄德里奇1981年出版的儿童写作课本《想象力》尚且不能称作文学创作，那么她次年激情洋溢的短篇小说《世上最伟大的渔夫》荣获"纳尔逊·阿尔格仁"奖无疑宣告了一位杰出作家的诞生。

《爱之药》由若干短篇小说组成，采用多角度叙事，故事时空交错，人物彼此联系。小说无意表现个人的追寻、理想，而是致力演奏一曲部族讲故事的多声部大合唱。这些声音包括了5个印第安混血家族：纳那普什一家、卡什坡一家、皮里杰一家、拉扎尔一家和莫里斯一家。是血缘、情爱、嫉妒、仇恨、宗教、死亡、历史和政治把这5个家族紧紧联系起来。他们的故事，从他们自己口中、别人口中娓娓道来，如同数百年乃至数千年前的印第安人讲述神话传说一样。讲故事原本就是印第安人生活中不可或缺的一部分，从古至今，一直如此。曾几何时，白人的文字开始书写印第安人和他们的生活、历史，那些书写把印第安人的故事从他们的日常生活中剥离，使他们世代相传的故事成为某种抽象的符号，失去其生命力。然而厄德里奇的《爱之药》却让印第安人的故事焕发出现代气息，她笔下的男男女女，通过絮叨家长里短，把部族人民之间的那份真情表现得淋漓尽致，让现代印第安人真真切切地展现在读者面前。

希尔科曾批评厄德里奇太过于重视作品的文学性，以致牺牲了本应凸现的政治性。可是厄德里奇依然我行我素，照旧精雕细琢自己的文字，潜心营构小说布局。其实，厄德里奇并不是无视印第安人的困境，她也从未忘记族人的不幸，不同的是，她将深切的关怀，以一种幽默、自然的方式融入自己的故事里，全力再现当代印第安人的日常生活。她笔下的印第安人，不是一个命中注定的悲剧民族，而是充满活力和生机、微笑面对艰辛和困苦的勇敢民族。或许正是厄德里奇的“忘却”，让更多读者真切地了解当代印第安人的生活。诚然，只有让印第安人的故事为更多人知晓，才会为印第安人在抗争之路上赢得更多的盟友。而一味坚持对立、拒他人于千里之外，只能使印第安文学走入死胡同，难以获得灵感和活力，在这一点上，厄德里奇无疑昭示着印第安女性文学的新方向。

迈入21世纪，便捷的交通和畅通的信息高速公路使印第安人和世界的联系日趋紧密。当代印第安女作家并未一味固守在保留地，她们逐渐意识到印第安文化的发扬需要更多的有心人，并且热心地投身于这一传播事业。如果说从胡米苏玛、德洛里拉、约翰森到艾伦、希尔科和厄德里奇展现了印第安女性英语写作的成长历程，那么她们所代表和承继的则是源自印第安女始祖伊亚提库的巨大创造力和无穷的智慧。在她们的笔下，我们看到印第安人生活的真实写照，听见印第安妇女自己的声音，感受到她们那如沉寂的火山般积蓄的能量。

（原发表于《当代外国文学》2007年第3期）

第一部分

口述与书写：本土裔典仪与印第安形象

19 世纪美国白人文学经典中的印第安形象

邹惠玲*
（江苏师范大学外国语学院）

摘　要：本文从后殖民批评视角出发，以库柏、麦尔维尔、马克·吐温等美国白人文学大师的作品为例，研究 19 世纪美国白人文学中模式化的印第安形象，探讨白人文学家们如何以虚假的印第安形象取代印第安民族的真实存在，在文本中臆想印第安民族的必然消亡，并使白人对北美大陆原住族印第安人的驱赶、杀戮和剥夺合法化。本文认为，美国白人文学经典中的印第安形象在印第安民族被消声与边缘化的过程中起到了重要作用，是白人殖民主义话语的一个重要构成。

关键词：印第安形象；美国白人文学经典；殖民主义话语

当代印第安裔学者沃德丘吉尔（Ward Churchill）在《主人种族的幻想》一书中把美利坚合众国对印第安人的征服称为“美国内部殖民主义”。他指出，这种征服贯穿并最后完成于 19 世纪。与之相应的是，在 19 世纪形成并走向成熟的美国白人文学塑造出“某种印第安形象，以表达这个国家欧美白人取代这片大陆上的原住族的需求”（Churchill 12-13）。19 世纪美国白人文学所刻画的印第安形象大致分为两类——高贵的野人和卑劣的野人。这两类形象最先出现在白人戏剧作品中。高贵的野人“居住在原始森林中……天性善良，与大自然和谐相处，凭冲动行事……在感情方面如孩子般天真，但怀有鲜明的荣誉感，吃苦耐劳，作战英勇”（Wilmeth 129）。卑劣的野人则是作为高贵野人的对立面出现的，通常被表现为邪恶的化身，奸诈、卑鄙、冷酷、狠毒。不过，无论是高贵野人，还是卑劣野人，19 世纪白人舞台上的印第安人都逃脱不了灭亡的噩运，终将“被英勇无比、能力卓绝的白人英雄所战胜”（Jones 84）。其实，

* 作者简介：邹惠玲，教授，主要研究方向为美国印第安文学和美国戏剧。

上述两类模式化的印第安形象同样存在于19世纪美国白人文学作品中。本文以库柏、麦尔维尔、马克・吐温这三位美国白人文学大师的作品为例，研究美国白人文学中印第安模式化形象的演变，探讨白人文学家们是如何借助于这些形象遮蔽印第安人的真实存在，把其彻底边缘化的。

在"皮裹腿"系列小说中，库柏以白人猎手邦波的冒险经历为主线，展现了从殖民时期到独立战争之后美国社会历史发展的巨幅画卷，从而成为美国历史传奇和西部小说的首创者，也成为第一个以印第安人作为自己作品中主要人物的美国小说家。在"皮裹腿"系列小说之一《最后的莫希干人》(1826年)中，库柏不惜溢美之词，浓墨重彩描绘出莫希干族酋长钦加哥和他的儿子恩卡斯这两个高贵的印第安野人形象。在他的笔下，钦加哥和恩卡斯虽然"粗野、蒙昧无知"，却具有"高贵的天赋"，"高傲、坚定……勇敢而气度非凡"。(54-55)[①]另一方面，库柏也着意渲染了这父子俩的野人特征：他们的躯体"几近赤裸，身上用黑白两色画着象征死亡的可怕的花纹"，脑袋剃得光光的，"只有头顶心留着一簇著名的、表示勇武的发髻，发髻上没有别的装饰品，只有一根老鹰的羽毛"。(23)在描写他们挥舞印第安战斧与敌人厮杀场面时，库柏突出表现了他们的"凶神恶煞"和"杀气腾腾"；(127)而在叙述他们赢得胜利之后的行为时，库柏则强调了他们野性十足的庆贺胜利方式："那个上了年纪的莫希干人，早已抢在他的前面，把胜利的标志——死人的头皮，从那毫无反抗的脑袋上剥撕到手了。"(127)更为重要的是，虽然库柏塑造这两个高贵野人的形象时明显流露出对他们的同情与赞佩，但他为他们设计的最终结局却是走向死亡、走向种族灭绝。

在塑造钦加哥和恩卡斯这两个高贵野人形象的同时，库柏在《最后的莫希干人》中精心刻画了他们的对立面——卑劣的印第安野人。如一位批评家所指出的，在库柏的"皮裹腿"系列小说中，"土著美国人都是残忍的、野蛮的，只有钦加哥和恩卡斯是例外"(Wardrop 63)。的确，按照库柏在小说中的说法，除了钦加哥和恩卡斯，其他所有印第安人统统是"魔鬼的孩子"(281)。为了证明这一点，库柏通过许多个厮杀搏斗的场景详尽展示了印第安群体兽性十足、凶悍残忍的性格特征。尤其是在叙述白人军队撤退途中遭遇休伦人埋伏的血腥场面时，库柏不仅描写了两千多休伦人如何残杀手无寸铁的妇女儿童，如何疯狂砍杀放弃抵抗的白人士兵，而且突出表现了休伦人那种野兽般的嗜血成

---

① 本文引用《最后的莫希干人》的内容均见宋兆霖译：《最后的莫希干人》(南京：译林出版社，1999年)，下文只随文注出页码，不再一一说明。

性:“到处血流成河,简直像洪水泛滥,这番景象使得那班土人更加激动,更加疯狂,他们当中不少人甚至跪到地上,痛快地、狂热地、狠毒地吸吮起来。”(209)不仅如此,在这样一个野人群体的背景之上,库柏集中笔墨刻画了休伦人麦格瓦这一卑劣野人的典型代表。麦格瓦第一次出场,库柏就勾勒出一个既凶暴又狡诈的野蛮人形象:“在他那种野蛮的平静之中,却隐藏着一股阴沉、凶狠的神气……他那张凶狠的脸上画着的战斗花纹,颜色已经有些模糊不清,因而使这张黝黑的脸显得更加狰狞可憎……他的眼睛中射出两道炯炯的光芒……显得凶暴粗野。”(9)此后随着故事的展开,库柏淋漓尽致地展现了麦格瓦的凶狠歹毒。他策划并带头施行了对白人的血腥追杀,用种种野蛮手段羞辱、折磨白人俘虏。更有甚者,他劫持了白人姑娘科拉,逼迫她做自己的妻子。而这一点是那个年代的白人最无法容忍的[①]。对于这样一个“野蛮凶残”的印第安人,库柏理所当然地为他安排了一个死于白人枪口之下的结局。小说结尾,作恶多端的麦格瓦被邦波射出的子弹击中,“一个倒栽葱掉下了山崖……飞快地掉向死亡的深渊”(409)。

这样,库柏第一次在美国小说中塑造出高贵的野人和卑劣的野人这两类印第安形象,突出表现了印第安人的野性,强调了印第安人的愚昧落后与凶暴残忍。更为重要的是,通过恩卡斯之死和麦格瓦被白人击毙,库柏不仅反映了当时美国公众中普遍存在的对印第安人赶尽杀绝的仇视心理,而且表达了主流社会对印第安问题的立场:印第安民族的灭绝是“美利坚合众国解决印第安与移民问题的最圆满办法”(Jones 63)。在这一意义上,库柏的“皮裹腿”系列小说可以说是美国白人殖民主义话语的一个有机构成。

由于库柏在美国文学发展史上所占据的重要地位,他所塑造的高贵野人和卑劣野人这两类印第安形象成为此后白人作家刻画印第安人物时所遵循的模式。在《白鲸》(1851年)中,另一位美国白人文学巨匠麦尔维尔把库柏所首创的这两类印第安形象结合起来,塑造出一个既高贵又邪恶的印第安野人形象。

在《白鲸》中,麦尔维尔主要描写了三个土著人形象:奎奎格,一个来自波利尼西亚的“食人生番”,虽然“外表粗鲁”,却具有“纯朴、诚实的心”和“高尚的品格”;(Melville 52)[②]达格,一个野性十足、威风凛凛的黑人;塔希泰戈,一个“纯种印第安人”(Melville 125)。在麦尔维尔笔下,这三个土著都表现出既高

---

① 在小说中,库柏借主人公邦波之口一再强调“纯血统的白人”。

② 本文引用《白鲸》的内容参考了人民文学出版社成时的译本和燕山出版社刘宇红、万茂林的译本。

贵又卑劣的野人特性。然而,严格讲起来,他们中只有塔希泰戈是真正的北美印第安土著。因而,以下笔者将集中讨论这一人物形象。

在塑造塔希泰戈这一人物形象时,麦尔维尔首先描绘了他身上高贵野人的外貌特征:"又长又细的乌黑头发,高高的颧骨,又黑又圆的眼睛……所有这一切足以证明他是那些高傲的武士猎手的纯种后代。"(Melville 125)而后,麦尔维尔多次描写了塔希泰戈在追寻、捕杀鲸鱼时所表现出的勇敢和高超技能。通过这些,他向读者展示出一个类似于库柏笔下的钦加哥和恩卡斯的印第安野人形象。与此同时,麦尔维尔借助另一些细节揭示出塔希泰戈那些野蛮的、邪恶的性格特征。比如在餐桌上,塔希泰戈不仅举止粗野、吃相难看,而且常常以捉弄、恐吓白人侍者为乐趣。在描绘塔希泰戈的外貌时,麦尔维尔一方面强调他那印第安武士后裔的堂堂相貌,另一方面又把他比作一条蛇,暗示他周身散发着撒旦般的邪恶:"他的四肢如同蛇一般绵软弯曲,看着他那黄褐色的强健肌肉,你几乎会接受某些早期清教徒的迷信,将信将疑地把这个印第安野人当作魔鬼①的后代。"(Melville 125)而在佩阔德号船毁人亡的最终结局中,麦尔维尔为塔希泰戈精心设计了撒旦式的表现。

在小说中我们看到,当佩阔德号被白鲸撞毁、渐渐下沉时,塔希泰戈正在往主桅杆顶端钉一面旗帜。就在他的脑袋即将被海水淹没时,他把一只俯冲下来的苍鹰也钉到了桅冠上,使它随同佩阔德号沉入海底。这只来自"星辰间的天然家园"的苍鹰无疑是以一个天使的形象出现的,而塔希泰戈则取代了船长亚哈,成为把佩阔德号引向毁灭的撒旦。这个"沉入水中的野人"不甘屈从灭绝的命运,扬起"红色的臂膀",(Melville 604)牢牢钉住那只"天使般的"大鸟,迫使它陪伴自己沉入黑暗的海底。虽然在文中麦尔维尔把佩阔德号比作撒旦,但他所描绘的这幅情景却告诉读者,塔希泰戈就是那个坠入地狱时非把天上的生灵拖下水不 可的撒旦。作家再清楚不过地告诉读者:这个"印第安野人"是魔鬼的化身。

通过这段叙述,麦尔维尔完成了既高贵又邪恶的印第安野人形象的塑造,把塔希泰戈定型为"野性与原始世界的一个象征性成员""魔鬼的一个强悍使者"。(Cox 236)更耐人寻味的是,麦尔维尔是以印第安佩阔特部族命名这条带着"印第安野人"塔希泰戈以及其他所有土著水手沉入海底的捕鲸船的。在提到捕鲸船的命名时,麦尔维尔只是轻描淡写地告诉读者,佩阔特部族"现在

---

① 原文为"the prince of the powers of the air",指魔鬼,典出《圣经·以弗所书》第二章第二节。

已经消亡"(Melville 72)，只字未提这个部族是如何在清教徒移民的血腥屠杀中全部丧生的[①]。因而，以佩阔特部族命名捕鲸船，这本身就意味着麦尔维尔对北美白人殖民进程的肯定和对殖民话语的认同；而当他让佩阔德号沉入大海时，他不仅"把佩阔特人引向第二次(象征性)大屠杀"(Cox 235)，而且以这个寓言式的结局抹去了印第安民族的历史存在，明确地向世人宣告：高贵而邪恶的印第安野人连同他所代表的那个民族必将被白人移民的滚滚洪流所淹没。

在塑造印第安形象时，库柏和麦尔维尔或多或少流露出对印第安民族的同情与赞佩。与他们截然不同的是，马克·吐温在自己的创作中表现出对印第安人的强烈的种族仇恨。正如一位评论者所指出的，"由于天性和信仰，吐温绝对是一个仇视印第安的人，他一心想要消灭的不仅是印第安人的肉体，而且是印第安生活的任何一个表象"(Fiedler 122-123)。纵观吐温的作品，我们可以发现许多反印第安的表述。以《苦行记》(*Roughing It*)为例，在记载自己穿越印第安保留地的经历时，吐温不仅使用了"凶残的印第安人""可怕的印第安土地"(Twain，*Roughing It*：41-42)等充满偏见的字眼，而且把自己途中遇到的印第安人描写成最低劣、最下贱、最野蛮的民族，用诸如"冷漠、鬼祟、奸诈""懒惰""卑劣、肮脏和令人讨厌"等许多侮辱性极强的贬义词描绘印第安人，把他们称作"不要脸的乞丐"和"可怜的动物"。(Twain，*Roughing It*：95-97)不过，在吐温所有作品中，最明确传达出他的反印第安立场的应当是《汤姆索亚历险记》。

马克·吐温一方面把库柏的印第安形象贬斥为虚假的、错误的[②]，另一方面又以库柏的卑劣野人为模式，在《汤姆索亚历险记》中刻画出一个面目可憎的印第安恶棍形象——印江乔，通过一系列事件突出表现了这个"杀人不眨眼的杂种"的邪恶天性(65)[③]。在"盗墓惨案"那一章中，吐温从躲在暗处目睹凶杀案的汤姆和哈克的视角讲述了印江乔杀死罗宾逊医生的经过。"印江乔跳起来，眼中燃烧着仇恨的光，猫一样弓着腰围着两位打得不可开交的斗士转来

---

① 有关清教徒对佩阔特部族的大屠杀，可参见 Ward Churchill. *Fantasies of the Master Race*: *Literature*, *Cinema and the Colonization of American Indians* [M]. San Francisco: City Lights Books, 1998. p.4.

② 有关吐温对库柏的印第安形象的否定，参见 Mark Twain, "Fenimore Cooper's Literary Offences," in *The Norton Anthology of American Literature* [C]. vol.II, 1st ed, New York: W. W. Norton & Company, 1979. pp.266-276.

③ 本文中引用《汤姆索亚历险记》的内容均引自孙淇译：《汤姆索亚历险记》(海口：南海出版公司，2000 年)。个别地方略有改动。随文只注出页码，不再一一说明。

转去，寻找着扑上去的机会。有一瞬间医生挣脱出来，抓起威廉士坟头的大木板朝波特脑袋猛砸，波特倒了下去。与此同时，那个混血种趁机把刀狠狠刺进年轻医生的胸膛”(66)。显而易见，以上这段叙述不仅在汤姆和哈克这两个孩子面前，而且在读者面前树立起一个狠毒、狡诈、野性十足的印第安形象。而在接下来的叙述中，吐温又进一步表现了这个印第安野人本性中更为邪恶的一面。杀死医生后，印江乔把沾满鲜血的凶器塞到昏迷的波特手中，花言巧语地骗他相信是他捅死医生的，还信誓旦旦地保证自己绝不会告发他。然而，事发之后印江乔不仅向警方诬告波特，而且当众“滔滔不绝地发表了一通毫不害臊的谎言”，绘声绘色、镇定自若地编造出波特的“杀人经过”，以至汤姆和哈克认定“这恶棍已把自己出卖给了撒旦”。(78)其实，这两个孩子的看法所传达的正是吐温的真实意向。吐温意在表明，印江乔这个印第安野人不仅是一个冷血杀人犯，而且是撒旦的门徒，是一个良心泯灭的恶魔。不仅如此，在表现印江乔的野性与邪恶的同时，吐温把他的邪恶本性归咎于他的印第安血统——在杀死医生前的争吵中，印江乔恶狠狠地向医生叫嚷道：“印第安的血可不是白流在我身上的？”(66)这句话显然是要告诉读者，印江乔的野性是印第安种族特性的具体体现。

在接下来描述印江乔策划向道格拉斯寡妇复仇时，吐温从另一侧面把这个印第安野人进一步妖魔化。这个“杀人不眨眼”的印第安野人不仅对白种男人满怀刻骨仇恨，而且是个铁石心肠的施虐狂。为了获取复仇的快感，他一心盘算着如何以最酷虐、最令人难以忍受的手段折磨、侮辱白种女人，叫她求生不得、求死不能。相较而言，吐温所塑造的印江乔与库柏的麦格瓦十分相似，只不过前者的面目更为狰狞，行为更令人发指。

与库柏的印第安形象一样，吐温笔下的印江乔也没有逃脱注定灭亡的命运。在罪行暴露之后，印江乔被困在山洞里活活饿死，他藏在山洞中的财宝则被汤姆和哈克这两个纯白人血统的孩子发掘出来，成为他们的财产。依笔者所见，印江乔的这种结局揭示出吐温反印第安立场的两个重要方面。其一，尽管吐温对库柏的创作提出严厉的批评，他在塑造印第安形象时却自觉不自觉地遵循着库柏所创立的印第安注定灭亡的模式；其二，吐温不仅对印第安人怀有强烈的种族仇恨，力图在文本中消灭他们，而且把美国内部殖民主义对印第安人所施行的种族灭绝、把白人对印第安土地和资源的侵吞视作正义的事业。《汤姆索亚历险记》创作和发表于印第安战争期间(1860—1890)。在这场长达三十年的战争中，联邦军队对拒绝屈从于白人殖民统治的印第安部族发动了一次又一次大规模军事行动，最终摧毁了印第安各部族对美国政府的集体抵抗,完成了白人移民对印第安土地和丰富矿产资源的永久侵占。如果我们在这样一种历史大背景之下审视《汤姆索亚历险记》,就不难看出,吐温实际上代表了当时美国白人移民普遍怀有的对印第安人斩尽杀绝的仇视心理。在他们看来,印第安人不过是人形的野兽,非但没有资格在美国社会中生存,“即使在文本层面上也不宜存在”(Riley 175)。在这一意义上,吐温为印江乔安排的结局表达了他本人和当时美国白人社会对美国政府印第安政策的支持。因而,虽然吐温曾经强烈谴责对美国黑人的种族歧视,他同时却也是白人殖民主义话语构建的积极参与者。他所塑造的印江乔,“作为典型的美国印第安人形象,一个多世纪以来一直深深根植于无数年轻读者敏感的心灵”(Backus 266),使他们在欣赏汤姆等白人儿童冒险经历的同时,认可、接受可怖而又可憎的印第安恶棍形象,从而在他们的心目中把白人对北美大陆的原住族印第安人的驱赶、杀戮和剥夺合法化。

库柏、麦尔维尔和马克·吐温所塑造的上述模式化的印第安形象得到他们同时代白人作家的响应。他们要么认为印第安人注定灭绝,或者已经灭绝,因而把他们排斥于文本之外,要么依照高贵野人与卑劣野人的模式描写、塑造印第安形象。例如,当时与库柏齐名的边疆小说家伯德在其代表作《林中恶魔》(1837)中塑造出一组卑劣印第安野人的群像。他们受到白人移民内森的款待,却恩将仇报,残忍地杀死内森的妻儿。另一位边疆小说家西蒙斯则在《耶马西人》(1835)中把印第安人描写成既可怖又高傲、注定被白人文明征服的民族。又如,著名浪漫主义小说家霍桑虽然没有着意刻画印第安形象,但每当在作品中提及印第安人时,总是把他们与野蛮和邪恶联系起来。在《红字》中,前来观看选择日庆典的印第安人被描绘为“十分狂野”的、“周身上下涂得乱七八糟的野蛮人”;(霍桑 211)在“年轻小伙子布朗”中,当布朗到黑暗森林中的魔鬼那里赴约时,他隐约觉得“也许每一棵树后都有一个魔鬼般的印第安人”(Hawthorne 525);后来,小说的叙述者又借教区牧师迪肯之口,把魔鬼召集的聚会与印第安人的帕瓦仪式相提并论,因为“印第安药师对邪恶魔法的了解与我们中最出色的人不相上下”(Hawthorne 528)。同样,以生活富裕的中产阶级作为主要描写对象的现实主义大师亨利詹姆斯虽然极少把笔触涉及印第安人,然而一旦提到他们,也总是把他们归入野蛮的原始人之列。在《黛西米勒》中,当那些欧化的美国人指责黛西没有文化、没有教养时,温德朋竟以她并非未开化的印第安人这样一个理由为她辩解:“她毕竟不是一个科曼切野人。”(James 1396)进入 20 世纪后,高贵野人与卑劣野人的模式化印第安形象演变成形形色色的印第安人物,作为陪衬和配角出现在白人文学作品中。从杰克伦敦《荒野中的呼唤》中残忍杀害白人约翰桑顿的土著印第安人，到海明威“印第安人营地”中不忍目睹妻子难产而割颈自尽的印第安丈夫；从福克纳《熊》中那位仅仅属于无法挽回的往昔世界的混血印第安猎人山姆法泽斯，到肯凯西《飞越疯人院》中落入高度发达的白人现代社会的陷阱、注定被毁灭的布罗姆登酋长；从哈特克兰笔下充满浪漫色彩的印第安公主庞克洪塔丝，到科皮特剧作中骁勇、野蛮而又愚昧的印第安酋长，这些印第安人物看似各具特色，然而就本质而言，全都由19世纪美国白人文学大师们所开创的印第安形象发展变化而来。以未开化的、注定在白人文明进程中走向灭绝的高贵野人和卑劣野人的模式为基点，美国的白人文学构建起一整套殖民主义话语，把印第安文明贬斥为原始的、落后的，在文本中臆想印第安民族的必然消亡，从白人立场出发书写美国的历史，宣称“美国的文明是由来自欧洲文明的上帝选民或者优等民族在与野蛮落后的非白种种族的斗争中建立起来的”(Jennings 327-328)。借助于这种殖民主义话语，白人文学家们把文明/野蛮、主宰者/被主宰者的殖民二元结构强加于印第安民族，在维护并巩固美国内部殖民秩序的同时，以虚假的印第安形象取代了印第安民族的真实存在。正如一位印第安学者所指出的，由于白人文学对印第安民族的殖民主义书写，印第安人成为“文学、历史和艺术的产物；这一虚构出来的产物与生存在现实中的美国印第安人几乎没有相似之处”(Owens 4)。更为严重的是，借助于在印第安保留地强制推行的英语教育和各种大众传媒手段，白人文学将虚构的印第安形象灌输给一代又一代印第安年轻人，使得他们逐渐认同白人文学对自己民族的歪曲表现，不仅将白人文学家笔下模式化的印第安形象当作真实形象接受下来，而且把白人作家所描述的“印第安传统”奉为自己的行为准则。另一方面，白人文学的这种殖民主义书写对早期的印第安英语文学也造成了严重的负面影响。19世纪和20世纪上半叶那些接受过白人殖民教育、用英语写作的印第安裔作家，例如西蒙博卡根、约翰弥尔顿奥斯基森和查尔斯亚历山大伊斯特曼等人，在创作中往往以白人文学中模式化的印第安形象为依据塑造印第安人物，以至不知他们印第安身份的读者“从他们的小说中得出他们是白人的结论”(Larson 34)。由此可见，在白人殖民对印第安民族施行文化灭绝的过程中，在印第安文化身份的被消解与边缘化的过程中，19世纪美国白人文学起着不可或缺的作用。

参考文献

[1] Backus, Joseph M. "'The White Man Will Never Be Alone': The Indian Theme in Standard American Literature Course", in *Studies in American Indian Literature*:

Critical Essays and Course Designs [C]. Ed. Paula Gunn Allen. New York: The Modern Language Association of America, 1983.259-272.

[2] Churchill, Ward. *Fantasies of the Master Race: Literature, Cinema and the Colonization of American Indians* [M]. San Francisco: City Lights Books, 1998.

[3]Cox, James H. "'All This Water Imagery Must Mean Something': Thomas King's Revisions of Narratives of Domination and Conquest in Green Grass, Running Water" [J]. *American Indian Quarterly* 24.2(2000): 219-247.

[4]Fiedler, Leslie. *The Return of the Vanishing American* [M]. New York: Stein and Day, 1969.

[5]Fiedler, Leslie. "Young Goodman Brown", in *The Norton Anthology of American Literature* [C]. Ed.Nina Baym. New York: W. W. Norton & Company, 1989.524-533.

[6]James, Henry. "Daisy Miller", in *The Norton Anthology of American Literature* [C]. Ed.Nina Baym. New York: W. W. Norton & Company, 1989.1387-1424.

[7]Jennings, Francis. *The Invasion of America: Indians, Colonialism, and the Cant of Conquest* [M]. Chapel Hill: U of North Carolina P, 1975.

[8]Jones, Eugene H. *Native Americans as Shown on the Stage* [M]. Metuchen: Scarecrow Press, 1988.

[9]Larson, Charles R. *American Indian Fiction* [M]. Albuquerque: U of New Mexico P, 1978.

[10]Melville, Herman. *Moby Dick* [M]. New York: Tom Doherty Associates, 1996.

[11]Owens, Louis. *Other Destinies: Understanding the American Indian Novel* [M]. Norman: U of Oklahoma P, 1992.

[12]Riley, Patricia. "'That Murderin' Half-Breed: The Abjectification of the Mixblood in Mark Twain's Adventures of Tom Sawyer", in *Native North America: Critical and Cultural Perspective* [C]. Ed.Hulan Renee. Toronto: ECW Press, 1999.174-186.

[13]Riley, Patricia. *Roughing It* [M]. Berkeley: U of California P, 1972.

[14]Wardrop, Stephanie. "Last of the Red Hot Mohicans: Miscegenation in the Popular American Romance" [J]. *MELUS* 22.2(1997): 61-75.

[15]Wilmeth, Don B. "Noble or Ruthless Savage? The American Indian on Stage and in Drama", in *American Indian Theater in Performance* [C]. Ed.Hanay Geiogamah and Jaye T. Darby. Los Angeles: Malloy Lithographing, Inc., 2000.127-156.

[16]马克·吐温:《汤姆·索亚历险记》[M]. 孙淇译,海口:南海出版公司,2000年。

[17]纳撒尼尔·霍桑:《红字》[M]. 姚乃强译,南京:译林出版社,1996年。

[18]詹·费·库柏:《最后的莫希干人》[M]. 宋兆霖译,南京:译林出版社,1999年。

(原发表于《外国文学研究》2006年第5期)

美国十九世纪印第安典仪文学与曲词文学

张　冲[*]
（复旦大学外国语学院）

摘　要：本文从关于“美国文学”缘起的探讨出发，以十九世纪本土裔文学为对象，分析了美国印第安典仪文学与曲词文学的文体特征与丰富内涵：一、它本身实际上是一个内容形式极为丰富的综合现象；二、它主要是以口头文学的形式表现出来的；三、它与印第安人的生活有着特殊的密切关系；四、它有着真正意义上的“大众文学”的性质。口头文学由于没有文字记录，要保持其传统就只能靠口口相传，因此在印第安文学中，文学的接受就有了特殊的意义：它超出了一般的自我娱乐、自我满足的范围，而具有承续部落文化和精神的重要使命。

关键词：印第安文学；典仪文学；曲词文学

作为地域概念的美国，其文学的源起和发展可以追溯到可能是这块大陆上最早的居民——印第安人时期。传统的美国文学史通常将欧洲移民踏上这块令他们神往已久的大陆之时算起，即 7 世纪头几十年。当然也有人把所有关于美洲的报告、回忆等统统归入“美国文学”的范围。[①] 这样，美国文学的源头就在欧洲，它在这块大陆的扎根与发展和移民——殖民进程——几乎是同步的。然而，随着各个领域中“欧洲中心论”不断受到挑战，随着人们对美国多元文化共生现象的认识逐步深入，特别是随着人们对美国“少数裔”文学研究

---

* 作者简介：张冲，教授，主要研究方向为莎士比亚戏剧、美国本土裔文学。

① 20 世纪 80 年代前的美国文学史，如斯皮勒的《美国文学的周期》等，几乎都以欧洲移民踏上美洲大陆作为美国文学的起点，80 年代末以来，有两部较重要的美国文学史开始将印第安传统文学纳入讨论范围，它们是：Emory Elliott, *Columbia Literary History of the United States* [M]. New York: Columbia UP, 1988; Sacvan Bercovitch, *The Cambridge History of American Literature*, vol.1, 1590-1820 [C]. Cambridge: Cambridge UP, 1994/95.

的不断深入以及 20 世纪 70 年代以来美国印第安文学的蓬勃发展，将北美印第安文学纳入美国文学的总体范畴几乎是一种必然了。

虽然在当代印第安文学中可以清晰地看到所谓“传统文学”与“主流文学”的区别[①]，对印第安人来说，19 世纪美国印第安文学中的所谓“传统文学”恰恰就是他们的“主流文学”，即由印第安人用自己的语言创造的、以印第安人为对象的、表现印第安人生活情感思想的、有独特的印第安风格特征的文学现象，主要表现在：(1)它本身实际上是一个内容形式极为丰富的综合现象；(2)它主要是以口头文学的形式表现出来的；(3)它与印第安人的生活有着特殊的密切关系；(4)它有着真正意义上的“大众文学”的性质。

正如“美国文学”并不是一种单一的文学现象，它实际上包括了欧裔、亚裔、拉美裔、西裔、非裔、印第安等众多的文学传统，美国的印第安文学也不是一种单一的文学现象，确切地说，它是一个多部落、多语言、多文化、多文学的集合体，印第安文学只是一把遮盖了所有这些文学个体的巨伞。在谈论“印第安文学”这个概念时，我们面对的其实是“易洛魁文学”“纳瓦霍文学”“奥吉布瓦文学”等。由于印第安人部落繁多，语言、文化传统相互间相去甚远，其文学现象、主题及表现手法之间往往千差万别。当然在整个印第安文学中，我们会发现相当多的共同之处，例如，文学的形式在各部落间基本相同，一些文学形象在很多印第安部落文学中都能见到，也存在着某些共同的主题，如描述部落文化英雄[②]等，但各部落的文学仍然有着明显的差别，甚至连文学作品题材的选取，也反映了各部落间的不同偏好：苏人比较偏爱战争故事，奥吉布瓦人经常以更坦率的态度描写性爱和性活动，而梅诺弥尼人则多讲有关超自然现象的故事等等。

传统的印第安文学长期处于被忽视的境况，其重要原因之一是它主要以口头文学形式存在和发展。这个特征一方面是印第安文学的精髓和生命力所在，另一方面又使得印第安文学因为缺乏文字形式而很难得到记录保存，并在崇尚文字的西方文化氛围下受到蔑视和歧视。其实，从整个人类的文学发展来看，口头文学似乎是共同的起源形式，即使是被视为整个西方文学之源的荷马史诗等一批文学经典，起初也是以口头文学出现的。从某种意义上说，印第

① 传统文学指以典仪、曲词、传说、雄辩为主要样式的印第安口头文学，主流文学则指以英语创作的诗歌、小说、戏剧、散文等作品。

② 印第安传统文学中的“部落文化英雄”是该部落所尊崇的一个偶像，可以是人，也可以是动物，或是两者兼而有之的生灵，他(它)代表着该部落的历史和传统

安文学的真正精神和精髓，只有当它以口头文学的形式出现时才能得到最充分的体现，只有亲临印第安文学创作成形的现场，从抑扬顿挫的声音中，从丰富的面部表情和形体动作中，从与"表演"融为一体的自然环境中，从听众和观众的参与和反应中，人们才能真正体会到印第安文学的力量和精神。正因为如此，19 世纪一批美国学者开始搜集整理印第安文学资料，着手录制印第安人口头传唱的文学作品并将它们翻译成英语时，受到了一些人的反对，他们认为形成文字、译成英语的印第安文学将失去其精华，成为无生命的东西。这样的担心并非没有道理，但接触、研究印第安文学的人不可能都有机会去亲耳聆听，有形文字多少是一种帮助，而且更重要的是，这种如同戏剧一样的口头文字，需要接受者调动想象力，而不能把精力放在推究文字的微言大义上。

口头文学由于没有文字记录，要保持其传统就只能靠口口相传，因此在印第安文学中，文学的接受就有了特殊的意义：它超出了一般的自我娱乐、自我满足的范围，而具有承续部落文化和精神的重要使命。在许多印第安部落中，听故事是一件庄严神圣的事情，通常是在漫漫的冬日或劳作一天之后的夜晚，孩子们围坐在年长者身边，神情专注而严肃地聆听他的讲述。孩子们有着惊人的记忆力，能几乎一字不漏地记住所听到的内容而无须任何文字的帮助。不少印第安人至今仍然具备这种过耳不忘的几乎是"绝技"的记忆能力。

当然，印第安文学也不完全只有口头传统，自 18 世纪末起，开始陆续出现了被赋予文字形式的印第安文学，由此蔓生了这一文学传统的另一支，即所谓"主流文学"，并且在进入 20 世纪之后逐渐壮大起来。

印第安传统文学同印第安人的生活有着特殊的关系。对印第安人来说，文学的创作和"消费"是他们的个人及群体生活必不可少的一部分，除了保存部落传统、文化以及娱乐作用之外，还具有较强的功用性，对年轻一代进行教育，为病人治病，为出征前的战士鼓舞士气，为播了种的大地增加地力以保证获得丰收，甚至可用来"净化"被敌人俘获后逃回来的本部落成员的身体和灵魂。

19 世纪初，印第安文学仍然主要以口头文学形式存在，但其文学样式和内容极为丰富多彩。从样式上说，主要有典仪、曲词、传说、雄辩、传记等，内容几乎无所不包，从各种带有宗教、超自然因素的祈祷，到表达印第安人生活劳作中喜怒哀乐的抒情歌曲，从关于创世的神话、部落的历史，到关于人类、动物等的故事传说，构成了到这一时期为止印第安文学的主要内容和传统，是此后整整一个世纪印第安文学发展的重要源泉。

尽管印第安传统文学有着各不相同的表现形式，它们之间却有一些基本相同的主题。首先，这一时期的印第安文学特别强调人类与物质和精神世界必须和谐相处，而文学的主要功能就是协调人与人、部落与部落、人与神、人与自然、物质的人与精神的人之间的关系。在印第安人看来，思维和语言能保证风调雨顺、谷物丰收，能治疗人们身体和心灵上的各种病痛创伤，能使部落成员和睦相处，能帮助自己赢得爱人的倾心，能为自己抵挡邪恶，也能带来克敌制胜的力量、勇气和好运，但滥用语言和思维也会给自己招致灾难。在某些印第安部落文学中，语言和思维甚至具有创造世界的能力。如一位当代印第安作家在小说中描写了一位据说是拉古那印第安人的创造者，她就是用思维和语言将这一部落创造出来的。

印第安传统文学的另一个常见主题是对土地的崇敬和热爱，这一点在他们描述部落起源和历史的作品中表现得特别明显。这类文学作品通常详细地描写部落家乡的一些具体地方，赋予这些地方神圣色彩。这一点在当代印第安文学中仍不时可见。与此相关的就是对方位的重视，并由此产生了对某些数字以及“圆”这一概念的特别尊崇。如“四”这个数字在印第安文学中有着特别重要的意义，因为一年有春夏秋冬四季，方位有东南西北四面（有时“六”也有特殊意义，即“四方”加上上下两方），人有婴儿童年成人老年四个阶段等等；而“圆”则象征着自然万物、一年四季、宇宙星辰等周而复始的运动。

典仪是印第安传统文学中结构最为复杂、包容性最强的一种文学样式，它集歌曲、叙述、演说及表演诸多成分于一体。也有人将这一文学样式称为“典仪戏剧”，而印第安人自己则常称它为“吟颂”“吟颂式”“仪式”或“典仪”。典仪是印第安人物质和精神生活的一个重要组成部分，播种收获之时，外出征战之时，狩猎归来之时，生老病死之时，都要举行一定的典仪，或祈祷，或狂欢，或救治，或哀悼，以此来调节他们同外部自然世界和内部精神世界的关系。

由于印第安人对语言近乎崇拜，因而特别重视在典仪上使用的语言。每个部落都有一套只有在典仪上才使用的词汇，有时甚至是一种不同的语言。例如苏人就有两套分别称为“瓦坎·伊叶”和“罕布罗布拉卡”的“圣语”，前者供“药者”[①]相互交流时使用，后者则由“药者”在同超自然的力量交流时使用。

印第安人的典仪文学全方位地反映了他们的文化和传统习俗，同时也具有很强的感染力。有些典仪要进行好几天，包含的内容特别丰富，而且每天的内容和形式也各不相同。下面的片段取自纳瓦霍人的“夜吟”典仪第三天清晨吟唱的内容，是一段具有相当代表性的典仪文学：

---

① “药者”是某些印第安部落中具有类似精神首领功能的成员，因为印第安人相信语言具有治病的功能，“药师”其实就是此类仪式的主持人。

泽吉希！
晨曦之屋。
夜光之屋。
乌云之屋。
暗雾之屋。
女性之雨之屋。
花粉之屋。
蝗虫之屋。
乌云就在门口。
门外的小径就是那乌云。
曲折的闪电就在它顶上。
男性的神灵啊！
我向你献祭。
我为你准备了烟。
请让我的双脚康复。
请让我的双腿康复。
请让我的身体康复。
请让我的心灵康复。
请让我的嗓音康复。
请您在今天为我取走符咒。
为我取走您的符咒。
您已经取走了您的符咒。
它已远离我而去。
快乐啊，我恢复了。
快乐啊，我体内变得清凉。
快乐啊，我可以走动了。
体内清凉了，我可以走动了。
不再疼痛了，我可以走动了。
再不会痛苦了，我可以走动了。
怀着轻快的心情，我可以走动了。
就像很久以前的样子，我可以走动了。
快乐啊，我可以走动了。
……

这一典仪文学片段有许多值得注意的地方。在典仪的内容中，超自然因素具有极大的功能意义，从主题来看，本篇强调了身体与精神的和谐，从结构上看，这段作品明显运用了重复手法，以加强主题、烘托气氛，这些正是印第安传统文学的特征。

超自然因素在印第安传统文学中不仅表现为对神灵力量的召唤和依赖，还特别表现在对神圣场所的崇拜和重视上，由此形成了一种独特的神圣“地方观”。一些传说中的或真实存在的地方场所被赋予了神性。印第安人似乎相信，在他们的典仪文学中出现这种场所的名称，就能使作品具有神圣的力量，具有更大的说服力，更能使人相信该作品的实际功能。因此，印第安传统典仪文学中的神圣场所具有极大的重要性，它们是神的象征，是神的转喻，又是神的寓所。在这个意义上，与其说印第安典仪文学召唤的是具有超自然力量的神灵，不如说是被赋予了神性的场所，至少他们觉得只有通过这样的场所才能与超自然力量接触。本篇中提到的泽吉希，是美国亚利桑那州东南部切利峡谷中的一处神楼，为两层砂岩建筑，上层涂成白色，下层为本色，即土黄色。这两种颜色在纳瓦霍印第安人的象征体系中，分别是东方和西方的颜色。上层是哈斯黑亚提的神坛，他是语言之神，又是东方和晨曦之神，下层是屋神哈斯黑霍甘的场所，他是西方之神和夜光之神。然而值得注意的是，这幢神楼似乎并不为神所独有，文中在神灵之后还提到了“云”“雾”“花粉”“蝗虫”等一些与他们的生活和劳作息息相关的事物，这样一来，神的世界和人的世界就融合在一起了。

作品的第二部分中“康复”一词不断重复，似乎是在向神灵发出连续的祈祷，然而，这不是同一平面上的简单重复，而是从身体到精神的逐步进展，强调身体康复与精神康复的同等重要。而这一部分的最后一行“请让我的嗓音康复”，则反映了印第安人对语言能力的特殊关注和尊崇。这一片段还说明，印第安人对人本身持有一种总体的看法，并不将肉体和精神分开考虑，一旦有病，无论何处，总是同肉体精神都有关系，因此召唤神灵前来治病，也绝不是头痛医头脚痛医脚，而是身心兼治，只有身心和谐，才能健康。

这一片段还有一个令人注意的地方。与其他章节的典仪文字不同，本篇第三节明显表达了一种过程，或一个转折，在这短短的几行中，病人从有病的状态转而进入了康复状态，换句话说，典仪文字在这里表达的已不是一种静态的内容，它牵引着人们的想象进入另一个境界，从而产生了动态的效果。这样的动态效果与后几节描绘病人康复后轻松愉快的动作所造成的效果并不完全是一回事：后者是作者作为旁观者的一种叙述，尽管描述对象在动，观察者本身并没有动；而前者则不同，它所表达的转变、运动，不仅描述对象在动（有病转入康复），描述者本人也在动，他的视角和立场随着描述对象的康复也产生了相应的改变，同时也调动听众的想象力完成了同样的运动。这一特点，使这一类典仪文学更具有即时性，使其功能性与娱乐性更紧密地结合在一起。

印第安传统文学中的曲词，实际上就是印第安人的歌词，原本是配着音乐用于歌唱的。由于缺乏文字的系统记载，大部分音乐虽已失传，但保留下来的曲词本身仍不失为具有很高文学价值的诗歌创作。在印第安传统文学中，曲词可以是独立存在的一种文学样式，也可以是别的文学样式特别是典仪文学样式的一部分。虽然典仪文学中的各个组成部分实际上都是以口头文学的方式表达的，曲词部分和散文部分的表达方式还是不尽相同。散文部分的表达是通过“吟诵”实现的，它主要依靠对散文中的单词进行抑扬顿挫的处理，以富有音乐特点的声调朗诵出来，以表现作品的节奏特性。

印第安人对歌曲的起源有不同的说法。有的认为曲词是创世者或诸神的咏唱；也有的认为，虽然部落成员中也有人能创作曲词（歌曲），有些曲词也可以从其他部落那里学来，但大部分诗歌都是人与超自然生灵进行精神交流、从超自然生灵那里学来的。有的则干脆认为曲词就是从神那里学来的，而为取得学习的资格，必须先成就一些英雄业绩，如在战场上英勇杀敌等。这一点，同印第安人对文学创作极为尊崇、同他们对语言和语言表达能力极为尊崇基本一致。对印第安人来说，任何语言表达的形式都具有神性。

从现存的印第安传统曲词文学看，无论在内容上还是在形式上，都具有某些印第安传统文学的共同特点，同时也有着自身的特点，而这些特点又使它成为完全可以同所谓“主流文学”中的诗歌媲美的文学珍宝。作为有着较强功能性的文学样式，印第安传统曲词中保留着大量古老的教导和社会信仰，例如在奥吉布瓦人的曲词中，有数百首同他们称为“密德维湜”（意为“大药师会”[①]）的活动有关，这些曲词明显地反映了部落成员共同的、代代相传的信仰。当曲词作为典仪文学的一部分出现时，往往还带有相当浓重的宗教意味，例如19世纪末在许多印第安部落中流行着一种叫“鬼魂舞”的宗教活动，它教导印第安人相信：如果他们和平相处，不停地跳舞，进入一种迷狂状态，他们将会在另一个没有病痛、没有死亡、没有老年的世界中重逢。有时候，他们又相信，跳起这样的舞，能将当时正在那片土地上迅速消失的水牛重新召唤出来。下面这首苏人的曲词，明确表达了歌唱者希望从象征着精神世界的神鸦和另一只神

① “大药师会”是一个或多个部落的“药师”组成的一种团体。

鹰那里获得启示——“消息”——的愿望：

整个世界正在到来。
一个民族来了，一个民族来了，
神鹰已把这消息带到了部落来。
父亲这么说，父亲这么说。
他们正越过整个地球向这里来。
水牛来了，水牛来了。
神鸦已把这消息带到了部落来，
父亲这么说，父亲这么说。

印第安传统曲词的特征首先表现在：曲词的内容与部落习俗传统紧密相关，因而相互间风格差异较大，有时候，若不了解一首曲词的文化和传统背景，便无从了解它的确切含义。例如在温尼贝戈的年轻姑娘中有一首流传较广的曲词，其中经常出现“妈妈，我要去找舅舅”的重唱，它的幽默意味经常不为人所注意，因为一般听众或读者可能并不知道，温尼贝戈人对年轻姑娘管束甚严，不允许她们轻易离开部落群体或家庭去寻找自己的意中人，而每当有部落聚会时，姑娘们就会寻找种种借口离开人群，去同自己的情人幽会，而“找舅舅”就是她们常用的一种借口。

印第安曲词有时十分言简意赅，曲词本身可以很简短，但依然洋溢着奔放的感情和丰富的诗意。奥吉布瓦人有一首只有两行的曲词：

我举目四眺大草原
春天里感受到一片夏意。

印第安曲语还有一个特征，那就是大多数曲词都十分坦率、真诚，不矫揉造作，无论是爱憎喜怒，欢乐自豪，忧伤悔恨，在曲词中都率直真实地流露出来，这在印第安人的抒情曲词中表现得尤为明显。

从结构上看，曲词同样反映出印第安传统文学共有的特征，即常运用重复渐进的手法。重复一般有几种情况，一是简单的重复，即将同样的内容反复数次，反复过程中不作任何变动。但即使是这样简单的重复，也并非毫无意义，并非为重复而重复。我们注意到，印第安传统文学中（曲词也一样），重复的次数一般都是四次，而“四”在许多印第安人的部落文化中是一个带有某种神秘色彩的数字，那么，这样的重复实际上就有了与部落传统信仰或超自然力量相呼应的意义了。其实，在很多情况下，印第安传统文学中的重复都是既有重复又有渐近，内容在重复中逐步发展，即所谓的"渐增反复"。

作为印第安人情感抒发方式之一的曲词在很多场合中就是一般意义上的抒情诗。印第安人借助曲词抒发个人的喜怒哀乐，歌唱自己的生活、劳作、狩猎，歌唱情人，也借以发泄内心的苦闷和哀伤，曲词是优秀的诗篇。

居住在平原地带的印第安人中广为流传着一种统称为"梦歌"的曲词。1851 年出版的《生平·书信·演说》[①]中，就收入了下面这首"梦歌"，据该书作者称，这是他幼年时老辈人传给他的：

是我，随阵风穿行，是我，借微风私语，我将大树摇晃。我使大地颤动，

我让地上的水面起了波纹。

无论从意象还是从情趣看，这首曲词都是一首优美的小诗，它将人在梦境中不辨"蝶""我"的感觉表达得十分生动逼真。同通常的抒情诗一样，印第安人的曲词也经常用于表达爱情，例如：

我以为
是一只潜鸟可却是
我爱人
划水的船桨
他动身去了苏圣玛丽我的爱人
他离开我走了
我再也不能
看见他了。

由于战争在印第安人生活中具有相当重要的意义，因而在他们的抒情曲词中有大量篇幅表达了对勇气、名誉、力量的赞扬，对胆怯畏缩的嘲讽。奥吉布瓦人的曲词《我和其他人一样英勇》表达了作者渴望自己能具有和别人一样的勇气，又表露出作者为自己具有了这样的勇气而自豪的心情。而《呆在家里的男子汉》则讽刺了一位自诩为男子汉的人，在应当上战场时却把所有的精力都给了家中的妻子。在曼丹人和希多特萨人的曲词中有一首《装扮成水牛》，

---

① 《生平·书信·演说》作者为奥吉布瓦印第安作家乔治·科普韦(1818—1869)。他还写过一部关于奥吉布瓦印第安人的历史，于 1850 年出版。

也是讽刺一位不愿到战场上去拼杀、扮成水牛逃避责任的人。

在印第安人的抒情曲词中，还有相当一部分与他们周围的自然环境、农耕狩猎、日常生活甚至社会、政治事件有关。

印第安传统文学中的曲词基本上以短小的诗行形式存在，但仍然有一些较长的作品，如德拉瓦尔人的《瓦拉姆·欧卢姆》就是一部在印第安传统文学中较罕见的叙事长诗式的曲词，无论内容还是形式，均接近欧洲文学中的史诗和《圣经》。"瓦拉姆·欧卢姆"在德拉瓦尔人的语言中指"画史"，即配有绘画的历史记录，它是一部记载德拉瓦尔人的创世神话和他们的历史变迁以及历史上重大事件的史诗作品。它在 19 世纪 80 年代被译成英语，虽然英语译文很难保留和传达原作的风貌特征，但也足以让世人对这部作品的规模、气势、内容略见一斑。

参考文献

[1] Ruoff, A. Lavonne Brown. *Literatures of the American Indians* [M]. New York: Chelsea House Publishers, 1991.

[2] Velie, Alan R., ed. *American Indian Literature: An Anthology* [C]. Norman, OK: U of Oklahoma P, 1991.

[3] Parks, Douglas R. *Myths and Traditions of the Arikara Indians* [M]. Norman, OK: U of Nebraska P, 1996.

[4] Velie, Alan R., ed. *Native American Perspectives on Literature and History* [M]. Norman, OK: U of Oklahoma P, 1994.

[5] Frey, Rodney, ed. *Stories that Make the World: Oral Literature of the Indian Peoples of the Inland Northwest* [M]. Norman, OK: U of Oklahoma P, 1995.

（原发表于《外国文学评论》1998 年第 2 期）

《痕迹》和厄德里克：小说内外的恶作剧者

丁文莉　邹惠玲*

（江苏师范大学外国语学院）

摘　要：作为印第安口头传统的一部分，恶作剧者因其具有的颠覆性和杂糅性，被当代印第安裔作家移入小说创作中来。在路易斯.厄德里克的《痕迹》中，主人公弗勒和纳纳普什以恶作剧者方式，打破白人虚伪的谎言，颠覆主流话语中印第安人的刻板形象，坚持自我完整的族裔文化身份。同时，在与主流话语斡旋、谈判、交涉的过程中，实现印第安世界观中推崇的平衡与和谐。厄德里克将口头传统和西方小说体裁相结合，穿越文化边界的杂糅特征也印证了其自身恶作剧者的身份。

关键词：恶作剧者；印第安；《痕迹》

继《爱药》(*Love Medicine*，1984)和《甜菜女皇》(*Beet Queen*，1986)后，美国印第安作家路易斯·厄德里克出版了“北达科他四部曲”第三部小说《痕迹》(*Tracks*，1988)。这部被称作厄德里克“最具政治色彩的小说”(Stookey 70)，描绘了《道斯法案》(Dawes Act)规定的托管期结束后，由于重税、严寒和肺病等灾难的侵袭，土著奇帕瓦人面临的生存威胁。《痕迹》延续了前两部小说的多角度叙事手法，由纳纳普什和鲍林轮流讲述 1912 年冬天至 1924 年春天北达科他奇帕瓦人的家族故事。叙事者纳纳普什和主人公弗勒身上体现出的恶作剧者特征，彰显继承印第安传统对当代印第安人生存和文化传承的重要意义。另一方面，厄德里克将印第安口头叙事传统与小说创作相结合，融汇历史事实与神话传说，穿越想象和现实的边界，让读者不仅看到小说里的恶作剧者，更看到文本以外的恶作剧者。

---

* 作者简介：丁文莉，副教授，主要从事美国文学领域的研究；邹惠玲，教授，主要研究方向为美国印第安文学和美国戏剧。

一、传统与现实中的恶作剧者

英语里“恶作剧者”(trickster)一词最早出现在18世纪初期，指称民间传说和神话中出现的一个爱要诡计的超自然人物。恶作剧者形象具有普遍性，在全世界各地的文化传统中都可以找到他的身影。中世纪法国民间传说中的列那狐，希腊神话中的赫尔墨斯，中国的猴王，非洲的安纳西梵蛛，无不是恶作剧者的化身。北美印第安各部落的恶作剧者常以郊狼、乌鸦、野兔等动物形象出现，其传说体现各部族文化的特殊性，但恶作剧者一般都具有以下普遍特征：他是文化英雄和训导者；也是花言巧语的骗子，爱要诡计的好色之徒。他是社会规范的建立者；同时又不断违反、打乱规则。他是部落文化的核心；也是游走在社会边缘的流浪者。

奇帕瓦部族神话中的恶作剧者纳纳博宙也是这样一个矛盾体。作为部落文化英雄的纳纳博宙是“富有同情心的恶作剧者，穿梭于神秘的时间维度，在部族历史和梦幻的转换空间里游荡。他和植物、动物、树木相连，他是导师和疗伤者，向部落族人解说各种植物的治疗功效……”(Vizenor 3)在奇帕瓦人朴素的自然观里，“人和超自然世界不是孤立存在的，人和动物都是存在的形式”(Jacobs 148)，而恶作剧者则扮演人类与动物之间交流、传递精神能量的中介者角色。在《痕迹》中，厄德里克将奇帕瓦族有关动物的神话传说融汇到女主人公弗勒身上，使其成为奇帕瓦传统的代表，她“象征着印第安古老的动物世界，连接着社会群落与自然”(Sarve-Gorham 177)，是介于人和动物的中间者，是“居于边界的王者”(Hyde 6)。弗勒被赋予狼、熊等图腾动物的特征：“她的牙齿炫白，看起来坚硬而锋利”(18)，“她转过身，直直地盯着我，露出皮雷杰家族特有的笑容和雪白的狼牙”(19)。小说中多处对弗勒牙齿、笑容的描写暗示她与狼的相关性。弗勒继承了狼作为奇帕瓦族人保护神的角色，她能使水怪安稳地沉在湖底，维持族人平静的生活。同时，弗勒从印第安文化中的重要图腾动物“熊”那里继承了神奇的超自然魔力。她所属的皮雷杰家族的渊源可以追溯到熊氏宗族；她外出打猎时，在雪地上留下熊爪痕迹，并发出熊一般的叫声；神话故事中，熊知道有关草药的秘密，并将其传授给人类。弗勒掌握了这些古老的药方，利用草药的魔力为族人治病。弗勒还从部落的保护神那里继承了强大的精神力量：在她生产时，一头熊闯进弗勒家里，“当弗勒看到屋里的熊时，她感到恐惧，又感到了一股强大的力量，她从毯子上站了起来，生下了孩子”(60)。被子弹击中的熊咆哮而去,没有留下任何痕迹,更印证了这是一头“神熊”。

弗勒从狼、熊等印第安人图腾动物那里获得的力量,使她成为奇帕瓦人又敬又怕的部族保护者。她所具有的穿越人类与动物边界的能力是奇帕瓦恶作剧者的明显特征,也是厄德里克超越西方传统现实主义创作手法的产物。小说家将印第安口头神话传统纳入文学创作,模糊了现实与非现实的界限。有评论家认为这是典型的魔幻现实主义创作手法,作家自己对此不以为然,她说:“别人认为魔幻的东西在我看来没有什么不真实的,我从小听惯了神奇的故事,一些别人觉得不可信的真实事件。”(Chavkin 221)厄德里克小说中所谓魔幻的超自然因素其实是奇帕瓦民族文化传统的一部分,小说家以恶作剧者人物为媒介,实现了部落文化的传播和传承。同时,她的奇帕瓦文化背景对现实和非现实的定义拓展了叙事文本的空间,丰富了小说的文化内涵。

作为现代恶作剧者,弗勒从印第安古老的传统文化吸取了强大的精神力量,但她也有脆弱无助的一面。人种学家巴滋尔·约翰斯顿(Basil Johnston)在《奥吉布韦遗产》中指出恶作剧者纳纳博宙的矛盾性:“一方面,他具有超自然的能力;另一方面,他是凡人母亲所生,所以也得学习各种本领……他勇敢、慷慨、机智,但同时也逃脱不了人类的局限性,例如笨拙、优柔寡断、反复无常、狡猾等缺点。”(160)弗勒作为恶作剧者的局限性体现在缺乏掌控力量的智慧,以至于她的超自然力量在残酷的现实面前屡次受挫,开始怀疑自己的力量——“说话的时候迟疑不决,举止中戴着伪装,掩盖自己的恐惧”(178)。

厄德里克赋予弗勒恶作剧者的双面性,借以表现现代主流社会对印第安传统的侵蚀以及对印第安人精神世界的动摇。面对部族赖以生存的土地被联邦政府逐渐侵吞的现实,一向借助印第安传统力量的弗勒也无能为力。众所周知,为了同化印第安人,1887 年美国政府颁布了《道斯法案》,又称《印第安土地法》,规定将部落共同所有的土地分配给个人。在最初的 25 年托管期内印第安人不需缴纳财产税,托管期结束后,印第安人作为土地所有者,必须缴纳土地税。《道斯法案》迫使印第安人放弃传统的狩猎、捕鱼和采集生活方式,转而从事农业、伐木业和采矿业,强迫他们定居下来,接受主流社会的生活方式、文化和价值观念。这一同化政策导致无法缴纳巨额土地税的印第安人将土地低价转让,传统的土地部落公有制瓦解,以社群为根基的族裔价值观遭到重创。然而,弗勒拒绝承认这一严峻的事实,面对土地税图,她说,“这张图没有任何意义,因为没有任何人敢胆大妄为到觊觎埋葬皮雷杰祖先的地方”(174)。但是,最终她也没能阻止家族土地和林木落入他人之手,小说结尾,弗勒黯然离开了保留地。厄德里克通过弗勒的故事告诉读者，现代恶作剧者从祖先那里继承的力量“仅限于传统的阿尼施那贝世界。当白人入侵时，她保护不了自己的土地，也无法将自己的同胞从白人商业价值观念中解救出来”(Sarve-Gorham 177)。小说家赋予弗勒有限的恶作剧者的力量，恰如其分地反映了当代印第安人生存现状的两面性。一方面，他们从自然界及奇帕瓦文化传统获取强大的精神力量；另一方面，在现实世界中，他们还是不可避免地遭受内部殖民压迫、经济利益的剥削和霸权话语威胁。厄德里克借神话中恶作剧者的矛盾性强调了传统神话人物对印第安人身份构建的重要意义，但又没有忽视当代印第安人在现实生活中遭受歧视和迫害的事实。

二、颠覆与穿越

珍妮·史密斯指出“在厄德里克的作品中，恶作剧者对身份形成，族群建立和文化传承具有重要意义”(72)。这在小说中的另一位主要人物纳纳普什身上体现得尤为突出。纳纳普什的名字表明他与恶作剧者纳纳博宙的相似性，父亲曾告诉他：“你的名字叫纳纳普什，这是一个和恶作剧、灌木丛(bush)相关的名字。”(33)作为恶作剧者人物，他“知道如何适应变化着的现实世界，以及如何在新的世界秩序中生存和发展”(Gross 64)。纳纳普什喜欢开玩笑，具有恶作剧者的幽默感；他是部族文化的传播者和智慧的帮助者，他将自己一生积累的生存经验传递给年轻人，向伊莱传授打猎的技巧和俘获女人芳心的手段，指引弗勒和露露向传统文化寻求精神力量。纳纳普什在平衡、协调本族文化与白人文化方面，更具灵活性和前瞻性，所以“即使他屡遭挫折，却从不屈服，始终是书中最具力量的人物”(Larson 96)。

厄德里克将纳纳普什塑造成诙谐、风趣的恶作剧者，强调土著幽默作为一种生存策略和医治历史创伤的良药，对当代印第安人的重要意义。一直以来，白人主流社会忽视印第安式幽默，把印第安人定格成神情严肃的受害者。厄德里克将“印第安幽默中的重要人物”(Lowe 194)——恶作剧者——滑稽、幽默的特点转移到纳纳普什身上，颠覆了主流世界建构的充满悲剧色彩的“表情严肃的红种人”形象和白人文化强加在印第安人身上的悲剧模式，借说话风趣、喜欢插科打诨的纳纳普什之口，在戏谑中实现鞭笞、讽刺或是教诲的目的。小说中，奇帕瓦人赖以生存的土地被白人政府蚕食，过着食不果腹的日子。面对饥荒，纳纳普什没有以愤怒的受害者身份，控诉白人政府对印第安人的经济掠夺，而是用“无尽的玩笑话喜剧性地抵消了贫穷的困扰”(Gruber 99)。他炖了地鼠肉充饥，并对伊莱说，自己在柴垛里囤了一堆“这种印第安牛肉，还像政府救济品那样标上牌子”(99)。纳纳普什借用玩笑和戏谑的语言，调侃自己的贫困生活，讽刺吝啬的政府救济，更引发读者在会心一笑后，思索造成奇帕瓦人苦难生活的根本原因。纳纳普什和伊莱、弗勒打趣，和玛格丽特俏皮地斗嘴，和牧师诙谐的对话无不显示出这个印第安恶作剧者对暗淡现实生活的乐观态度。正如评论家所说“面对的问题越令人绝望，印第安人会用更幽默的方式去应对”(Deloria 147)。恶作剧者的幽默在家人、族人间缔结起结实的纽带，强化了部落群体身份，帮助印第安人逾越生活中的痛苦和灾难。

纳纳普什继承了传统恶作剧者能说会道，善于言辞的特点。他对官方语言的掌控，成为其传承部落历史，鞭笞腐蚀印第安人精神世界的白人宗教，抵抗主流话语的控制的有力工具，因此具有更积极的现实意义。纳纳普什以讲故事的方式将家族和部落历史故事传递给后人。斯德那·拉森(Sidner Larson)指出，“纳纳普什绝大部分力量来自对语言的掌控。”(97)他延用口头文化传统陈述奇帕瓦历史，找回被书面记载中抹去或误读的文化痕迹，他相信这种古老、生动的方式比书面文件更真实，更具生命力。纵观整部小说，纳纳普什将奇帕瓦人的家族故事娓娓道来，引导拒绝部族传统的露露归家，指引其重新认识并接纳自己的印第安身份，治愈她在白人世界遭受的精神创伤，恢复讲故事传统疗伤仪式的功能。

另外，纳纳普什用恶作剧者的花招调侃、讽刺白人宗教对印第安人精神世界的麻痹和腐蚀。基督教随早期殖民者传到美洲大陆后，成为协助殖民者掠夺财富，同化印第安人的工具。美国印第安学者瓦因·德洛里亚(Vine Deloria)曾指出基督教与殖民掠夺的联姻关系：“关于传教士有一种说法，他们刚来时只有圣书，我们拥有土地；现在，我们有了圣书，而他们却拥有了土地。”(101)纳纳普什对白人宗教的欺骗性了然于心，虽然神父一再规劝其皈依基督教，却从不回应，只是敷衍应对，拒绝成为“拯救”和“改造”的对象。他用诙谐的语言嘲笑基督教救赎的虚伪性和传教士们的使命意识，讽刺一心皈依白人宗教的奇帕瓦人鲍林自虐式的虔诚。纳纳普什摆出一副严肃的面孔，问鲍林为什么把鞋子反穿，当得到“耶稣为你们受苦，我也要为他受苦”(146)的回答后，纳纳普什若有所思，慨叹“你真是与众不同啊！”(146)此时，鲍林从纳纳普什脸上看不到一丝蔑视或嘲笑的痕迹，宣称“有些人被主召唤”(Some are called，147)。她甚至感觉到强烈的自豪感油然而生，却浑然不觉自己正一步步走进纳纳普什的语言骗局。纳纳普什接着说，“你从来都不需要响应召唤……他肯定没有召唤你去小解”(You never have to answer the call … Then he must never call you to relieve yourself,147)。在这段对话中,纳纳普什故意歪曲“call”一词的含义,他把基督徒口中神圣、庄严的使命——“响应上帝的召唤”曲解成人类最基本的生理需要——“answer the call of nature”,即上厕所。直到最后纳纳普什用粗俗的土著词汇点明自己的理解时,鲍林才发觉自己掉进了纳纳普什设计的语言陷阱。印第安人对基督教愚蠢的遵从成为恶作剧者口中的笑话,白人宗教的严肃性被纳纳普什以戏谑、玩笑的方式消解了。

除此以外,纳纳普什对语言的恶作剧式掌控还成为对抗白人话语,抵消其压制和消音功能的工具,他戏剧化地将印第安人沉默倾听者的角色转移到代表主流权威的牧师身上。“一旦我开始讲话,就停不下来了。达明牧师有点吃惊……我加快语速,交替使用两种语言,就像潺潺溪水从口中流出,绕过石块和其他障碍物。我的声音让我确信自己还活着。一整晚达明牧师都在听我讲述……他偶尔吸口气,好像要发表什么见解,但是我都没给他说话的机会。”(7)纳纳普什甚至穿越了文化边界,把讲话技巧传授给白人牧师,彻底颠覆了沉默、木讷、不善言辞的印第安人形象。当他拒绝达明牧师敦促他竞选部落领袖的建议时,牧师试图用各种理由说服他,滔滔不绝,不给纳纳普什插话的机会。“我曾经在他面前使用的讲话技巧他全用上了,我教得太成功了”(185)。纳纳普什对话语的操控抵消了白人文化和语言对印第安人的控制,“他劝诱、嘲弄、谴责、吟唱、祷告”(Larson 99),深谙讲话策略成为纳纳普什参与部落政治活动的有力工具,代表族人与白人权力机构交涉、斡旋,从而保护奇帕瓦人的利益。

另外,厄德里克在小说文本里重新定义恶作剧者混淆分类的能力,将其处于边界的灵活性和模糊性赋予纳纳普什。一方面,面对主流话语威胁的纳纳普什反对被归类、被定义,坚持自己民族文化身份的完整性;另一方面,纳纳普什充当奇帕瓦部落和白人政府间谈判者和调停人的角色,在协调、对话的过程中实现部族的延续。“拒绝被他者定义是保留自己力量的重要方式,尤其是在命名成为操控和消音手段的情况下。”(Gutwirth 150)作为恶作剧者化身的纳纳普什,认识到他者定义对自我身份的威胁,拒绝在政府文件上签署自己的名字。他告诉代表白人权威的神父,自己没有名字,他相信“在政府文件上签字,自己名字蕴含的力量就会逐渐减弱”(32)。因为签名意味着接受不合理的条款对部落利益的损害,承认主流社会强加给印第安人的身份,所以纳纳普什拒绝透露自己的真实姓名,也不愿用白人的姓名代表、定义自己的身份,那意味着退让和自我身份的抹除。

同时,纳纳普什认识到固执地反对白人的方式无法保障部族的权益,因为“只有参与白人文化的文本系统中,才能实现所谓的自治,保存祖先留下来的土地的所有权”(Gutwirth 151)。他以“联系”和“对话”的方式,在两股不同的力量间调停,“试图在静止和变化、传统和非传统之间找到平衡”(Wilson 212)。小说中,喀什帕、纳纳普什和莫里西几大家族因土地产生的仇恨导致部落内部矛盾,群体生活方式逐渐瓦解,传统价值观遭到白人同化政策的威胁。在这种情况下,生硬地拒绝主流文化,鄙视权力关系,于事无补,印第安人必须有意识参与到改变权力抗衡关系的过程中来。纳纳普什灵活应变、平衡调停,与政府周旋。即使上了年纪,纳纳普什坚持读报、研究政府报告、参与政治活动、参选部落领袖。他认识到自己应该掌握“这种产生影响力的新方式,用纸和笔领导族人的方式”(209)。纳纳普什积极参与到主流社会建构的物质关系中,利用在两种文化中学到的东西,改善奇帕瓦人的生存状况,改变经济和政治权力不平等的关系。“如同传统恶作剧者充当神与人类,男人和女人,无生命和有生命存在之间的中介者一样,当代恶作剧者人物形象以幽默的方式在欧美和本土,传统主义和改良主义之间斡旋。”(Gruber 96)正是因为具备了恶作剧者的灵活性,纳纳普什成为两种文化间的协调者和中间人,最终完成保护、传承部族文化的任务。

结　语

大卫·摩根(David Mogen)认为身陷两个世界是美国印第安小说最普遍的主题,而这一主题通常是由恶作剧者的生存故事表现的(192)。弗勒和纳纳普什作为当代印第安文学作品中恶作剧者人物形象的代表,穿越想象与现实的边界,以印第安式的幽默应对白人文化的冲击,颠覆“即将消失的印第安人”形象,重构本土文化身份。“大多数评论家都认为,厄德里克作品中最成功的人物介于印第安传统和欧美传统中,就像厄德里克的小说,作为口头传统的书面表达,同样存在于两种传统之中。”(Messitt 146)这一评价准确地概括了厄德里克笔下的恶作剧者人物与其文学创作的杂糅性特征。身为奇帕瓦、克里族和德国人后裔的厄德里克,深受印第安文化和白人主流文化的熏陶,她将奇帕瓦神话故事、民间传说融入自己的小说创作中,赋予传统恶作剧者故事以现实意义,其本身就是一个穿越文化边界的恶作剧者。与小说中的恶作剧者人物一样,她充当传递者的角色,试图实现本民族文化和主流文化的平衡与共存。厄德里克发扬了讲故事传统的教育意义和讲故事的艺术，把讲故事传统以书面形式记录下来。“她记录和留存的不仅仅是交织着个人历史和失落感的回忆，而是一种文化传统，被讲故事者以公式化形式保存下来的口头、表演性传统。”(Sergi 279)厄德里克把自己对部族文化传承的责任感和讲故事的天赋融入当代恶作剧者的故事当中，她在《痕迹》中对纳纳普什和弗勒命运的展现，表明“她既不掩饰残酷的现实，也不重述印第安人悲惨的生活，她通过恶作剧者叙事手法讲述受苦但拥有力量的故事”(Rosenthal 121)。

参考文献

[1]Chavkin, Allan and Nancy Feyl-Chavkin, eds. *Conversations with Louise Erdrich and Michael Dorris* [C]. Jackson: UP of Mississippi, 1994.

[2]Deloria, Vine, Jr. *Custer Dies for Your Sins: An Indian Manifesto* [M]. Norman: U of Oklahoma P, 1988.

[3]Erdrich, Louise. *Tracks* [M]. New York: Harper & Row, 1988.

[4]Gross, Lawrence W. "The Trickster and World Maintenance: An Anishinaabe Reading of Louise Erdrich's *Tracks*" [J]. *Studies in American Indian Literatures* 2 (2005): 48-66.

[5]Gruber, Eva. *Humor in Contemporary Native North American Literature* [M]. Rochester: Camden House, 2008.

[6]Gutwirth, Claudia. "Stop Making Sense: Trickster Variations in the Fiction of Louise Erdrich", in *Trickster Lives: Culture and Myth in American Fiction* [C]. Ed. Jeanne Campbell Reesman. Athens: Georgia UP, 2001. 148-167.

[7] Hyde, Lewis. *Trickster Makes This World* [M]. New York: Farrar, Straus and Girous, 1998.

[8]Jacobs, Connie A. *The Novels of Louise Erdrich: Stories of Her People* [M]. New York: Peter Lang, 2001.

[9]Johnston, Basil. *Ojibway Heritage* [M]. New York: Columbia UP, 1976.

[10]Larson, Sidner. *Captured in the Middle: Tradition and Experience in Contemporary Native American Writing* [M]. Seattle: U of Washington P, 2000.

[11]Lowe, John. "Coyote's Jokebook: Humor in Native American Literature and Culture", in *Dictionary of Native American Literature* [C]. Ed. Andrew Wiget. New York: Garland, 1994. 193-205.

[12]Messitt, Holly. "Vestiges from the Early American Captivity Narratives", in *Studies in the Literary Achievement of Louise Erdrich* [C]. Ed. Brajesh Sawhney. Lewiston: The Edwin Mellen Press, 2008. 133-150.

[13]Mogen, David. "Tribal Images of the 'New World': Apocalyptic Transformation in Almanac of the Dead and Gerald Vizenor's Fiction", in *Loosening the Seams: Interpretation of Gerald Vizenor* [C]. Ed. A. Robert Lee. Bowling Green: Bowling Green State U Popular P, 2000. 192-202.

[14] Rosenthal, Caroline. *Narrative Deconstructions of Gender in Works by Audrey Thomas* [M]. Eds. Daphne Marlatt and Louise Erdrich. New York: Camden House, 2003.

[15]Sarve-Gorham, Kristan. "Power Lines: The Motif of Twins and the Medicine Women of Tracks and Love Medicine", in *Having Our Way: Women Rewriting Tradition in Twentieth-Century America* [C]. Ed. Harriet Pollack. Lewisburg: Bucknell UP, 1995. 167-190.

[16]Sergi, Jennifer. "Storytelling: Tradition and Preservation in Louise Erdrich's Tracks" [J]. *From This World: Contemporary American Indian Literature* 2 (1992): 279-282.

[17]Smith, Jeanne Rosier. *Writing Tricksters: Mythic Gambols in American Ethnic Literature* [M]. Berkeley: U of California P, 1997.

[18] Stookey, Lorena Laura. *Louise Erdrich: A Critical Companion* [C]. Westport: Greenwood Press, 1999.

[19]Vizenor, Gerald. *The People Named Chippewa: Narrative Histories* [M]. Minneapolis: U of Minnesota P, 1984.

[20]Wilson, Michael. "Bearheart: Gerald Vizenor's Compassionate Novel", in *North American Indian Writing, Storytelling, and Critique* [C]. Eds. Gordon Henry, et al. East Lansing: Michigan State UP, 2009. 209-235.

（原发表于《当代外国文学》2013 年第 3 期）

《日诞之地》:印第安人自己的讲述

张廷佺[*]
(上海外国语大学继续教育学院)

摘　要:在《日诞之地》中,印第安人讲述自己的故事,变成了叙事者。莫马迪在小说中赋予印第安人主体性,他们不再是被凝视的对象,而变成了凝视者,小说的叙事变成了逆向凝视。莫马迪通过印第安人自信、自豪的讲述,消除了对印第安人的无知,唤醒记忆,抵抗遗忘。本文还指出,小说除了揭示复杂多变的印第安政策给印第安人带来的创伤以外,还深情讴歌了印第安文化,尤其是其特有的"疗愈"功能。

关键词:《日诞之地》;逆向凝视;疗愈

一

每个印第安部落都有各自的文化、语言,宗教信仰也不尽相同,不少北美原住民认为,将来自不同部落的他们统称为"印第安人"并不恰当。著名作家迈克尔·多里斯(Michael Dorris)、杰拉尔德·维兹诺(Gerald Vizenor)等主张用具体的部落名称代替"印第安人"这一笼统的称呼。美国目前有数百个印第安部落。莫马迪对多个印第安部落十分熟悉,这与他的部落身份和生活经历密切相关:他的父亲是基奥瓦人,母亲的曾祖母是彻罗基人;莫马迪出生后不久就被带到基奥瓦保留地生活,一岁时随父母前往美国西南部,在接下来的数年里,全家先后在纳瓦霍、阿帕切和普韦布洛的保留地上生活过。

《日诞之地》主要涉及三个部落:基奥瓦、纳瓦霍和普韦布洛。与纳瓦霍人和普韦布洛人相比,基奥瓦人更接近大多数电影所塑造的印第安人形象——

[*] 作者简介:张廷佺,教授,《日诞之地》中文版译者。原载于作者译著《日诞之地》。

扎着辫子,脸上涂着油彩,打仗时除了裹着围腰布外几乎什么都不穿;他们住在圆锥形帐篷中,天性好斗,骁勇善战,精于马术,是抓捕水牛的好手,直至19世纪他们才开始与白人接触。1865年至1890年美国政府对印第安部落发起战争期间,基奥瓦人与善战的科曼切人结为联盟,其间,基奥瓦人生活在大平原南部,地理位置大致相当于今天的俄克拉荷马州和德克萨斯州。如今,基奥瓦人的居住地主要集中在俄克拉荷马州南部劳顿市附近。他们的太阳舞是从克劳人那儿学来的,于每年夏至日举行,是重要的宗教仪式,表达了对宇宙和超自然事物的信仰,主要活动包括唱歌、跳舞、击鼓、禁食、祈祷等。

在这三个部落中,普韦布洛人很可能是最不好战、居住地最为固定的。自16世纪初西班牙人占领美国西南部(今天的亚利桑那州、新墨西哥州、犹他州南部和科罗拉多州南部)开始,普韦布洛人与白人不常发生冲突。普韦布洛人在全美国共有十八个分支,赫梅斯普韦布洛、拉古纳普韦布洛是其中的两支(作家西尔科和其小说《典仪》的主人公泰奥就来自拉古纳普韦布洛),两个村庄相距约一百英里。自16世纪至今,大部分普韦布洛人世世代代居住在同一村庄。目前,普韦布洛人主要生活在新墨西哥州,他们的村庄大多位于格兰德河沿岸或附近。只有为数不多的普韦布洛分支(包括最古老的埃克玛普韦布洛和拉古纳普韦布洛)的村庄分布在距格兰德河以西五六十英里的地区。普韦布洛人以仪式舞蹈和精美的陶器闻名。在普韦布洛人中,赫梅斯普韦布洛人最坚持"传统",最抵制同化。普韦布洛人认为像基奥瓦人那样自负和炫耀并不好。他们的集体观念在房屋上有所体现:传统的粘土砖块屋一栋栋紧挨在一起,有的两三层高(如小说《日诞之地》里所描写的"镇上最老的房子位于最西面和北面,都有两三层楼"),这些是村庄的中心。由于很早就开始受西班牙殖民者的影响,很多普韦布洛人受洗成为天主教徒,但他们依旧传承着普韦布洛古老的仪式。对普韦布洛人而言,两者似乎并不冲突(这一点在《日诞之地》中弗朗西斯科的身上可见一斑)。

如果说天平的一端是"好战",另一端是"和平",基奥瓦人和普韦布洛人分处天平的两端,那么纳瓦霍人则介于二者之间。纳瓦霍人用本族语称自己为迪内人。他们曾像基奥瓦人一样四处游牧,骁勇好战,从现今的犹他州一路迁至亚利桑那州中部和新墨西哥州。但从传统意义上说,纳瓦霍人的家乡一直位于一片基本呈正方形的区域,四方由四座"圣山"环绕。如今,他们的保留地主要位于这片区域。纳瓦霍人经历的最重要的历史事件是1864年纳瓦霍大搬迁(Long Walk)。当时,纳瓦霍人拒绝白人在他们的土地上定居,美国政府便武力胁迫他们横穿新墨西哥州,移居该州东部靠近得克萨斯州边界的雷东多丛林,那儿对纳瓦霍人来说是个完全陌生的地方。美国政府意欲使他们安定下来,成为不问战事的农民。由于土地贫瘠,在随后的七年里,数以千计的纳瓦霍人死于饥荒或疾病。直至1868年,政府才允许幸存者返回故乡。他们制作的沙画、织毯、银饰和绿宝石饰品以其精美的工艺闻名于世。纳瓦霍人还因纳瓦霍密码[①]而闻名。纳瓦霍语主要用于口头交往,其语法、声调、音节复杂,几乎只有人类学家和语言学家才书写这种语言。二战中,纳瓦霍人被征召入伍,其中一部分被训练为密码员。他们用该部落的日常用语和自行设计的暗码词汇编成密码,就连未经训练的纳瓦霍士兵也无法破译。二战中,这一"最简便、最快速、最可靠"的密码及时、准确地为美军传递情报,屡建奇功。纳瓦霍密码员们几乎参加了美军1942年至1945年之间所有的对日作战。他们在战略要地硫磺岛激战[②]中用纳瓦霍密码发出了数百条密码,无一差错。美国军方承认,如果没有纳瓦霍密码,美国海军永远拿不下硫磺岛。

美国政府对美洲大陆的印第安人一直怀有非常复杂的心态,推行了一系列针对印第安人的充满暴力和虚伪的政策,声称这些政策旨在帮助印第安人发展,摆脱愚昧和贫穷,走出黑暗,进入文明社会,让他们与白人携手走进光明。这些政策五花八门,不一而足。当代美国印第安作家几乎不约而同地把矛头直指这些政策,揭露不为人知的事实真相。例如,路易丝·厄德里克的《爱药》猛烈抨击了冠冕堂皇的美国印第安政策:粗暴地把印第安人驱逐到密西西比河以西,把他们限制在保留地,强行改变他们的宗教信仰,强迫他们的孩子进入寄宿学校。厄德里克借人物之口,揭露这些政策实则是为了掠夺印第安人的土地,挤压他们的生存空间,破坏他们的文化,造成了不可逆转的影响。西尔科的《典仪》揭露了大部分读者并不知情的事实:1848年,美国军队在印第安人中故意传播天花病毒;美国国家林业局和新墨西哥州政府攫取印第安人的土地,后来在20世纪20年代卖给德克萨斯的白人牧场主;20世纪40年代的铀矿开采造成印第安人土地污染,美国政府支付封口费让印第安人保持沉默。

① 利用复杂难懂的印第安部落语言作为密电码始于一战期间,当时乔克托语曾被美军用来编制密码。二战中,美军在太平洋战场上主要使用纳瓦霍语编制密码,而在欧洲战场上使用科曼切语编制密码。

② 二战中日军和美军为争夺硫磺岛进行的激战(1945年2月16日至3月26日),是二战中太平洋战场上最惨烈的一场战斗。路易丝·厄德里克在小说《爱药》中曾提到艾拉·海斯与其他四名海军士兵在该岛上升起美国国旗。美军士兵在该岛插上国旗的照片成为绘画、雕塑和邮票的图案。

《日诞之地》通过印第安人自己的叙述，揭露了二战和《印第安人重新安置法》(印第安终止政策的一部分)等重大历史事件和政策对印第安人的影响。美国印第安人历来在战争中无法袖手旁观。独立战争期间，大部分印第安部落站在英国一方，反对独立，但最后被英国人抛弃。在历次战争中，和其他族裔相比，印第安人参战的比例一直很高。[①]《日诞之地》的主人公阿韦尔应征入伍的动机在小说中没有明确交代：也许是政府的鼓动让他热血沸腾，也许是印第安人固有的勇士精神驱使着他。阿韦尔在陌生的土地上与白人并肩作战。战场就是人间地狱，血肉横飞，尸陈遍野。他似乎并没有立下显赫骄人的战功。在与他并肩作战的白人士兵眼里他非常滑稽可笑："那个酋长爬了起来。噢，天哪！他竟然一骨碌爬起来，跳来跳去，朝那该死的坦克大喊大叫……朝坦克竖起中指，大喊大叫，跳起了战舞。"战场上可怕的经历如噩梦一般萦绕在他心头。他与《典仪》中同样参加二战的泰奥[②]、《爱药》中参加越战的小亨利·拉马丁[③]一样，患上了创伤后应激障碍。退伍回到家乡赫梅斯村后，战争的阴影在他心头挥之不去。故乡的山水并不陌生，但他无法用部落语言与周围的人、甚至外公交流，整日沉默寡言，在赫梅斯村普韦布洛传统的决斗仪式中笨手笨脚，洋相百出。后来，他似乎莫名其妙地杀死了在仪式上击败他的那个白皮肤男人，获刑六年。

20 世纪四五十年代对美国印第安人来说可谓多事之秋。除了二战，当时美国政府推行《印第安人重新安置法》，帮助印第安人在城市里找工作、住房，为他们提供交通补贴和职业培训。正如《日诞之地》里贝纳利所言："他们替你付进城的路费，帮你找工作，找地方住下来；估计你要是生病了，他们也会来照顾你。你什么都用不着担心。"美国政府企图借此一劳永逸地解决印第安人问题。也许是保留地上的就业机会少得可怜，也许是五光十色的大都市让阿韦尔心驰神往，也许是政府的许诺和帮助让他心动，三十出头的他出狱后从偏远的保留地去白人占主流的大都市洛杉矶闯荡。但是，他空有一身蛮力，身无长物，没有一技之长，没有时间观念，语言不通，只能"保持高傲的沉默"。他处处觉得不自在，"内心已经扭曲了"，不适应城市生活，生存空间逼仄，只能在社会

---

① 在一战、二战和越战中，分别有一万余名、四万余名、八万余名印第安人应征入伍。

② 战争结束后，泰奥身体机能紊乱，出现呕吐、腹痛、痛哭、失眠等症状，脑中常浮现血腥的杀戮场景、敌人与亲人的身影，耳边回响战场上的各种声音。他的病痛伴随战争中的某些特定记忆反复出现，他的记忆空间里弥漫着创伤，过去、现在和将来的界限变得模糊。

③ 小亨利越战归来后，无法从血腥的战争回到现实，精神错乱，为参加了一场"光荣"的战争而悔恨交加，整天对着电视发呆，最后投河自尽。

底层徘徊。更糟糕的是,他在城里常遭白人的歧视。假释审查官、社会福利机构的工作人员、安置办的人总有这样或那样的事找上门。他与白人和其他族裔交流困难,与印第安人抱成团,生活在与外界隔绝的“格托”(Ghetto)。他好不容易找到工作,但不久就被解雇。他整天喝得酩酊大醉,借酒消愁,后遭到白人警察马丁内斯无故毒打,去找马丁内斯报复时遭到更为严酷的毒打。和战场上的经历一样,洛杉矶的生活是一场噩梦。他乡虽好,终非故乡。阿韦尔在别人的城市里无法做梦,他知难而退。乡思如井,点滴情深。此时的故乡在阿韦尔看来更富有诗意:在那儿,贝纳利将与他放声歌唱,迎着第一缕阳光骑马上山,看壮丽的日出,看太阳在微风中冉冉升起,看光芒洒遍大地。最终他踏上了回家的路。

二

《日诞之地》讲述了参加二战和进入城市谋生的印第安人痛苦辛酸的经历。但如果仅仅这样阅读,显然低估了《日诞之地》的艺术成就。《日诞之地》用大量的笔墨饱含深情地描写了美国西南部奇特的地貌、景物和深厚的印第安文化。莫马迪用充满感情的眼睛观察,景物反过来触发他创作的冲动,可谓“情往似赠,兴来如答”。广袤的美国西南部在白人的眼里荒凉贫瘠、毫无生气;世世代代在此繁衍生息的印第安人觉得这片土地有着特有的生机:昼警夕惕,看似平静,但暗藏杀机。为了生存,走鹃、鹌鹑、鹰、响尾蛇、郊狼都各出绝招,使出浑身解数。在阿韦尔眼里,只有格兰德山谷才能展现辽阔的天空是多么壮美。每一次看见格兰德山谷,他都得屏住呼吸,那儿似乎有一道奇特而耀眼的光芒照射着整个世界。在贝纳利的记忆中,没什么比儿时大雪纷飞更温馨、更难忘、更清新的了:

> 有时候,雪花飘进屋,落到地上,在火炉边融化,你会庆幸家里有个火炉。你能听见风声,年幼的你可以缩到毯子里面,望着火光在屋顶的圆木上和墙上摇曳。地面是黄色的,暖和和的,你可以把手伸进灰里,摸摸有多暖和……积雪吹到泥盖木屋上,盖住屋顶,木屋就像冰雪覆盖的小山。你能看见木屋冒着烟,闻到咖啡和羊肉的香味。你双手插进雪堆,抓起雪就往脸上搓。你顿时精神抖擞,神清气爽……四周明亮,景色优美,你忍不住想大声欢呼、奔跑、跳跃。你回到屋里,双手在炉边烤火……你看得

> 出咖啡很浓很烫,杯子里热气腾腾。杯子是搪瓷的,容易烫伤手,所以你得等它冷一冷再喝……不过羊肉一会儿就不烫了,你可以用手去拿。拿着羊肉,你的手指暖和起来了。肥肉汤汁富足,烟熏味浓,有时表面还会有一层焦壳,你可以嚼到那些硬硬的焦壳。肉质筋道,很有嚼头。再过一会儿,你就能把杯子端起来捧在手里了。单单捧着杯子心里就美极了。杯子沾到你手上的油,你能看见深色杯身上的光泽,看见杯子里热腾腾的浓咖啡……在外面放羊,可以一个人对自己说话、唱歌,积雪洁净、厚实,好看极了……那天夜里,外祖父在火光下边锤打银条边给你讲故事。年幼的你是一切的中心:圣山、白雪皑皑的群山和高地、溪谷和低地、晚霞和夜色,那一切——你儿时就生活在那儿,认为那样的生活是理所当然的。

莫马迪率尔造极,简单、唯美、纯净、不事雕琢的文字"物色尽而情有余",情景交融,让读者真切地感受到人物对那片土地的热爱。阿韦尔小时候与哥哥在十一月的月光下捕雁的那一段描写同样情貌无遗,后进锐笔恐怯于争锋:

> 十一月的月光在跳动,但那片云的银色边缘清晰可见,像波浪一般翻腾……阿韦尔看见皎洁的月光照在弯曲、宽阔的水面上,还听见起伏的沙丘另一面水的拍打声……在沙丘顶部,河尽收眼底;远处,波光粼粼,如同褶皱的箔片;但他们正下方的水面漆黑一片,什么也看不见……不远处,几条小溪交汇在一起,洒满月光的水面荡漾着涟漪。远处,在黑暗的群山的映衬下,月光仿佛在跳舞。

这样的文字中人和自然交融,比绘画更能让人身临其境。莫马迪笔下的土地生机勃勃,动物之间的相生相克摄人心魄。在小说的第一部分,长着金色羽毛的一对雌鹰和雄鹰从地上抓起一条响尾蛇,在空中嬉戏玩闹。它们在广袤的天空中时而俯冲而下,时而乘风翱翔。雌鹰拍打着翅膀,松开爪子,放开响尾蛇;雄鹰突然掉头飞过来,先让那奄奄一息的蛇从身边飘过去,然后绷紧身体,像一根鞭子似的,将长长的蛇身抽得啪啪作响;然后,它翻了个身,飞至最高点,放开响尾蛇,但雌鹰并没上前去接。相反,它冲向平原上空。没有对印第安人土地深深的自豪、热爱和眷念,没有在那儿的生活经历,没有高超的笔力,如此生动传神的描写是无法做到的。

莫马迪在小说中还展示了印第安人独特的自然观、对土地的依赖和依恋。弗朗西斯科捕猎熊的那一幕显示了印第安人与动物之间不可思议的默契:"他准备猎杀它,而它在冰冷的黑暗里等着,伤心地注视着他,气息平缓。它沉思着,最后决定原谅他,配合他。"那头幼熊站在远处的灌木丛里,毫无防备,一点都不警觉。子弹击中黑色幼熊的身体,熊全身猛震了一下,但脑袋纹丝不动,死死盯着他,似乎并不害怕,没有任何痛苦。印第安部落大多有太阳崇拜。比如,基奥瓦部落的托萨马的奶奶"对太阳怀有深深的敬畏";纳瓦霍人的"泥盖木屋"出口面向日出的方向,他们吟唱颂歌《日诞之地》;普韦布洛人如何"遵循古老的太阳历法"在小说中更是写得淋漓尽致:

> 太阳从圆形土丘上升起的那天,玉米该种下地了;太阳在从平坦的最高处向下倾斜的那个地方升起时,那天是斗鸡的日子,六天后,人们会举行奔牛和舞马仪式,接下来的一天是纪念佩科斯人迁离故土的日子;太阳从这儿升起时,人们要跳秘密舞,从那儿升起时,大家每隔四天要在基瓦里斋戒,从另一处升起时,适合在月光下松土,收获的季节也到了,人们会出来逮兔子、抓女巫,每天,这儿的帮派和团队都有特定活动;山口比别处更接近天空,是高高的黑色方山上最亮的地方,太阳如果在那儿升起,春雨就快降临了,人们得赶在那之前将沟渠清理干净。

在莫马迪笔下,太阳、月亮和山川大地是富有神性的,哺育了印第安人,也滋养了他们的精神世界,为他们提供不竭的精神力量。群山、旭日和云朵是他们温暖的怀抱,是富有诗意的符号。莫马迪在小说中多次暗示印第安人强烈的土地和故土情结。在一次采访时,莫马迪强调,世代居住的土地是传统印第安人的"精神财富"。只有在祖先的土地上,他们才能以一种特殊的方式认识自我,认识自我与土地的关系,为自己界定出一种归属。阿韦尔退伍回到保留地后,闻到"空气中弥漫着泥土和谷物的味道",觉得"一切都那么好"。从二战战场回到保留地后的一天,阿韦尔走进山谷,潺潺的小溪、苍翠的群山、巨大的积雨云、阳光灿烂的天空、红紫相间的小山让他像"喝过温热的美酒一样"暂时忘却了自我。从洛杉矶回到保留地后,阿韦尔像变了个人似的:"他能看见峡谷、群山和天空,能看见雨、小河和远处的土地,还能看见晨曦中深色的小山。"

细读文本可以发现印第安人的土地在白人眼里是神秘、可怖的,大自然对本不属于这儿的白人并不友好。从洛杉矶来赫梅斯村疗养的白人安杰拉觉得她暂住的本尼维兹家的房子很神秘,"就像一座墓冢,与世隔绝"。有一天,暴风雨来势凶猛,"她本能地攥紧拳头,指甲抠进手掌跟,蜷起身";只听见昏暗的天空中暴雨哗啦作响,雷在低处和头顶上炸响;只见闪电发出刺眼的强光;雨呈灰色，斜着打过来，密不透风，雨帘似乎被撕成一小片一小片的，把她的视线一分为二，让她胆战心惊。莫马迪在小说中不止一次含蓄地表达过同样的意思：

> 还有数不清的小动物，比如蜥蜴和青蛙、昆虫和蚯蚓，自古以来就生活在这片土地上。那些后来才过来的动物，比如用来驮运物品或做买卖的牲畜，马和羊、狗和猫，都是外来户，在有些方面不如那些小动物。它们没有见识，没有本能，与这片原始的土地格格不入。它们底气不足，来去匆匆。虽然生在这儿，死在这儿，但死后不会留下任何痕迹，仿佛不曾来过似的。它们的尸骨会被风刮走，叫声不会在雨水和小河里回响；鸟儿扑腾翅膀，野生动物的黑色身影早晚从树林穿过，树枝折弯后又弹回来，而那些外来动物的声音早就烟消云散了。

印第安人有悠久深厚的文化，但自视甚高的白人历来视而不见。《日诞之地》自豪地展示了印第安人富有生命力的文化和对自身文化的自信，莫马迪对印第安文化的热爱和自信跃然纸上。通过赫梅斯普韦布洛人追捕邪恶的奔跑、圣雅各日的活动、优美的纳瓦霍颂歌、有关纳瓦霍人起源的传说、洛杉矶泛印第安救济会堂的取香接福仪式等，印第安人的文化得到了生动的展示。莫马迪认为，现代文明是白人强加给印第安人的，白人的入侵和征服并不能改变他们的信仰。他直白地说："镇上的人几乎无欲无求。他们不期待什么现代文明，从没改变过自身的基本生活方式。小镇的入侵者花了很长时间才征服他们；四百年来，他们被强行皈依基督教，但他们仍坚持用塔诺语向古老的天地神灵祈祷，依然有什么吃什么，有什么用什么，一如既往；他们有自尊，有鉴别力。"安杰拉在科奇蒂看到跳舞的人心无旁骛，注视着她看不见的某种东西，后来，她恍然大悟："只有超越表象，超越形状、影子和颜色，他们才能看见那种虚无。只有看到那种虚无，他们才会变得自由、强大、完满和超然。"印第安人的镇定和看见"虚无"的能力让她艳羡不已。我们可以看出莫马迪对印第安人多舛的命运的关切、对印第安文化的深深热爱和高度自信。他诉诸读者的视觉和听觉，让读者走近印第安人的土地，感受那片土地的气息和脉动，走近他们深厚的文化，走进他们丰富的情感世界。可以说，这是他创作这部小说的初衷。凭借自身的才华、对印第安人的深入了解和深深的同情，莫马迪实现了自己的初衷。

在以往由白人书写的历史和文学中，印第安人基本都是被叙述者，处于静默和边缘的状态；美国政府的印第安政策被粉饰，印第安人很多时候消失了。

由谁讲述故事不可小视。英国后殖民批评家艾勒克·博埃默(Elleke Boehmer)说:“讲述历史意味着一种掌握和控制——把握过去,把握对自己的界定,或把握自己的政治命运。”在《日诞之地》中,印第安人讲述自己的故事,变成了叙事者。莫马迪在小说中赋予印第安人主体性,他们不再是被凝视的对象,而变成了凝视者,小说的叙事变成了逆向凝视。历史和文学的筛眼很大。在白人书写的历史和文学中,《日诞之地》里讲述的内容基本被有意或无意地筛掉了。莫马迪通过印第安人自信、自豪的讲述,消除了对印第安人的无知,唤醒记忆,抵抗遗忘,实现昆德拉在《笑忘录》中借小说人物米雷克之口所说的“人与政权的斗争”。

高处成莲深处藕。《日诞之地》这一部小说即足以证明莫马迪是美国作家中最有才情、最有成就的,这与他的天资、家庭的熏陶和丰富的阅历等是密不可分的。他家学渊源:父亲是教师和画家,会讲基奥瓦部落口述传统中的许多故事;母亲擅长写作,热爱文学,很早就让他接触优秀文学作品。莫马迪有灵敏的耳朵和敏锐的眼睛,善于倾听和观察。1996 年,莫马迪在接受采访时说:“我很小就想成为作家,因为我母亲是作家,她鼓励我写作。”自幼年始,莫马迪在多个印第安保留地生活过,曾经能熟练使用纳瓦霍语和基奥瓦语。他目睹了保留地上印第安人穷困潦倒、痛苦不堪的生活。他接受过系统的教育,受到印第安文化和白人文化的熏陶和浸润。莫马迪视自己为基奥瓦人,对印第安人怀有深深的同情。20 世纪 70 年代初,他开始追随父亲的脚步,创作素描、油画和版画,并为后来的不少作品亲手绘制插图,其绘画作品多次在国内外展出。莫马迪认为诗歌是文学之冠,是文学艺术的最高形式。他在诗歌创作和绘画上的天赋和才华深深影响了他的小说创作,赋予他的小说一种独特的气质。小说中,莫马迪用文字作画,用心灵观察。他的小说不是诗,但比诗更能激起读者的情感;他的小说不是画,但比画更能呈现印第安人心中广阔的心灵世界。

三

“house made of dawn”这一意象究竟指什么,该如何移译为汉语,译者在翻译本小说前就对此颇感兴趣。目前,国内学者大多将之理解为“晨曦之屋”“黎明之宅”和“故乡的黎明”等。专攻美国印第安文学的在读博士生徐谙律对莫马迪的这部作品一直有浓厚兴趣,译者多次就“house made of dawn”的所指对象与她探讨。她认为,目前,研究者对“house made of dawn”所指对象的存在形式和存在数量这两方面的理解存在差异。受“house”一词常规意义的影响,我们容易将“house made of dawn”理解为具体的建筑物。美国学者 A.拉冯妮·布朗·劳夫(A.Lavonne Brown Ruoff)在论著《美国印第安文学》(1991)中细述了“house made of dawn”的结构及外观:亚利桑那州东南部切利峡谷中的一座神楼,为两层楼砂岩建筑,上层白色,下层土黄色,在纳瓦霍人的象征体系中分别代表东方和西方,上层是哈斯黑亚提(语言之神,又是东方之神和晨曦之神)的神坛,下层是屋神哈斯黑霍甘(西方之神和夜光之神)的神坛[①]。然而,在目前所能获取的资料中,无法找到这座神楼。

在小说中,颂歌“House Made of Dawn”以纳瓦霍语 Tségihi 开头,后用诸多自然景象和物质加以描述。Tségihi 的字面意义为“岩石中的圣地”,即“峡谷”,可见它在颂歌中并不指具体建筑。莫马迪研究专家罗伯特·纳尔逊教授(Robert Nelson)指出,该颂歌中的“house made of dawn”实为“精神建构”,是印第安人心目中“万物产生或复苏的地方”,也是“太阳从地平线上出现的地方”,更具体地说,它是“被日出造就的地方”,仅仅是一个想象体,而非实体建筑。

纳尔逊教授在论文[②]中指出,“house made of dawn”在小说中出现过数次,但并不指同一对象。他在其他的讨论中指出,作品讲述弗朗西斯科向外孙阿韦尔和比达尔讲述本部落如何判断日出、如何根据日出方位进行日常活动时,多次提到太阳升起的方山(mesa),实际上常在印第安部落中被视为“dawn house”,与“house made of dawn”是基本相同的。方山是美国西南部的特有地貌,印第安人看见太阳从方山上升起,因而将方山视为“dawn house”。各印第安部落生活在不同地方,所以存在不同的“dawn house”。由于印第安部落数量众多,部落文化传统千差万别、沟通甚少,“house made of dawn”没有统一的所指对象,其数量也不是唯一的。由此可见,小说中的“house made of dawn”没有唯一的所指对象。

至少可以肯定,短语“house made of dawn”中的“house”不是通常理解的屋子。纳尔逊教授倾向将“house”视为“地方”和“土地”。结合小说语境和印第安文化传统分析,这一理解是较为可行的,因为印第安人崇尚和热爱土地;

---

① 转引自张冲:《新编美国文学史》(第一卷)[M]. 上海:上海外语教育出版社,2000 年,第 19 页。

② Robert Nelson. “Grounded in Place: The Houses Made of Dawn in *House Made of Dawn*”, in *C.A.P.E.S./ Agrégation Anglais, Réussir l'épreuve de Littérature: House Made of Dawn* [C]. Ed. Bernadette Rigal-Cellard. Paris: Ellipses, 1997. pp. 75-89. https://facultystaff.richmond.edu/~rnelson/grounded.html.

此外,在小说的引子中,阿韦尔看到“那儿有花粉和雨水,是一片古老、恒久的土地”,也是将“house”理解为“土地”的一个依据。因此,“house made of dawn”可被阐释为“日出使其出现的地方”。徐谙律的观点是译者目前见到的对该标题唯一的深入探讨,对译者理解原文全文和标题颇有启发。作为小说的标题以及小说叙述者和人物之一的本·贝纳利吟唱的纳瓦霍颂歌的歌词,“house made of dawn”这个短语具有浓厚的文学修辞色彩。“made of”是理解和诠释小说标题的关键。汉语中,“诞”既可表示“出现”,又可表示“造就”“使……产生”,可比较全面地将“made of”的意义移译出来。这样看来,把小说的标题译为“晨曦之屋”“黎明之宅”“故乡的黎明”属于望文生义,译为“日诞之地”则更为贴切。

典型的传统小说大多由全知的叙事者基本按时间顺序叙述,将时间和空间的变换交代清楚。《日诞之地》的四个部分讲述了发生在1945年到1952年这七年内的故事。莫马迪在叙述中穿插书信、日记和口述故事等,使小说横跨近80年(自1874年至1952年)。很可能受传统的印第安口述传统的影响,在《日诞之地》中,同一章节中时间和空间频繁变换,叙述者也常变换,时间、空间、叙述者的变换的主要标志是段落之间的空行和字体的变化。读者很容易迷失在断裂的情节和迷雾般的叙事中。在小说的第一部分,“北面的山上有辆汽车;那辆车在阿韦尔眼前时隐时现。接着,汽车拐弯驶进小镇,在街道上弯曲前行,驶进教堂旁边的树林。”几段之后,“奥尔京神父听见汽车开过灌溉渠上的木板,然后停下来了。他走到窗边向外望去。”这两段相隔好几段,空间上发生了变化,仿佛是平行蒙太奇。细读之后,我们才知道阿韦尔所看到的和神父所听到的是同一辆汽车。小说的第二部分中,太阳神父的布道和祈祷会中间穿插着阿韦尔的大段回忆。这些回忆在段落之间空行的提醒下,稍加注意还是可以看出的。最容易搞混的是小说第三部分中的这一段:“那儿不怎么下雪,一旦下起来,放眼望去,只见白茫茫一片……年幼的你是一切的中心:圣山、白雪皑皑的群山和高地、溪谷和低地、晚霞和夜色,那一切——你儿时就生活在那儿,认为那样的生活是理所当然的。”这一整段稍不注意会误以为是写阿韦尔的经历,实则是写贝纳利的。同样在第三部分,由于没有明确交代,会误以为下面这段文字是写阿韦尔的,很难知道其实也是写贝纳利的:“一年夏天,科恩菲尔兹有个女孩,她很爱笑,但和你只有一面之缘……最后,他终于拿缰绳把马牵出来,交到你手中。”作者理所当然地认为读者是跟得上的。我们有必要调整阅读姿态,寻找草蛇灰线般的线索,拾掇、拼接马赛克或者拼图似的叙事碎片,串珠成链。

依照小说中多个叙事者提供的零零散散的信息，我们可以把主人公阿韦尔的生活经历按时间顺序整理如下：阿韦尔出生于 1920 年（1937 年他 17 岁），可能自 1942 年（美国政府开始征兵时）到 1945 年 5 月（二战欧洲战场结束）之间服役。1945 年 7 月 20 日，他回到赫梅斯，同年 8 月初，他在赫梅斯杀死了先天患有白化病的印第安人胡安·雷耶斯，后获刑。从故事人物纳瓦霍人贝纳利的叙述中我们得知阿韦尔 1952 年 1 月最后一次遇上白人警察马丁内斯前的几个月都在洛杉矶，由此可推断他蹲了 6 年监狱（自 1945 年 8 月至 1951 年 6 月或 7 月），于 1951 年 7 月或 8 月来到洛杉矶。1952 年 1 月他与贝纳利、托萨马等人在一起在洛杉矶，同年 2 月 20 日离开洛杉矶，回到赫梅斯。

四

外文可读，其意难析，甘苦共知。译者近年来集中译介美国印第安文学。由于印第安部落有各自的语言和文化，宗教信仰也不尽相同，有关他们的文学作品较难以深入阅读。《日诞之地》是译者迄今接触到的最难深入阅读和移译的一部，为便于中文读者理解莫马迪这样的“内幕人”的细致书写中的堂奥，译文提供了 200 余个注解，共 9 000 余字。除了前面所说的碎片化叙事外，该小说的阅读和移译的困难还在于其诗性的语言，包括整齐的韵律（如 a rushing and rolling of rain on the roof, a rockslide rumbling, roaring, time's dimes, shine wine）、通感（如 great hot weight of its silence）、密集的意象（如 the fist light of dawn, the whole of the valley growing light, the sunlight on the crest of the mountain）、独特的搭配和意义（如 alien wind, all of infinity, “perspective, proportion and design”, dark and certain shadow, pride of discrimination, exclusive silence），以及用拉丁字母书写的部落语言（如 yempah, kethá ahme, sawish）和受印第安部落语言影响的英语表达（如 raise it hell, throw it in the towel, whoop it up）。以上为数不多的例子足见莫马迪的森严武库和对自身文字功力的自信，他似乎总在挑战英语语法和句法的极限。这样的文字是最难翻译的，常让译者虚脱、失重。普韦布洛、纳瓦霍、基奥瓦三个部落的神话和传说里特有的神、地名、人名（如 Tségihi, Esdzáshash nadle, Dzil quigi, Yeí bichai）在中文里都没有现成的翻译，部落之间的恩恩怨怨这样的细节很多时候无从查找。如果没有罗伯特·纳尔逊教授、安妮特·范戴克教授（Annette Van Dyke）、安妮塔·沃特金斯女士（Anita Watkins）和克里斯托弗·道格拉斯先生(Christopher Douglass)、苏·格雷戈里女士(Sue Gregory)等友人近两年来的热心帮助,本书的翻译是不可能完成的。尤其是纳尔逊教授,他是我遇到的最耐心、最友善的学者之一,他亲切地称我为同事和朋友。他毕业于斯坦福大学,是美国印第安文学研究会(ASAIL)的资深专家,迄今曾在约60个班级的美国印第安文学课上讲授过《日诞之地》,他对《日诞之地》文本的熟悉程度用倒背如流来形容一点也不为过。尤为难得的是,他对美国印第安人的历史烂熟于心,很少有哪位学者能像他那样信手拈来。他优雅的英语是大多数以英语为母语的学者无法企及的。我向他请教的难点大大小小有数百处。只要收到我求教的电子邮件,他哪怕是在去机场的路上,在度假,在度周末,都第一时间回复。他说,看到这部标志着"美国印第安文艺复兴"、代表着当代美国印第安文学最高成就的作品在获得美国本土最高文学奖"普利策奖"44年之后被移译为中文,他由衷感到高兴。他多次说,下次我去美国,他很乐意带我去新墨西哥州的赫梅斯普韦布洛村庄和拉古纳普韦布洛村庄,为我做向导。在本书的翻译终于完工的时候,我要向大洋彼岸的他致以深深的谢意。

翻译并不是简单的搬字过纸。不好的译文各有各的不是,而好的译文都是相似的:几乎看不出是从外文翻译而来的。这恐怕是每个译者追求的最高境界。翻译大概可分为文学翻译和非文学翻译,文学翻译是最令人神往、也是最富有挑战性的。大凡有翻译经历的人都知道,其最重要、最困难的就是要翻译出其文学性。只有反复研读原文,才可以会心况味,体悟到隐于不言、细入无间的意蕴。文学翻译中,无论是理解和表达都不可用蛮力,而该用巧劲;不可强攻,只可智取;但求同妙,不求同言。与诗歌创作一样,文学翻译"以一字见工拙"。译文的浓淡、繁简、轻重、褒贬、显隐最能显示译者对原文的理解的深浅和文字转换的工拙。佳句只能偶得。陆机"故时抚空怀而自惋,吾未识夫开塞之所由"是有感于创作的,但在译者看来同样适用于翻译这一玄妙的活动。

为了不愧对这部名著,尽可能展现原文的风姿,译者在翻译中不惜时间,不愿退而求其次,常苦于"贫于一字"。与此书两年多的软磨硬泡行将结束。元代刘秉忠的《读遗山诗四首》恐怕最契合我翻译此书的过程和此刻定稿时的心情:

青云高兴入冥搜,一字非工未肯休。
直待雪销冰泮后,百川春水自东流。

2012年12月于援藏前

第二部分

现实与记忆：本土裔作品中的语言策略与政治话语

历史的记忆 · 共同的伤痛

——论路易斯 · 厄德里克《鸽灾》中的文化创伤书写

杨　恒*

（中央民族大学外国语学院）

摘　要：路易斯 · 厄德里克是当代美国创作得奖最多的本土裔女作家之一。在这部作品中，她不仅书写了印第安人和混血族群的苦难历史和心理创伤，还细致描述了部分白人在这段历史记忆中复杂的心理纠葛，引发人们对印第安人的历史、现状与未来进行更深入的思考。本文立足于杰弗里 · 亚历山大的文化创伤理论，试图解读作品中印第安人和混血族群经历的集体创伤，分析其产生的过程以及给不同族群带来的影响，从而揭示出作者本土裔文学创作的独特性。

关键词：《鸽灾》；路易斯 · 厄德里克；文化创伤理论

《鸽灾》（*The Plague of Doves*，2008）是当代美国著名本土裔女作家路易斯 · 厄德里克（Louise Erdrich，1954—）创作的第 12 部长篇小说。该书不仅荣获了 2009 年艾尼斯菲尔德 · 伍尔夫图书奖（Anisfield-Wolf Book Award），还跻身普利策小说奖的候选名单，“厄德里克的想象已经达到了巅峰——《鸽灾》是她闪亮耀眼的杰作”（Roth），这是厄德里克小说创作的一个新的里程碑。作为新的三部曲①中的开篇之作，她将小说背景设在北达科他州虚构的小镇普路托及其附近的保留地上，小说通过四个人物的共同叙述，展现了小镇近百年来的发展历史及其周围印第安人与白人不断冲突又相互共融的生活全貌。在大大小小的 20 个故事中，暗杀—处私刑这个悲剧性事件构成了小说的连接性主题，它给事件的受害者及其后代都带来了难以弥合的创伤，甚至影响了他们一生。

---

* 作者简介：杨恒，副教授，主要学术兴趣为美国本土裔文学。原载于《当代外国文学》2014 年第 3 期。

① 厄德里克计划创作由《鸽灾》《圆屋》及另一部作品组成的新三部曲。

在作品中，厄德里克一如既往地关注她深深眷恋的保留地和印第安族人，而《鸽灾》不仅书写了印第安人和混血族群经历的苦难历史和心理创伤，还着重描述他们在寻求集体认同的过程中重新建构文化创伤的努力；作者还将当地部分白人纳入到印第安人文化创伤的构建过程中来，揭示了他们在历史和种族问题上存在的矛盾心理和切肤之痛，肯定了他们在对印第安人文化创伤的建构中所作的努力，从而促使公众对美国白人屠杀、迫害和歧视印第安人的历史进行深刻反思。本文尝试运用杰弗里·亚历山大(Jeffrey C.Alexander)的文化创伤理论来解读《鸽灾》中印第安人和混血族群经历的种种创伤，分析其转变为文化创伤的过程，以及它们给不同族群带来的影响，展现出厄德里克对印第安人生存状态和未来命运的深切关怀与思考。

一、穆夏姆：创伤的承载者与言说者

20 世纪 90 年代以来，创伤研究成为西方评论界关注的焦点。然而在众多创伤理论研究中，当代美国著名社会学家亚历山大提出的文化创伤理论可谓独树一帜，“当某一集体的成员觉得他们遭遇了可怕的事件，这在群体意识上留下了难以磨灭的痕迹成为永久的记忆，而无可逆转地改变了他们的认同时，文化创伤(cultural trauma)就发生了”(1)。无论是对于个人还是群体，只有当事件“在群体意识上”发生作用并极大改变群体的身份认同或对其造成威胁即社会危机转化为文化危机时，创伤才会在集体层面出现。因此，要让社会危机转化为文化危机，必须进行有意识甚至是艰难的文化建构。创伤通常具备以下几个元素，即言说者、受众和情境(12)。

言说者指的是创伤的承载群体，他们通过讲述故事的方式把特定事件建构、再现、宣称为创伤并使之传播，创伤的文化建构就始于这种宣称。“这是对某种根本损伤的宣称，是对某种神圣价值令人惊骇的亵渎的呼喊，是对令人恐惧的破坏性社会过程的叙事，是在情感、制度和象征上进行补偿和重建的要求。”(11)《鸽灾》中的第一个叙述者埃维莉娜的外祖父穆夏姆就是这样一位创伤承载者和言说者。1911 年，年轻的穆夏姆和其他三个族人在路上目睹了一户白人家庭惨遭灭门的现场，凶手早已逃之夭夭，只有一个七个月大的婴儿在摇车中幸免于难。尽管他们知道通知白人会引火烧身，但还是告知他们还有幸存者。但是，穆夏姆等四个印第安人却被误认为是凶手而被白人施以绞刑，其中最小的一个被害者只有 13 岁。穆夏姆由于妻子与施私刑的白人有血缘关系才逃过此劫，但是事件的阴影在他心中挥之不去。

对于年逾古稀的印第安老人穆夏姆来说，他一生中经历的痛苦与创伤远不止于此。美国政府1830年实行迁移政策，迫使大批印第安人离开了祖居地迁往密西西比河以西地区。1887年推行的《道斯法案》，表面上是联邦政府对印第安保留地实行土地托管，实质是剥夺他们对土地的支配权。20世纪60年代，普路托小镇附近的印第安人保留地已被三座城市包围，印第安人和混血族群几代人蜗居在狭小的安置房里，过着艰辛的生活。在埃维莉娜家厨房的墙壁上挂着三幅照片，分别是约翰·肯尼迪总统、教皇约翰二十三世和路易斯·瑞尔(Louise Riel)。路易斯·瑞尔与前两位相比名不见经传，但穆夏姆却视其为大英雄。瑞尔曾带领梅蒂斯族人[①]反抗加拿大政府对印第安人的殖民扩张，结果起义失败瑞尔被判绞刑。穆夏姆一家由于资助过瑞尔的起义遭到迫害，不得不逃离加拿大舒适的农场来到美国北达科他州定居，途中还失去一个尚在襁褓中的孩子。尽管当时穆夏姆年纪还小，但白人的野蛮扩张与掠夺、印第安人不屈不挠的反抗斗争及举家背井离乡的辛酸经历都在他的心中烙下印记。这使他真切感受到身为一个印第安人在白人统治下饱受压迫和欺凌的悲惨命运。一次，小镇的新闻通讯员采访穆夏姆，问他小镇为什么会建在原来的保留地上，穆夏姆反问道："你是问它怎样被偷走的吗？这样了不起的偷盗行为怎么能被人接受的？我们明知失去了什么，也知道你们如何抢走了但还在你们边上吗？"(Erdrich 85)

穆夏姆不仅是一个生活放荡不羁又爱搞恶作剧的"老顽童"，还是一个讲故事的高手。他非常乐意把自己和族人的故事讲给儿孙听，从保留地上的"鸽灾"到年轻时的浪漫史，再到瑞尔的英雄事迹。埃维莉娜把外祖父讲故事视为"仅次于电视的最受欢迎的娱乐节目"(6)。这种口头讲述使年轻一代了解了部落的传统与历史，加强了他们与传统文化的联系和族裔身份认同。但是穆夏姆从没有向孩子们提及处私刑事件，因为人们"通常把痛苦的经历深锁在记忆深处，但这并不表明他们已经忘却了过去、走出了苦难的阴影。一旦受到相似环境的刺激，他们就会本能地联想到自己遭受创伤的经历"(尚必武87)。实际上，穆夏姆对一切与处私刑事件有关的名字都十分敏感。一天，埃维莉娜在与母亲闲聊时提到了老师的名字——"玛丽·安妮塔·布肯多夫"，当时穆夏姆正兴致勃勃地玩纸牌，尽管埃维莉娜声音很小，但穆夏姆却异常敏锐地听到了这个名字。"布肯多夫，"他本能地重复，嘴角禁不住歪了一下。虽然他还

---

① 梅蒂斯人是印第安裔与法国裔的混血儿。

想继续打牌掩饰自己的反应，但这都被细心的埃维莉娜看在眼里。面对埃维莉娜和外孙的追问，穆夏姆沉思良久才缓缓讲述起数十年前的往事。此时，穆夏姆在大脑中重新建构起处私刑事件并将其再现出来，将创伤投射到公众尤其是承载群体的成员身上，创伤的文化建构即始于此。

二、埃维莉娜：创伤的受众与新一代言说者

在文化创伤的建构过程中，言说公众也是不可缺少的因素之一。"言说者的受众首先必定是这个承载群体本身的成员。如果表达意图成功，其他成员就会相信他们在某一独特事件中遭受了创伤。创伤宣称的受众才能扩大，包含'整个社会'中的其他公众。"(Alexander 12)

作为年轻一代的印第安人，埃维莉娜是幸运的，她并没有经历老一辈印第安人遭受的压迫和苦难，但在文化创伤形成的过程中她扮演了"受众"的角色。在听完外祖父的讲述后，埃维莉娜"深深陷入故事中不能自拔"，她"集中全部注意力才带着思绪和那些衣服挣扎着走过院子回到寂静的房中"。(Erdrich 80)尽管没有亲身经历暗杀事件，但其背后的意义却令埃维莉娜感到震惊和愤怒。她第一次深切感受到种族与血缘代表的含义，几个好心的印第安人仅仅因为自己的身份血统，就被无辜地吊死。外祖父的讲述使她重温了印第安民族的苦难历史，间接体验到了印第安人遭受的种族主义暴力，亲身感受到老一辈人压抑在内心刻骨铭心的痛，她"慢慢意识到集体不再作为一个有效的支持来源而存在，而与之相连的自我重要的一部分已经消失了"(Erikson 127)。此后，埃维莉娜无法以同样的心态和方式看待身边人，她的世界完全被族裔关系和血缘关系打乱了。她把穆夏姆在故事中提到的人物和其亲戚的名字都写在纸上，通过询问朋友开始追溯处私刑事件参与者的血缘史，最后画出了一张错综复杂的家族关系网。这并不是一张简单的人物关系图，它在幼小的埃维莉娜心中重新构建起印第安人的主体身份。处私刑事件带来的创伤是印第安人数百年来被屠杀受压迫历史的心理投射，并成为他们的苦难沉淀在子孙后代心灵深处的集体记忆。

埃维莉娜意识到自己身体里流淌着印第安人的血，自己的个体身份与部族失去土地的历史和长期遭受的歧视与迫害紧密相连。听了这些故事后，她仿佛一夜之间长大了，她对父母先辈们的创伤有了更深刻的认识："我看到了丧失土地永远是他们心头的痛，这种失去也进入到我的身体。随着时间的流

逝,我渐渐懂得这种悲伤是他们每个人用性格来掩盖的东西——我的老叔叔通过他情绪激昂的训练,我母亲通过她的宽严相济和井井有条,而外祖父利用的则是耐心的嘲弄艺术。"(Erdrich 84)历史与部族的伤痛彻底改变了埃维莉娜的人生观,甚至影响她未来的命运。此时,文化创伤的雏形已经在印第安族群内部悄然形成。

然而,埃维莉娜的历史使命还没有结束,对于部族创伤的深刻理解使她清晰意识到自己在这个过程中应承担的历史责任,即不仅要面向族群成员还要面向更为广大的"公众",去传播印第安部族的创伤体验。因为在伤害事件发生时,大部分读者(受众)没有受到直接伤害或参与其中,因此很难察觉自己和受害群体的关系。"唯有受害者的再现角度是从广大集体认同共享的特质出发,受众才能够在象征上加入原初创伤的经验。"(Alexander 14)埃维莉娜自觉地成为文化创伤新一代的言说者,她将自己、外祖父的故事及家族历史讲述出来,让更多读者真切了解印第安人的苦难历史和当代印第安人的真实生活,这样才会在更广泛的受众中引起深切的理解和强烈的共鸣。

三、白人后代的创伤与历史反思

一个成功的集体再现过程必须对以下几个问题作出解答:1.痛苦的性质,即到底发生了什么;2.受害者的性质,即谁是遭受创伤痛苦影响的群体;3.创伤受害者与广大受众的关系;4.责任归属,也就是谁导致了创伤。(Alexander 13-15)乍看起来,问题答案一目了然,印第安人与混血族群无疑是种族暴力与殖民扩张的受害者,而白人则扮演着迫害者的角色。但如果我们细读文本,就会发现厄德里克的创伤书写远非如此简单。

在小说的四位叙述者中,白人妇女科迪莉亚讲述最少,但作品短短17页的文字却发人深省。科迪莉亚就是暗杀事件唯一的幸存者—摇车里的婴儿。如果不是好心的印第安人报信,她也许会脱水而死。后来,一对白人夫妇收养了她,宠爱她并给她提供好的教育,她成为一名医生。曾经有人告诉她,她是几个印第安人救的,而他们后来被绞死了。生活在白人区的她一直误以为是他们杀害了自己全家。虽然她平静地接受了这个"现实",但种族主义的仇恨和失去亲人的痛楚在她潜意识里挥之不去。科迪莉亚坦言:"有时候我在想,恐惧和痛苦的声音、猎枪雷鸣般的巨响是不是隐藏在我大脑的某个地方或某个最隐蔽的角落。"(Erdrich 307)这种伤痛影响着科迪莉亚的一生,她一直拒绝给印第安人治病，因为有他们在场她会感到情绪不稳、虚弱无力，她自己都无法控制这种反应。而一个例外就是安东尼·库茨，一个小她很多、她深爱的混血族裔男人。因为世俗偏见和种族隔阂，科迪莉亚不敢公开他们的恋情，只是暗地来往。这种纠结的心理和负罪感使科迪莉亚饱受煎熬，最终她选择嫁给了一个自己并不喜欢的白人。科迪莉亚的婚姻生活很不幸，她的第一任丈夫死得早，第二任丈夫因为工作的原因和她长期分居后来又娶了学生，从此科迪莉亚孑然一身。更具有讽刺意味的是，在小说结尾，凶杀案的谜底被揭开，杀死科迪莉亚一家的凶手竟然是她救过的一个白人。另一个饱受种族伤痛的白人是埃维莉娜的老师玛丽·安妮塔修女。她的祖父埃米尔·布肯多夫是参与那起处私刑事件的白人之一。祖父对印第安人实施的暴行使她充满了负罪感，一次，玛丽向埃维莉娜说起她做修女并非对上帝虔诚，而是受到了处私刑事件的影响。在她看来，只有将一生献给教会才能以自己的善行化解上辈人的恩怨纠葛，才能洗清祖先遗留在她身上的污点，寻求内心的平静与坦然，祖辈犯下的罪恶使玛丽形单影只。

显然，在美国种族主义与殖民扩张的历史中，印第安人和混血族裔经历了难以磨灭的伤痛，然而白人殖民者的后代也无可避免地受到印第安人悲剧命运的影响。厄德里克通过对普路托小镇及其附近保留地上白人后代的人生境遇和情感经历的描写，使人们再一次反思这段历史：受害者与受众之间是怎样的一种关系？谁才是真正的创伤制造者？表面上，参与实施暴行的白人是创伤的制造者，而这些白人并非十恶不赦的恶棍，他们都是一些憨厚老实的白人。玛丽修女在回忆祖父时说，他是一个非常慈爱的人，家人无法把他和一个杀人犯联系在一起（Erdrich 250）。是什么让他们沦为杀人凶手？我们发现，美国政府一方面不断掠夺印第安人的土地，一方面利用媒介扭曲印第安人的形象。“白人作家们也借助书写，通过小说或者非小说对印第安人进行失真性描写，给他们披上一层浪漫怀旧的薄纱，或将之扭曲为丑陋肮脏的蛮夷，这共同建构了国人对印第安人的成见。”（Jacobs 2）在《苦行记》中，马克·吐温将印第安人称为“郊狼”，应把他们从人类队伍中剔除出去。在当时的主流社会，印第安人成为“暴力、愚昧、丑陋”的代名词。所以，参与处私刑的白人非但不感到内疚，反而觉得是干了一件好事。而参与者绝不仅仅是几个白人，整个主流社会和联邦政府才是真正的罪魁祸首，美国政府精心构建起的种族主义意识造成主流社会对印第安人的严重歧视，导致种族主义悲剧不断上演，而白人后代为此也背负着沉重的历史包袱，陷入了深刻的道德危机，无论美国政府如何美化掩饰其侵略行径，历史的真相终有一天会公之于众。

晚年的科迪莉亚被选为普路托历史协会会长，这一职位使她开始了解一些鲜为人知的故事，她也开始接近小镇的历史真相：100 多年前，一批白人探险者在“城镇狂热”的驱使下，试图到北达科他州拓荒建镇但失败。后来“达科他 & 大北镇选址公司”在大北铁路的沿线精心勘测，在一块物产丰富的地方建立了今天的普路托小镇。1911 年，一个白人家庭惨遭杀害，而四个印第安人无辜受到牵连遭到“不公正的审判”。小镇真实的历史事件如同过电影般在科迪莉亚的眼前浮现。作为一个白人，她该如何看待白人祖先殖民扩张的历史？作为幸存者，她又如何面对善良的印第安人为了救自己惹来杀身之祸？作为一名医生，她又该如何评价“非白人不医”的行医准则？科迪莉亚陷入了深深的反思中。后来，在好友的建议下，她终于做出决定：将真实的历史原原本本记录下来装订成册，捐赠给北达科他大学收藏，而印第安人的文化创伤光明正大地载入史册。文化创伤对社会生活产生的意义重大深远：印第安人的群体身份因此而得到重构，这有助于他们自信地面向未来；白人则在更大的范围内反思和认识那段被歪曲的历史，努力修复白人给印第安人带来的文化创伤。“文化创伤扩大了社会认识和同情的范围，提供了通往新社会团结形式的大道。”(Alexander 24)

厄德里克是一个具有敏锐洞察力的作家，她多角度、多声部和全方位地展现了印第安人及混血族群近百年来遭受的压迫历史以及他们体验创伤、再现创伤、重构族群主体身份的不懈努力。厄德里克还将白人群体的历史反思纳入小说的主体范畴，深化了印第安族裔文化创伤的历史意义和现实意义，体现了厄德里克对印第安族人的历史、现实与未来的思考。

小说的结尾随着小镇的日益衰落，订阅新闻通讯的人越来越少，科迪莉亚主持的历史协会不得不解体，然而她决定和好友一起沿着小镇的外围继续走下去。深夜，为了陪伴失眠的妮芙，科迪莉亚独自向她家走去——“我拄着拐杖摸索着前行，因为天如此的黑，我想我们已经无法被人看见”(Erdrich 311)。这句话语不禁让我们产生一丝隐忧，对历史感兴趣的人越来越少，印第安人的创伤书写之路如何走下去？只要一代代印第安人能够将族群的文化创伤传播开来，并始终坚守历史真实，印第安人终有一天会走出黑暗重见光明。

参考文献

[1]Alexander, Jeffrey C. “Toward a Theory of Cultural Trauma,” in *Cultural Trauma and Collective Identity* [C]. Eds. Jeffrey C. Alexander, et al. Berkeley: U of California P, 2004.

[2]Erdrich, Louise. *The Plague of Doves* [M]. New York: Harper Collins, 2008.

[3] Erikson, Kai. "Notes on Trauma and Community," in *Trauma: Explorations in Memory* [C]. Ed.Cathy Caruth.Baltimore and London: The Johns Hopkins UP, 1995.

[4]Jacobs, Connie A. *The Novels of Louise Erdrich: Stories of Her People* [M]. New York: Peter Lang, 2001.

[5] LaCapra, Dominick. *Writing History, Writing Trauma* [M]. Baltimore: The Johns Hopkins UP, 2001.

[6] Roth, Philip. < http://www. barnesandnoble. com/w/plague-of-doves-louise-erdrich/1114143658? ean=9780062277732>.

[7]尚必武:《创伤・记忆・叙述疗法—评莫里森新作〈慈悲〉》[J].《国外文学》2011 年第 3 期,第 84-93 页。

《日诞之地》与印第安部落语言历史表征

徐谙律*
（上海外国语大学）

摘　要：当代美国印第安作家莫马迪的小说《日诞之地》再现了三个印第安部落近80年的历史，可视为印第安语言历史命运的文本表征，揭示了美国的语言政策和相关教育玫策对印第安人的影响。小说人物弗朗西斯科、阿韦尔和托萨马可分别解读为部落语言传承者、部落语言与英语世界夹缝中的失语者，和英语世界的挑战者；面对政府的语言同化现策和二战后部落语言被削弱甚至被消灭的危机，三者分别以传承、挣扎和反抗的形式表现对部落语言的坚持，维护部落传统，努力保存部落语言的生命力，其举动在一定程度上折射出当时整个印第安群体传承和坚持部落语言的选择。

关键词：美国印第安文学；莫马迪；《日诞之地》；美国印第安语言政策

美国印第安作家[①] N.斯科特·莫马迪（N.Scott Momaday，1934—）的小说《日诞之地》（*House Made of Dawn*，1968）揭开了“美国印第安文艺复兴”[②]的序幕。小说以主人公阿韦尔1945年从二战战场返回新墨西哥州赫梅斯普韦布洛保留地后陷入失语困境和文化不适应为主要脉络，辅以书信、日记和口述故事等多种叙述体裁，记述了纳瓦霍部落（Navajo）、基奥瓦部落（Kiowa）和赫梅斯普韦布洛（Jemez Pueblo）从1874年到1952年的历史。值得注意的

---

* 作者简介：徐谙律，博士，研究方向为当代美国文学、美国印第安文学与文化。

① 关于Native American或American Indian的提法长期存在争议，“印第安人”本为欧洲殖民者对北美原住民的误称，但由于本文既涉及殖民者对其的称呼，又涉及印第安人的自称，为在论文中保持语言一致和叙述方便，本文将北美原住民统一写作“印第安人”，所涉相关“本土”“原住”的表达亦使用“印第安”代替。

② “美国印第安文艺复兴”（Native American Renaissance）由加利福尼亚大学洛杉矶分校的肯尼斯·林肯（Kenneth Lincoln）教授在1983年出版的*Native American Renaissance*一书中提出，指20世纪60年代末、70年代初开始的美国印第安作家创作的繁盛时期。

是，作品以英语为主要叙述语言，人物对话和独白则混合纳瓦霍语和塔诺语等多种部落语言和西班牙语，三个主要人物阿韦尔、弗朗西斯科和托萨马在语言使用方面各具特点，反映出他们对待部落母语和外来语言的态度。加拿大印第安作家和文学批评家托马斯·金(Thomas King)在论及印第安书面文学与印第安历史文化的关系时，指出书面文学"为印第安作家提供了统一的结构、主题与人物，使他们能够有效表达对世界和人类生存状况的观照"(qtd.in Weaver，*That the People*：25)。《日诞之地》便是莫马迪对纳瓦霍、基奥瓦和赫梅斯普韦布洛印第安文化状况的写照，所反映的语言问题为读者通过人物的命运来管窥部落历史、通过人物对待不同语言的态度来观望部落语言状况提供了可能性，作品可视作印第安部落语言历史命运的文本表征。

纵观国内外的研究，人们倾向对该作品进行文内解读，多从典仪与神话传统、叙事策略以及生态观念等角度阐释小说的内涵和蕴意；而从部落语言状况的角度切入，尤其是结合美国政府当时的语言及教育政策的历史语境对小说的研究尚不多见。印第安人将部落语言视为具有活力、能够赋予人们力量的有机体。莫马迪曾说，"语言创造了现实"(qtd.in Weaver，"The Mystery"：81)，语言"像空气一样，是人们日常生活中不可或缺的组成元素"(Momaday，"When"：15)。肯尼斯·林肯(Kenneth Lincoln)评论道，"语言是一个民族的特征，像箭一般锋利，带着使用它的民族的烙印，是最上等的箭杆。部落家族的仪式、力量和防御能力都依靠语言而存在。"(44)然而，自殖民时期开始，随着西方文明植入北美，作为印第安文化重要载体的部落语言面临巨大挑战，印第安人被迫在部落语言和英语等外来语言之间做出选择，殖民者甚至强制学校使用英语教学，以改造印第安人的思想和文化身份；自 19 世纪最后二十年美国实施各种形式的文化同化政策以来，印第安部落语言陷入了更大的危机，几乎走到灭绝的边缘。在《日诞之地》中，阿韦尔、弗朗西斯科和托萨马在对待部落语言和外来语言时表现出的不同态度可解读为他们对部落语言危机的回应，再现了印第安部落语言面临攻击时的命运。

一、印第安部落语言的传承者：弗朗西斯科

弗朗西斯科在小说中始终作为部落传统的符号而出现，是部落语言和传统的传承者。弗朗西斯科是主人公阿韦尔的外祖父，也是阿韦尔从二战战场回到赫梅斯普韦布洛后唯一的亲人。小说开篇，弗朗西斯科赶着马去迎接返

乡的外孙，小说细致描绘了路途中的环境，将弗朗西斯科的形象与印第安人崇尚的和谐生态环境和亲近自然的生活方式相融合。这位代表部落传统的老人将要与脱离传统、强遭白人文化改变的外孙相遇。

弗朗西斯科约出生于 19 世纪 70 年代[①]，他的家乡瓦拉托瓦村位于新墨西哥州的印第安保留地。在美墨战争(1846—1848)前，新墨西哥州属于墨西哥，1850 年被划入美国领土，1912 年正式成为美国的一个州。新墨西哥州的印第安人除保留部落传统以外，还传承了墨西哥的许多传统，比如语言，除以塔诺语系为主的四种印第安部落语言外，还直接吸纳了西班牙语的表达。新墨西哥州被划入美国之初，当地印第安人与其他地区的印第安人一样，对英语采取拒斥态度，继续使用部落语言，捍卫印第安部落的语言和文化。弗朗西斯科是部落语言和文化的捍卫者之一。《日诞之地》中，弗朗西斯科使用的语言可分为两类：以实际对话或独白形式出现的语言和通过其他人描述的形式出现的语言，值得注意的是，不论是哪类，弗朗西斯科都未使用英语。

弗朗西斯科去接阿韦尔的途中，在芦苇丛边上做了一个捕鸟的圈套，试过这个圈套是否可用后，弗朗西斯科用西班牙语“Si，bienhecho”(不错，棒极了)(Momaday，*House*：6)，表达制作成功的喜悦。这是弗朗西斯科在小说中说的第一句话。接着他混合使用塔诺语和西班牙语呼唤阿韦尔，表达迫切期盼见到外孙的心情：“Yo heyara oh …heyana oh …heyana oh …Abelito …tarda mucho en venir …”(“哟，嘿啊呐，喔……嘿啊呐，喔……嘿啊呐，喔……小阿韦尔……要过很久才到呢……)(7)。弗朗西斯科认为阿韦尔依旧是跟随自己参与部落捕鹰活动的印第安孩子，仍会听他用部落语言讲述这片土地上的四季规律、部落传统习俗，因而使用过去与他对话的方式呼喊阿韦尔，展现出弗朗西斯科对部落语言的坚持。这在他临终时的一段无意识呻吟中体现得最为显著：

> 小阿韦尔……家……马里亚诺……好冷……他承认……真的，真的好冷……放弃……啊，宝尊女神……那白色的，小阿韦尔……白色的魔鬼……巫婆……巫婆……还有那个黑乎乎的人……是的……许多黑乎乎的人……跑啊，跑啊……好冷……快点……小阿韦尔，小比达尔……你们在

① 弗朗西斯科的年龄可从老神父弗雷·尼古拉斯的日记中推断，日记写于 1874 年到 1875 年之间，其中提到当时弗朗西斯科是几岁的孩子。

干什么？干什么！[①]（莫马迪 236-237）

他时而用西班牙语，时而用塔诺语，沿袭部落语言习惯，在临终时呼喊两个外孙，该选择确立了他的部落语言传承者的身份。

小说对弗朗西斯科本人使用语言的直接记录所占比例不大，文本更多是通过他人的间接描述反映他的语言选择，让读者感受到弗朗西斯科对部落语言的捍卫，从战场回到保留地的阿韦尔无法用塔诺语向外祖父表达内心思想，小说对阿韦尔矛盾、痛苦的内心感受的描述反衬出弗朗西斯科对塔诺语的传承。阿韦尔"试着做祷告，唱颂歌，想找回家乡话的节奏，可怎么也找不到。但那仍在他心中，像记忆一样在耳边叫响，仿佛弗朗西斯科、他母亲、比达尔当时在诉说"(73)。经过对阿韦尔记忆的描述，作品暗示弗朗西斯科过去做祷告、唱颂歌以及同家人交流的语言都是本部落的母语——塔诺语。他说塔诺语的声音和节奏在阿韦尔脑中留下了深刻印象，使阿韦尔即便离开保留地，被迫疏离部落语言，甚至丧失使用该语言的能力，也不会忘记这种语言的声音和节奏特征。正如小说所述，"他们当时说的那些话和时间都凝固了"(73)，使阿韦尔对部落语言的记忆成为永恒；同样，部落语言也使印第安传统成为永恒。

弗朗西斯科仅是莫马迪笔下众多坚持捍卫部落语言的印第安人代表之一。在记录奥尔京神父参加的一次典仪时，叙述者提到镇上几个印第安人的对话——奥尔京神父"断断续续地听到几个老伙计的奇怪对话。他们一会儿说塔诺语，一会儿说阿萨帕斯卡语，时而夹杂蹩脚的英语和西班牙语"(93)。塔诺语和阿萨帕斯卡语是诸如纳瓦霜部落、基奥瓦部落等北美印第安部落语言所属的两大语族。镇上的印第安老人熟谙部落母语，所以用部落语言交谈，他们的英语和西班牙语则很蹩脚。由此可见，即使白人入侵印第安人的居住地，强迫他们皈依基督教，这些印第安人也仍然能够坚守部落传统，"用塔诺语向古老的天地神灵祈祷"(72)。该细节再现了老一辈印第安人对部落语言的传承和维护并非外力所能轻易改变的。白人的强制措施虽在表面上改变了印第安人的宗教信仰，迫使印第安人更改他们神圣的印第安姓名，使用英语作为姓名，但白人无法从印第安人的内心、从根本上改变其部落传统、消灭一切部落语言。

---

① 原文为：Abelto …ketha ahme …Mariano …frio …se dio por …mucho frio …vencido …aye …，Porcingula …que blanco，Abelito …diablo blanco …Sawish …Sawich …y el hombre negro …sf …muchos hombres negros …corriendo，corriendo …frio …rapidamente …Abelito，Vidaliot …ayempah? Ayempah!（Momaday，*House* 171）

二、语言夹缝中的失语者：阿韦尔

小说主人公阿韦尔经历了三个世界——参加二战前保留地上熟悉的印第安世界、参加二战后保留地上陌生的印第安世界和二战后的白人世界。这三个世界将阿韦尔置于部落语言和英语的夹缝中，使他无论在哪个世界都显得格格不入，最终在语言夹缝中论为无法表达自己的失语者。

如前文所述，阿韦尔对外祖父、母亲和弟弟说家乡话的声音和节奏记忆深刻。二战爆发后阿韦尔被征入部队，奔赴前线，进入完全陌生的英语世界。从战场上的表现可看出，他无法融入主流世界，无法完全领会白人的意图。他的战友鲍克在向长官汇报战场情况时，曾提到他面对敌车坦克无所畏惧，甚至"用苏语还是阿尔冈昆语，还是其他什么部落的语言冲着坦克大叫。"(莫马迪144)战场经历使阿韦尔逐渐疏离部落的文化和语言，返回家乡后陷入严重的语言困境。"如果还能说家乡话，哪怕发出一丁点毫无实际意义的声音，比如'去哪儿呢'这样的问候语，他也能再次感到自己的存在。可他像哑了似的。不，他并不哑，而是不知道怎么说才好。"(73)阿韦尔希望通过家乡话找回与部落的联系，证明自己的印第安身份，然而，他以失败告终，连最基本的发音都不记得。

阿韦尔不仅无法使用部落语言与外祖父沟通，而且很难用英语与他人交流。回到瓦拉托瓦村后，在奥尔京神父的安排下，阿韦尔给白人女游客安杰拉劈柴。他从未主动向安杰拉说话，在劈柴的过程中，阿韦尔仅有的几句话只是在安杰拉穷追不舍的提问下做出的极为简短的回答。阿韦尔被安置到工厂工作后，陷入了更严重的语言困境。小说叙述者、阿韦尔的工友本·贝纳利是纳瓦霍印第安人，与阿韦尔的部落文化经历相似，能够理解阿韦尔的语言障碍。阿韦尔因杀死胡安·雷耶斯入狱，获释后被安置到工厂工作，那时假释审查官、社会福利机构的工作人员和安置办的人常上门了解他的各种情况。政府工作人员看似在关心阿韦尔，但实际上正如贝纳利所言，"他们帮不了你，因为你不知道怎样与他们说才好。他们说了许多话。你知道那些话想表达一定的意思，但你不懂是什么意思。你的话和他们的并不相同，起不了作用；你的话全然不同，但你只会按自己的方式说话"(194)。阿韦尔无法表达自己，困惑不已，旁观者贝纳利却十分清楚阿韦尔困惑和失语的原因。小说借贝纳利之口表明，由于受白人文化的冲击，阿韦尔在语言表达上出现障碍，无法融入英语世界。

阿韦尔在英语和部落语言之间的不适应突出表现在审理他杀害胡安·雷耶斯案件的法庭上，胡安是赫梅斯普韦布洛的印第安人，先天患有白化病。在圣雅各日的骑马斗鸡仪式上，阿韦尔与这个白皮肤男人第一次交锋。高壮的胡安选择弱小的阿韦尔作为决斗对象，让阿韦尔招架不住。几天过后，阿韦尔将胡安杀死。胡安形象特殊，生为印第安人，却因患白化病而呈现出白人的外表特征。从白人世界回到印第安世界的阿韦尔似乎看到一个白色鬼魂，一个混有印第安人和白人特征的魔鬼。在阿韦尔试图找回部落语言和部落身份时，胡安的出现极其残忍的行为加深了阿韦尔的仇恨。奥尔京神父在讨论案件时说道："他认为自己杀死的不是人"(123)；人们回应：他杀死了"一个邪恶的灵魂"(123)。法庭上的阿韦尔言语仍然不多，仍未找回最纯正的部落语言。法庭的审理以及阿韦尔的内心描述体现出他对待英语的态度：

> 阿韦尔坐在椅子上，跟块石头似的。过了一会儿，谁也不指望他说什么，甚至谁也不想听他说。这倒挺好，因为他也不知道还有什么好说的。那帮人在他的案子上逐字逐句地讨论如何处置他，用他们的语言，但没什么结果。不知怎的，审理进展得并不顺利，他们不知如何是好，拿不定主意，似乎不情愿。阿韦尔恨不得帮他们一把。他大概知道那帮人在对他干什么。但不明白他们之间在做什么。(124)

阿韦尔本能地将部落语言与英语对立，将英语视为"他们的语言"，而非自己的语言。但法庭上人们即便用"他们的语言"，也没讨论出结果。审理过程的障碍暗示出在阿韦尔心中英语的堕落和无力。他恨不得去帮他们一把，这表明阿韦尔认为本部落的语言较英语更为优越、有力。卡特评论道，阿韦尔把"外语"(英语)和"纯正的"部落语言对立，却无法将对立的这两方面联系起来(Cutter 94)。

从以上分析可看出，阿韦尔在英语和印第安部落语言的夹缝中痛苦挣扎。他希望找回说塔诺语的能力，但屡次失败的打击让他愈加感到恢复部落语言能力的希望渺茫。与此同时，与英语的隔阂让他难以与英语世界沟通。阿韦尔既无法回到母语世界，又无法融入英语世界，进退失据，经过长期的挣扎，最终沦为这两种语言夹缝中的失语者。

莫马迪笔下的阿韦尔只是这些年轻人中的一分子。二战期间，美国约派出4.4万印第安士兵参战，占当时印第安部落18岁到50岁健全成年男子总人口数的三分之一；某些部落参战的印第安人比例高达百分之七十[①]。在军队中服役“标志着印第安人同过去的割裂”(Bernstein 40)。战争迫使印第安年轻人大规模走出保留地，远离传统的印第安世界，直面白人世界。小说中阿韦尔个人的失语遭遇反映出当时印第安群体中的一代人在二战后被迫疏离部落语言、受到英语冲击、最终陷入失语困境的残酷现实。

三、英语世界的挑战者：托萨马

弗朗西斯科使用塔诺语、拒斥英语，表现他对本部落文化的传承和语言的坚持；阿韦尔回到保留地以及去城市工作后，以沉默应对英语和部落语言这两个世界给他造成的困境。与这对祖孙不同，托萨马则是借助祷告会的讲道向白人世界发出声音，对英语世界发起挑战。

小说中的“泛印第安救济会堂”是莫马迪虚构的类似宗教团体的“泛印第安”组织，此类组织带领城市中部分印第安人沿用部落传统，举行宗教仪式。由于印第安部落总人数急剧减少，美国大陆所有印第安部落均被占据主流的白人文化边缘化，原本各自独立的印第安部落由于相同的命运而越发团结，各部落集结在一起组成“泛印第安”(Pan-Indian)组织，寻求保护印第安人的利益。托萨马来自基奥瓦部落，是泛印第安救济会堂的主教、太阳神父，自称“蜂鸟之子”。蜂鸟是印第安神话传说中的信使，是在现实世界(印第安人称为“第五世界”)和精神世界(印第安人称为“第四世界”)之间传递信息的使者，托萨马承担着沟通人类世界和神灵世界的职责，在印第安祈祷仪会上向印第安人讲《圣经·约翰福音》，提出对《约翰福音》的抨击，挑战白人的语言观念。

托萨马围绕“太初有道”这句话开始讲道，从印第安人的角度讲授自己对创世纪的理解。他认为“太初有道”即真理，是神启本身。但白人使徒约翰利用语言对“道”(Word)大肆夸张，借题发挥，用更多的语言编造神启内容，提出“道与主同在，道即主”，继续讲述各使徒的故事。托萨马认为，约翰通过夸张、删除等各种手段，将语言作为玩弄对象，削弱真理。他认为：

---

① 数据来自 United States Department of Defense，“American Indians in World War II.” Web. 22 Jan. 2013. < http：//www. Defense. gov/specials/ nativeamerican01/wwii. html >.

> 他把真理变成一个复杂的句子，变成两句、三句，甚至一段。他把简单的真理扩充成布道词和神学理论，把自己对主的理解强加于这个永恒的真理之上。“太初有道……这包含了一切，足够了……老约翰是个白人。这个白人很有手段。啊呀！他有的是手段，既谈论“道”本身，又借题发挥，说得天花乱坠；又是添上音节，又是附上前后缀，又是加上连字符和音调。他对“道”做加法、除法和乘法，结果呢，真理被做了减法。兄弟姐妹们，你们生活在白人的世界里。白人把语言玩得得心应手，体面优雅，易如反掌。（莫马迪 113）

与阿韦尔一样，托萨马也将英语同印第安部落语言对立。但他对语言有着更深刻的认识和更深入的思考，指出英语只是创造了一个毫无意义的虚幻泡沫，甚至“稀释”了真理的内容，使语言本身失去力量。在上述引文中，托萨马通过“语言”被操纵的实例，挑战白人的宗教权威，表达他对白人语言的蔑视。

托萨马用他与祖母接触的经历阐述语言之于印第安人的重要性。印第安口述传统通过语言代代相传，作为口传故事叙述者，托萨马年幼时就已在祖母的影响下认识到“只有从语言和文字中才能获得完整而全面的自我”（113）。托萨马的祖母认为，“语言是药剂；语言虽然无形，却很神奇。语言没有源头，却可以传声达意；语言是无价的，买不到也卖不了。”（115）印第安文化中，“个体是部落价值取向具体化的核心”（Weaver, *That the People*：39），托萨马的祖舟对语言的态度很大程度地体现了整个印第安群体对语言的态度，尤其是对本部落语言的态度。语言是至高无上的神奇事物，有无穷的力量，足以“创造印第安群体”（40）。然而，白人却随意使用践踏神圣的语言。白人的语言观与印第安人的语言观分属两个层面；白人将语言视为工具，印第安人将语言视为力量源泉。托萨马抨击道，白人淹没在语言的大海中，虚夸真理，会迷失方向，“成在‘道’，最终也可能毁在‘道’”（莫马迪 115）。托萨马将他抨击白人语言的声音传给救济会堂的印第安人，使更多印第安人认识到英语的无力和软弱，达到呼吁人们尊重和捍卫部落语言的目的。

白人认为印第安部洛的语言是有缺陷的语言，将推行英语教育作为摧毁传统印第安文化的关键途径之一。白人教士约翰·甘伯德（Reverend John Gambold）曾提出最好让印第安人“忘记他们的语言、习俗和思维方式”（Spring 124）。印第安事务委员会前行政长官阿金斯（J. D. C. Atkins）将印第安人的语言看作“野蛮、原始的方言”（转引自蔡永良，“惟英语”：78）。白人对印第安文化一直采收“零容忍”态度，印第安文化是白人“去文化”过程（deculturalization)指向的对象之一。“去文化”指“用一个民族的文化取代、进而消灭另一民族文化的教育过程”(Spring 183)。白人政策制定者禁止学生在课堂上使用英语以外的任何语言,该措施最突出地表现在 19 世纪末的寄宿学校制度上。1879 年,理查德.普拉特(Richard Pratt)在宾夕法尼亚创办印第安保留地外的第一所印第安寄宿学校——卡莱尔印第安学校(Carlisle Indian School),标志着印第安部落语言命运遭受新一轮重创的开始,据统计,截至 1895 年,美国印第安寄宿学校有 157 所,其中近二十所位于保留地外(转引自蔡永良,《论美国的语言政策》:197)。保留地外寄宿学校使印第安学生脱离部落语言环境和部落生活,接受严格的英语教育,明确规定学校不允许印第安学生使用部落语言。通过军事化和霸权式的寄宿制教育,白人不断向印第安人灌输他们的价值观,强行同化印第安人。这种“唯英语教育”削弱了印第安年轻人使用本部落语言的能力。寄宿学校及印第安学生的遭遇成为许多印第安作家的书写对象。路易丝·厄德里克(Louise Erdrich)的诗歌《印第安寄宿学校——出逃的学生》(“Indian Boarding School: The Runaways”)是对这个历史和文化的特殊产物的最直接书写。诗歌真切地记录下寄宿学校印第安学生被剥离部落文化和语言的苦痛经历,以及他们明知会被抓回接受惩罚却依然竭力逃脱白人语言文化牢笼的勇敢抗争。诗歌感人至深,展现了寄宿学校给印第安学生留下的不可磨灭的创痛记忆。[①]

如果说厄德坐克在诗歌中是从母性的视角,用温柔、平和的文字关怀寄宿学校印第安孩童的遭遇,那么在《日诞之地》中,莫马迪则是借托萨马阳刚的声音,抨击白人的英语世界,间接抗议政府建立寄宿学校,改变印第安人语言,消灭其文化传统的企图和行径。在莫马迪笔下,托萨马是印第安群体的权威,拥有大量追随者,可视作印第安人的话语代表。他的布道反映出印第安世界对待强加给他们的“唯英语教育”政策的态度——不论美国政府如何推动英语教育,印第安人对母文化的态度都不会改变。英语这一“外族语言”的入侵使他们更清楚地认识到母语的力量与优越,唤醒了他们的民族意识。正如李剑鸣所言,“白种人入主北美后,相同的历史遭遇、英语作为通用语言所达成的交

① 除厄德里克外,许多美国印第安作家都在不同体裁的作品中对寄宿学校的印第安学生命运作了直接的记载,比如达西·麦克尼克尔(D'Arcy McNickle)的短篇小说《火车时刻》(“Train Time”,1936)莫马迪的剧本《懒男孩》(*The Indolent Boys*)等。另外,印第安诗人琳达·霍根(Linda Hogan)在接受学者劳拉·科尔泰利(Laura Colelli)采访时也谴责寄宿学校制度使美国印第安人的心理“遭到严重伤害”(qtd. in Coltelli 81)。

流、现代生活的扩散以及共同的利益要求，使印第安人在日益扩大的范围内产生种族认同，进而萌生民族意识，他们日益强烈地感觉到，我们都是印第安人。"(34)他们不懈地捍卫自身种族特性，传承印第安文化价值，尽最大努力维护部落语言和民族利益。在许多作品中，莫乃迪都从不同角度直接或间接地描述了政府针对印第安人的文化同化教育政策。除《日诞之地》外，在小说《古时候的孩子》(*The Ancient Child*,1989)、剧本《两扇窗中的月亮》(*The Moon in Two Windows*)和《懒男孩》中都有对印第安个体命运的记述以及对这段历史的再现。

通过部落语言的传承者弗朗西斯科、语言夹缝中的失语者阿韦尔和英语世界的挑战者托萨马这三个形象，《日诞之地》再现了印第安部落语言的历史命运。三个人物以各自的方式表现出拒斥英语、坚持部落语言的态度。阿韦尔虽在两种语言夹缝中失语，但始终在寻找使用部落语言的能力，期待回归部落传统。他们虽然被迫疏离古老、纯正的印第安传统，但能借助民族想象传承与坚持"印第安性"(Indianess)①。经过19世纪末到20世纪初保留地外印第安学校的"唯英语教育"，以及来自第二次世界大战的外部影响，印第安部落受到强烈冲击，其传统逐渐淡化，语言岌岌可危。但印第安人认同部落身份，对部落语言保持崇敬之心，将其视为力量源泉，呼应了莫马迪坚持的"本部落历史的想象"这一观点。莫马迪认为印第安部落的历史和传统代代相传，当代印第安人远离保留地，脱离本部落的母语文化，但可以通过想象建构印第安性，传承部落语言，捍卫印第安传统。莫马迪在谈及种族记忆的观点时，指出每个印第安人"生来就承载了本部落过去的历史"(Woodard 20)，这种历史不仅是个人的历史，而且是整个种族的历史，印第安人借助种族记忆建构想象中的印第安世界，传承和坚持部落语言。

无论在《日诞之地》的文内世界还是在作者莫马迪经历的文外世界，印第安部落的语言都未在白人的同化政策下完全消失。虽然19世纪末到20世纪上半叶的"唯英语教育"使英语成为大部分印第安人的日常语言，但印第安人始终未完全接受单方面、强制性的语言教育政策，不论印第安人的后代能否使用部落语言，印第安人对本部落语言都有一种不可磨灭的种族记忆。根据路易斯·蒙特洛斯(Louis Montrose)的"文本历史性"观点，一切文本都具有特

① 安东尼·帕雷德斯将"印第安性"定义为印第安人对"本民族与其他民族之间区别的标志特征的自我意识"(Harmon 248)，是印第安人对本部落以及印第安民族归属的自我认同。

定的文化性和社会性，"文本属于特定的历史时期，不可避免地带有其社会历史性"(22)。《日诞之地》因此可视为所描绘时期内印第安部落语言的历史表征。关于印第安人对得部落语言和英语的相似观念，莱斯利·马蒙·西尔科(Jeslie Mamon Silko)的小说《典仪》(*Ceremony*，1977)、诗歌和短篇小说集《讲故事的人》(*Storyteller*，1981)，以及厄德里克的小说《爱药》(*Love Medicine*，1984)中也有不同程度的体现。

部落语言传承者、部落语言与英语世界夹缝中的大语者和英语世界的挑战者这三个形象通过小说情节的串联，实现了三者在部落语言和文化身份选择上的统一。借助文本中的三个人物，《日诞之地》折射出印第安人在20世纪上半叶面临的语言困境：一面是本部落的语言传统，一面是政府强加于他们的英语教育以及不断入侵的英语世界。小说反映出印第安人在困境中所作的语言选择：面对语言政策和文化同化政策，印第安人选择坚持部落语言，传承部落文化。他们用行动回应政府的语言政策，证明印第安人不能被同化，不会脱离印第安文化母体。在这种意义上，印第安语言即便是余烬，也留有能量和热度，具有潜在的强大生命力。《日诞之地》借助小说艺术的形式表征历史，表明印第安群体拒斥政府所制定的文化同化政策、坚定传承部落语言的选择。

参考文献

[1]Bernstein，Alison R.*American Indians and World War II：Towards a New Era in Indian Affairs* [M]. Norman：U of Oklahoma P，1991.

[2]Coltelli，Laura. *Winged Words：American Indian Writers Speak* [M]. Lincoln：U of Nebraska P，1990.

[3]Cutter，Martha J. *Lost and Found in Translation：Contemporary Ethnic American Writing and the Politics of Language Diversity* [M]. Chapel Hill：U of North Carolina P，2005.

[4]Harmon，Alexandra."Wanted：More Histories of Indian Identity."*A Companion to American Indian History* [C]. Eds. Philip J. Deloria and Neal Salisbury. Malden：Blackwell Publishers Ltd.，2002.

[5]Lincoln，Kenneth.*Native American Renaissance* [M]. Berkeley and Los Angeles：U of California P，1983.

[6] Momaday，N. Scott. *House Made of Dawn* [M]. New York：Harper Collins Publishers，2010.

[7]——."When Dogs Could Talk：Among Words in a State of Grace"[J]. *World Literature Today* 81.5(2007)：15-17.

[8]Montrose, Louis A."Professing the Renaissance: The Poetics and Politics of Culture", in *The New Historicism* [C]. Ed. H. Aram Veeser. New York and London: Routledge, 1989.15-36.

[9]Spring, Joel. *The American School*: 1642-2004 [M]. 6th ed. New York: McGraw-Hill, 2005.

[10]Weaver, Jace."The Mystery of Language: N. Scott Momaday, an Appreciation"[J]. *Studies in American Indian Literatures* 20.4(2008): 76-86.

[11]——. *That the People Might Live*: *Native American Literatures and Native American Community* [M]. New York and Oxford: Oxford UP, 1997.

Woodard, Charles L. *Ancestral Voice*: *Conversations with N. Scott Momaday* [C]. Lincoln: U of Nebraska P, 1989.

[12]蔡永良:《论美国的语言政策》[J].《江苏社会科学》2002 年第 5 期,第 194-202 页。

[13]——:《美国二十世纪末的"惟英语运动"》[J].《读书》2002 年第 1 期,第 75-82 页。

[14]李剑鸣:《两个世界文明汇合与北美印第安人的历史命运》[J].《历史研究》1992 年第 1 期,第 20-34 页。

[15]莫马迪:《日诞之地》,张廷佺译,南京:译林出版社,2013 年。

(原发表于《当代外国文学》2013 年第 3 期)

试论《死者年鉴》中的记忆政治

李雪梅*

（大连外国语大学英语学院　上海外国语大学研究生院）

摘　要：记忆是当代美国印第安作家西尔科的小说《死者年鉴》中的中心意象。延续性、政治性和行动性是记忆的三个特性。本文从"记忆"意象入手，考量记忆、历史和政治之间的关系，批判流行于美国主流社会的三种霸权主义历史观：政治否认论、历史记忆缺失症和历史否定论。在澄清历史积淀的过程中，凸显重新表征少数族裔历史的当下意义，从而揭示小说记忆政治背后潜藏的历史与文化内涵。

关键词：西尔科；《死者年鉴》；记忆政治

莱斯利·马蒙·西尔科（Leslie Marmon Silko）的小说《典仪》（*Ceremony*）于1977年出版后好评如潮，被评论界奉为文学经典，西尔科也由此名声大噪，一跃成为美国文坛最有影响力的印第安作家之一。十年后，她的第二部小说《死者年鉴》（*Almanac of the Dead*，1991）在问世之初就受到了学界的广泛关注，被认为是"近年来最重要的一部美国印第安小说。与20世纪后期其他小说相比，它更错综复杂，更惊心动魄，更发人深省。"（Barnett & Thorson 1）与西尔科的成名作《典仪》不同，《死者年鉴》场景恢弘，人物众多，字里行间流淌着作者孜孜不倦的政治诉求和对政治、历史、记忆的深刻思考。小说的时间跨度达五百年之久，讲述了美洲大陆几百万被白人屠杀了的印第安人和非洲黑奴亡灵的故事，是一部真正意义上的"死者"的年鉴。"小说的政治色彩毋庸置疑，堪称一部激进的、令人震撼的政治宣言书。"（Niemann 1）本文试图通过梳理西尔科的小说《死者年鉴》，从"记忆"的角度切入，深入剖析记忆、历史和政治之间的关系，凸显记忆的延续性、政治性和行动性，批判了盛行于美国社会的霸权主义历史观，在澄清历史积淀的过程中，强调重新表征少数族裔历史的

---

* 作者简介：李雪梅，博士，主要从事美国文学研究。原载于《外国文学》2014年第1期。

当下意义，从而展示出作家的历史意识的现实关怀。

一、记忆的延续性：反政治否认论

《死者年鉴》的政治主题是评论界无法绕开的话题，一些攻击性的负面评论也是围绕其政治主题展开。其中，美国著名文学评论家伯克茨(Sven Birkerts)的政治否认论(the politics of denial)最具代表性。伯克茨对西尔科笔下声势浩大的印第安人民反殖反霸斗争嗤之以鼻，不屑一顾。他认为"世界上被压迫的人民挣脱枷锁，重新夺回属于自己的东西……只是某些人的凭空臆想，与真正的权力结构和被压迫者的真实心理状况相互抵牾。西尔科这种幼稚的思想非常愚蠢。"(41)依照政治否认论者的观点，人们应当中规中矩地维系宏大历史叙事的合法性，坚信历史不存在可选择性；现有社会权力结构和殖民者所构建的被压迫者心理不容颠覆。这种政治否认论在美国社会普遍存在，并成为社会各阶层的一种生活方式。"美国本身就是建立在对过去否定的基础上，她渴望逃离历史本身去创造新的历史。"(Baudrillard 78)美国采用否认历史的态度处理对印第安人实行的种族灭绝政策。这样一来，殖民者屠杀印第安人的暴行自然而然地从宏大历史叙事中销声匿迹了。米尔本(Michael Milburn)和康拉德(Sheree Conrad)研究美国当代政治否认论多年，他们认为，"这种政治否认论已经融入美国社会生活的方方面面，存在于共同的民族神话和社会政治机构之中。媒体和好莱坞对它如此广泛的支持，以致使我们既没有意识到它的存在也没有质疑过它的合法性。"(8)由此可见，在政治否认论盛行的美国主流社会中，少数族裔群体被看作是他者。他们被压迫的历史已经被故意抹去，历史的真相遭到了刻意的掩埋。

西尔科的《死者年鉴》充分彰显了记忆的延续性，开启了被消声的少数族裔群体的言说空间，有力地驳斥了时下流行的政治否认论。记忆的延续性主要体现在过去与今天的联系上，强调过去从未断裂而记忆是过去的延续。《死者年鉴》于1991年出版，正好时值哥伦布发现新大陆五百周年。作者对于出版时间的选择反映出这部小说的历史政治内涵，这是一本"不能忘却的纪念"。小说中到处充满了"死亡"的意象。西尔科让死者不断出场(216)，积极地参与20世纪80年代中期历史学家利默里克(Patricia Nelson Limerick)发起的民族历史重写活动。利默里克在他生平最具影响力的作品《征服的遗产：美国西部从未断裂的过去》(*The Legacy of Conquest: the Unbroken Past of the*

American West,1987)中指出,早期殖民者移民美洲大陆就是一种帝国主义的征服行为,不可避免地伴随着压迫和剥削;而美国的历史并不是过去式,而是通过正在进行的、未曾断裂的社会政治经济活动与今天紧密相连。利默里克把那些有争议的被压迫者的故事纳入美国历史,对历史进行重新表征,这不能不说是对宏大历史叙事的公开质疑和挑战。不言而喻,记忆的延续性践行了过去与今天的联系,旨在让被压迫的群体重获话语权,这是西尔科对政治否认论的一种有效抨击。

如果说记忆的延续性夯实了西尔科对政治否认论的驳斥,那么小写的历史叙事是对政治否认论的另一个重磅回击。西尔科善于将历史事件或历史语境用作小说的前文本,发掘埋没在宏大历史叙事中的历史真相,揭示少数族裔群体的生存困境,还原被宏大叙事改写和边缘化的少数族裔历史。值得注意的是,文学具有虚构性,而"历史话语是虚构的虚构,即对虚构创造的虚构"(怀特 59)。文学和历史之间的鸿沟已经被消解,文本向历史开放,宏大历史叙事逐渐被小写的历史叙事所取代。《死者年鉴》就是小写的历史叙事对政治否认论进行反驳的力作。西尔科仿照现存的玛雅年鉴,采用了玛雅年鉴手抄本的文本分隔形式,通过独立且又互相关联的章节布局展现了玛雅人对时间、故事和历史的独特思考。小说中动态多变的印第安年鉴与迎合主流意识形态的宏大历史叙事形成了鲜明的对比。依照政治否认论者的观点,在宏大历史叙事面前,印第安人小写的历史叙事微不足道,可以被否定、被忘却。而"忘却"恰恰是欧美殖民者惯用的伎俩,印第安人被屠杀被剥削的历史被"忘却"了,于是欧美殖民者的行为就被贴上了合法正义的标签。政治否认论者帕奎特(Sandra Pouchet Paquet)曾经粉饰美国这个被称之为"处女地"的新大陆,他一再强调"新世界是没有历史可言的"。(206)新历史主义者认为当历史和权力结合的时候,宏大历史叙事往往被迎合主流意识形态的历史学家所操纵。他们"不仅否认少数族裔群体有力量左右他们民族的命运,而且剥夺了他们改变自身生存状况的权利"(Tocqueville 87)。然而,在宏大历史叙事的威压面前,印第安人争取政治权利的斗争从未停止过。"1500 年至 1600 年间,有六千万美国印第安人死亡。对欧洲一切事物的反抗和斗争一直有增无减。在美洲,印第安人的战争从未结束过。"(Silko 17)很多在大屠杀中惨死的印第安人被肢解后放在美国国家博物馆里展出,死者的又一次"在场"是这段历史存在的不可辩驳的铁证。毋庸置疑,这部死者的年鉴是西尔科"对五百年来的偷窃、谋杀、掠夺和强奸的控诉"(Perry 327),是对政治否认论的高调还击;在对历史场景的模拟和重构中,被边缘化的印第安小写历史重新浮出了水面。

二、记忆的政治性:反历史记忆缺失症

西尔科试图以记忆的隐喻和方式对抗欧美历史记忆缺失症(historical amnesia),消融宏大历史书写的独语式记忆。莫里森(Toni Morrison)在1987年出版的小说《宠儿》(*Beloved*)中,提出了重新记忆(rememory)的概念,消弭了欧美历史记忆缺失症。像莫里森痛苦地重建过去一样,西尔科在《死者年鉴》中不断地重建个人记忆。她相信个人对过去的重建有助于国家历史的重构。个人记忆是集体记忆的重要组成部分,可是集体记忆却不是个人记忆的简单叠加。德尼逊大学教授特科鲁兹(Linda Krumholz)认为,"个人通过叙述可以把个人记忆与群体的共同想象结合起来,从而个人记忆成为集体记忆的一部分。"(400)当记忆的个体拥有共同的意识形态、价值取向和民族属性的时候,集体记忆就会应运而生。西尔科的年鉴是部落身份的象征,是部落集体记忆的结晶,是印第安人用来颠覆白人霸权历史书写的有效手段。小说多声部的叙事技巧,碎片化的创作风格是印第安人支离破碎的文化和历史身份的象征。"《死者年鉴》的叙事风格和结构安排使得读者能够重新捕捉记忆的残片,积极地参与对年鉴的阐释,重建部落的集体记忆。"(396)重要的是,年鉴是由传承者记录的,它被"溅上了酒","沾上了血"。(Silko 569)年鉴里有不同人的笔记:乐莎(Lecha)誊写了特定节日的礼仪;伊斯给普(Angelita La Escapia)编撰了中美洲印第安部落的历史;克林顿(Clinton)制作了非裔美国人的历史目录;罗伊(Roy)为美国西南部各个民族的破产者和无家可归者书写了历史。西尔科将"不被承认的边缘说书人的故事纳入文本"(Donnelly 248),重构了少数族裔的历史,使他们的"个人记忆成为历史记忆的一部分"。(Krumholz 400)个人和部落凭借叙事和故事的力量使个人记忆成为集体记忆,使文学叙事融入历史叙事,从而被当作集体认可的"历史"传承下去。历史具有不可还原性。虽然叙事是带有意识形态特征的制造意义的话语策略,但却是唯一接近历史的途径。许多当代的印第安说书人"为了赋予部落应有的政治权利,积极参与重构过去的活动"。(Rappaport xi)西尔科小说多声部叙事对美洲大陆历史的重新表征使得主流历史观所奉行的记忆缺失症成了空穴来风。

记忆的政治内涵不仅体现在重建记忆的话语模式,匡正"正史"方面,还在于正视死者的价值,重构民族身份。在《记忆政治》(*The Politics of Memory*,1990)一书中,拉帕波特(Joanne Rappaport)对哥伦比亚安第斯山脉

的印第安部落历史进行了阐释，她指出，“对于印第安历史的重新表征打破了国家历史的独断性，这些成功的书写能够促使人们行动起来。”(189)拉帕波特的观点也印证了利普希茨(George Lipsitz)的“记忆本身既是负担又是责任”的思想。(22)西尔科也一再强调记忆的政治性，强调死者的生命价值和对生者的意义。记忆也是死者向生者索要公正的一种方式。“我们的祖先死得不公，他们希望他们的死亡……并没有‘过去’，希望今天的人为他们讨个说法。”(Boyarin 11)这对那些信奉“记忆缺失”，日渐式微的国家正统历史观的卫道士来说是一个不小的打击。在《死者年鉴》中，西尔科笔下的各种少数族裔群体，如印第安黑人克林顿，在古巴受过教育的玛雅革命者安吉莉娜，雅基族的卡拉巴扎丝(Calabazas)同时发出了呼唤正义的呐喊。

克林顿有着非洲黑奴和印第安柴拉基族奴隶主的双重血统。他曾经这样评价美洲大陆的死者：是的，美洲大陆充满了愤怒的、痛苦的亡魂；五百年的屠杀已经使得美洲大陆挤满了数以百万计无法安息的灵魂，他们的诉求不会停止，除非他们的正义得到伸张。(Silko 424)

死者的“缺席”又“在场”将历史纳入了一个再现系统，历史记忆不再缺失。正如小说《死者年鉴》的题目所示，这是一部记载死者历史的年鉴，它对于活着的人，抑或对于部落民族身份的重构都意义匪浅。克林顿和安吉莉娜都承认死者对当今历史的意义：“我们只是在等待地球的自然力把美洲大陆上经常出没的奴隶和祖先亡灵的强大爆破性能量释放出来……我们等待历史的浪潮向我们袭来。”(518)西尔科把历史的力量看成“地球的自然力”，她坚信欧美人承认他者历史、肯定死者价值的浪潮终会到来，其汹涌澎湃之势必将叱咤喑呜、摧朽拉枯。卡拉巴扎丝预见了美洲移民所付出的生命代价。“就在现在，就在今天。我已经看见了。河流突然转向，断裂的枝条和杂草冲刷着鹅卵石。人类的白骨堆得很高。头颅骨像西瓜一样堆在那里。”(216)在这里，历史被清晰地镌刻在土地上，镌刻在死者的身上。曾经被掩埋于地下的骸骨终究在地面上浮现，唤醒了人们已忘却的记忆。死者的“缺席”又“在场”警醒人们，死者不会被遗忘而历史不容抹杀，因为他们永远活在集体的记忆里，“就在现在，就在今天”(216)。

三、记忆的行动性：反历史否定论

记忆和历史辩证关系衍射出记忆的行动本质。“记忆不仅是针对过去，关涉当今，同时也决定了对待未来的态度。”(王炎等 103)在描写印第安人民军的时候，西尔科提到了玛雅人关于记忆和历史的信仰："一代又一代人出生，而八十年后又回归泥土。但是通过故事，人们活在子孙的记忆里。"(520)历史和记忆密不可分，都是对过去的阐释。"对某个人或事的具体记忆可以作为历史研究的材料，从这个角度说，记忆是历史要处理的问题，是历史的一部分。"(王炎等 103)死者的经历被写进了故事，它们抑或以交口相传的方式传承下去，抑或以年鉴的形式保存下来，最终成了历史的一部分。在墨西哥印第安人眼里，"历史是神圣的，是万物存在的源泉。"(315)当独白式的主流历史话语压制了少数话语的时候，多声部的记忆就会挑战主流话语的合法性、有效性。历史的政治潜势就显露出来，"历史和故事在不断的重述中获得了动力，其前进的势头不可阻挡。"(520-523)安吉莉娜坚信记忆和历史的力量能产生积极有效的政治行动。她成功地利用了历史的力量，唤起部落人民的集体记忆，领导印第安人民军，带领印第安孪生兄弟费欧(El Feo)和塔寇(Tacho)参加夺回印第安土地的斗争。在安吉莉娜看来，"白人不在乎过去，只在乎未来。白人并没有理解，铭记过去是驾驭未来的前提条件。"(313)历史的"无情的力量"(316)在政治革命中释放，从而促使失语的少数族裔群体重新步入历史的话语空间。

西尔科冲破过去与现在的藩篱，用革命行动实现对历史否认论的反驳。巴托洛梅奥(Bartolomeo)作为欧美人的代表被全民审判大会判处死刑，他的历史否定论是导致他死亡的直接原因。从某种意义上说，"历史执掌着生杀大权"。(526)如果历史话语脱离过去，就会遭到历史意识的批判。"这是对所有欧洲人的审判。在印第安的法庭上，五百多名白人和巴托洛梅奥一起接受审判。"(526)他被指控犯了否认印第安历史的罪名，因为他睥睨一切地断言，"在菲德尔之前，印第安历史并不存在。"(315)他认为印第安人民没有权利要求正义和执行正义，因为"丛林的猴子和野蛮人是没有历史的"(525)。安吉莉娜义正词严地驳斥了欧美白人关于阿兹特克帝国(现在的墨西哥)在与外来文化接触之前处于野蛮、没有文明状态的说法。她以科尔特人和西班牙征服者破坏阿兹特克图书馆为例，谴责了欧美白人对印第安文化的破坏和劫掠。印第安人的年鉴是印第安人记载过去祭祀仪式、部落风俗和典仪的文化手稿，是印第安文明和历史存在的证据。在法庭上，安吉莉娜与历史否认论者的论战使"美国印第安人反抗压迫和呼吁革命"的心声力透纸背。(527)印第安人的革命既没有种族的界限也没有国界之分，它把非洲大陆和美洲大陆被压迫人民的反抗联系起来。在这个革命浪潮中，玛雅人、印第安人黑人、墨西哥人民军、美国无家可归大军等各色人种、各方势力积极参加革命，显示出记忆无穷的行动力量。

值得注意的是，历史本身存在着两种相悖的力量：一个是故意的遗忘，一个是刻意的铭记。前者是对自身历史的否定，后者是对历史的回归；选择不同，结果殊异。这两种力量在墨西哥印第安商人梅纳多（Menardo）和美国白人车手路特（Root）身上得到了充分的体现。梅纳多是有着印第安血统的私营业主，但他从不承认自己的印第安人身份。他被白人文化彻底同化，肆无忌惮地参与国家机器绑架和谋杀印第安人的计划。他对美国黑手党人送给他的防弹背心十分迷恋。为了检测防弹背心的威力，他说服司机塔寇朝他开枪。不幸的是，他迷恋的西方科技害死了他，他亲手导演了自己的死亡。与之不同的是，白人车手路特选择刻意铭记印第安历史，因而他的结局与梅纳多完全相反。路特出生在一个带有印第安血统的美国"白人"家庭。在一次车祸中，他的脑部受到了重创，白人医生判定路特的脑损伤无法治愈。他的白人朋友和亲属纷纷弃他而去，他活生生地被白人文化抛弃了。可是印第安人却认为他的残疾"稀松平常"(215)。后来他和印第安人卡拉巴扎丝一起共事，认识到自己的印第安血统的重要性。他慢慢抛弃了自己的白人身份和信仰，重获印第安民族身份，最终得到了重生。梅纳多和路特都试图超越现存的压迫和边缘的记忆，书写一种新的历史和新的身份。梅纳多的死和路特的生恰恰证明了选择不同，结果迥异。路特的幸存强调了其名字所表达的含义：拥抱自己的谱系和家族血统，回归民族身份，不要忘记自己的根本。西尔科利用梅纳多和路特这两个相同背景、不同结局的人物来说明随意遗忘历史是危险的，而记忆的政治行动力量是无穷的。最重要的是，西尔科和当代美国印第安作家一起，不仅为印第安人创造未来，而且帮助他们把握未来。很显然，这是对既定的美国经典的挑战，也是对印第安文学边缘化的一种质问。从这个意义上来说，西尔科的观点与福恩特(Carlos Fuente)的记忆行动本质论不谋而合："过去的知识只是……使得塑造一个不完美但却合理的未来成为可能。如果我们了解我们的过去，我们将不允许未来不是由我们自己创造的。"(346)

参考文献

[1]Barnett, Louise K. and James L. Thorson, eds. *Marmon Silko: A Collection of Critical Essays* [C]. Albuquerque: New Mexico UP, 1999.

[2]Baudrillard, Jean. *America* [M]. Trans. Chris Turner. New York: Verso, 1986.

[3]Birkerts, Sven. "Apocalypse Now: A Review of Leslie Marmon Silko's *Almanac of the Dead*"[J]. *The New Republic* 41 (1991): 39-41.

[4]Boyarin, Jonathan. "Space, Time and the Politics of Memory", in *Remapping Memory*:

The Politics of Time Space [C]. Ed.Jonathan Boyarin.Minneapolis: Minnesota UP, 1994.1-37.

[5]Donnelly,D."Old and New Notebooks: Almanac of the Dead as Revolutionary Entertainment", in *MarmonSilko: A Collection of Critical Essays* [C]. Eds. Louise K. Barnett and James L.Thorson.Albuquerque: New Mexico UP,1999.245-259.

[6]Fuentes,Carlos."Remember the Future" [J]. *Salmagundi* 68-69(1986): 333-52.

[7]Krumholz,Linda."The Ghosts of Slavery: Historical Recovery in Toni Morrison's *Beloved*" [J]. *African American Review* 26 (1992):395-408.

[8]Lipsitz, George. *Time Passages: Collective Memory and American Popular Culture* [M]. Minneapolis: Minnesota UP,1990.

[9]Milburn,Michael A.andSheree D Conrad.*The Politics of Denial* [M]. Cambridge,MA: Massachusetts Institute of Technology,1996.

[10]Niemann,Linda."New World Disorder"[J]. *The Women's Review of Books* 9(1992): 1-4.

[11]Paquet,Sandra P."Beyond Mimiery: The Poetics of Memory and Authenticity in Derek Walcott's Another Life." *Memory and Cultural Politics: New Approaches to American Ethnic Literatures*[C]. Eds.Amritjit Singh et al.Boston: Northeastern UP,1996: 194-210.

[12]Rappaport,Joanne.*The Politics of Memory: Native Historical Interpretation in the Colombian Andes* [M]. Cambridge: Cambridge UP,1990.

[13]Perry,Donna,"LeslieMarmon Silko",in *Backtalk: Women Writers Speak Out* [C]. Ed.Donna Perry.New Brunswick: Rucgers UP,1992: 313-68.

[14]Silko,L. M. *Almanac of the Dead* [M]. New York: Penguin,1991.

[15]Tocqueville,Alexis de. *Democracy in America* [M]. New York: Alfred A Knopf,1966.

[16]海登·怀特:《"形象描写逝去时代的性质"文学理论和历史书写》[J]. 陈永国译,《外国文学》2001 年第 6 期,第 56-66 页。

[17]王炎等:《历史与文化记忆》[J].《外国文学》2007 年第 4 期,第 104-111 页。

(原发表于《外国文学》2014 年第 1 期)

论《一个兼职印第安人绝对真实的日记》中的后印第安武士形象

刘克东*
（哈尔滨工业大学外国语学院）

摘　要：本文借用美国印第安作家、理论家杰拉德·维泽诺的“后印第安武士”一词探讨了同为印第安作家的阿莱克西的小说《一个兼职印第安人绝对真实的日记》，认为小说的主人公朱尼尔就是作者创造了一个敢于颠覆了白人主流社会关于美国印第安人的刻板印象、重塑印第安人形象的后印第安武士形象。本文认为，这一形象的塑造与被白人社会和印第安部落同时认同，既源于主人公的品格，也源于人性的力量，反映了作者的社会理想和对人性的追求。

关键词：印第安文学；阿莱克西；后印第安武士；《一个兼职印第安人绝对真实的日记》

“后印第安武士”是美国印第安作家、理论家杰拉德·维泽诺（Gerald Vizenor）生造的词，指 20 世纪的美国印第安作家，这些作家“是新一代故事讲述者，他们刻画转型和生存，他们在后现代语境下讲述土著人的故事[……]他们在文学领域，以祖辈骑马征战时所表现出的勇气（用笔）和敌人作战”（Tatonetti 152）①。在这一意义上，美国印第安文坛新秀谢尔曼·阿莱克西（Sherman Alexie）就是一名后印第安武士，他不仅在小说中勇于以幽默、讽刺和手中的笔来纠正主流社会对印第安人的印象，并在作品中创造出具有后印第安武士特质的人物形象。他的小说《一个兼职印第安人绝对真实的日记》（*The Absolutely True Diary of a Part-Time Indian*）（下称《日记》）中的主人公朱尼尔（Arnold Junior Spirit）就是一位这样的后印第安武士。

---

* 作者简介：刘克东，教授，主要研究方向为族裔文学、英语小说。

① 参见 Gerald Vizenor, *Manifest Manners: Postindian Warriors of Survivance* [M]. Middletown, CT: Wesleyan, 1993.

一

《日记》是阿莱克西的第四部小说，曾获2007年的国家图书奖。小说的主人公朱尼尔通过跨越保留地疆界，进入白人学校雷尔丹高中学习，在与白人社会的交往中成功展示印第安人的新形象并赢得各方尊重和认同，推进了印第安民族与白人主流社会的交流和融合。

朱尼尔跨越保留地疆界无疑是一种充满英雄主义色彩的行为。从文化意义上看，保留地是白人给印第安人设定的区域，他们期望印第安人老老实实地待在保留地里，不要出来"污染"白人，最终消失在保留地上。朱尼尔所离开的保留地是一潭死水，多数印第安人处于被孤立、受压抑的状态，充满了绝望。正如学者指出的那样，保留地上的印第安人"落后、贫穷，[……]处于美国最贫穷的人群之列"(Bee)。他们"努力抗争，在深渊之中求生存，其境况接近第三世界，贫困使人们难以自豪，经常有损其尊严"(Grassian 21)。贫困和绝望经常使印第安人酗酒，自暴自弃，而对外部而言，这一族群正好印证了主流媒体对于印第安人的一贯印象：沉默寡言、逆来顺受，是正在消失的"野蛮贵族"。这种精神状态进一步加强了白人世界对于将印第安人限定在保留地区域的理由。在这一背景下，朱尼尔跨越边界对其族群现实而言无疑是一次前所未有的冒险。正如有学者评论的，"朱尼尔[斯皮瑞特]不是[塞林格的《麦田里的守望者》中的]霍顿·考菲尔德式的梦想者，而是由于看到了哪怕遥远的希望也要为之努力的冒险者——他在22英里之外的全白人学校雷尔丹如巨星闪耀。这段路程从前从来没有人试图跨越过，更不用说在白人世界生存了"(Lenfestey)。

朱尼尔的跨越边界在本质上是对于现有的种族文化疆界的一种挑战。"从距离上讲，雷尔丹距保留地只有22英里，但是从文化差异和心理差异上来说，这段路似有百万英里之遥"(Carpenter)。换言之，朱尼尔此举跨越了巨大的种族、政治鸿沟。对于理解这部半自传小说而言，作者阿莱克西自身的经历具有很大的帮助。他说："对于我来说，很显然，最大的鸿沟存在于印第安和白人世界之间。因此，由于我在保留地上长大，这一界线是政治性的、地理上的，也是种族性的"(*POV*, qtd. in Bolt 125)。正是这种巨大的文化差异的存在，朱尼尔的跨越才具有特殊的文化意义。学者兰菲斯黛的评价十分中肯："朱尼尔是在摆脱当今强大的身份政治的引力场。作为一个印第安人，他是在生理、历史、贫穷、社区、家庭和命运的困境中成长起来的,因此有勇气给自己一个机会,不管这个机会存在于何处,哪怕是一个他认为对他充满了敌意的世界。"(Lenfestey)

对于朱尼尔而言,保留地就像一个用福尔马林保存标本的瓶子,而他拒绝被限制,而是通过选择离开保留地、进入白人高中来打破这个瓶子,实现了政治鸿沟和种族界线的跨越,使无精打采的保留地呼吸到了一些新鲜空气,同时也使保留地以外的白人世界有了近距离观察和了解印第安人的一扇窗口。

二

白人主流文化一直塑造着"即将消失的印第安人"这一刻板形象。这一模拟形象的典型例子是雷尔丹中学篮球队的名字"雷尔丹印第安人"以及他们的队徽,一个肤色鲜红、插着羽毛、带着伤疤、长着鹰钩鼻子、豁牙漏齿的印第安头像。实际上,印第安人已经被文化性地抹杀了。很多主流人群都不知道现在还有土著人口的存在。他们以为印第安人已经消亡,已经把他们当作文化古董了。他们心目中存留的印第安人形象只不过是学术界和流行文化捏造的或者说是模拟的印第安人形象。经过白人军队的种族灭绝行动、神职人员对"异教野人"的信仰同化和旨在同化印第安人的重新安置项目,印第安人已经所剩无几。于是,政府出资命令人类学家和民族志学家保留(或称"挽救")濒危的文化。这些"学家"们则根据自己坚信的印第安人特征"发明"了他们认为真实的印第安人——手拿弓箭、斧头、头戴羽毛头饰、身穿贝壳装饰的服装……他们将这些模拟的印第安形象摆放在博物馆里,供人参观。这些假象再加上诸如库伯的《最后的莫希干人》等作品中所刻画的缄默的印第安人形象,以及好莱坞电影中(这些电影毫无例外地以悲剧结尾)所描绘的咆哮呼号的印第安野蛮人形象,致使普通大众坚信美国的印第安人已经彻底地消失了。比如说,在《保留地布鲁斯》中,柴斯和托马斯被酒店的服务员误认为是波多黎各人,因为他们认为世界上已经不存在印第安人了。"印第安人既作为一个象征性肖像深深地根植于美国故事之中,又因悲剧性消亡的印第安神话而被彻底地从活人世界根除。"(Harad 72)然而,《日记》中朱尼尔的成功故事有力地反击了"就要消失的印第安人"的刻板印象。

雷尔丹高中用一个印第安人的头像作为其校篮球队的队徽,并以"雷尔丹印第安人"为其球队命名的做法显示出其种族主义歧视。在朱尼尔转学之前,雷尔丹是一所全白人学校。所以，无论如何，篮球队都不应该被命名为“雷尔丹印第安人”，然而，为了增加新奇感，校方却贸然为之。朱尼尔的到来改变了这一局面。他以自己的聪明才智、勤奋好学、坚韧不拔和篮球绝技赢得了白人社区的接受和尊敬。通过在学业上的卓越超群和在体育(尤其是篮球)方面的惊人技艺，他成为一名21世纪的武士。

“石化木”的例子呈现了一个聪明、睿智的印第安人形象。地质课老师和同学们都认为“石化木”是木头变成了石头，而朱尼尔则解释说，石化木是矿物质以木头为模具，逐渐取代木质的结果，而不是木质变成石质的过程。班里的天才高尔迪举手说朱尼尔是对的，于是，同学们就相信他说的话了。尽管老师没有感谢朱尼尔，高尔迪也没有承认他发言是为了支持朱尼尔，朱尼尔却的的确确地在学业方面赢得了尊重。

最值得注意的是，朱尼尔通过他在篮球方面的超人技艺重现了武士形象。由于战马和弓箭现在已经过时了，真正意义上的战争也不复存在，印第安人开始用其他形式表现他们的技艺和勇敢。阿兰·菲力(Alan Velie)如是解释篮球在保留地上的作用：“跟大多数少数族群相比，印第安人有一种更强的历史感；他们总是无法释怀他们骑马作战的光辉历史。他们很清楚偷取敌人的马匹，对敌宣战的日子已经一去不返，并因此而痛苦不堪，却又不知道何以替代这些活动。篮球是其主要的替代活动，和城里的黑人一样，保留地上的印第安人非常热爱这项运动”(qtd. in Grassian 74)。由于保留地上的生活非常无聊、单调、压抑，印第安人经常通过篮球给这种生活带来一线生机，同时也宣泄他们的怒火。换言之，篮球具有“改变保留地上沮丧、沉闷气氛的力量”(Grassian 74)。篮球还可以帮助打球的人得到一些自信。格拉仙评论道：“保留地上的阿莱克西和其他人全心全意接受的西方文化的一个方面就是运动——更具体地说是篮球运动。好像只有通过运动，保留地上的一些人才能获得客观的自我价值和自尊”(Grassian 26)。在《日记》中，阿莱克西把篮球当作一种主要手段，来重塑积极的新印第安形象。朱尼尔在校队的训练和比赛中总是表现很坚强、自信、顽强，这些优秀品质不仅使他帮助自己的球队赢得了比赛，更赢得了包括教练、同学和对手的敬意和尊重，从根本上为印第安文化和深层的民族精神赢得了认同。

作为一个新时代的“武士”，朱尼尔的形象打破了白人社会关于传统的印第安武士的刻板印象——相貌凶猛、少言寡语的武士形象。朱尼尔虽然在篮球场上勇猛睿智，生活中也敢于将带头围攻和欺负他的白人青年打倒在地，但是他个子矮小，戴着厚厚的近视镜，书生气十足。同时，他幽默滑稽、口若悬河，显示出极强的自信和睿智。他跟很多人交了朋友，跟他们享有共同的兴趣——和罗杰打球，和高尔迪一起读书、学习，和珀涅罗珀陷入爱河。

由此可以看出，朱尼尔在勇敢地跨越疆界之后，在白人社会以智慧、勇敢和友善树立了一种崭新的印第安人形象。这一形象不同于雷尔丹高中队旗上扭曲的印第安形象，也不同于库伯小说《最后的莫希干人》所表现的消失的高尚野蛮人形象，更不同于莫马黛《晨曦之屋》中不能适应城市主流社会生活的亚伯，相反，朱尼尔将白人主流社会从关于印第安刻板形象的幻觉中惊醒，成功地展示了一个民族充满活力和潜力的形象。

三

朱尼尔的后印第安武士形象最终也赢得了印第安部落的认同。他在离开保留地之后，并没有一去不复返，成为迷失的小鸟，相反，他熟知传统，对保留地和部族同胞感情深厚，在经历了痛苦的调整期之后，他成功地游走于两种文化之间。

朱尼尔曾一度被“困在两个世界之间——因为他想改善自己的生活而把他当成叛徒的保留地和一个几乎只能看见他的肤色的富庶白人社区（虽然朱尼尔赢得了他们的尊敬）”(Carpenter)。每次在与印第安部落中学的篮球比赛中，他深受背叛感和负罪感的折磨。一方面他认为自己背叛了部落，就像是帮助美国骑兵的印第安叛徒；另一方面，保留地上的人把他当成叛徒。他们管朱尼尔叫苹果——外面红，里面白(Carpenter)。篮球场上的痛苦经历帮助朱尼尔提高忍耐力，并逐渐成熟，他以自己真诚、宽容表现出对故乡和民族的忠诚，赢得了自己族群的理解和认同。朱尼尔和劳迪之间重续友谊无疑是最好的例子。朱尼尔和印第安保留区的劳迪是要好的朋友，但朱尼尔准备离开保留地去雷尔丹时，他们的关系恶化了。劳迪把他当成保留地的叛徒，并朝他脸上打了一拳，后来在与雷尔丹篮球队的比赛中，劳迪还把朱尼尔打成脑震荡。朱尼尔非常清楚劳迪对自己的误解，他始终锲而不舍地主动找劳迪，给他画漫画，写电子邮件，一如既往地表现出自己对保留地的爱和对友谊的珍惜，终于重新赢得了劳迪的友谊，两个好朋友再次走到一起。

朱尼尔在得到白人社会认同的同时，又能重新赢得印第安部落的认同。他的成功无疑源于他自己的勇气、智慧、真诚和友爱，而且还源于他背后的力量。当他选择走出保留地时，他得到了来自家族内部和白人的支持。朱尼尔的祖母给了他很大的支持,并且提供了很多有价值的建议。他的祖母非常传统,擅长跳舞,还有很多各式各样的技能,“聪明、热心,去过大约一百个不同的印第安保留地”(Alexie 154),“仍然保持着旧时印第安精神”(Alexie 155),但是,她身上所具有的“旧时印第安精神”却并不是基于自我封闭的民族主义思想,而是体现了很强的包容性和开放性,体现了印第安人自古以来的开放心态和与外部交流的期待。这在朱尼尔的父母对他的支持以及父亲的朋友尤金对他的鼓励中得到了延续。

同时,白人社会对印第安人的态度也是朱尼尔得到双重文化认同的关键因素。在《日记》中,尽管存在一些有种族主义思想的人(如珀涅罗珀的父亲)和一些刻板形象(如雷尔丹学校的校徽),仍然有一些白人愿意接受印第安人。朱尼尔结交的白人朋友都鼓励着他:罗杰成了他在体育运动方面的好朋友;高尔迪启发他努力读书,认真读书;珀涅罗珀成为他的恋人,和他共同追逐梦想;球队教练在他消沉的时候给予鼓励。白人社区的开放对于朱尼尔的成功融入是必不可少的。

从根本上看,朱尼尔走出保留地并且赢得白人社会和印第安部落的双重认同,除了来自个体所具有的品质和能力之外,还在于他顺应了印第安部落和白人社会的共同的交流愿望和种族融合的理想。因而,朱尼尔这一后印第安武士形象既是他的自我塑造,也是社会塑造,体现了主流社会价值观念无法压制和根除的人性之光。从创作的角度来看,这一形象反映了作者的融合主义观念,其基础这是他对人性的追求。诚如他自己所说的,“我已不再是一个保留地印第安人。我不再想被当作异类,不想有异域风情……我只想做一个普通人……我想做普通人中的胜者!”(qtd. in Nygren 168)在这里可以看出,消除“异”是成为“普通人”的前提,是基本人性被解放的基础,而冲破现实障碍赢得人性的解放则是胜者。可以说,朱尼尔这一后印第安武士形象是阿莱克西的社会理想和人性追求的自我写照。

参考文献

[1]Alexie,Sherman.*The Absolutely True Diary of a Part-Time Indian* [M]. Ellen Forney. New York: Little Brown,2007.

[2]Bee,Robert L.“Native American Reservations.” MicrosoftR Student 2007 [DVD]. Redmond,WA: Microsoft Corporation,2006.

[3]Bolt,Julie.“Border Pedagogy for Democratic Practice.”[D]. The University of Arizona,2003.

[4]Carpenter,Susan.“Misfit.” *Los Angeles Times*.Retrieved 16 Sept. 2007.15 Oct. 2008<

http://articles.latimes.com/2007/sep/16/books/bk-carpenter16>.

[5]Grassian, Daniel. *Understanding Sherman Alexie* [M]. Columbia, SC: U of South Carolina P, 2005.

[6]Harad, Alyssa D. "Ordinary Witnesses" [D]. The University of Texas at Austin, 2003.

[7]Lenfestey, Jim. "Books: Straight Shooter." *Minneapolis-St. Paul Star Tribune*. Retrieved 13 Sept. 2007. 21 Oct. 2008 < http://www. startribune. com/entertainment/books/11381521.html>.

[8]Nygren, Ase. "A World of Story-Smoke: A Conversation with Sherman Alexie"[J]. *MELUS* 30.4(2005):149-169.

[9]Tatonetti, Lisa Marie. "From Ghost Dance to Grass Dance: Performance and Post-Indian Resistance in AmericanIndian Literature" [D]. The Ohio State University, 2001.

(原发表于《外国文学研究》2011 年第 6 期)

十字路口的印第安人
——解读阿莱克西《保留地布鲁斯》中的生存与发展主题

赵文书　康文凯*
（南京大学外国语学院 南京邮电大学外国语学院）

摘　要：在现代化进程中，生存和发展是发展中国家和民族面临的普遍问题，对传统的态度是解决这个问题的关键之一。本文研究阿莱克西《保留地布鲁斯》中的生存与发展主题，希望借此讨论化解社会发展过程中传统与现代性矛盾的路径。在这个主题上，安德鲁斯认为，小说欲为保留地印第安人找到一条"新路"，但这条路是个"死胡同"，因为小说陷入了摩尼二元论。本文借鉴多元现代性理论，从传统与现代性的关系入手，解读小说中印第安人与白人、印第安文化与西方文化之间的矛盾，尝试超越这些矛盾之间的二元对立，认为这条"新路"没有被堵死。小说充满希望的结尾至少暗示着年轻一辈印第安人有望走出保留地，走向大世界，带着传统，走向具有印第安特色的现代性或后现代性。

关键词：美国印第安文学；阿莱克西；《保留地布鲁斯》；传统；现代性

在美国印第安文学中，保留地是最常见的故事背景，其中有许多诸如药师、典仪、神鹰、郊狼等与印第安灵性有关的内容。普通读者感兴趣的是新好莱坞电影一般的印第安人形象：他们生活在天人合一的自然环境中，保留着令人神往的传统文化。评论家关心的则是印第安人的传统和历史，及其在文化、种族、性别、生态思想等层面对当下印第安社会的政治意义，而不太注意印第安人在当下的转变和未来的发展。这也难怪，印第安文学中的保留地背景及印第安文艺复兴中老一辈作家对回归传统的强调，自然会把读者和批评者引向过去。

然而，印第安文学再现与当代印第安人的社会现实相差甚远。20 世纪中

* 作者简介：赵文书，教授，教授，主要研究美国少数族裔文学；康文凯，副教授，主要研究美国印第安文学。

期，美国政府实行“重新安置”政策，印第安人开始了城市化进程，越来越多的印第安人离开保留地，迁居城市。1950 年，城市印第安人只占 13.4%，1990 年达到 53%(Shumway & Jackson 187)。进入新世纪后，城市印第安人口稳步增长，在 2010 年美国人口普查数据中，印第安城市人口已占其总人口的 70%以上。

尽管现在绝大多数印第安人生活在城市，但印第安文学却大多以保留地为背景。谢尔曼·阿莱克西(Sherman Alexie)曾说：“目前仍在写作的三四十个顶尖印第安作家中，很少有人在保留地上长大，但土著文学的大多数作品都是关于保留地的”，他认为“此中有对纯粹[印第安特性]的怀旧”；他能够理解这种怀旧心理，但他同时认为“怀旧可能是个病”。(qtd. in Nygren 145)

在阿莱克西本人的作品中，保留地也常是故事的发生地。他的首部长篇小说《保留地布鲁斯》(*Reservation Blues*，1995)以斯波坎保留地为背景，述说了保留地上的年轻人组织“郊狼泉”乐队，企图走出保留地，去大城市闯世界的故事。小说出版后，西尔科对阿莱克西赞誉有加：“在我们称之为‘美国’的这个大印第安保留地上，阿莱克西是我们最优秀的作家之一。”(Silko 858)

小说的出版使阿莱克西在印第安文学界受到广泛关注，《美国印第安文学研究》学刊于 1997 年冬季出版了阿莱克西研究专号。在这个专号及随后众多的专题研究中，美国学者对其小说的解读聚焦于种族和文化冲突及作品的幽默风格等(Belcher 91)。为数不多的国内研究则关注阿莱克西作品中的种族和文化问题，认为阿莱克西的小说表现了种族和文化融合的趋势(刘克东 22)，与印第安文艺复兴中所提倡的回归传统有一定的区别。

当然，也有学者，特别是印第安学者，持批评态度。有人批评小说歪曲保留地生活，夸大了绝望无助，强化了印第安人的刻板形象。(Bird 47)也有人指责小说投白人所好，把保留地呈现为“乱作一团、分崩离析，在酗酒和自相残杀中萎靡不振……对非本土裔读者来说既有趣又舒服”(Owens 76)。这些批评聚焦于印第安人的形象，强调印第安作家对保留地、印第安人及其传统的社会责任，却忽略了小说的一个重要主题是走出保留地。小说中所描写的种种问题是当今保留地上的社会现实，也是促使作品中年轻一代走出保留地的外在动因。就写作艺术而言，对保留地问题的再现，乃至适度夸张，是小说情节发展的必要因素。

美国学者安德鲁斯注意到了“走出保留地”这个主题，指出小说中的托马斯希望把布鲁斯音乐和保留地上的故事结合起来，为饱受困扰的保留地印第安人找到一条“新路”，但这条路却是个“死胡同”(Andrews 137)。他认为，小说陷入了非红即白的摩尼二元论，因此“在一个并不受非此即彼思想主导的世界中，小说显然没有能力为混血印第安人想象出成功途径，这让我做出此结论时感到非常为难。这部小说最终重演了它所揭露的殖民动力机制”(Andrews 151)。

在“走出保留地”这个主题上，本文认为，安德鲁斯得出上述结论有两个主要原因：一是他没有充分重视小说结尾托马斯带着温水姐妹前往斯波坎市所象征的希望；二是他的解读着眼于印第安人与白人的历史文化冲突，其阐释仍然囿于种族文化二元对立的框架，因此他认为托马斯的“新路”是条“死胡同”。

本文借鉴多元现代性的概念，解读《保留地布鲁斯》中隐含在种族冲突和文化冲突背后的传统与现代性之间的矛盾，尝试以此超越这些冲突之间的二元对立。传统与现代性也往往被视为相互对立的矛盾：现代性一般被视为西方的，而传统则属于西方之外，两者不可兼容。多元现代性的观点则认为，现代性不只是西方的，现代性是多元的；不同文明中的传统都能够孕育出现代性，不同文明中的传统可以演化出不同的现代性。多元现代性思想也许能够破解传统与现代性非此即彼的二元对立。据此，本文认为，托马斯的“新路”并没有被堵死，小说中印第安青年的探索与奋斗及小说充满希望的结尾至少暗示着年轻一辈印第安人有望走出保留地，走向广阔的大世界，走向蕴含着印第安传统的现代性或后现代性。

一、保留地的传统与现代性

在印第安文学研究中，传统与现代性的关系是绕不开的话题，但大多数研究都把话题集中在印第安人与白人之间的种族、文化与历史对抗上，很少把这些话题与传统和现代性的关系结合起来。欧洲文艺复兴把中世纪的欧洲带入现代，现代性在欧洲的先发优势通过贸易和殖民活动在全球传播，人类开始进入现代化时代。1492 年哥伦布“发现”新大陆之后，印第安文明成为最早受到来自欧洲殖民者的现代文明压迫的区域文明，从此不可逆转地踏上了现代化之路。

正因为这段殖民压迫史，印第安人往往把传统当作自己的，将现代当作白人的；把传统等同于自己的文化，将现代性等同于白人文化。因此，在印第安文学及其研究中，传统与现代性的矛盾被化约为印第安人与白人之间的种族和文化冲突，不可调和，是你死我活的关系，这就是安德鲁斯所说的摩尼二元论。

在这个问题上，超越二元对立的关键可能在于，弱势族群需要化解一个心结，不能把现代化视为西方的专属物，而把自己的文化视为只有传统；更不能把自己文化传统在现代化过程中的发展视为对西方的妥协和叛卖。解开这个心结需要一把钥匙，多元现代性的概念也许是一把可用的钥匙。艾森斯塔特提出，现代性是多元的，可以"看作各种文化系统以多种方式不断建构和重构的故事"；"现代性不等于西方化。尽管西方现代性在历史上发展在前，且对其他现代性继续具有基本的参考作用，但西方现代性并非唯一'真实的'现代性模式"。(Eisenstadt 2-3)我们可以这样理解，

> 现代性的发展虽然起源于欧洲，但我们不应该把现代性等同于欧洲文化，而应该把它理解为社会发展不可避免的方向……所谓"社会发展不可避免"，并不是说这个大叙事就是普遍真理，也不是说其他文化的社会发展都必须遵循欧洲路线，更不是说其他文化的发展必定与欧洲文化趋同……面对[欧洲]殖民主义的压迫，处于弱势的文化只能直面挑战，发展自己的现代性。(赵文书、康文凯 185)

《保留地布鲁斯》中郊狼泉乐队希望走出保留地，可视为印第安人探索自己现代性的一种努力，而且小说肯定了这种努力。他们虽然经历了许多失败，但小说在结尾处象征性地给予他们的文化革新以光明和希望。

在许多印第安作家笔下，保留地与现代世界相隔绝，是印第安人的家园，是纯正印第安传统赖以生存的空间。离开保留地，印第安人就会被同化；离开这个空间，印第安传统就会消失。与西方小说相比，"典型的印第安小说情节是，外出的印第安主人公发现白人世界没有意义，从白人世界退却……似乎是出于本能地要回家"(Bevis 28)。印第安人把保留地当作家园，视现代世界为白人的天地，这种解读得到了不少批评家的认可，也为包括印第安人在内的大众所接受。

但保留地并非未受现代性浸淫的传统空间。广袤的美洲大陆全是印第安人的家园，保留地是殖民掠夺的产物。在美国现代社会早期，白人殖民者需要印第安人的自然资源，通过暴力和欺骗等手段侵占土地，把印第安人赶到保留地。虽然有些部落的保留地位于其祖居土地上，但其生存空间被大大压缩；很多部落则是在暴力胁迫下，迁居到偏僻角落。因此，保留地并非印第安人的传统空间，而是殖民者为维持伪善而制造出来的印第安空间，是现代性压迫的后果。保留地受美国政府的严格控制。1824 年印第安事务办公室(印第安事务

管理局)成立,管理保留地。这个机构最初隶属战争部(国防部),1849 年之后才划归内政部。

与那些背井离乡的部落相比,斯波坎人还算幸运。他们被迫放弃了大片土地和他们祖先生活的核心区域,但其保留地仍在其祖先生活的地方。“在他们[白人]在斯波坎河上筑起大坝之前,我们[斯波坎人]是个三文鱼部落”(Alexie 36)。现代化的大坝挡住了三文鱼的洄游路线,这个部落难以维持渔猎生活,早已失去赖以为生的传统生活方式,却又没有可以替代传统生计的产业:“保留地上工作难找,更难保”(Alexie 13),所以只能依靠政府,住着政府安置的烂尾公寓房——“因为印第安事务局半途中停掉了建楼拨款”(Alexie 7),吃着农业部提供的“野狗也不吃的”罐头救济食品(Alexie 14)。保留地人的生存几乎完全依赖政府,政府则通过保留地上的部落管理委员会控制各部落。以大卫·跟走酋长为首的部落管委会完全复制了主流社会的权力结构,带着一帮部落警察,非但不保护部落利益,还仗势欺压族人。保留地与外部世界无异,处于美国政府机器的严密控制之下。

在这个貌似传统、实则是现代政治制度一部分的空间里,印第安人欲在此保存文化传统是自欺欺人的幻想。印第安传统在衰落。小说的主人公托马斯是保留地上唯一的说书人,这个角色在印第安传统中是传承历史文化和传统知识的贤者。托马斯知道“传统斯波坎人相信一些礼仪……大多数印第安人已经不守这些规矩了,但托马斯还试图坚守”(Alexie 4-5)。托马斯想通过故事把传统知识传下去,但没有人愿意听他喋喋不休的故事。通过这个人物,“阿莱克西强调,托马斯已经在某种程度上成为被社会抛弃的人,因为在这个对自己的文化和历史已经失去兴趣的保留地上,他还坚持部落文化。阿莱克西强调,他是保留地上唯一试图维护斯波坎文化传统的人,其他人已忘记或忽略了传统”(Grassian 80)。

书中的大妈妈是个半人半神式的人物,是印第安精神的象征,但她离群索居,住在远离保留地小镇的维彼尼特山顶上。“有关大妈妈的故事成千上万,但不管有多少故事被讲说,有些印第安人还是不相信她。尽管她就住在保留地上,有些斯波坎人还是怀疑她。”(Alexie 199)。大妈妈住地与小镇之间的空间被白人的基督教占据着,其间的距离也是斯波坎人与其部落传统的距离

二、走出保留地的障碍和条件

保留地不再能“保留”印第安传统。阿莱克西对此有清醒的认识：“无论是土著还是非土著，有一件事我们忘记了：保留地就是集中营。保留地设立后，印第安人被赶到保留地去等死。我真是这样想的，设立保留地的目的就是为了屠杀。”(Weich 171)但他的看法与不少印第安作家相左：其他“土著作家重新想象保留地空间，竭力从正面表现保留地对他们笔下角色在找回自己身份的过程中所发挥的积极作用”(James 11)。《保留地布鲁斯》受到一些印第安人的批评与此不无关系，但此中争执与其说出于阿莱克西“对其所再现的文化是否有责任感”(Bird 52)，不如说出于部落文化问题上的传统派和发展派之间的矛盾。

在政治上，很多印第安作家和批评家，特别是激进的印第安民族主义者，态度保守，这与印第安人骑跨在殖民与后殖民界线上的尴尬状况有关。印第安人主张保留地上有主权，而不仅是自治权。印第安部落自称国家，根据历史条约，宣称印第安部落与美国政府的关系是国际关系。然而，“由于历史的原因，殖民关系仍然决定土著人与非土著人之间的关系，土著社会对自治、主权与传统的维护不仅步履维艰，而且充满了矛盾。从历史和现实看，很难说美国联邦政府与土著部落在主权问题的论争上会有实质性的进展”(王建平 52)。

尽管如此，很多印第安人坚守保留地，“把与世隔离、拒绝成为大世界的一员视为一种公开的挑战行为”(Dellinger 123)。然而，保留地名义上的主权受美国政府的严格控制。这个政治悖论对印第安人来说是个包袱，既是政治资源，也是思想负担。保留地名义上是印第安主权得以存续的空间，是印第安民族主义的物质基础，但它也束缚了传统派的思想，把他们的视野局限在保留地的逼仄空间内，不去开拓保留地之外、原本也属于他们的广阔空间，为族人争取更广泛的权益。

在美学上，文学中的保留地被再现为牧歌式的前现代空间，是印第安人的精神家园。正如阿莱克西所言，“印第安人就像所有殖民地人一样，认为被殖民之前的时代更美好，因为那时我们还没有被殖民。”(Nygren 145)但现实中保留地的生活状况与此恰恰相反：“印第安人营养不良、酗酒和婴儿死亡率分别是美国平均水平的 12 倍、9 倍和 7 倍。即使到了 20 世纪 90 年代初，保留地印第安男性平均寿命仅达 44 岁多一点，女性平均寿命不到 47 岁”(Krupat 30-31)。

传统派的守旧心态使牧歌式的保留地形象在印第安文学中大行其道，既给印第安读者以心理安慰，也暗合主流的需要。如果说早期殖民者需要印第安人的物质资源，因此把他们圈入保留地，占据他们的土地，那么后现代的文化殖民则需要印第安人的精神资源，以缓解过度的物质主义对人的异化。主流社会的读者在印第安文学中希望看到保留地上仍然存有印第安人传统的灵性，在不影响自己的现代物质享受的同时，满足对过去好时光的怀旧，慰藉现代人空虚浮躁的心灵。

在政治上和美学上，阿莱克西都与传统派不同。在政治上，小说揭示所谓的保留地主权已经沦为既得利益者的工具。酋长的侄子白鹰无故殴打维克多和朱尼尔，但部落管委会“想方设法把白人法律挡在保留地之外。白鹰斗殴，触犯了假释条例，但管委会不想把他送回白人监狱，他们对维护部落主权更感兴趣”(Alexie 183)。保留地上的部落当权者以维护主权为名，牺牲普通印第安人的利益，换取私利。

在美学上，小说揭示了牧歌式保留地生活的虚幻性。保留地的生存依赖政府的施舍，其发展所必需的资源付之阙如：保留地医疗站“仅发放牙线和避孕套”(Alexie 6)；保留地学校的教育质量从维克多的简历中可见一斑：“必业于维彼尼特高中；在电视上看过很多智力抢答节目”(Alexie 297)，几十个字的简历中到处是拼写错误。在保留地上，失业、酗酒、暴力成为印第安人生活的常态。年轻人看不到前途。正如小说开篇歌词所言，“如果你没有选择/那你还能选择什么？/如果你没有选择/那你也不会失去什么。”(Alexie 1)走出保留地也许还有一线希望。

印第安人走出保留地有许多障碍。且不说走出保留地之后可能遇到的麻烦，保留地上的保守思想就是横亘在他们面前的一座大山。阿莱克西曾说，他走上文学之路是因为印第安诗人路易斯诗中的一行：“噢，艾德里安大叔！我在自己心中的保留地上。”(Marx 18)这行诗使阿莱克西决心以文学为工具，带着他笔下的印第安人走出心中的保留地。

“‘心中的保留地’这个概念可以说是一种世界观，是美国政府强加在印第安人身上的世界观”(James 8)，它禁锢了印第安人的心灵。印第安人把苦难和失败视为宿命，把幸福和成功视为白人的特权，把努力争取成功视为白化的表现，把离开保留地视为背叛。城市印第安人，或者试图离开保留地的人，“被保留地人丑化为‘堕落的’或低等印第安人，是‘叛徒’，为了城市生活的好处，背弃了部落家园和部落习俗，抛弃了部落政治和部落问题”(Straus & Valentino 109)。

印第安人“心中的保留地”是郊狼泉乐队的第一个拦路虎。保留地空间的封闭性使印第安人难以接受新事物和新思想。他们抵制布鲁斯:“布鲁斯音乐为斯波坎人创造了记忆,但他们拒绝接受。布鲁斯照亮了一条新路,但斯波坎人掏出了他们的旧地图”(Alexie 174)。对走出保留地的郊狼泉乐队,族人颇有微词:“基督徒不喜欢你们的魔鬼音乐。传统派不喜欢你们的白人音乐。部落管委会不喜欢你们比他们更有名。谁都不喜欢跟着你们的那两个白人妇女。”(Alexie 179)。封闭的心灵是印第安人走出保留地最大的障碍

然而,如前所述,保留地早已被现代性渗透。走出保留地虽然困难重重,但经过几百年与白人的接触,印第安人已不是哥伦布“发现”美洲之前的土著,他们的生活方式早已成为现代美国社会的一部分,具备了与外部世界接轨的必要条件。就文化而言,美国的流行文化通过电视,无孔不入地渗入保留地上的每一个家庭,影响着斯波坎人的行为习惯。就宗教而言,他们的传统信仰已被基督教取代。当然,这并不是说他们已完全被同化了。更恰当地说,保留地是个混杂的文化空间,在文化接触中,印第安人学会了如何在白人主导的世界里生存的策略。

天主教神父阿诺德第一次做礼拜时,贝西送给他一个印第安捕梦网,捕梦网上缀着天主教念珠,显示了印第安信仰与天主教的融合。贝西成功地说服阿诺德把别的教士会认为是“印第安神秘主义”的捕梦网挂到了他自己的床头:

> “挂在床头,”贝西说,“它能在新教徒噩梦溜进你的梦乡之前逮住它。”“能逮住天主教噩梦吗?”阿诺德神父问。“新教徒是好天主教徒最可怕的噩梦。”阿诺德神父赶紧跑回家,把捕梦网挂在床头。(Alexie 250)

贝西的行为是有意识的文化策略。她利用西方文明内部天主教与新教的矛盾,巧妙地把印第安传统基因插入天主教信仰,以变化的形态保存了部落传统,改变了自己,也改变着西方文明。这种策略也体现在托马斯身上,他在讲述本杰明池塘和乌龟湖时说,“耶稣喝过池塘里的水……成吉思汗在乌龟河里游泳时差点被大乌龟吃掉”(Alexie 26-27),把印第安人认为具有神性的山河土地与东西方历史联为一体。这种策略表明,保留地的文化杂糅不只意味着印第安人的“文化妥协”(邹惠玲、丁文莉 49),也体现了他们的能动性,这是他们走出保留地的重要条件。

保留地不是传统的庇护所,但印第安传统在保留地上也没有消亡,而是以变化的形式,主动或被动地与西方文明融为一体,成为现代美国文化的有机成

分。这种策略也许是印第安人在多元现代性中创造印第安现代性的途径之一。小说中的印第安文化不是以弱势姿态被动地融入美国，而是被再现为美国现代文化的源头之一："大妈妈是个音乐天才，是20世纪所有大音乐家的老师"，她的学生包括猫王、戴安娜·罗斯、查克·贝里、莱斯·保罗、吉姆·莫里森等现代美国音乐史上几乎所有黑白明星（Alexie 201）。大妈妈是印第安文化的保护人，也是美国多元文化女神。正因为如此，托马斯才敢设想以布鲁斯音乐为族人照亮一条"新路"。

三、走出保留地的尝试

《保留地布鲁斯》的正文之前有两个题记，其一是黑人布鲁斯明星约翰逊的歌词："我来到十字路口/双膝跪下/我来到十字路口/双膝跪下。"十字路口的意象在故事中反复出现，是小说的中心意象之一。保留地上的印第安人也正处于十字路口，不知选择哪一条道。

1992年的一天，在斯波坎保留地的一个十字路口，托马斯·生火遇到了不知自己身在何处的罗伯特·约翰逊。据说，约翰逊曾以自己的自由和灵魂，与一位白人先生换了一把魔力吉他，助他成名，但从此一直摆脱不了那把吉他，摆脱不了那位先生的追索。他在梦中得知，一位住在山上的老妇能帮他解脱这个浮士德式的魔咒。他假装死亡，东躲西藏几十年，才闯到外人罕至的斯波坎保留地。托马斯带着他上山去见大妈妈，得到了约翰逊的魔力吉他。有了这把吉他，托马斯产生了走出保留地的梦想："我要用它[吉他]去改变世界"（Alexie 13），去拯救"藏在世界一个偏僻角落的这个保留地"（Alexie 16）。

靠着这把吉他，托马斯"这个与斯波坎部落格格不入的说书人"（5），组织起布鲁斯乐队"郊狼泉"，作词兼主唱托马斯，吉他手维克多，鼓手朱尼尔，后来又有弗拉特黑德部落的温水姐妹加盟，兼作键盘手和歌手。乐队经过几次成功试演，在西雅图的乐队擂台赛中胜出，引起骑士唱片公司注意，应邀赴纽约试唱，结果试唱失败，唱片公司把合约给了郊狼泉的两个白人女粉丝，让她们扮作印第安人，为她们推出符合"新时代"（New Age）口味的印第安风格的唱片。

20世纪末，在后工业化时代的美国，文化产业是朝阳产业。小说选择音乐作为印第安人走进现代世界的入口，贴合时代；选择布鲁斯为郊狼泉的主打风格，也具有丰富的内涵。有学者注意到，小说中音乐主题连接了黑人和印第安人的苦难历史，连接了黑人文化、印第安文化和主流社会的流行文化，继承了布鲁斯精神，通过跨越族裔界限的多元文化，为印第安人的生存和发展探索出路(Ford 197-198)。

艾里森曾这样定义布鲁斯："布鲁斯是一种本能的冲动，它使严酷生活的片段及各种痛苦细节在人们的意识中鲜活下去，让人们不断抚摸锯齿般的痛苦伤口，并超越自身痛苦，不是通过哲学上的安慰，而是通过从布鲁斯中挤出的亦悲亦喜的抒情情绪。"(Ellison 129)根据这个定义，布鲁斯的物质基础是生活磨难，表现形式是苦中寻乐，核心内涵是表现苦难，最终目的是超越痛苦。

阿莱克西的小说继承了布鲁斯的核心精神，在每一章开头用作题记的布鲁斯歌词中，托马斯历数印第安人历史上遭遇的屠戮、压迫、背叛和现实中面临的贫困、麻木、绝望，但小说最终要超越这些苦难。在最后一章《守灵》中，托马斯利用"wake"这个词的双关意，暗示在为自杀的朱尼尔守灵(wake)之后，印第安人必须活着醒来(wake alive)，超越苦难。该章题记中的最后两句反复重复："我想我们该为自己发现一条路/能活着醒来，能活着醒来"。(Alexie 276)

安德鲁斯认为托马斯的选择是条"死胡同"。他没有充分注意小说最后一章的象征意义，也未重视托马斯对布鲁斯创造性的利用对后工业化时代的印第安人的重要意义。不错，纽约试唱失败、族人排斥、朱尼尔自杀、乐队散伙，确实标志着失败：小说中的"人物遭受苦难，没有带来更强大的力量和最后胜利，也许只是带来了更强大的力量生存下去。只是生存而已，并非胜利"(Andrews 146)。这个结论有一定的道理。但《保留地布鲁斯》既非浪漫主义小说，也非理想主义小说，而是后现代魔幻现实主义小说，在魔幻的形式下直击社会现实的核心。它没有为怀揣"旧地图"的印第安人虚构出一个成功融入现代社会的模式，而是通过再现保留地生活中的绝望——哪怕有点"夸张"(Bird 47)，展示走出保留地的必要性。印第安人融入现代社会是一个探索过程，不可能一蹴而就。小说展现了失败，也在失败中摸索到了经验，并在结尾暗示，印第安人走出保留地的努力有成功的希望。

布鲁斯音乐对托马斯有特殊意义。黑人布鲁斯中有民间传统的成分，托马斯把印第安传统中最重要、最神圣的说书传统融入了布鲁斯。在媒体时代，他的故事没人听，但布鲁斯给了他新的机会。他把魔力吉他给了维克多，自己宁愿做作词兼主唱，通过歌词和演唱，把他的故事以大家喜闻乐见的现代媒体形式传承下去。帮助他实现这个转变的除了布鲁斯，还有主流社会的流行文化。在写第一支歌时，"托马斯闭上眼睛，竭力想发现一个有配乐的故事。他打开电视，看四频道上的《音乐之声》"(Alexie 46)。通过这一转变，托马斯以布鲁斯为载体，借鉴现代的传播方式，使印第安传统得以保存和发展，他依然是斯波坎文化传统的守护人。

主流社会，特别是那些新时代派，对印第安传统也有想法。他们想把印第安传统固化在牧歌式的过去，使之成为可以消费、可以带来利润的商品，能在不损害现代人物质享受的同时，以他人的怀旧填补自己的空虚。在现代消费社会中，印第安传统容易受到主流社会的商业化利用，而拒绝进入现代则意味着传统的消失或被伪传统取代，这是印第安人必须面对的两难。

托马斯一开始提议把乐队命名为“郊狼泉”，遭到朱尼尔和维克多的强烈反对(Alexie 44-45)，因为“郊狼”与乐队白人女粉丝所唱的苍鹰、水牛、大地母亲、天空父亲(Alexie 295-296)一样，是新时代派的拥趸们最爱的印第安形象。然而，在印第安信仰中，郊狼是“大地的创造者”(Alexie 48)。这个神圣的传统形象是否因为可能被人利用而应该放弃，这确实是个难题。最终，郊狼偷了朱尼尔的运水车，藏在车子根本开不进去的一个地方，逼得朱尼尔只好把卡车拆开，拿出来重新组装。“郊狼证明了自己的力量，于是乐队接受了它的名字，成为郊狼泉乐队。”(Alexie 45)这个魔幻现实主义片段象征着印第安传统神灵也希望随着布鲁斯进入现代世界，不希望印第安人因噎废食。

乐队到底是闯出了一条“新路”还是走进了一条“死胡同”，关键是如何看待乐队的纽约试唱结果和魔力吉他在试唱中的表现。吉他既非黑人的乐器，也非印第安人的乐器，而是殖民者带到美洲大陆的西方乐器。魔力吉他是白人魔鬼换取约翰逊灵魂和自由的工具，可视为殖民主义现代性中邪恶的一面。大妈妈能够帮助约翰逊摆脱吉他，意味着印第安传统中有抵抗邪恶的力量。郊狼泉乐队接过魔力吉他，意味着印第安人接受了现代性的挑战，尽管现代性有其邪恶的一面。

魔力吉他在乐队试唱过程中拒绝维克多弹奏，最终导致试唱失败。此处吉他破坏乐队试唱的行为难以理解，因为如果乐队试唱成功，得到合约，则意味着骑士唱片公司盈利，意味着印第安人继续受剥削，而这正是现代性中的邪恶所需要的。安德鲁斯认为，小说中不断出现被白人屠杀的幽灵骏马的嘶鸣，吉他可能是受到了幽灵骏马的威胁或抵抗(Andrews 147-148)，即受到了印第安人历史和传统的抵抗，但这种解读与郊狼希望乐队以自己命名以及大妈妈支持乐队去纽约相冲突，也不符合小说试图为印第安人发现“新路”的主题。

安德鲁斯认为，“录音棚中的故事显示了小说的叙事危机——阿莱克西似乎难以想象出郊狼泉乐队的成功。”(Andrews 148)本文认为，吉他的行为在小说语境中可以有合理的解释。骑士唱片公司的经理谢立丹和莱特是历史上屠杀印第安人的白人将领，表明过去以暴力屠杀印第安人的白人现在还想以商业来继续剥削他们。唱片公司邀请郊狼泉试唱,并不是因为他们在乎印第安人的灵性,而是为了推出能够打开市场的印第安风情歌曲。那两个白人女粉丝被包装成印第安人,取代郊狼泉,就证明了这一点。在录音棚中,郊狼泉试唱《城市印第安布鲁斯》,诉说被美国政府"重新安置"在城里的印第安人的苦难和白人的欺诈,以布鲁斯的形式延续并发展了印第安人的说书传统,不是牧歌式的印第安风情歌曲,既不符合新时代派的口味,也不符合唱片公司的利益,因此,白人先生的魔力吉他拒绝伴奏就完全可以理解了。

郊狼泉走出保留地的努力不能视为失败。在回保留地的路上,魔力吉他神秘地消失了,没有像纠缠约翰逊那样纠缠维克多。我们可以这样解读:郊狼泉在录音棚中选择试唱的歌曲显示了他们抵抗压迫和剥削的决心和力量,在这样的决心和力量面前,魔力吉他失去了控制印第安人的能力,因此选择溜之大吉。这样看来,这个情节所显示的不是"小说的叙事危机",而是印第安人走出保留地的强大决心和力量,显示了印第安人的希望。这种希望表现在莱特向郊狼泉乐队"道歉"(Alexie 244),并承认"我是杀手"(Alexie 271);也表现在大妈妈和阿诺德神父联手主持朱尼尔的葬礼。主流社会中至少已有人承认历史上和现实中对印第安人的不公,印第安传统和西方传统已能够融合,这正是印第安人走进现代的希望所在。

托马斯最后带着温水姐妹离开保留地,去斯波坎市,"一个坐落在斯波坎河畔、大部分是白人的城市,一个以被迫从那条河畔搬走的斯波坎部落命名的城市"(Alexie 258)。他们前往城市既是接受现代性的挑战,也是回归祖先的家园。他们带着大妈妈的祝福,带着族人支持的路费(虽然不是每个人都很情愿给),离开了保留地这个小家园,走向更广阔的大家园。他们"带着幽灵骏马,跟着幽灵骏马,走向城市":"歌曲在城里等着他们"。(Alexie 306)我们有理由相信,在城市里等着他们的"歌曲"不会是新时代派的印第安风情音乐,而是小说每章前的题记中的布鲁斯歌词。他们的布鲁斯以现代的流行音乐形式,传承印第安人的历史和传统,为具有印第安特色的现代性打开一条通往城市的新路。

结　语

阿莱克西通过郊狼泉乐队的故事,探索印第安人走出保留地、走进现代世界的途径。他们在探索中遇到了阻力,但这并不意味着他们的最终失败。小说结尾给印第安的年轻一辈留下了希望。就“离开保留地”这个主题而言,这部小说旨在说明,印第安人需要走出保留地,特别是他们心中的保留地。

小说表明,走出保留地是一个探索过程,在部落内部有阻力,在外部世界也有障碍,但这些难题都在逐渐化解:印第安人的传统思想在改变,主流社会也在悄悄发生变化。借助多元文化资源——包括主流社会和其他少数族裔的文化资源,印第安人有望带着自己的传统,去发现具有印第安特色的现代性之路。走出保留地意味着印第安人不仅要生存,而且需要发展。

生存和发展是众多发展中国家和多民族国家中的少数民族所面临的共同问题。在这个问题上,传统派在思想上往往执着于本国与西方或少数民族与多数民族的对抗,把面向现代的发展观点理解为屈从于丛林规则的社会进化论,束缚了自我发展的可能性。我国作家阿来认为,少数民族“不管是物质层面还是精神层面……[都]应该参与到现代文明进程中来”。发展意味着参与现代化进程,是积极的生存手段;发展并不意味着抛弃传统,而是为保存传统创造物质条件。阿来知道有人会反对他的观点:“但我觉得一个民族,总归得有人说一些真话。在文化的相互影响中,越是弱势文化,越要主动寻求发展,这样被保护的因子就会越多,被动地等待强势文化来影响,只能被淹没掉”(张英 E22)。

阿莱克西笔下的印第安人走出保留地谋求生存和发展,与阿来所思考的本质上是同一个问题。正如阿来所言,“是保留少数民族原始、独特的生活方式,还是让他们融入现代社会……不管是美国还是中国,印度还是埃及,这是个全球化的难题”(张英 E22)。对于这个难题,阿莱克西和阿来给出了相互呼应的答案,都主张走上新路,汇入现代化进程。

参考文献

[1]Alexie,Sherman. *Reservation Blues* [M]. New York: Warner Books,1995.

[2]Andrews,Scott."A New Road and a Dead End in Sherman Alexie's Reservation Blues" [J]. *Arizona Quarterly* 63.2 (2007): 137-152.

[3]Belcher, Wendy."Conjuring the Colonizer: Alternative Readings of Magic Realism in Sherman Alexie's Reservation Blues" [J]. *American Indian Cultural and Research Journal* 31.2 (2007): 87-101.

[4]Bevis, William."Native American Novels: Homing in", in *Critical Perspectives on Native American Fiction* [C]. Ed.Richard Fleck.Washington,D.C.: Three Continents Press,1993.15-45.

[5]Bird,Gloria."The Exaggeration of Despair in Sherman Alexie's Reservation Blues" [J].

Wicazo Sa Review 11.2 (1995): 47-52.

[6]Peterson, Nancy, ed. *Conversations with Sherman Alexie*[C]. Jackson: U P of Mississippi, 2009.

[7]Dellinger, Matt. "Redeemers", in *Conversations with Sherman Alexie*[C]. Ed, Peterson, Nancy. Jackson: U P of Mississippi, 2009. 121-127.

[8]Eisenstadt, S. N. "Multiple Modernities"[J]. *Daedalus* 129.1 (2000): 1-29.

[9]Ellison, Ralph. *The Collected Essays of Ralph Ellison* [C]. Ed. John F. Callahan. New York: Modern Library, 2003.

[10]Ford, Douglas. "Sherman Alexie's Indigenous Blues" [J]. *MELUS* 27.3 (2002): 197-215.

[11]Grassian, Daniel. *Understanding Sherman Alexie* [M]. Columbia, S.C.: U of South Carolina P, 2005.

[12]James, Meredith, ed. *Literary and Cinematic Reservation in Selected Works of Native American Author Sherman Alexie* [C]. New York: Edwin Mellen, 2005.

[13]Krupat, Arnold. *The Turn to the Native: Studies in Criticism and Culture* [M]. Lincoln: U of Nebraska P, 1996.

[15]Marx, Doug. "Sherman Alexie: A Reservation of the Mind." *Conversations with Sherman Alexie*[C]. Ed, Peterson, Nancy. Jackson: U P of Mississippi, 2009. 16-20.

[16]Nygren, Ase. "A World of Story-Smoke: A Conversation with Sherman Alexie." *Conversations with Sherman Alexie*[C]. Ed, Peterson, Nancy. Jackson: UP of Mississippi, 2009. 141-156.

[17] Owens, Louis. *Mixedblood Messages: Literature, Film, Family, Place* [M]. Norman: U of Oklahoma P, 1998.

[18]Shumway, Matthew and Richard Jackson. "Native American Population Patterns" [J]. *Geographical Review* 85.2(1995): 185-201.

[19]Silko, Marmon Leslie. "Big Bingo" [J]. *The Nation* 260.23(1995): 856-858.

[20]Straus, Terry and Debra Valentino. "Retribalization in Urban Indian Communities" [J]. *American Indian Culture and Research Journal* 22.4 (1998): 103-115.

[22]Weich, Dave. "Revising Sherman Alexie", in *Conversations with Sherman Alexie*[C]. Ed, Peterson, Nancy. Jackson: U P of Mississippi, 2009. 169-179.

[14]刘克东:《趋于融合——谢尔曼·阿莱克西小说研究》[M]. 北京:光明日报出版社，2011 年。

[21]王建平:《世界主义还是民族主义——美国印第安文学批评中的派系化问题》[J].《外国文学》2010 年第 5 期，第 49-58 页。

[23]张英:《"老百姓在意的都是民生问题":阿来和他的非虚构历史》[N].《南方周末》2014 年 4 月 17 日，E21-22。

[24]赵文书、康文凯:《在传统和现代性之间:莫马迪〈日诞之地〉另解》[J].《社会科学研究》2014 年第 6 期,第 179-185 页。
[25]邹惠玲、丁文莉:《同化·回归·杂糅——美国印第安英语小说发展周期述评》[J].《外国文学研究》2009 年第 3 期,第 44-51 页。

(原发表于《外国文学研究》2017 年第 1 期)

冷战的核暴力与终结话语

——以西尔科的小说《典仪》为例

李雪梅*

（大连外国语大学英语学院）

摘　要：对核殖民和核暴力的持久关注是美国印第安女作家西尔科小说中反冷战意识形态话语的重要组成部分。在《典仪》中，西尔科用凝重而深邃的现实主义笔触详述冷战的核暴力和终结话语对印第安人的戕害，体现了作家对战争创伤的诘问，对环境污染的反思，对印第安退伍军人归家的两难境遇的抗争，在充满人文关怀和生态关怀的爱的字里行间，充盈着作家对当今世界核威胁下的人类生存状况的忧思。

关键词：莱斯利·马蒙·西尔科；《典仪》；冷战；核暴力；终结话语

1977年，莱斯利·马蒙·西尔科（Leslie Marmon Silko）凭借长篇小说《典仪》（*Ceremony*）一举成名，与莫马迪（N.Scott Momaday）、杰拉德·维兹诺（Gerald Vizenor）、詹姆斯·韦尔奇（James Welch）并称为"印第安文学四大家"，成为美国印第安文艺复兴的领军人物。该书出版当年就获得"纽约书评奖"，奠定了她在美国本土裔文学史上的地位（Ruppert 1）。小说出版后，获得了评论家的热议。蕾切尔·斯坦恩（Rachel Stein）从女权主义的角度，强调了印第安人的口述故事和部落神话对于"重构欧洲人征服美洲大陆历史的重要性"（193）。罗伯特·M.纳尔逊（Robert M. Nelson）着眼于小说中物质世界和精神世界中心的布普洛，探讨了地理景观的治愈力量和生命潜力（39）。著名印第安文学评论家杰斯·韦弗（Jace Weaver）指出西尔科采用反种族主义叙事来唤起西方主流文化对本土文化的关注（52）。国内评论界对西尔科的研究并不多见，秦苏珏从深层生态学的角度考量了《典仪》的生态整体观（112）；郭颖和王建平从印第安文化身份重构的方面解读了《典仪》（86），张慧荣对该作品进行了创伤解读（145）；康文凯用文化比较法分析了不适宜运用女性主义视

* 作者简介：李雪梅，博士，主要从事美国文学研究。

角解读西尔科作品的原因，指出了美国土著女性特征不是男权社会中所定义的女性特征，而是广义上的人性特征，具有广泛的包容性(84)。综合国内外研究可以看出，西尔科小说中所蕴含的反冷战思想，尤其是对核暴力的控诉鲜有人关注。在《典仪》中，西尔科追踪了主人公塔尤的自我救赎的历程，记录下封闭的印第安部落遭遇冷战的核暴力和终结政策冲击下的时代变迁。然而，《典仪》中并没有弘扬宏大的美国战后主流历史叙事，而是以一个印第安退伍军人的视角，管窥二战胜利、东西方冷战、核军备竞赛这些社会历史进程中的重大史实，并悉数印第安人饱受战争创伤、环境污染以及战后人性扭曲的每况愈下的人生际遇。

本文主要关注西尔科的小说《典仪》中所呈现的核殖民、核暴力等反冷战意识形态话语，揭露冷战的核暴力和终结话语对印第安人的戕害，展现了作家对战争创伤的诘问，对环境污染的反思，对印第安退伍军人归家的两难境遇的抗争，并借此表达了作家对当今世界核威胁下的人类生存境遇的担忧和对人类社会未来的终极关怀，从而使小说对冷战核暴力和终结话语的质询和抗争具有了明确的历史维度和普世性意义。

一、二战的核梦魇和战争创伤

战争给塔尤带来的梦魇几乎凝缩了美国二战胜利后退伍军人普遍遭遇的心理创伤。如果说塔尤的治愈历程是自我救赎和自我实现的旅程，那么只有经历了这个痛苦不堪的重生之旅，塔尤才能真正理解西尔科所说的“共同真理”(Silko,*Yellow Woman*:32)，他的治愈之旅才算真正结束。这个“共同真理”告诉人们，二战虽然结束了，但是核殖民主义和核霸权主义依旧存在，它们无时无刻不威胁着人类的安全(*Yellow Woman*:32)。塔尤的故乡生产的原子弹摧毁了日本的广岛和长崎，预示着全球冷战，即“确保相互毁灭”的新时代的到来。在《典仪》的开篇，难以愈合的战争创伤在塔尤身上一览无余。当塔尤从二战的太平洋前线归来时，他一直无法摆脱创伤后应激障碍(Post-traumatic Stress Disorder)带来的梦魇。每天塔尤在各种“声音”的纠缠中入眠，“今晚歌声最先到来，一个男人在吱吱作响的铁床上唱着西班牙情歌，他一遍又一遍地吟唱着‘和我在一起’，旋律熟悉而单调。有时候，日本人的声音先到来，声音愤懑而响亮，迫使情歌的声音慢慢隐去。后来在梦里他听到了声音发生了变化，……声音也变成了拉古纳的声音了”(5-6)。塔尤极度渴望获得“某种物什”来帮助他解释日本人的声音和印第安人的声音在梦中交替出现的原因。可是,事与愿违,他从战场上归来后,患上了失语症。白人医生想尽办法让他开口说话,结果都徒劳而返。(31)他根本无法和白人医生交流,“他伸手摸了摸自己的嘴,不经意间碰到了自己的舌头;舌头干燥而呆板,如食草动物的尸体一般”(15)。可怕的战争经历使他瞬间失语。精神病学家贝塞尔·范·德·科耳克(Bessel Van der Kolk)指出,“当人们受到创伤,或者说,遭遇了超越普通人所能承受的可怕事件,他们就会经历一种‘无言的恐惧’。这种体验无法用语言来表述。”(172)战争的创伤使塔尤内心充斥着强烈的疏离感,并于周围的环境格格不入。他甚至感觉自己是一个隐形人,“很长时间他觉得自己是一股白烟。直到他离开医院那一刻,他才意识到白烟本身并没有意识”(*Ceremony*:14)。茱蒂斯·赫尔门(Judith Herman)曾说过:“受到创伤的人感觉自己完全被抛弃了,极度孤独,被弃绝于那些人们赖以生存的,并为人们提供保护和关爱的人类组织或者神职系统之外……因此,到处充斥着一种疏离感、断裂感。”(52)战争的梦魇在塔尤战后的生活中如影随形,给他营造了一种无法言说的幻灭与虚无。

追根溯源,塔尤的这种疏离感和虚无感源于战争中他经历的一个典型的创伤性事件。在“某个无名的太平洋岛屿”的丛林里,塔尤被下令处死一队日本战俘。

> 战俘们在山洞前并排站着,手放在脑后。可是塔尤没有扣动扳机。“发烧使他浑身颤抖,汗水刺痛了他的双眼,他无法看清眼前的一切;就在那一刹那,他看见约西亚正站在那里,因背对着太阳而面色黯淡;他眯着眼睛,仿佛要对塔尤微笑。塔尤站在那里,身体僵硬伴着恶心,当他们向日本兵开枪的时候,他看见他的舅舅倒下了,他知道那是约西亚;甚至在洛基晃动他的肩膀,要他停止哭泣的时候,他仍然相信约西亚就躺在那里。(*Ceremony*:7-8)

父亲缺失,塔尤一直把约西亚舅舅当作代理父亲,二人感情深厚。战争的创伤已经使塔尤分不清梦魇和现实的界限,他始终坚信他们杀的人“就是约西亚”。正如大卫·贝克尔(David Becker)所说,“创伤个体在经历了战争、奴隶制和性侵等灾难事件之后,常常面临‘认知混乱’的危机。”(105)为了唤醒塔尤失去的意识,洛基试图让塔尤看清死者的面容,朝他喊道,“塔尤,这是日本人!这是日本军装!”然后他用靴子把尸体翻过来,说,“看,塔尤,看他的脸,”可是就在那时，塔尤开始尖叫，在他眼里那不是日本人，而正是约西亚，他的眼睛已经缩回到头骨里，双眼呆滞，闪烁着黑色的死亡光芒。(*Ceremony*:8)可是，“创伤使得受害者对自我和现实的认知产生了混乱，并使得他混淆了家庭成员和社会成员之间的关系”(Herman 51)。塔尤坚信日本兵和他的拉古纳舅舅之间存在着某种内在的不为人知的联系。

当塔尤目睹拉古纳铀矿的核景观之后，他终于弄清了日本人和印第安人、拉古纳保留地和广岛之间的联系，厘清了缠绕他很久的核梦魇和现实世 界之间的联系。塔尤记得祖母曾经讲过 1945 年 7 月 16 日在新墨西哥州的白色沙滩上成功爆炸了世界上第一颗原子弹的事情：“一道闪光穿过窗户。那么大，那么亮，甚至我的老花眼都能看到它……我想我看见太阳又升起来了，但它又消失了。”(*Ceremony*:245)塔尤的家距离爆炸原子弹的核试验场仅有三百英里。在赫梅兹山深处，坐落着顶级秘密实验室，往东北走仅一百英里就是洛斯阿拉莫斯国家实验室，四周被高高的电栅栏围绕着，二战期间科学家们在那里研制原子弹。一个月后，8 月 6 日日本广岛遭到原子弹的轰炸，8 月 9 日长崎遭受氢弹的轰炸。在美洲印第安保留地开采铀矿、测试原子弹与日本爆炸原子弹之间的关系不言而喻(Cutchins 84)。塔尤把原子弹看作白人原罪的中心意象。由此，“美国印第安人神圣的伊甸园被彻底地摧毁了，人类，无论是受害者还是破坏者，都将面对相同的死亡周期”(*Ceremony*:246)。太平洋群岛，富含铀矿的拉古纳部落，以及“一万二千英里远的日本城市”都处于这个“死亡之圈”之中(*Ceremony*:246)。在这个“死亡之圈”中，战争和暴力是贯穿始终的主线。二战结束前夕，日本士兵和美国士兵在太平洋岛屿进行了最后的较量，硫磺岛、塞班岛、天宁岛、菲律宾等许多太平洋岛屿都濒临毁灭的边缘。随后的原子弹轰炸使美国西南部的拉古纳和日本的广岛和长崎都难逃战争因果的惩罚。

核武器带来的伤害没有地理、种族和民族之分，日本人与塔尤的拉古纳家庭成员都是核暴力的受害者。核暴力不仅导致美国拉古纳保留地经济衰退和环境恶化，而且也给太平洋彼岸的日本造成了灾难性的后果。这是塔尤会在日本士兵的脸上看到了约西亚舅舅的影子的缘由。由此可见，核暴力的影响超越了区域性的层面，上升到全球性的概念。劳伦斯·布伊尔(Lawrence Buell)把这种现象称之为彼此相连的生态之网(286)。因为在全球的生态环境中，不同文化之间彼此相连，作为核暴力的牺牲品，美国的布普洛和日本的广岛与长崎被联系在一起。保拉·艾伦(Paula Gunn Allen)在《圣环》中曾写道，“每个个体都是有生命的整体的一部分……构成整体的每一部分因参与了整体的存在而彼此互相联系。"(60)地球被认为是一个"有生命的整体",整体中的个体相互作用、相互影响。"不同文化,不同世界被用扁平的黑线画在精美的细沙上,在药师最后一个典仪的沙画中会聚。从那时起,人类又成为一个大家庭,破坏者为所有人,所有活着的生命策划的命运使人类空前团结在一起;吞噬了一万二千英里之外的城市人民的死亡之圈使人类联合起来,而受害者将永远不会知道这些台地,也永远不会见到这些夺走了他们生命的色彩细腻的岩石(*Ceremony*:246)。

二、冷战的核殖民和环境污染

原子弹是冷战开始的重要标志。在战后的几年里,美国把原子弹视为树立其大国形象的一个关键因素。"美国的核垄断和对未来永久的核霸权的梦想,一举造成了原子间谍的恐慌。1949年苏联原子弹研制成功结束了美国核垄断的霸权地位,这一切都有助于美国冷战时期的外交政策的制定和民族想象的重新确立(Herken 340)。随着冷战时代的到来,西尔科的家园也"和国家安全问题产生了千丝万缕的联系"(*Yellow Woman*:127)。美国印第安人的家园是原子弹的发源地,是冷战起始的地方。西尔科目睹了冷战对她的故乡拉古纳造成的影响。西尔科在她的散文集《黄女人和精神之美》中,讲述了拉古纳北部的杰克派尔铀矿的历史,并痛斥了铀矿对当地的经济、环境以及土著居民心理造成的毁灭性影响。杰克派尔矿是当时最大的露天铀矿,位于新墨西哥州拉古纳保留地帕瓦蒂附近,其最深的矿井深藏在纳瓦霍人和布普洛人的泰勒圣山之中(Seyersted 12)。对于拉古纳的人们来说"杰克派尔铀矿象征着冷战永恒的,有毒的遗赠"(Jacobs 41)。

美国政府在拉古纳西南部进行的核原料开发使得白人跨国公司获利颇丰,可是这种巨大利润是建立在对土著居民经济的残酷压榨和环境的严重破坏之上。地方政府为了一己私利和白人勾结,促使在保留地采矿一事顺利通过,并采取各种措施为白人极力遮掩。"几年前,白人第一次来到赛博丽塔政府赠地的时候,他们并没有说是要开采什么矿。他们开着美国政府的汽车,给了土地出让协会五千美元,让当地人对此事三缄其口"(*Ceremony*:243)。地方政府的保密措施使得开矿一事秘而不宣地进行着,自从核工业和军国主义在布普洛西南部扎根之后,有毒的核废料使得普韦布洛人赖以生存的格兰德河受到了的严重污染。"内华达州地下核试验产生的核废物严重污染了日趋减少的地下饮用水。从废弃矿山泄漏的化学污染物将重金属汞和铅带到了地下含水层和地表河流。"(*Sacred Water*:9)在《典仪》中,西尔科不遗余力地控诉了核污染对保留地环境造成的巨大的破坏。

> 那年,云雾状的橘色砂岩台地和峡谷早已干涸;至今为止,新墨西哥州的地方政府拿去了政府赠地的一半,因此造成了当地人没有足够的土地用来养牛,而过度的放牧使得已有的土地沙漠化严重;雨水夹杂着灰色的粘土侵蚀了河谷,只有盐地的灌木丛站稳了脚跟。此时,大部分的牛因为干旱而纷纷死去,矿区方圆一平方英里的土地被戒严了,矿区四周围着高高的铁丝网,上面用西班牙语和英语写着,禁止任何人入内。(243)

美国政府对贫困的保留地短视而欺骗性的做法不但没有改善土著人的生活,反而加重了对他们的剥削。虽然铀矿曾为拉古纳带来短暂的利润,但美国印第安人所面临的处境与第三世界国家堪有一比。"美国印第安人所遭受的压迫和剥削和第三世界最贫穷最落后的国家相差无几。在那里,婴儿死亡率最高、人均寿命最短、营养不良发生率最高、死亡率最高、失业率最高、人均收入最低、疾病尤其是瘟疫的传染率最高、正规教育程度最低(La Duke & Churchill 246)。开采铀矿项目使得美国政府和矿业公司获利颇丰,相形之下,赛博丽塔地区的采矿作业却导致当地生态环境日益恶化,水土的流失造成洪灾泛滥、土地贫瘠化相当严重。"1943 早春,铀矿被泛滥的地下水湮没……当年夏天,铀矿再次进水,这次白人没有运来水泵或者压缩机。因为他们已经拿到了所需的东西,就关闭了铀矿。可是铁丝网和警卫却一直保留到 1945 年的 8 月。那时,他们的铀有了新的来源,这早已不再是秘密。灰色大货车把机器拖走了。"(*Ceremony*:243-244)矿井关闭后,矿业公司对没有恢复的土地弃之不管。项目废止后留给当地人的是突兀峥嵘的"铁丝网"、落寞冷清的"看门人的小屋""满目疮痍的土地"和"最后一只死去的瘦骨嶙峋的牛"(*Ceremony*:244),他们在孤寂衰败中诉说着历史与过往。

在《典仪》中,铁丝网是现代文明的隐喻:一方面它代表了美国人征服西部的丰功伟绩,另一方面作为阻断或隔离的标志(二战期间日本集中营就是很好的例子)它是战争暴力的象征。在《伟大的战争和现代记忆》一文中,保罗·福塞尔(Paul Fussell)把铁丝网描绘成一个强有力的战争意象,并以讽刺的口吻讲述了其演变的历程,即从农牧业的良性工具,发展成一战期间用于构筑战壕的致命武器(42,96)。然而,在核殖民的历史语境下,铁丝网是核殖民曾经存在的不可辩驳的见证。虽然政府用铁丝网将铀矿层层包围旨在让人们远离危险,但是铀矿带来的危害和影响,岂是铁丝网能围住的。

铀矿石原本是大自然巧斧神工的杰作,可是一旦落入核武器主义者和军国主义者的手中,就变成了扼杀生命的利器。在矿井的入口处,塔尤发现了缀满黄色铀矿条纹的灰色岩石,"灰岩布满了粉状的黄色铀矿条纹,如花粉一样明亮而有生气;烟黑色的纹理与黄色条纹相得益彰,那是山脉和河流在岩石上留下的痕迹。人类将这些来自地球深处的美丽岩石用于魔鬼计划,实现了只有在想象中才存在的大规模的毁灭(*Ceremony*:246)。这些有着黑黄交织纹理的铀矿石不再是天然的物质存在,它在科技的作用下变成了具有毁灭整个人类潜质的大规模杀伤性武器。在西方自启蒙以来的文化记忆中,科技能够改变世界、掌控自然,有时甚至不惜以牺牲整个人类的利益为代价。"人类的科技破坏了矿物的天然属性使之变成'非自然'的物质。"(Carson 17)被核工业污染了的美国西南地区和被原子弹摧毁了的广岛和长崎只不过是地球的一隅,可是在当今世界中原子弹给世界带来的威胁却远远不止于此。

毋庸置疑,核武器,无论是生产还是引爆都无可避免地危害当地人的生活和健康。虽然制造核武器、测试核武器和处理核废物的恶性影响依旧存在,但是美国西南部的土著居民还会像广岛和长崎的人民一样继续顽强地生存下去,因为土著人坚信"虽然人类破坏了赖以生存的家园;但是大地母亲是神圣不可侵犯的。不管人类将来变得怎样,地球仍会开满紫色的风信子和白色的曼陀罗花"(*Sacred Water*:9)。诚然,核武器主义和军国主义是破坏性力量的源泉。西尔科坚信,即使人类最终摧毁了自己,可是大地母亲作为历史的见证者将会亘古永存,在不可阻挡的历史洪流中,它向前发展和演变的脚步永不会停息。在小说的结尾处,通过现代化的杂糅的部落仪式,塔尤开始领悟到,这种破坏性力量在世界上无处不在,只有在人类与环境之间建立和谐的关系才能抵御这种邪恶力量的侵蚀。

三、冷战的终结话语和归家的两难境地

二战结束后,归家的印第安退伍军人见证了美国政府对印第安人实施"冷战驱动终止政策"(又称"终止政策")和"重新安置计划"新时期的开始。美国政府 1953 年开始实施的"终止政策"和"重新安置计划"取代了 1934 年以"印第安人重组法"为代表的印第安新政。联邦政府"试图取缔保留地的原有体

制，从而重新定位印第安人在美国主流社会中的地位”，并“强制实行种族融合”。(Rosier 1301)为了实现这一目的，联邦政府企图把保留地上贫困的印第安人安置到城市里，借以拆散他们同部落的联系，使其逐渐成为普通的城市居民，以达到全面同化印第安人的目的。

苏联把印第安人保留地和纳粹集中营进行比较，指出两者的相似性，意图揭露美国政府对印第安人的虐待。有趣的是，美国联邦官员竟然认同苏联把印第安保留地看成“集中营”的表述，因而使得“美国印第安人的问题以相当讽刺的方式成为冷战和军备竞赛所关注的一个热点”(Rosier 1301)。作为冷战话语的一部分，终结话语公开宣称的目标是“解放”世界各国被奴役的人民。不止如此，终结话语的目标还包括“解放被限制在‘集中营’”的印第安人(1301)。事与愿违，美国印第安退伍军人发现，当他们从战场上归来，他们曾经对荣耀和平等的美好设想被无情的现实击得粉碎。战后的终结政策使得他们与战前相比失去了更多的土地和原本属于他们的家园。

除此之外，美国印第安人在二战中为国家冲锋陷阵、出生入死，可是战后的终结政策使他们陷入归家的两难境地，遭遇普遍性身份危机。印第安人退伍军人的归家历程充满了痛苦和心酸。他们无法回到战前的生活，更无法融入美国的主流社会。在战前，他们一度被主流社会边缘化；在战争中，为了鼓励印第安人舍生取义、博弈拼杀，主流社会给予了印第安人期盼已久的美国身份，让他们真切感受了自由与平等的美好。然而当他们从战场上归来，却再次沦落为边缘人。印第安退伍军人曾获得了平等，又失去了平等；曾离开了边缘，又回到了边缘。他们被困在“尴尬的中间地带”，难以在美国主流社会中找到归属感，又无法延续战前的生活模式。塔尤和他的拉古纳战友们突然意识到，战后他们遭到了美国堂而皇之的遗弃，就像在战前那样，他们“又被当成了不被需要的美国人”(Ganser 154)。反而，他们的归家被看成二战后白人亟待解决的“印第安问题”；报刊报纸、电视电影大肆渲染印第安退伍军人引发一系列棘手的社会问题。在媒体的狂轰滥炸中，“疯狂、内疚、吸毒、有暴力倾向、异化而痛苦的”退伍军人的负面形象在公众心里日益根深蒂固(Searle 148)。国家研究委员会(NRC)在《退伍军人的心理》的调查中指出，即使二战的退伍军人九死一生回到了祖国，对许多人来说，战争并没有结束；他们回到家乡后，将面临新的战斗：他们不得不投入到“反抗疾病、贫穷、文盲、不宽容，不公正的战争……”(9-10)

二战的退伍老兵企图用酗酒狂欢来对抗美国政府的终结话语。退伍老兵哈利(Harley)，艾莫(Emo)，和勒罗伊(Leroy)整天坐在迪克西酒馆里，花着用

"威克岛留在他颈部的弹片或硫磺岛赐予的炮弹震荡症"换来的残疾人专用券(*Ceremony*:42-43),在纸醉金迷中发泄着他们对战后美国主流社会的失望和愤怒。如果说酗酒狂欢是再次沦为社会弱势群体的印第安退伍军人应对终结政策的防御手段,那么暴力杀戮则是他们与主流意识形态的正面交锋。二战的退伍军人在家乡生活困顿,人格扭曲,原本完整平衡的人格被巨大的心理落差扯夺得支离破碎。战争烙在他们心里的创伤后应激障碍把他们折磨得体无完肤。创伤后应激障碍的一个症状就是受害者有无法抑制的攻击和杀死别人的冲动。他们无法停止战时养成的杀戮习惯,虚妄地用同伴的鲜血作为自我生存的见证:

> 他们发现哈利和勒鲁瓦躺在帕瓦蒂山路下面的大圆石旁边。在他们的周围一辆旧的GMC小卡车被撞得粉碎,像退伍军人办公室为他们购买的闪亮的金属棺材一样。他们这样死去和在威克岛及硫磺岛没什么不同:尸体被肢解得面目全非,棺材被密封了。在葬礼的清晨,来自阿尔伯克基的葬礼仪仗队发射礼炮;棺木被两面国旗盖得严严实实,村里人在这里聚集好像只为了埋葬他们的国旗。(*Ceremony*:258-259)

直到20世纪70年代,暴力在拉古纳部落有增无减。西尔科在她的散文集《黄女人和精神之美》中描述了印第安保留地的"自杀俱乐部"引诱很多青少年纷纷自杀身亡,这种"无动机的谋杀在印第安成年人中也很普遍"(*Yellow Woman*:131)。印第安人不堪承受强权的重压,他们用自杀的疯狂对抗理性的现实。美国政府剥夺印第安保留地的终结政策是几个世纪以来的欧美殖民主义的延续。正如苏珊·德·拉米雷斯(Susan Berry Brill de Ramirez)指出,"欧美的种族灭绝、弑神、破坏保留地以及贬低印第安人的文化传统和信仰"(104)给印第安人带来的伤害罄竹难书。印第安人保留地的采铀热潮早已过去,奇怪的疾病和金钱崇拜依然存在,生活支离破碎、难以为继,失业率在百分之五十上下浮动,人们陷入空虚与绝望。

西尔科用凝重深邃的现实主义笔触悉数二战后冷战初期,战争创伤、核殖民和冷战终结话语对美国印第安人的戕害,呈现了印第安退伍老兵在归家之时所面临的战争创伤难以愈合、家乡环境污染和个人精神幻灭的艰难境遇。塔尤的战友艾莫等人用酗酒狂欢和暴力杀戮完成了

他们对战后美国社会的致命报复,而塔尤选择了自律克己、张扬印第安文化传统来抗拒美国冷战终结政策的文化同一性的侵蚀,从而在精神顿悟中完

成民族身份的自我重塑。西尔科笔下的塔尤就是一个“类似于冷战初期反抗终结话语的活动家”(Coltelli 148)。然而,西尔科的这种顿悟早已超越了单一事件的维度,在充满人文关怀和生态关怀的字里行间展现了她对当今世界核暴力威胁下的人类生存状况的忧思。西尔科以笔为剑,警醒世人,不要忘记美国在马绍尔群岛进行的67次核试验使这个风景秀丽的热带天堂变成核辐射的人间地狱;不要忘记人类在和平利用核能的历史上曾多次发生核泄漏,放射性污染面积日趋扩大,附近居民被迫集体迁移;更不要忘记投放在伊拉克土地上的2 000吨贫铀弹使这个原本富足而平静的国度怪病迭出不穷、婴儿出生缺陷率急剧攀升,从而人丁凋敝、人心离散。西尔科寄予其反冷战叙事之中的独特生态关怀和人文关怀是她对美国冷战思想的最大颠覆。

参考文献

[1]Allen, Paula Gunn. *The Sacred Hoop: Recovering the Feminine in American Indian Tradition* [M]. Boston: Beacon, 1986.

[2]Arnold, Ellen L. "An Ear for the Story, an Eye for the Pattern: Rereading *Ceremony*" [J]. Modern Fiction Studies 45.1(1999): 69-92.

[3]Becker, David. "The Deficiency of the Concept of Posttraumatic Stress Disorder When Dealing with Victims of Human Rights Violations", in *Beyond Trauma: Cultural and Societal Dynamics* [C]. Eds. Rolf Kleber, Charles Figley, and Berthold Gersons. New York: Plenum Press, 1995.99-110.

[4]Brill de Ramirez, Susan Berry. *Contemporary American Indian Literature & the Oral Tradition* [M]. Tucson: U of Arizona P, 1999.

[5]Buell, Lawrence. *The Environmental Imagination* [M]. Cambridge: Belknap of Harvard UP, 1995.

[6]Carson, Rachel. *Silent Spring* [M]. New York: Mariner, 2002.

[7]Coltelli, Laura. "Leslie Marmon Silko." Interview. *Winged Words: American Indian Writers Speak* [C]. Lincoln: U of Nebraska P, 1990.137-153.

[8]Cutchins, Dennis. "'So That the Nations May Become Genuine Indian': Nativism and Leslie Marmon Silko's *Ceremony*" [J]. *Journal of American Culture* 22.4(1999): 77-89.

[9]Fussell, Paul. *The Great War and Modern Memory* [M]. London: Oxford UP, 1975.

[10]Ganser, Alexandra. "Violence, Trauma, and Cultural Memory in Leslie Silko's *Ceremony*" [J]. *Atenea* 24.1(2004): 145-159.

[12]Herken, Gregg. *The Winning Weapon: The Atomic Bomb in the Cold War* 1945-1950 [M]. New York: Knopf, 1980.

[13]Herman, Judith. *Trauma and Recovery: The Aftermath of Violence—From Domestic Abuse to Political Terror* [M]. New York: Basic Books, 1992.

[14]Jacobs, Connie A. "A Toxic Legacy: Stories of Jackpile Mine" [J]. *American Indian Culture and Research Journal* 28.1(2004): 41-52.

[16]La Duke, Winona, and Ward Churchill. "Native North America: The Political Economy of Radioactive Colonialism", in *The State of Native America: Genocide, Colonization, and Resistance* [C]. Ed. M. Annette Jaimes. Boston: South End P, 1992. 241-266.

[17]Matthiessen, Peter. *In the Spirit of Crazy Horse* [M]. New York: Penguin, 1992.

[18]National Research Council. *Psychology for the Returning Serviceman* [C]. Ed. Irvin L. Child and Marjorie Van De Water. Washington and New York: Infantry Journal, Penguin, 1945.

[19]Nelson, Robert M. *Place and Vision: The Function of Landscape in Native American Fiction* [M]. New York: Peter Lang, 1993.

[21]Rosier, Paul C. "'They Are Ancestral Homelands': Race, Place, and Politics in Cold War Native America, 1945-1961" [J]. *Journal of American History* (2006): 1300-1326.

[22]Ruppert, James. *Mediation in Contemporary Native American Fiction* [M]. Norman: U of Oklahoma P, 1995.

[23]Searle, William J. "Walking Wounded: Vietnam War Novels of Return", in *Search and Clear: Critical Responses to Selected Literature and Films of the Vietnam War* [C]. Ed. William J. Searle. Bowling Green, OH: Bowling Green State U Popular P, 1988. 147-159.

[24]Seyersted, Per. *Leslie Marmon Silko* [M]. Boise, Idaho: Boise State UP, 1980.

[25]Silko, Leslie Marmon. *Ceremony* [M]. New York: Viking, 1977.

[26]——. *Sacred Water* [M]. Tucson: Flood Plain Press, 1974.

[27]——. *Yellow Women and A Beauty of the Spirit: Essays on Native American Life Today* [M]. New York: Simon & Schuster, 1996.

[28]Stein, Rachel. "Contested Ground: Nature, Narrative, and Native American Identity in Leslie Marmon Silko's *Ceremony*", in *Leslie Marmon Silko's Ceremony: A Casebook* [C]. Ed. Allan Chavkin. Oxford: Oxford UP, 2002. 193-211.

[29]Van der Kolk, Bessel A., and Onno Van der Hart. "The Intrusive Past: The Flexibility of Memory and the Engraving of Trauma", in *Trauma: Exploration in Memory* [C]. Ed. Cathy Caruth. Baltimore: Johns Hopkins UP, 1996. 158-182.

[30]Weaver, Jace. *That the People Might Live: Native American Literatures and Native American Community* [M]. New York and Oxford: Oxford UP, 1997.

[12]郭颖、王建平:《莱斯利·西尔科的〈典礼〉与美国印第安文化身份重构》[J].《东北大学学报(社会科学版)》2007 年第 2 期,第 86-89 页。

[15]康文凯:《西尔科作品中的美国土著女性特征》[J].《当代外国文学》2006 年第 4 期,第 84-89 页。

[20]秦苏珏:《天、地、神、人的四元合一——论〈仪式〉中的生态整体观》[J].《国外文学》2013 年第 3 期,第 112-119 页。

[31]张慧荣:《分裂观与整体观——〈典礼〉中的精神创伤治疗》[J].《国外文学》2011 年第 2 期,第 145-151 页。

(原发表于《当代外国文学》2015 年第 2 期)

恐惧带来的思考

——谢尔曼·阿莱克西的后“9·11”书写

刘克东*

（哈尔滨工业大学外国语学院）

摘　要：恐怖主义，尤其是“9·11”事件给各国民众带来了恐惧和创伤，导致了人与人之间的相互猜忌，进而引发了关于恐怖主义的思考。当代美国印第安作家谢尔曼·阿莱克西在其短篇小说《我能找证人吗?》《飞逸范式》及长篇小说《飞逸》中先借用了主流媒体的刻板思维，继而以族裔视角，对恐怖主义进行了“语境化”“亲历性”处理，使作品中的人物对恐怖主义本身以及与之相关的关爱、友谊、信任、背叛等进行了深度思考，使他们获得人生的顿悟，意识到恐惧和制造恐怖事件都是不可取的行为，仇恨和狭隘的民族主义不能解决民族矛盾，只有爱心和宽容才是正道，从而使人物趋向理解、和谐与融合的成长方向，实现了心智的成长。

关键词：谢尔曼·阿莱克西；恐怖主义；语境化；亲历性

恐怖主义，尤其是“9·11”事件给各国民众带来了恐惧和创伤，导致人们对于中东模样的人——棕色皮肤、黑眼睛、大胡子、着穆斯林服装——产生怀疑、戒备甚至恐慌。有学者将这种现象称作“反阿拉伯种族主义”(anti-Arab racism)或者“伊斯兰恐惧症”(islamophobia)(Salaita 26)。更有甚者，美国民众开始对所有有色人种都产生戒备心理。其实，这些担心是多余的，也是程式化思维的产物。当代美国印第安作家谢尔曼·阿莱克西(Sherman Alexie, 1966—)在其短篇小说《我能找证人吗?》(“Can I Get a Witness?”)、《飞逸模式》(“Flight Patterns”)及长篇小说《飞逸》(*Flight*，2007)中以族裔视角，赋予恐怖主义具体语境，使人物亲历恐怖主义事件，引发对恐怖主义进行思考，揭示背后的种种误区。

---

* 作者简介：刘克东，教授，主要研究方向为族裔文学、英语小说。

一

阿莱克西的作品着力描写了民众的恐惧心理，这也是“9·11”之后美国媒体对恐怖主义大肆渲染的结果，使得大灾难之后的人们处于创伤未愈、惶恐失措的状态。在《飞逸模式》中，主人公威廉·罗曼身体健康，经常运动，却饱受失眠困扰，失眠的原因是对乘飞机出差的恐惧。作为咨询顾问，他约有三分之一的时间在飞机上或者外地度过。每次出差前他都会担心遇到恐怖分子劫机事件。出差在外时，他也睡不好觉，总是做噩梦，有时梦到家里闯入坏人，妻女遇害。威廉并不是胆小怕事之徒，更多担心的是家人的安全。美国媒体和政府将“9·11”定性为恐怖分子因为憎恨美国的民主自由制度发动的袭击，认为美国民众是无辜的受害者，美国承受了无妄之灾，基地组织、塔利班、萨达姆、本·拉登都是撒旦式的敌人，并将世界分为敌我两极，号召美国国民发扬爱国主义精神，反对恐怖主义（但汉松 67）。在媒体的影响下，民众对恐怖分子产生了无名的仇恨和恐惧。阿莱克西借用了这种恐惧心理，复制了“9·11”式的恐怖主义事件。《我能找证人吗?》中，无名女主人公正在饭店吃午饭时，“一个瘦小、黝黑的男子走进来，用大家听不懂的外语叽哩哇啦地叫喊着，引爆了粘在胸前的炸弹”（“Can I Get a Witness”：71）。恐怖事件造成了近百人的伤亡。“但是，这次灾难不是那次灾难，这次爆炸规模小，很真实，那次爆炸规模大，遥远，只存在于电影、录像中和人们的记忆里”（“Flight Patterns”：73）。文中的“那次灾难”指的是“9·11”恐怖袭击，对主人公不具有“亲历性”，显得遥远，而这次灾难只是一次小规模事件，后果远没有“那次灾难”严重。这也从另一个角度说明每一次灾难都有它的具体诱因和具体情况，不能把所有的恐怖事件等同起来，而媒体的作用恰恰是让大家统一认识，却往往误导了民众。同样的恐惧心理也出现在《飞逸》中。20 世纪 70 年代美国中情局对印第安民权分子采取暗杀活动，该活动同样恐怖，使主人公反感。附体在联邦调查局特工汉克·斯托姆身上的主人公“青春痘”（Zits）不得已向一个本土权力组织的激进分子的尸体开枪。那个年轻的激进分子（约有二十岁）已经被摧残得肢体不全了：脸部受击，满是鲜血，牙齿被打断、打碎，右手的手指全部被砍掉。汉克的搭档阿尔特逼问激进主义者朱尼尔说出他的组织秘密，朱尼尔一再重复“不，不，不，不，不”。阿尔特就开枪把朱尼尔打死了。然后他让汉克也向朱尼尔开枪。于是，“青春痘”/汉克遭遇了旅途上“亲历的”第一次恐惧：

> 我怕极了，拿出枪，站在朱尼尔的尸体旁。他看起来那么小，还只是一个孩子。和我一样。我用枪瞄准了他的胸部。瞄准了他的心脏。
>
> 我无法开枪。不知为什么，打死人比打活人还难。正义使得屠杀堂而皇之。但是，这根本说不通，不是吗？
>
> 我要疯了！我疯了！要是有个人告诉我我不存在多好啊！
>
> "开枪！"阿尔特说。
>
> 我闭上眼睛，扣动了扳机。
>
> 也许你不能把一个人打死两次，但是，你的心仍然会痛苦不堪。(53)

"青春痘"/汉克经历了一次道德危机。他对于开枪杀人感到非常不舒服，但是受到强迫而不得不为之。在阿尔特杀死了充满恐惧但仍然很坚决的(本土权力组织的激进分子)朱尼尔后，"青春痘"/汉克两次呕吐，厌倦了暴力，但最后还是对着尸体扣动了扳机。他承认扣扳机时"心里很痛苦"(53)。面对开枪还是不开枪的道德窘境，他的良心受到了袭扰。通过这个经历，主人公知道杀戮是令人作呕的，后来，他还感受到"报复是他妈很痛苦的事"(Cummings,par.2)。

"9·11"导致的恐惧心理给人们带来了难以愈合的创伤。《飞逸》中，"青春痘"的反应是身体上的(呕吐)；《飞逸模式》中，威廉的反应有身体上的(失眠)，也有心理上的(终日的担忧)；《我可以找证人吗?》中，无名印第安女主人公的反应是心理上的，她精神恍惚，时而认为目睹了饭店爆炸案，时而又怀疑自己是不是在妄想："(她看到自己)满身都是血迹和尘土。她吃了一惊。她怎么能忘记这一点呢……她又一次琢磨自己是不是疯了，是不是这一天都在做梦，这个男人和他的房子是不是都是幻象。"("Can I Get a Witness":81)她还时而认为服务生把自己的信用卡骗走了，时而又认为自己在想象这件事：

> 她希望服务生快点儿回来，但是可能他根本就不存在，可能他是鬼。可能我产生幻觉了却没有意识到，她想。……可是那个可恨的服务生在哪儿呀？她满饭店地找证据证明他存在：一个脏围裙、一个圆珠笔、香偶素古龙水。但是，服务生不见了，没了，丢了，被毁掉了。(70)

恐怖主义事件使得女主人公精神分裂般地妄想。事事飘忽不定，时时感到危险。长此以往，其病症会日益严重。健康的人反应迥然不同，也是普通民众应该有的态度，如《飞逸模式》中的妻子和女儿，谈完危险的事情，倒头就能睡着。威廉也经常想，"9·11"之后，对航空方面的反恐措施已经非常完备，遭受袭击的概率应该大大降低了。人们的恐惧感是心理创伤的症状之一，即"威胁感"和不安全感(转引自但汉松 68)。

恐怖主义活动的后果除了人员伤亡、财产损失和造成的恐惧外，还引发人们的相互猜疑。凡是有色人种都被怀疑。《我能找证人吗?》中，女主角逃离爆炸现场后，由于满身都是血迹和尘土，又是有色人种，所以被搭救她的男主人公怀疑，认为她有可能是恐怖分子：

> 他看着这个女人，黑色长发，棕色皮肤，棕色眼睛，琢磨着她是伊拉克人、沙特阿拉伯人还是阿富汗人？她可能是个穆斯林恐怖分子，刚炸完饭店，正在利用他逃身。上帝啊！他想，我看了太多的动作片和太多的福克斯新闻。更可怕的是，我是一个种族主义者，我看了太多的史泰龙影片和比尔·奥莱利主持的节目。("Can I Geta Witness":77)

可以看出，一般白人只要看到深肤色的人就会自然而然地把他们和中东恐怖分子联系起来。小说中，身为印第安人的女主人公被错认为中东人。这和人们的思维定势及媒体的误导有着密切的关系。恐怖主义行为有着多种起因(朱素梅 20)，而媒体往往将其过分简单化，将之归结为种族仇恨。媒体的影响使得民众忘记了一个基本事实：恐怖主义分子毕竟是少数，在有着"民族熔炉"美誉的美国，更多的有色人种是这个国家的建设者。

《飞逸模式》中同样充斥着人物间的相互猜疑。作为斯波坎印第安人的威廉经常被安检人员猜疑，搜身。别的乘客总是用异样的眼光看他，因为他的皮肤是棕色的，头发和眼睛是黑色的，他经常被人当作犹太人，或墨西哥人。他也怀疑其他有色人种，在去机场的途中，黑人出租车司机就引起他的恐慌。这是个又矮又瘦的黑人司机，说着"殖民鸡尾酒式的英语"：基调是北非口音，混之以形式上的英国口音，法国的舌齿擦音和美国英语。这名司机大约五十多岁，目光清澈，面庞俊秀，臂膀强壮，"一道很粗的疤痕从右耳经过脖颈，延伸至衣领下边"("Flight Patterns"：114)。这个人的长相及疤痕导致威廉认为他是一个有暴力史的黑人。这种想法伴随威廉一路，从家里到机场，他一直惴惴不安。这也是多疑心理和思维定势在作怪。

事实上，无端的猜忌使得人心惶惶，人与人之间的关系骤然变得紧张。在《飞逸》中，白人飞行教练吉米例外地相信了埃塞俄比亚人阿巴德的请求，教他驾驶飞机，结果他后来劫持飞机并坠向交通高峰期的芝加哥市中心，造成了严重的后果。

二

借用主流媒体的思维定势，然后再对这些定势进行深度剖析，从而引发读者的思考是阿莱克西擅长的手法。对恐怖主义这一话题，阿氏采用了同样的手法，他首先呈现了恐怖主义给人们带来的恐惧、创伤和人与人之间的猜忌。然后，通过让人物"亲历"恐怖主义事件，与"恐怖分子"近距离接触，了解其真实故事，设身处地地考虑其所处环境中的多种因素，理解其困境，揭示事实本质。如《我能找证人吗？》中，无名男子怀疑无名女子是恐怖分子，可是当他们起了冲突，女子握起拳头，准备与他打架时，他发现女子并没有暴力倾向：她把拇指握在其他四指里面，如果她击中对方，她将折断拇指。他以此推断"她这辈子也没打过人"（"Can I Get a Witness"：80）。男子没有证据来证明女子实施了恐怖主义事件，却亲眼见证了她的柔弱。通过两个人的谈话，男子还了解到女子的丈夫不爱她了，她对生活绝望了，所以才有愤怒，才有一系列的反常行为。阿莱克西显然在暗示读者，只要人与人之间加强沟通和交流，没有人是可怕的，每个人都有自己的苦衷。也就是说，人们不应该将自己和别人对立起来，人与人需要沟通和了解。麦凯恩的小说《转吧，这伟大的世界》中的法国杂技师在世贸大厦双塔之间走钢丝的举动象征性地成为"沟通二元对立世界的尝试"（但汉松 69）。

在《飞逸模式》中，通过交谈，威廉发现他惧怕、猜疑了一路的黑人司机，原来是持有牛津大学学位的埃塞俄比亚空军飞行员，为了逃避内战，为了不残杀自己的同胞，驾机逃往法国，五年前来到美国，从此再也没见到过亲人。他身上的刀疤也并非暴力行为所致，而是在车祸中受的伤。通过交谈，双方消除了恐惧和隔阂，彼此同情对方的苦衷，甚至成为朋友。这个世界上仇恨并不是主旋律，对战争的厌恶和对家庭的眷恋才是亘古不变的。威廉通过他的一次亲身经历，体会到了这一点。

《飞逸》中，吉米和阿巴德是师徒关系，更是好朋友。故事不是为了讨论恐怖主义多么可怕，更多的是讨论人与人之间的关系，包括夫妻关系、父子关系、师徒关系，是关乎亲情、友情、信任和背叛的。吉米曾经和阿巴德一起喝酒，一起畅谈爱情、宗教、政治、足球等。吉米曾把阿巴德当作最好的朋友，阿巴德曾称吉米为哥哥。所以，当阿巴德和妻女劫持飞机，并使其坠入芝加哥闹市，造成数十人伤亡时，吉米称他为"谋杀犯"和"背叛者"。吉米真正在意的不仅是他杀了多少人，而是阿巴德毁掉了他们之间的友谊和信任，让他心灰意冷。

对于阿莱克西的人物来说，背叛是令他们最痛苦，最恐怖的，是比恐怖主义袭击更恐怖的事情。《证人》中的女主人公面对饭店的恐怖主义袭击毫无惧色，面对陌生男子也泰然处之，但是，她不能接受的是她的丈夫不再爱她。《飞逸模式》中，威廉也将妻女对他的爱视为至高，他说：

> "我非常想念她们……我都想疯了……如果不在家，我就开始觉得我要消失了，你知道吗，我怕我会突然不见了。有时候我认为她们的爱是使我成为人的唯一力量，你知道我什么意思吗？我觉得如果她们不再爱我，我可能会燃烧殆尽，自燃，然后分解成氧、氢、碳颗粒。你明白我说的是什么意思吗？"
>
> "是的，先生，我知道爱是如此的伟大"（出租车司机说）。
>
> ("Flight Patterns"：113)

汤姆和出租车司机费卡杜都认为爱的力量是无穷的，是比恐怖主义更重要的事情。

三

阿莱克西还用"语境化"的手法剖析了恐怖主义这一问题，表达了他拒绝狭隘的种族主义，要积极地走种族融合的道路的决心。阿莱克西认为对待恐怖主义不能一刀切。要视具体情况，有区别地对待。对"伊斯兰恐惧症"，他更是有自己独到的看法。他和他笔下的人物均以自己的族裔视角看待这一问题。如在《证人》中，女主人公的丈夫是个印第安人，却在"9・11"之后没完没了地看电视上有关"9・11"的报道，在每个窗户外面挂一面美国国旗（共 22 面），还让两个儿子参加美国海军，俨然一个"爱国者"。女主人公和作者暗示读者，作为一个被白人军队险些灭绝了的民族成员，他爱国的理由是什么？他要保护的是谁？作者意在让读者铭记历史，具体事情具体分析，而不能一味盲信媒体。媒体诱导人们哀悼恐怖事件中的死难者，全心全意支持祖国，否则就要被打上"不爱国"的印记。其实，在这件事情上，并不应该是非黑即白、二元对立的，而应该还有一个中间立场，那就是保持中立，客观地看待恐怖主义事件（Grassian 181）。"语境化"的手法还体现在《飞逸模式》中。威廉被人猜疑时会想："如果世贸大厦是挪威恐怖主义者炸的，那么，是不是金发碧眼的白人将被更多地怀疑呢"（"Flight Patterns"：108）。恐怖主义是全球现象，并不是所有的恐怖分子都是穆斯林，人们不应将问题简单化。威廉"对奥萨马·本·拉登和晒黑了的杰瑞·法尔威尔同样惧怕"（108）。也就是说，恐怖分子和肤色没有直接关系。还有一次，当一个白人冲威廉高声叫道："滚回你自己的国家去"时，他被逗乐了，回了一句："还是你先滚回去吧！"（117）。那个白人一定是从肤色上判断威廉是移民，殊不知他是印第安人，是美洲真正的主人。所以，简单地对待恐怖主义和种族问题是行不通的。这种"语境化"手法，即将具体问题放在具体语境中，考虑多种因素，从而对某一具体问题进行认真思考的手法，在阿氏的其他作品中也均有出现，包括《飞逸》，此处不详述。

然而，阿氏并不是一个种族主义者，"9·11"事件给他的启示反而是：恐怖主义不是解决种族矛盾的有效途径，关键在于沟通、了解和原谅。实际上他和他笔下的人物都是"和平主义者"。《飞逸模式》中威廉曾感慨道："上帝啊！别人都以为我应该是个令人震惊的土著武士，但是我实际上是个手无缚鸡之力的、宽容大度的和平主义者。"（110-111）武士时代已经成为历史，种族对抗并非明智之举，当今种族关系的出路应该是和平相处。威廉被机场安检人员搜身时想："我是美国印第安人，所以比塔利班多一千万个理由来恐吓美国，但是我却选择做一名文明的美国公民，所以你们所有的白人都应该感激我的善良、道德感和宽宏大量。"（112）威廉以幽默诙谐的口吻道出真理——人们不应该找任何借口进行恐怖主义活动。人物的态度体现了作者的写作态度，阿莱克西在与艾斯·耐格伦的访谈中承认他在初期创作中过度地强调"民族痛楚"（ethnic pain）和"历史创伤"（historic trauma），太单调、太狭隘、太教条，和原教旨主义犯了同一毛病（I was fundamental），他认为"9·11"事件给了他极大的震撼，使他意识到"每个人的痛楚都是重要的"（qtd. in Johnson 233）。加之后来自己有了孩子，朋友多起来，他渐渐改变了写作态度："所有这一切改变了我……担心种族主义容易！容易！对付种族主义也容易！与应对爱相比。"（233）他随之一改前期的悲观主义创作风格，转而写种族融合的主题。

2007年出版的《飞逸》和《一个兼职印第安人绝对真实的日记》（*The Absolutely True Diary of a Part-Time Indian*）就是很好的例子。喜剧性的结局象征着种族创伤的痊愈。他开始相信人性是向善的，世上还是好人多。在其短篇小说《你典当的我来赎》中，阿莱克西借人物杰克逊·杰克逊之口表达了这一观点："你知道世上有多少好人吗？数都数不过来"（"What You Pawn I Will Redeem"：194）。对于种族仇恨，阿莱克西采取原谅的态度。其剧本

《狼烟》(*Smoke Signals*)及小说《飞逸》和《一个兼职印第安人绝对真实的日记》都表明"不原谅就没有未来","跨种族联盟、跨人群联盟对治愈殖民主义带来的灵魂创伤起到重要作用"。(Johnson 237)阿莱克西开始强调自己的多重身份:"自从"9·11"事件以后,我非常努力地表明我自己的多重身份(multi-tribal identity)"(Peterson xiii),不单单关注种族、地区、国家,而是转而关注处于同一境地的特定人群——如贫困人群,从而消除"部落主义(tribalism)带来的弊端"(130)。对于多重身份和弱势群体的关注体现在阿氏的多部作品中,包括《证人》《模式》等。由于上述的思想转变,阿莱克西后期的作品不再简单地强调自己的民族身份,而是克服了狭隘的民族主义思想,更多地关注了普遍意义上的,"后种族"的人性、身份、道德、家庭等话题。

四

阿莱克西融合主义及原谅种族暴行的思想使得他笔下的人物朝着积极的方向发展:熟悉历史,摒弃前嫌,思考人生,完成成长,融入社会。《证人》中,无名男主人公意识到并不是所有的有色人种都是恐怖主义分子,失去爱是比遭受恐怖主义袭击更痛苦的事情。女主人公了解到男主人公因为幽默丢掉家庭也很值得同情。她意识到即使没有了丈夫的爱,世上也还存在其他人的关爱等。诸如此类,"恐怖主义"成为人物成长的催化剂。《飞逸模式》中,威廉意识到判断一个人不能完全依靠外貌,要通过沟通来了解他所处的情境。他还感悟到逃离战争是需要勇气的,有时候不能和家人在一起,不能保护家人,自己也还要生存。所以,当他到达机场,给家里打电话保平安时,一句"我到了"(I'm here)不仅仅说明他到达了机场,还暗示他在人生成长的过程中有了新的感悟,抵达新的阶段。

相比之下,融合主义和冰释前嫌的态度对《飞逸》主人公"青春痘"的启发最大。小说中,恐怖主义事件在人际关系、忠诚/背叛和义务等方面对主人公都有启发。他感觉到各个社会角色不履行各自的职责和义务,对自己关系网中的其他个体会造成伤害,尤其是当他有欺骗行为或者不忠行为时。"青春痘"的时空历险之旅将他带到了不同的关系中,如师生关系、夫妻关系等。"青春痘"由过去跳跃到未来,他附体在飞行教练吉米的身上。吉米正面临着很多抉择,试图决定是否要教埃塞俄比亚的穆斯林阿巴德开飞机,决定是跟情人在一起,还是跟妻子在一起。由于对妻子的不忠,他还要面对妻子的枪口。

附体关系使得"青春痘"感觉到了吉米遭到恐怖分子学员阿巴德背叛时的痛楚,帮助他理解友谊、信任和背叛,从而加速了他的成长。当阿巴德把飞机撞向交通高峰的芝加哥市中心时,吉米的心都碎了,他感到阿巴德背叛了他,欺骗了他。阿巴德不能原谅美国对他的祖国埃塞俄比亚所犯下的恶行,吉米的妻子琳达不能原谅吉米的背叛不忠,然而,"青春痘"却似乎理解了(或者说原谅了)"有通奸行为的、企图自杀的飞行教练(吉米)"(Tepper,par.5)。当飞行教练("青春痘"的宿体)下坠时,他想到了"我恨的人,我背叛过的人,背叛过我的人,我们都是一样的……我闭上眼睛祷告"(*Flight*:130)。"青春痘"是在为原谅和赎罪祈祷,为暴力和复仇的终结而祈祷。阿巴德背叛了他的教练吉米,他也可以找理由说,他是为了他的祖国才这么做的。他的祖国被(美国)"毁了"(121)。吉米背叛了他的妻子,"他琢磨着多少对夫妻在相互背叛,多少父亲遗弃了自己的孩子,多少人在发起战争,攻击其他的人。我们时时刻刻都在相互背叛"(121)。每个人都会时不时地背叛别人。"青春痘"认为这是人类的弱点,阿莱克西本人可能也是这么想的。"青春痘"的父亲背叛了他和他的母亲,但是他有自身的苦楚。背叛应该被视为"人生飞行"中一般的"气流颠簸",如果不是人类航程中"幸福的颠簸"的话(121)。飞行"一般被认为是美丽无比的,纯洁无比的"(128),然而,现实中,飞行不可能纯洁无比。生活之旅不可能没有颠簸,所以,"青春痘"意识到关键是一个人如何应对这些颠簸。他发现愤怒、暴力、恐怖主义、憎恨和复仇都不是种族矛盾最终的解决办法,人们最终要学会原谅。如康明斯所说,"青春痘"的"复仇之旅变成了换位思考的教育课"(Cummings,par.5)。"青春痘"通过这个旅程"对他自己和他的国家有了一个新的理解"(Tepper,par.2)。当然,他对历史和其他人也有了新的理解。

恐怖主义在"青春痘"的成长历程中还起到了一个作用,那就是指导和帮助主人公走向成熟。"青春痘"最终决定不受白人恐怖主义者"公正"的怂恿去公共场所实施恐怖行动。"公正"虚伪的关心和表面的博学误使"青春痘"将他当作父亲看待:"我是一个没有父亲的孩子,我想把他另一个青少年当成我的父亲。"(*Flight*:26)"公正"正因为年轻才具有欺骗性,十七岁一般被人认为是一个天真无邪的年龄。他的皮肤白得透明,"青春痘"甚至可以看到他的血管:"像河流一样穿过皮肤。我必须得承认,他是个模样俊俏的小子。"(21)"公正"就像撒旦(或称路西福)一样,英俊,但同时又邪恶,且具有欺骗性,内心深处酝酿着一个邪恶的计划。

"公正"是一个无政府主义者和恐怖主义者,他使得"青春痘"对政府充满仇恨,他说美国政府对印第安人的罪行十恶不赦,还说如果"青春痘"想让他的父母回到他身旁，他需要跳一种新式的“鬼舞”——开枪杀人。他给了“青春痘”两把枪，一把真枪，一把玩具枪。他们首先对杂志里的人物假装开枪，比如他们所憎恨的小布什和切尼，还有迈克尔·杰克逊，“还有《美国偶像》里的那个英国小子”(32)。然后，他们跑到街上，开始伏击别人。当街人被吓得魂飞魄散的时候，一向软弱无力的“青春痘”开始觉得自己强大起来：“(有一次)，‘公正’和我俯视着躺在地上，被吓得失去意识的那小子。他看起来像是死了，我觉得很强大。”(33)接着，在“公正”的怂恿下，“青春痘”迫不及待地去银行开枪杀人，为此，“公正”拥抱了他：“‘好！’‘公正’说，然后不停地拥抱我。他爱我。我也爱‘公正’”(34)。实际上，“青春痘”所爱的“公正”已经被盗用了，它的真正内容已经被转移，一些邪恶的想法被植入其冠冕堂皇的外壳。这也正是对白人所鼓吹的虚伪的“公正”的有力讽刺。“公正”信口雌黄，使得“青春痘”相信对这银行大厅里一群无辜的群众开枪就是对白人政府几百年前不公正行为的纠正。“公正”就是白人主流意识形态的化身，它愚弄人民大众，其中也包括少数民族，它鼓吹杀戮就是公正。在这种逻辑之下，成年人让孩子们去打仗，来保护他们自己。

可以说“公正”是一个引诱者，他为“青春痘”提供了“突然之间的‘灵感’(引号为笔者所加)……使得主人公做出错误的决定”(Bal 35)。“公正”背叛了“青春痘”的信任，他实际上是“青春痘”寻求身份、融入社会的阻止者。如巴尔指出：“背叛者以帮助者的面目出现，但是，随着故事的发展，逐渐暴露自己的真实面目。”(35)“青春痘”最后意识到他被“公正”愚弄了。用苏珊娜·豪(Susanne Howe)的话说，这是“青春痘”“择友道路上的一个闪失”(qtd. in Sun 24)，他从中得到了教训。后来，当他被迫向一个印第安激进分子的尸体开枪时，他想到了“公正”的建议，意识到“公正”的话是不对的。“青春痘”想起了在他开枪杀人的时候，“公正”却不在场，他意识到“公正”是个骗子。“我开始琢磨‘公正’，我认为他骗了我。我认为他给我洗了脑。如果他那么有正义感，那么，他为什么没有和我一起去银行(杀人)呢？他现在还逍遥法外，而我却死定了。”(*Flight*：38)接近故事结尾时，警察试图在监控录像里找到“公正”，却未见他的踪影。“青春痘”甚至不知道“公正”是他的名还是姓。现在他知道了，“公正”只是个骗子。“公正”在本故事中是一个寓言式的邪恶人物，但是，从功能上讲，他却帮助了“青春痘”成熟。他欺骗“青春痘”，却使“青春痘”渐渐地能够区分诡诈和诚恳、邪恶和善良。

重大的历史事件往往给予孩子心灵创伤，如《飞逸》中表征的美国骑兵对印第安部落的屠杀、联邦调查局对民权分子的暗杀、恐怖主义事件等对“青春症”的影响，以及“9・11”事件给德里罗《坠落的人》中七岁男孩贾斯汀带来的创伤(朴玉 61)，但这些历史事件同时能作为“催化剂”引发主人公对这些事件及相关的人生问题进行思考，进而帮助他们成长。“青春痘”意识到仇恨和恐怖主义不能解决民族矛盾，只有宽容才是正道。对信任和背叛的思考也加速了主体的成长。总而言之，主人公经历了逃离恐怖，趋向理解、和谐与融合的成长过程。

结　语

阿莱克西首先借用了主流媒体的惯用手法，在作品中呈现了恐惧、创伤和猜忌，充斥“伊斯兰恐惧症”，继而用“亲历性”和“语境化”的手法揭示了关于恐怖主义神话的种种谬误。阿莱克西的作品经常引发印第安本族人的思考，同时也会吸引白人读者，帮他们改变错误看法，使其看清“美国印第安人所遭受的历史创伤以及美国印第安历史的真相”(Johnson 237)，但本文讨论的三部作品并非着墨于种族创伤，而是以族裔视角为切入点，重点剖析恐怖主义这一现象及带给人们的思考，有利于读者对恐怖主义和普遍意义上的人性有正确的认识。阿莱克西的融合思想和原谅历史错误的态度有助于其笔下人物的成长，预示着一个美好的未来。

参考文献

[1]Alexie，Sherman.“Can I Get a Witness?”，in *Ten Little Indians*[M]. New York：Grove Press，2003.69-95.

[2]——.“Flight Patterns”，in *Ten Little Indians* [M]. New York：Grove Press，2003. 102-23.

[3]——.“What You Pawn I Will Redeem”，in *Ten Little Indians* [M]. New York：Grove Press，2003.169-194.

[4]——.*Flight* [M]. New York：Grove /Atlantic，Inc.，2007.

[5] Bal，Mieke. *Narratology*：*Introduction to the Theory of Narrative* [M]. Trans. Christine van Boheemen.Toronto：U of Toronto P，1985.

[6] Cummins，Ann.“Time-traveling Boy：A Native American Orphan Finds a Way to Escape His Misery”，in *Washington Post*.15 April 2007：Page BW 06.Retrieved. 10 October 2008. ＜http://www.Washingtonpost.com/wpdyn/content/article/2007/04/12/AR2007041202510.html? referrer＝emailarticle＞

[7]Grassian,Daniel.Understanding Sherman Alexie [M]. Columbia,SC: U of South Carolina P,2005.

[8]Johnson,Jan."Healing the Soul Wound in *Flight* and *The Absolutely True Diary of a Part-Time Indian*",in *Sherman Alexie: A Collection of Critical Essays* [C]. Eds.Jeff Berglund and Jan Roush.Salt Lake City: The U of Utah P,2010.224-240.

[9]Peterson,Nancy J.,ed. *Conversations with Sherman Alexie* [C]. Jackson: UP of Mississippi,2009.

[10] Salaita, Steven. "Concocting Terrorism off the Reservation: Liberal Orientalism in Sherman Alexie's Post-9/11 Fiction" [J]. *Studies in American Indian Literatures* 22.2(2010): 22-41.

[11]Sun,Shengzhong."Eternal Search for an Elusive Dream: A Study of Artistic and Cultural Expression of American Bildungsroman with a Focus on Twain,Faulkner and Salinger" [D].Shanghai International Studies University,2004.

[12]Tepper,Anderson."A Boy's Life,Zits and All: Sherman Alexie's Young Hero Sets Off on a Journey Across Time and Race" [N],in *The Village Voice*.Retrieved 15 March 2007. 10 October 2008＜http://www.villagevoice.com/2007-03-13/books/a-boy-s-life-zits-and-all/＞.

[13]但汉松:《"9·11"小说的两种叙事维度——以〈坠落的人〉和〈转吧,这伟大的世界〉为例》[J].《当代外国文学》2011 年第 2 期,第 66-73 页。

[14]朴玉:《从德里罗〈坠落的人〉看美国后"9·11"文学中的创伤书写》[J].《当代外国文学》2011 年第 2 期,第 59-65 页。

[15]朱素梅:《二十世纪的民族主义与恐怖主义》[J].《世界民族》2000 年第 3 期,第 20-25 页。

(原发表于《当代外国文学》2012 年第 2 期)

第三部分

传统与当下：族裔与主流边界的在场与缺失

《四灵魂》中族裔价值与经典传统的结合、背离与偏移

张　琼*

（复旦大学外文学院）

摘　要：美国本土裔作家埃德里克发表于2004年的长篇小说《四灵魂》继续着作家独特的文化探索，并隐射着少数族裔创作与经典传统之间结合、背离、偏移的关系。《四灵魂》在复仇的经典主题之下，揭示着本土族裔的心理与现代主流价值的交锋。其中，族裔的地域文化概念逐渐偏离人种与生物学特征，聚焦于心理和道德伦理层面，从而激发了人们对文明的深层思考。通过叙述方式、文化态度、历史记忆、情感表达，作品的特质不断彰显，文明诊治的目的呼之欲出。

关键词：本土裔美国文学；埃德里克；《四灵魂》；经典

当代本土裔美国文学①（美国印第安文学）受到各种文学与文化的影响，有学者认为，"从美国印第安人的立场来看，18世纪后期至今的本土文学表现了一种努力适应双语语境的态势"（Padget 19），而埃德里克（Louise Erdrich，1954—）就是其中一位很有代表性而又极富个性特色的本土作家，她的父亲是美籍德国裔，母亲是印第安齐佩瓦族后裔，埃德里克作为少数族裔作家的文化身份一直引发族裔研究的争议。她于2004年发表的长篇小说《四灵魂》

---

* 作者简介：张琼，教授，研究方向为英美小说与诗歌、莎士比亚及改编、美国本土裔及华裔文学等。

① "本土裔美国文学"，英文为Native American Literature，也称"本土美国文学"，传统上称为"美国印第安文学"（American Indian Literature），统称现为美国的北美印第安居民所创造的、主要以口头文学形式传承下来的文学现象，以及欧洲殖民文化开始后翻译成英语、或以英语创作的书面文学。当代美国文学史及研究评论者多用Native American Literature一词，而笔者也倾向用"本土裔美国文学"这一术语，以与"华裔美国文学""非裔美国文学"等术语相一致，也能更好地反映美国文学的多元族裔和文化的特点。

(*Four Souls*),在重复抒情散文体式的创作及神幻主题的同时,继续进行文化探索,也在和主流文化某种微妙的关系下,不断显示出少数族裔创作与经典传统之间的结合、背离与偏移。

从表象看,小说延续了埃德里克第三部小说《轨迹》的情节,让这个不断在各种作品中出现的迷人女子弗勒芘拉杰(Fleur Pillager)走上了一条复仇之路,并从情节的主副线中不断揭示本土文化的传奇色彩。复仇的主题在精巧的叙述中不断展开,而新的本土族裔元素和创作风格也逐渐显现。作品游刃有余地揭示着本土族裔的心理与现代主流价值的交锋,而对两者的关系,作家一直保持着一种独特的态度。值得深思的是,交锋的两者呈现出日益互动的关系。诚然,本土族裔的文化特色始终呈现出迷人、神秘、原始的魅力,而那些读者以为早已熟知的本土人物,却在这种本真文化与现代文明的交织中品尝着爱情、亲情、复仇、回忆所带来的迷狂、困惑,甚至是代价。因为有这样的故事,有这样一批埃德里克式的族裔作家,当代美国文学甚至当代美国文化得以不断被重塑、扩展和定义。

小说中,弗勒与儿子最终通过牌局赌回了故宅和土地,但本土文化中的回归主题却仍然使族裔色彩带上了令人捉摸不定的神秘性。有一点作家或许也很清楚:族裔的地域文化概念在文学创作中已逐步偏离人种与生物学特征,而聚焦于心理和伦理道德层面,集体似乎逐渐让位于个体,个体则在主流文化与本土文化之间体现着一种认同与背离的矛盾关系,也指向某种对族裔认识的偏移。因此,这部小说在一定程度上表现了双重文化语境中,族裔文化与经典传统之间的某些背离和偏移,也更进一步指出这种倾向性下的深层意义。小说看似重复地叙述着富有异域色彩的生活故事,但是各人物的叙述却表明,族裔个体在当代社会的文化语境中,究竟是如何体验生活,接受、质疑,甚至是反抗文化作用力的。弗勒、波丽、纳纳普什等人的生活状态,同时展现了他们通过知己察人和知人察己来认识世界的过程。此外,埃德里克历来以女性体验为创作的基调,在情节刻画上强调以族裔、阶层、性别的独特角度来展现个体身份,以个性描述引发共性思索。

从个体的局部生活体验出发似乎是埃德里克的创作特点,而普遍意义的思索往往需要细致的解读来表达。由此,如果我们从分析小说入手,从本土文化对主流文化的亲和、背离和偏移的关系这一视角来看待问题,这一过程就验证了族裔研究者所提出的论点:"(族裔)是一个集体变化的过程,而非海德格尔式的集体存在概念。因此,族裔的可理解性是与其构成和人们对它的认识相关联的,并且,这一理解也是暂时而偶然的。事实上,它就是一种动态的自

我认同。"(Dissanayake 388)

首先,《四灵魂》的复仇、流浪与回归主题,契合了主流文学创作的特征,而各个主要人物轮唱式的叙述视点转移手法,也体现了现代性。小说各章分别以三个主要人物白人波丽、印第安后裔纳纳普什以及纳纳普什的妻子玛格丽特轮流承当第一人称叙述。故事以弗勒与毛瑟一家的复仇和情感纠葛,以及弗勒的回归为主线,以纳纳普什和玛格丽特之间充满嫉妒、报复闹剧的夫妻关系为副线。从复仇主题看,印第安本土族裔居民曾遭受了美国白人在经济、土地和文化上的殖民侵略,甚至是文化灭绝,而弗勒从小说伊始就怀着寻找当年损毁和侵占她故园的仇人的复仇决心,来到毛瑟的家宅。然而,这一复仇过程却交织了各个人物复杂的心理纠结。从波丽的叙述中,读者从"殖民者"视角(或者说是权威主流文化的角度)了解到,毛瑟并非是一成不变的纯粹恶棍,他在第一次世界大战中受伤,妻子普拉茜德是个妄自尊大的性冷淡者,而妻姐波丽则是脾气乖戾的老处女。由于缺乏正常的性生活,毛瑟会定期发病。因此,弗勒改变了暴风骤雨式的谋杀手段,或许也出于自己都无法解释清楚的心理纠结,她采取了勾引毛瑟的渐进复仇方式,逐渐从洗衣女工爬上了家庭总管的位置,并生下了一个孤僻、智障的儿子。

故事以纳纳普什极富本土色彩的叙述开篇:"就是那个晚上,她(弗勒——引者注)用了母亲的秘密名字'四灵魂',来喊自己,呼唤心灵。她的名字就叫四灵魂,她要去的地方需要这个名字。"(2)[①]因为,对印第安人来说,人的名字超越了年代,可以抚慰人的灵魂,也可以毁灭人。名字可以旅行,带人回家,带给人记忆和失落的文明。另一个叙述者波丽则认为,"我觉得,对文明人而言,印第安人可能真的很莫名其妙,在思维与行为上,与我们就像野狼和猎犬那样有差距。"(14)纳纳普什的叙述明快、滑稽,充满神秘色彩,具有说唱特色,而作为种族主义者的波丽则给了读者一种截然不同的叙述风格:自命不凡、严谨、自律,甚至自省。这两种叙述的声音轮换交替,显现出两者之间的反差与不和谐。然而,随着故事的推进,波丽的叙述产生了渐变,从原来的冷漠和充满优越感,变得仁慈,具有了母爱的光辉。弗勒的怀孕使波丽消除了蔑视和敌意,一向渴望有孩子的波丽甚至对抚养小孩充满了憧憬。同时,在纳纳普什的叙述中也产生了喜剧所特有的荒诞变调:他怀疑妻子玛格丽特出轨,假想了一个终身的情敌,穿插了一段今日情敌曾生吞纳纳普什亲妹妹的悲剧,并荒谬地导

---

① 《四灵魂》引文出处均出自 Louise Erdrich, *Four Souls* [M]. New York: Harper Collins Publishers, 2004,文中标明页码,不再一一说明。

演了一出复仇闹剧,从本土视角诠释了爱情、忠诚、传统,以及印第安族裔被殖民的历史。

当读者在阅读过程中看到波丽与弗勒相互理解和产生感情,看到弗勒似乎消失了对种族侵略的愤怒时,他们或许会逐渐淡忘弗勒的复仇初衷。可是,故事发展又出现了一波转折:毛瑟一家的经济突遭变故,弗勒带着儿子回到了印第安保留地,并最终在智障儿子的帮助下,以漂亮的牌局绝处逢生地夺回了故土。读者不禁发现,主流文明与族裔文化又出现一次交锋,而作家最终让弗勒在族裔的神秘仪式中回归,让流浪母题以圆弧线的形式回到族裔文化的回归主题,从而以反讽的手法披露了她自身在文化态度上对美国文明的背离和偏移。

同样,在小说文本内外,本土与主流文化之间始终发生着某种结合、背离和偏移。埃德里克承认,有许多美国作家如福克纳、韦尔蒂等都深刻影响过她。不难发现,在埃德里克的作品中,无论是多重声音的叙述手法,还是那些交错着平常与古怪个性的人物,都有着福克纳的影子(Bataille 277)。她选择的故事背景是北达科他州,与福克纳一样,她始终将目光投射在一块有限的土地上,"除了北达科他,没有其他地方更让我觉得熟悉,也没有其他地方的人民会更让我牵挂"(Bataille 278)。事实上,不少美国经典文学作品如《白鲸》《哈克贝利芬历险记》《嘉莉妹妹》《了不起的盖茨比》等展现了主人公离开家乡去寻找生命意义,而这些作品常常有意或无意地显现出殖民扩张或文化同化的姿态。与此相对立的是,本土裔文学创作大多更具有向心力,不倾向于外化扩张,主人公最终会回家,无论是真实的还是隐喻的回归,溯源成为小说人物探寻知识的基本模式(Bevis 16)。因此,从弗勒最初丢开女儿,离开家乡寻找仇人,到与仇人结婚生子,到当丈夫破产离开妻儿,弗勒最终带着儿子回家,并拿回自己所失去的东西,这一系列的情节发展均标志着某种潜在的反抗。

小说伊始,纳纳普什就告诉读者,女主人公弗勒用母亲的名字"四灵魂"来汲取力量和信念,这充分揭示了本土族裔文化中名字所承载的象征意义与神秘力量,而另一位叙述者波丽则以"文明者"的姿态与视角,讲述了自己受到本土文化潜移默化的改变和影响的过程。这两种"文明"始终交织,让读者在神秘灵魂与平凡人性之间穿梭。更具启示意义的是,纳纳普什常常用他的质疑来颠覆主流文明的侵袭,在他的理解中,"天花会很快地毁灭我们,肺结核会慢慢耗蚀我们,酒精使我们愚蠢,宗教信仰干扰我们的灵魂,但是官僚主义最险恶,它最终拖垮了我们……伴随着条规而来的是另一种痛苦,牧师称其为获取,即贪欲,我们的语言中没有一个词语可以来形容这种想拥有自己所不需要的东西的欲望”(76)。这里的价值判断,在埃德里克的许多创作中反复出现,它让读者领悟到:真理和事实总在文字和文化的对立面。于是,在小说的尾声,纳纳普什和妻子玛格丽特用古老的部落仪式,希望唤醒弗勒的灵魂,净化和康复她的心灵内境,而这一举动,从某种程度上看,也是对主流文明的一种背离和偏移。

更为微妙的是,在处理爱情问题时,埃德里克倾向于让在现代文明中有着性障碍的白人男子被充满异域神秘的印第安女子唤醒治愈。因此,在复仇过程中,弗勒首先让毛瑟恢复男性机能,让波丽慢慢消除戒备和敌意,并让她逐渐意识到,当一个人放弃固有偏见和疑虑时,心灵就可以无限地敞开。但是,当读者逐渐意识到弗勒的复仇在向着情感取向变质时,当两种叙述中的价值判断和感情发展都在发生微妙变化时,交织着两种文化态度和价值标准的力量在交锋中也在向读者展示着作家此时对主流文化的某种价值偏离。例如,在小说中较后出场的叙述者,玛格丽特就承担了某种重要的平衡角色。她的叙述,尤其从那段荒诞滑稽的关于纳纳普什向“情敌”复仇的故事,都体现着埃德里克始终以看似离心的脱轨情节来表明她实则向心的文化思索。在华丽旖旎的创作技巧和驾轻就熟的语言处理中,人物的复仇主旨耗散为似是而非的戏谑,而“人为何只有在失去时才意识到夺回与保存的必须”这一问题,才是最终浮出水面的主题。

埃德里克虽不断彰显“失去与偿还”的文化态度,却也不得不承认,她的信息散播在今天的印刷出版和多媒体信息时代,更多属于摩登的、想象的“本土族裔文明”。或许,当我们将视线放在背离和偏移之下时,新的问题会接踵而来。首先,本土裔文学对美国文学的贡献之一体现在其文学叙述的探索和发展上,尤其是这一传统继承了马克·吐温式的叙述特色,即“使用通俗的话语节奏,通过纯朴情节来达到幽默和非煽情化的感伤效果”(Kroeber, et al. 264)。因此,在一定程度上,埃德里克以自身模糊的族裔身份在重新界定美国文学,这代表着许多有着部分或全部少数族裔血缘的美国人,穿梭于两种文化之间。正是这种本土主义与全球主义的文化交织,文学创作才有了不断深化的层次和多重意义,而“种族、族裔、和民族正以生动而敏锐的方式,将关于归属与无法归属的焦虑凸现出来。它们核心问题是差异,而事实上差异就是它们的存在本质”(Dissanayake 385)。由此看来,文化差异虽然揭示出作家在文化态度上的背离和偏移,但是它应该也是多种文化和谐共存的基础。

再者,读者希冀从埃德里克的创作中寻找本真的印第安文化的愿望,其实也在阅读过程中发生了偏离。美国文化本身就带有“美籍某裔”的跨文化特征,许多族裔作品所揭示的最终是个人神话与个人的民族想象,而作家们对文化归属问题也大多带有矛盾情结。或者说,种族忠诚就像历史,其本身具有永恒开放的一端,经历着不断重组、越界、变化和发展。正如小说所展示,对传统和族裔文明的忠诚导致复仇的开始,然而无论是弗勒对剥夺其土地的投机者的仇恨,还是纳纳普什对情敌的嫉妒,他们都在情节发展中意识到复仇的局限和无效。在小说的尾声,纳纳普什就本土文明和传统说出了自己的想法,"我们有了它,而只要我们能跟随着它,我们就是特定的一群人"(210)。在此,这个"它"就是不断变迁的历史和文化发展,而人们能把握和跟随的,或许只能是它的变数,而非静止的永恒。

小说结尾时,在独特的印第安仪式中,弗勒身心得到了回归,但是她的流浪和复仇故事,以及她终于重获土地的过程,都是个体的行为和追索,已然无法代表集体的、本真的族裔传统和文化。正如有学者在阐述美国本土小说时所言:"所有本土裔美国文学创作,无论作者是印第安后裔还是非印第安裔,都是'后印第安模拟',它所证实的就是殖民历史进程,以及美国本土居民所经历的语言和文化统治。"(Padget 24)例如,小说后半部分新出现了第三位叙述者玛格丽特,她似乎在文化传统"复兴"上担任着重要的角色,她用印第安女人的"药衫"(medicine dress)帮助弗勒重新进入自己曾经抛却的世界。在这里,埃德里克不遗余力地在创作中不断张扬着她所理解的女性叙述中的本土文明:"缝纫就是祈祷,男人是没法理解的。他们看到整件衣服,却看不到针脚,他们看不到针线活里创作者的诗篇。我们缝补着,我们女人将事物兜个底朝天,并将它们重新缝好……"(176)在这个隐喻的缝制过程中,玛格丽特对着衣服诉说幻想、爱情和生活经历,在让弗勒身心回归的过程中,玛格丽特用语言的疗伤魔力倾诉着愿望,注入话语的力量。作品在这种埃德里克特有的散文诗体的节奏中,充分展现出文学创作的魅力,而读者寻求的,或许已经不是本真的族裔文明,不是特定的殖民历史,而是现代人对于个人焦虑的治愈渴望。

参考文献

[1]Bataille, Gretchen M."Louise Erdrich's *The Beet Queen*: Images of the Grotesque on the Northern Plains." *Critical Perspectives on Native American Fiction* [C]. Ed.Richard F. Fleck. Washington: Three Continents Press, 1993.277-286.

[2]Bevis, William."Native American Novels: Homing in", in *Critical Perspectives on Native American Fiction* [C]. Ed.Richard F.Fleck.Washington: Three Continents Press, 1993. 15-45.

[3]Dissanayake, Wimal. "Race, Ethnicity, and Nation: Introduction", in *Internationalizing Cultural Studies: An Anthology* [C]. Eds. Ackbar Abbas and John N. Erni. Oxford: Blackwell Publishing Ltd., 2005.385-389.

[4]Kroeber, Karl, et al. "Louise Erdrich's Love Medicine", in *Critical Perspectives on Native American Fiction* [C]. Ed. Richard F. Fleck. Washington: Three Continents Press, 1993.263-276.

[5]Padget, Martin. "Native American Fiction", in *Beginning Ethnic American Literatures* [C]. Eds. Helena Grice, Candida Hepworth, Maria Lauret and Martin Padget. Manchester and New York: Manchester UP, 2001.10-63.

(《外国文学研究》2009 年第 6 期)

印第安性的非印第安书写
——评《甜菜女皇》中的印第安思想内涵

李　靓[*]
（北京对外经贸大学英语学院）

摘　要：族裔性是否只能通过政治、种族等问题得以表达？是否还有其他的书写方式来传承民族文化？本文从厄德里克《甜菜女皇》的结构、叙事、空间书写等几方面入手，解读小说对印第安口头传统及核心价值观的传承。《甜菜女皇》的书写方式为族裔文学传承民族文化提供了新思路，是族裔文学创作中独特而有价值的尝试。

关键词：路易斯·厄德里克；《甜菜女皇》；印第安性；核心价值观

路易斯·厄德里克（Louise Erdrich，1954—）是美国印第安文艺复兴第二次浪潮中的代表人物，其代表作是“北达科他州四部曲”——《爱药》（1984）、《甜菜女皇》（1986）、《痕迹》（1988）和《宾果宫》（1994）。《爱药》问世后不仅赢得评论界认可，获得多项文学大奖，还颇受读者欢迎。《甜菜女皇》（*The Beet Queen*）虽沿袭了家族史题材，但却没能像《爱药》一样广受好评，一些评论者认为小说对政治、种族等问题关注不够，缺少印第安裔小说的主要特征。种族问题一直以来都是印第安文学中的不变主题，而《甜菜女皇》却“完全没有像其他印第安小说或诗歌那样，描写在 20 世纪后半期的美国社会中苦苦找寻印第安身份的故事”[①]。以印第安裔作家西尔科（Leslie Marmon Silko）为代表的学者称，《甜菜女皇》因为“文化冲突不明显；没有种族主义，更没有印第安文化或身份的缺失感”[②]，是厄德里克最“不印第安”的小说。持相反观点的学者则

---

* 作者简介：李靓，副教授，研究方向为当代美国小说、族裔文学。

① Louis Owens，*Other Destinies*：*Understanding the American Indian Novel* [M]. Norman：University of Oklahoma Press，1992.P.14.

② Louis Owens，*Other Destinies*：*Understanding the American Indian Novel* [M]. Norman：University of Oklahoma Press，1992.P.206

认为,《甜菜女皇》中厄德里克"绝非缺乏对社会政治问题的关注"①,其隐含的政治性"可能比喊口号更加有政治效应"②。对此,厄德里克回应说,"任何人的故事都具有政治色彩"③,并称自己的故事只是以不同的方式表达政治。尽管厄德里克表明自己并不想卷入任何论战,该小说的印第安性存在与否仍引发了学界的讨论,其中尤以西尔科对厄德里克的批评最为犀利,她直指《甜菜女皇》的语言受后现代实验创作的影响而充满自我指涉,缺乏政治和历史性,"与口头叙述和现代小说中的共同或群体经验相差甚远"④,脱离了印第安口头文学传统。葡萄牙波尔图大学教授卡斯蒂罗因此将这场争论称为"西尔科—厄德里克之争"⑤。

这一争议的出现绝非偶然。自美国印第安文艺复兴之后,学界就曾用一系列标准来定义印第安文学⑥,这种做法虽有益于确立学术标准,却被一些作家和评论家进一步解读为鼓励族裔作品中的族裔元素,因而在一定程度上迫使印第安裔作家将创作范围局限于印第安事务,其表达形式也限于种族和政治色彩深厚的故事。正是在这种背景下,厄德里克的《甜菜女皇》备受质疑。然而在这场论战中,虽然厄德里克和支持她的学者都针锋相对地反对西尔科的论断,强调该小说具有政治性,但她们貌似相左的观点却反映出对立双方的"共识":即印第安作家应该书写与种族、政治有关的东西,这两种元素的存在或缺失是判定作品族裔性和优劣的重要标准。但是,族裔性是否只能通过政治、种族等问题得以表达?是否还有其他的书写方式来传承民族文化?本文拟从结构、叙事和空间书写三个方面探讨《甜菜女皇》中的印第安性,考察厄德里克如何通过游离于政治种族之外、回归审美层面的写作方式传承印第安文化。

---

① Susan Meisenhelder,"Race and Gender in Louise Erdrich's *The Beet Queen*" [J]. *Ariel* 25.1(1994): 45.

② Susan Perez Castillo,"Postmodernism, Native American Literature and the Real: The Silko-Erdrich Controversy" [J]. *Massachusetts Review* 32.2(1991): 288.

③ Allan Chavkin, *Conversations with Louise Erdrich & Michael Dorris* [C]. Jackson: U P of Mississippi, 1994. p.238.

④ Leslie Marmon Silko,"Here's an Odd Artifact for the Fairy-Tale Shelf"[J]. *Studies in American Indian Literature* 10(1986): 10.

⑤ 参见 Susan Perez Castillo,"Postmodernism, Native American Literature and the Real: The Silko-Erdrich Controversy".

⑥ 其中包括:1.运用口头文学传统。2.运用循环时间。3.体现万物相连的观念。4.有众多千面人物。5.打破有关印第安人的模式化形象(参见 Connie A. Jacobs, *The Novels of Louise Erdrich: Stories of Her People* [M]. New York: Peter Lang, 2001. pp.12-16.)。

一

厄德里克生长在一个善于讲故事的家庭，并在家庭的影响下对传统齐佩瓦[①]故事产生了浓厚的兴趣，“围坐一圈听家人讲故事对我影响非常大，在某些方面，它远胜于文学作品对我的影响”[②]。围坐在一起轮流讲故事是印第安部落早期具有仪式意义的群体活动，通常只在冬季进行，是印第安口头文学的重要源起。一个故事引起更多围绕其中某个人物的故事（如恶作剧者 Trickster），“日夜不断，形成讲故事的循环”[③]。在当代印第安文学中，环形叙事结构以及开放的结尾就是对这种循环的最直接模拟。在厄德里克的四部曲中，环形叙事结构非常明显，故事总是首尾相连。《爱药》以琼想要回家却未能成行的故事开始，以她的灵魂最终返回保留地结束；《痕迹》中，那那布什说，他的记忆“一个个首尾相连”[④]，他的故事“没有开始，也没有结束”（*Tracks*：30）；《宾果宫》的首尾都以集体声音作为主要叙事者推动剧情发展，围绕着对部落命运的关注、猜测而形成一个叙事圆圈。厄德里克的每部小说都是一个完整的圆，这些故事互相联系，共有北达科他州的背景和人物，甚至故事与故事之间也有延续性，比如第五部《燃情故事集》的开场就与第一部《爱药》的开场重合。

《甜菜皇后》也运用了类似模式，以亲子关系开篇、结尾。小说一开场便讲述了亲子关系的破碎、家庭的分崩离析。玛丽、弟弟卡尔及他们还在襁褓中的弟弟被妈妈抛弃后又冷又饿站在广场苦等母亲归来，却始终等不到，这在他们心里留下了经年无法痊愈的创伤。小说结尾也讲述母女关系，玛丽的女儿多特也像她外婆当初一样乘飞机离开，但这一次，小说却有了逆转。不久，多特

---

① 齐佩瓦（Chippewa）指北达科他州靠近加拿大边境地区的印第安人。虽然印第安民族众多，厄德里克笔下的齐佩瓦族的价值观也不能涵盖所有部落的价值观，但仍有一些共通观念存在，因而本文在引文中沿用齐佩瓦观念等词来指代厄德里克在其小说中试图传达的共通的印第安观念和价值观。

② Allan Chavkin, *Conversations with Louise Erdrich & Michael Dorris* [C]. Jackson: U P of Mississippi, 1994. p.38.

③ Allan Chavkin, *Conversations with Louise Erdrich & Michael Dorris* [C]. Jackson: U P of Mississippi, 1994. p.4.

④ Louise Erdrich, *Tracks* [M]. New York: Harper, 1988. p.46.引文为笔者所译，后文出自同一著作的引文，将随文在括号内标出该著首词和引文出处页码，不另作注。

在亲情的感召下重返母亲身边，暗示曾经断裂的家庭纽带得以重建，玛丽的人生故事化为一个圆满的环形。环形叙事结构一方面源于早期印第安口头叙事对生命、四季循环的临摹；另一方面源于印第安文化"把时间看作环形"[①]，这种思想影响下的环形叙事结构要求每一个时间点在存在的空间中都具有同等重要的地位和作用。在《甜菜女皇》中，所有的故事或时间点处在平等位置，事物与事件、过去与未来具有内在的关联性，这与欧美文学强调关键时间点的线形结构有很大差别。

印第安口头传统中首尾相连的环形叙事通常没有固定的结尾，所以有赖于讲故事者的个人阐释。这样能使旧故事在不同时代呈现出新的面貌，甚至还将一些非齐佩瓦族的元素囊括其中。厄德里克将这种变化和延续的能力看作传统齐佩瓦讲故事的重要特征，[②]在她的文学创作中，这一特征主要表现为对多声部及多视角叙事的运用。《甜菜女皇》中玛丽、塞莱斯汀、华莱士、多特等人依次从不同角度讲述同一件事，使之呈现出不同的样貌。没有哪个叙事声音凌驾于其他叙事之上，也"没有哪种元素被前置"[③]，与西方叙事凸显某个声音或将全知全能叙事者作为权威叙事的方式不同，多声部多视角叙事具有"赋予不同元素均等价值的倾向"[④]，体现出一种平等而非等级化的社会和文学形态。

多视角叙事由多个第一人称叙事组成，能促成听众与讲述者之间"直接而亲密"[⑤]的交流。厄德里克在谈到个人创作时说："之所以许多故事以第一人称视角写成，是因为我听到有人讲述这个故事。"[⑥]这种以听觉为主导的创作方式正是口头传统的核心，与口头言说方式相辅相成。然而，以听觉、言说为

---

① Paula Gunn Allen, *The Sacred Hoop: Recovering the Feminine in American Indian Traditions* [M]. Boston: Beacon Press, 1992. p.59.

② Allan Chavkin, *Conversations with Louise Erdrich & Michael Dorris* [C]. Jackson: U P of Mississippi, 1994. p.4.

③ Paula Gunn Allen, *The Sacred Hoop: Recovering the Feminine in American Indian Traditions* [M]. Boston: Beacon Press, 1992. p.240.

④ Paula Gunn Allen, *The Sacred Hoop: Recovering the Feminine in American Indian Traditions* [M]. Boston: Beacon Press, 1992. p.240.

⑤ Simon Ortiz, "Always the Stories: A Brief History and Thoughts on My Writing", in *Coyote Was Here: Essays on Contemporary Native American Literary and Political Mobilization* [C]. Ed.Bo Aarhus Scholer.Denmark: SEKLOS U of Aarhus, 1984. p.66.

⑥ Allan Chavkin, *Conversations with Louise Erdrich & Michael Dorris* [C]. Jackson: U P of Mississippi, 1994. p.231.

主的表达形式在重视文本、文字的西方文化体系中，其重要性和影响力远弱于书面体。作为口头传统的基础表达管道，言说在印第安文化中极为重要，它涉及民族文化的传承与个人文化身份的确认。对一个视语言为神圣之物的民族而言，生存有赖于言说和表达自我的能力，被剥夺了这种权利，也就等同于自我和族群的毁灭。正因为此，印第安人认为，如果运用得当，语言甚至有治愈的作用。在饱受疾病折磨的时刻，那那布什仪式般地讲述部落故事、吟唱古老的歌谣，“靠讲故事救了自己……通过说话痊愈。死神……渐渐灰心，继续前行”(*Track*:46)。言语不仅对于个人生存有重大意义，还与身份建构有重要关系，对那那布什而言，身为讲述者是一种生存方式，他运用语言和头脑“作为武器”(*Track*:118)与白人政府对抗，这使他成为部落的精神领袖。

四部曲其他几部小说中，言说的主体与受众都具有一定的家庭或族群关系，而在《甜菜皇后》中，稳固的家庭根基却从开始就不复存在。小说一开端父母亲或是抛弃孩子或是已经去世，即使在有血缘关系的人物当中，如卡尔和玛丽、玛丽和表妹西塔之间，也都缺乏交流和理解。因此传统讲故事的情境在这部小说中是缺失的，更不必说年轻一代与年老一代的对话和互动。没有讲故事的人与听众之间的互动，讲故事这一言说行为也就失去根本意义，因为在印第安文化中，讲故事是一种“赋能”(empowering)的行为，讲述过程中听众与讲述者的互动使人们结合为紧密的族群，“用记忆和个人经历去传递事件或价值观……理解和定义他们的经历”①，通过个人经验的讲述来抵抗历史或主流文化加诸的“宏大叙事”②。交流的缺失与形式上的“讲故事”模式产生了叙事结构上的反讽效果，但随着叙事的展开，叙事者却开始致力于通过某种渠道重建交流与联系。最终，多特成了联系各个角色的纽带，众人对多特的关心和爱护使他们超越了隔绝的藩篱。然而西塔却是例外，她甚至故意切断与他人及家庭的联系，她的叙述也因而变成了独白，是整部小说中唯一自始至终都以独白状态回顾往事的角色。

言语的力量以及它对于个人身份建构的作用，在西塔的“失语”事件中得到充分阐释。最初西塔拒绝说话是因为她喜欢其他人“弯着腰凑过来，猜测她

① Simon Ortiz, "Always the Stories: A Brief History and Thoughts on My Writing", in *Coyote Was Here: Essays on Contemporary Native American Literary and Political Mobilization* [C]. Ed.Bo Aarhus Scholer.Denmark: SEKLOS U of Aarhus, 1984. p.7.

② Jay Clayton, "The Narrative Turn in Recent Minority Fiction" [J]. *American Literary History* 2.3(1990):383.

的话，研究她的脸好找出线索”[①]，这种受人关注、被人围绕的感觉让西塔很是满意，于是失语变成一种习惯。印第安作家莫曼迪说：“人在语言中也只在此之中达到圆满。人的存在状态是一种思想，是人对于自己的想法。而只有当这种想法由语言表达出来时，他才能掌控自我。”[②]丈夫去世后，西塔过着与世隔绝的生活，最终因为过量服用药物孤独地死在自家花园。死后，她的脸上依然“显出恼恨的样子，好像正要说什么，而声音却被死亡扼住”（*Beet*：291）。两次“失语”——从最初“选择”失语到后来“被迫”失语——具有延续性，它提示了言语与自我表达、与个人身份建构的联系。最初西塔的失语是为了用语言控制周围的人，使自己时刻处于中心位置，但这种她引以为乐的交流方式完全是单向的。在原住民文化中，“语言使一个人在群体中的存在变得可能；只有在社会中，在与‘你’这个词的关系中，一个人的主体性才能称之为‘我’”[③]。西塔试图运用言语作为武器建构一种与他人的交流模式，但这种模式以个人为中心，它不存在于“群体中”，更无法在与他人的互动关系中实现其意义。与其他角色建立双向沟通的努力大相径庭，这种模式不仅无法持久，更使她完全与人隔绝、阻断了交流，从而导致第二次“失语”。从这个意义上看，西塔闹剧式的“失语”背后体现着作者对于印第安文化和价值取向的思考，从反面阐释了印第安口头传统中言语对于个人身份构建的重要意义。

二

早在半个世纪前，黑人女作家赫斯顿的《他们眼望上苍》就曾遭遇厄德里克面临的质疑，评论者批评这部作品“没有在种族问题上大做文章”[④]。五十余年后，《甜菜女皇》中的种族缺失问题更为严重，西尔科对此批评之余，下论断说，在小说设定的历史时期，“一个人是白人、印第安人，还是混血绝对

---

① Louise Erdrich, *The Beet Queen* [M]. New York: Holt, 1986. p.205.引文为笔者所译，后文出自同一著作的引文，将随文在括号内标出该著首词和引文出处页码，不另作注。

② N.Scott Momaday, “The Man Made of Words”, in *The Remembered Earth* [C]. Ed. Geary Hobson. Mbuauerque: Red Earth Press, 1979. p.168.

③ Ernst Cassirer, *Language and Myth* [M]. New York: Dover Publications, Inc., 1953. p.61.

④ Nick Aaron Ford, “A Study in Race Relations—A Meeting with Zora Neale Hurston”, in *Modern Critical Views: Zora Neale Hurston* [C]. Ed. Harold Bloom. New York: Chelsea House, 1986. p.7.

很重要"[①]。然而,《甜菜女皇》不仅没有围绕种族问题展开,甚至连印第安人都很少见。除明确指出塞莱斯汀是混血,其哥哥罗素是印第安人以外,其他人如玛丽、西塔的种族完全模糊带过。而且,即使塞莱斯汀兄妹有印第安血统,也从未提及他们与部落有任何联系。这种人物设置看起来比赫斯顿更偏离"族裔性"。对于评论家的抨击,赫斯顿曾强调:"我只考虑个人……我对个人的问题感兴趣,不管是白人还是黑人。"[②]《甜菜女皇》也反映出类似的倾向:将人物作为个体加以研究,同时,这些人物较赫斯顿的珍妮更具深层次的隐喻性。

虽然《甜菜女皇》中的人物并不全是印第安人,他们却共同讲述了一则有关印第安民族的寓言。首先,小说中的人物大都是边缘人。双性恋的卡尔是处在社会底层的推销员,没有家庭没有住所。华莱士为了掩盖自己的性取向,刻意与他人保持距离,唯一可以称得上他的家人的,是他所谓的去世的"未婚妻",她的照片孤零零地挂在墙上,帮他隐藏不婚背后的秘密。其实,华莱士根本不认识这张照片上的人,照片是和相框一起从一次拍卖会上买来的。塞莱斯汀是印第安混血,但她居住的阿格斯镇却以白人为主,因而她也算不得社会的主流分子。玛丽更是因为性格古怪,与周遭环境格格不入。这些主要人物的社会地位暗合了印第安民族在美国社会中的位置,都处在主流文化之外,被边缘化。

其次,《甜菜女皇》中阿代尔一家人的命运也在某种程度上是印第安民族命运的隐喻。小说开篇失去家庭、被母亲抛弃的卡尔和玛丽来到阿格斯镇寻找姨妈,却遭遇一只狗的突然袭击,卡尔顺手折断一棵小树的枝条用以自卫。树很小,断枝的伤痕将"会让整棵树枯萎"(*Beet*: 2)。因此,断裂的树枝不仅是卡尔和玛丽的家庭解体的象征,也与几百年来流离失所、不断被迫迁徙的印第安民族有很多共通之处[③]。断枝对树的影响,如同白人文化的入侵使印第

---

① Leslie Marmon Silko,"Here's an Odd Artifact for the Fairy-Tale Shelf"[J]. *Studies in American Indian Literature* 10(1986): 11.

② Nick Aaron Ford,"A Study in Race Relations—A Meeting with Zora Neale Hurston", in *Modern Critical Views: Zora Neale Hurston* [C]. Ed. Harold Bloom. New York: Chelsea House, 1986. p.7.

③ 一直以来印第安人都因政府法令的出台而不断"被迁移"。1887 年的《道斯法案》更以部落土地私有化和打破部落制为核心内容,使部落土地大半落入白人之手。1881 年,也即美国政府打破部落制、实行土地私有化的前夕,印第安人共有的土地仍有 155 632 312 英亩,但由于推行份地制和分割部落土地,到 1900 年,属于印第安人的土地锐减,仅为 77 865 373 英亩,约有一半的土地已被白人攫取;到 1930 年,更减至 4 800万英亩,仅为《道斯法案》生效前的 1/3(详见李剑鸣:《美国土著部落地位的演变与印第安人的公民权问题》[J].《美国研究》1994 年第 2 期,第 45 页)。

安文化传统与习俗断裂一样，给幸存的印第安人留下了难以痊愈的伤口。玛丽和卡尔因而都是“幸存者”———在小说中是破碎家庭的幸存者，同时也隐喻在白人文化冲击中幸存的印第安人。考察这些边缘人的心理状态，讲述他们如何重建家庭、集体，实现自我建构的故事，正体现出厄德里克一直想要表达的书写其民族的生存经历、“在灾难过后，讲述幸存者的故事”[①]的创作理念。

《甜菜女皇》的题目指的是塞莱斯汀的女儿多特，正如其名字所暗示[②]，她是所有人物的联结点，其他角色的创伤、孤寂都在以多特为连接点的网状联系中得到消解，这一点在多特降生之初就已埋下伏笔。在“塞莱斯汀的夜晚”一章中，厄德里克描写了一幅细致的画面[③]，“月光下，女儿[多特]的头发上有一根细丝，一只白色的小蜘蛛正在织网”，一根根透明的蛛丝逐渐变成一座“复杂的房子”。(*Beet*：176)纤细的蛛丝与小说开端折断的树枝形成对比，前者代表家庭的破碎，后者则预示家庭的重建。这细细的蛛丝不仅隐喻人与万物休戚与共的关系以及通过人际关系而建起的家庭和社区，还呼应印第安文化中最重要的蜘蛛女(Old Spider Woman)形象[④]，她是印第安文化的“精髓”，“将我们编织在一起”[⑤]。在印第安文化中，世界起源于蜘蛛女的思想，她脑子里一想到什么，什么就出现了，仿佛上帝说光，就有了光；而蛛网的结构则体现了众生平等、万物相连的观念。如华莱士所说，“多特……比任何共同点都更能将塞莱斯汀、玛丽和我联系在一起。”(*Beet*：301)从这个意义上看，多特在这部小说中充当了“蜘蛛女”，将众人联系起来而改变了他们的生活。玛丽在人际关系中一直较为消极，在母亲与弟弟的生活中，她是被忽略的女儿和姐姐；在弗里兹姨妈家，她是沉默寡言、相貌平庸的养女兼伙计；她曾经渴望爱情，但稍一受挫便立即缩回敏感的触角。只有在照料、保护多特的过程中，她才重拾自信、积极的生活态度。她大张旗鼓地给多特筹备生日会，自作主张为她购买

---

① Louise Erdrich,“Where I Ought to Be: A Writer's Sense of Place” [J]. *New York Times Book Review* (1985) :24.

② 多特(Dot)一词的意思是“点”。

③ 这个场景被称为一个“象征”(参见 J.H.Tompkins,“Louise Erdrich: Looking for the Ties That Bind”, in *A Critical Companion* [C]. Eds.Laura Stookey, Louise Erdrich. Westport: Greenwood Press, 1999. p.57)。

④ 众多印第安作家笔下都有她的形象出现，如西尔科在她的代表作《仪式》开篇就将蜘蛛女作为思想的起源，“她想到什么，什么就会出现”(参见 Leslie Marmon Silko, *Ceremony* [M]. New York: Viking, 1977. p.1)。

⑤ Paula Gunn Allen, *The Sacred Hoop: Recovering the Feminine in American Indian Traditions* [M]. Boston: Beacon Press, 1992. pp.11-13.

参加嘉年华的裙子，甚至由于误会多特的老师"虐待"她而将老师关进箱子里。虽然玛丽的行为很多时候都不合时宜、颇为滑稽，但这个真心实意、无私付出的过程却让玛丽获得自主性，开始积极地掌握自己的人生。

华莱士的同性恋身份阻碍他通过建立普通的家庭而获得"归属"，于是他参加了为数众多的团体，想借此找到自己的身份与定位。但忙碌的公众活动并未让他满足，反而在照料多特的过程中，他发现了自己一直渴望的归属感。华莱士在多特出生的暴风雪之夜救了塞莱斯汀母女的性命，因此可以说他与塞莱斯汀一样都给予多特生命，并在照顾多特的过程中逐渐进入养母的角色。在多特的生活中，女性占据着重要的位置，并承担着生活的重担；与此相对，小说中的父亲角色大都缺席。玛丽自幼丧父，母亲的情人奥博先生其实是弟弟卡尔的生父，但他也只是偶尔才来看望玛丽一家，而且直到去世也未公开他与卡尔的关系；卡尔成为父亲后也并未承担任何责任，还在女儿多特年幼时就离家。

在印第安文化中，蜘蛛女是母系、智慧的象征，《甜菜女皇》中的中坚力量、家庭的守护者都是女性，而厄德里克对这些人物的赞颂，体现出对蜘蛛女所代表的母系传统的推崇。相对而言，西方文学中对母系传统的回溯较为少见，而在厄德里克的四部曲中它却贯穿始终。《痕迹》中，那那布什将女性的生育能力等同于造物主的神迹(*Tracks*：167)；《宾果宫》中，"母亲和婴儿之间红色的纽带是我们民族的希望"[①]。在印第安文化中，母性往往与印第安性并行，因为在基督教被引入部落生活之前，印第安社会不是父权社会，而是以"妇女政治"[②]为主。齐佩瓦族的女性甚至比当时边境的女性拓荒者享有更多的自主权，也可以承担传统意义上的男性工作，比如猎人、战士、药师或领袖[③]等。与白人接触后，以天主教为代表的主流文化逐渐侵入并影响了印第安社会的意识形态，母系传统逐渐消亡，只残留在少数几个部落中。因而，母系传统的日趋式微与白人文化对印第安文化的侵蚀从一个侧面记录了印第安民族的兴衰，《甜菜女皇》对母性、母系传统的强调因而就变成对印第安性的表征。

相比其他几部小说，母性、母系传统的主题在《甜菜女皇》中的体现有其独

---

① Louise Erdrich, *The Bingo Palace* [M]. New York: Harper, 1994. p.6.

② Paula Gunn Allen, *The Sacred Hoop: Recovering the Feminine in American Indian Traditions* [M]. Boston: Beacon Press, 1992. p.2.

③ 露斯·弗莱特茅斯(Ruth Flatmouth)就是一例，她曾担任过部落首领，19世纪政府官方数据表明，除她之外，还有另外两名女性担任过齐佩瓦族部落首领。

特性，它强调“联结人们的不只是血缘关系，还有许多种不同的关系”①。小说记录了一个个家庭的破碎、重组、融合。最初玛丽的家庭破碎，她与弟弟在寻亲的路上走散，之后在姨妈家找到新的归宿，但又因为姨妈的重病而再次面临家庭的解体。玛丽于是又与弟媳塞莱斯汀及后者女儿多特重新建立了家庭，并将华莱士也接纳其中。塞莱斯汀与哥哥罗素由大姐伊莎贝尔带大，罗素中风后由塞莱斯汀照料，之后又在伊莱和弗乐的家中找到一席之地……这些纷繁交叠的人际关系都重申了齐佩瓦文化中独特的家庭观念。西方传统观念将户（household）和家（family）区分开来，一户人包括住在同一个屋檐下的所有人，不管是否有血缘或亲缘关系，而一家人则通过血缘或婚姻相连。② 但《甜菜女皇》中的家庭纽带从一开始就并不只建立在血缘关系上，它常常出现在失而复得的家庭/集体/族群关系之中，体现出齐佩瓦人特有的家庭传统观念："母亲不只是一个人的生母；她是一个人所有的关系（包括男性和女性，人与动物，个人与族群）。"③这一观念使得家庭单位既松散又紧密，说它松散是因为一个齐佩瓦家庭可能包含多重人际关系，而紧密是因为齐佩瓦族宽泛的家庭观念可以将更多人包括其中，使原本隔膜的人际关系变得更加紧密。厄德里克塑造的围绕多特而建构的“非传统新型家庭”④无疑是对这一观念的再现和确认。

小说后半部分，为了让多特树立自信心，华莱士花了一年的时间和心血筹划了一次甜菜女皇的嘉年华。这次狂欢会，如巴赫金所说，颠覆了正统的秩序。因为相比镇上其他女孩子，多特的性格、外貌、才艺都并非最为出色，但她却获得了“甜菜女皇”的桂冠，这使得这次加冕会具有些许狂欢化色彩，它与多特的家庭一样都属于颠覆常规的非正统力量。多特获得的不止是一顶皇冠，还是对她在家庭建构中所起作用的嘉奖。它表明厄德里克对建立在齐佩瓦族家庭观念上的特殊家庭的认同，这是对印第安核心价值观的呼应。

---

① Catherine Rainwater, "Ethnic Signs in Erdrich's Tracks and The Bingo Palace", in *The Chippewa Landscape of Louise Erdrich* [C]. Ed.Allan Chavkin.Tuscaloosa: U of Alabama P, 1999. p.148.

② 参见 George S. Masnick, Mary Jo Bane, *The Nation's Families*, 1960-1990 [M]. Boston: Auburn House Pub. Co., 1980. p.11.

③ Hertha Wong, "Adoptive Mothers and Thrown-Away Children in the Novels of Louise Erdrich", in *Narrating Mothers* [C]. Eds.Brenda D.Daly and Maureen T.Reddy.Knoxville: U of Tennessee P, 1991. p.177.

④ Louise Flavin, "Gender Construction Amid Family Dissolution in Louise Erdrich's *The Beet Queen*" [J]. *Studies in American Indian Literatures* 7.2(1995): 18.

三

厄德里克也曾谈及"整个[西方]文学经典"对自己作品的影响。[1] 两种文化的共同作用形成了《甜菜女皇》中创造性的空间书写模式。空间性每每与列斐伏尔(Henri Levibvre)以及迈克・克朗(Mike Crang)等人的理论联系起来,是当代西方文化语境下的产物。弗洛伊德早已提出房屋的门窗、阳台等结构与人体的对应性,加斯东・巴什拉也强调房屋、家宅与身体的联系,认为家宅是一种"灵魂的状态","表达着内心的空间"。[2] 空间书写在印第安文学中较为罕见,然而,在《甜菜女皇》中,这一看似缺乏民族特色的书写模式,却因为以印第安传统价值观为基础而具有独特性,并通过西塔和玛丽在比喻和现实两个层面上寻找自我空间的故事,反映出印第安文化的价值取向。

西塔不愿一辈子困在父母开的肉店里工作,对大城市现代公寓的渴望贯穿了她的少女时代。然而婚姻并未为西塔带来期望的改变,经历过两次失败的婚姻后,她开始尝试独立地掌控自己的生活。西塔家中的地下室是她前夫的娱乐室,有第一任丈夫的音响设备和第二任丈夫的收音机套装,是"属于[他们]的纪念碑"(*Beet*:281)。西塔扔掉前夫留下的东西,将自己的物品统统搬进地下室,并大声宣布"这里都是我的了!"(*Beet*:281)。她尤其享受用遥控器控制前夫购置的各种电器。遥控器隐含的是对生活的自主权和控制权,遥控身边的一切是她的前夫们曾经做到或想要做到的事,而如今她终于可以在这个完全的男性空间中留下痕迹、施展权力,也正因为如此,她才不顾劝阻执意要住在这里。

除此之外,她还将前夫的帆船小饭馆改建成高档法式餐厅,并以自己的名字命名。餐厅开业第一天,西塔特意邀请玛丽、塞莱斯汀用餐,以证明自己的能力。然而,塞莱斯汀和玛丽却觉得餐厅重新装修后"变得那么阴沉,几乎有点吓人",成了一艘"死亡之船",正"准备好出海收集灵魂"(*Beet*:116)。新餐

---

① 厄德里克熟悉西方文学经典,也采用一些西方作家笔下常常出现的叙事技巧,乔伊斯・卡罗尔・欧茨就曾称厄德里克为"魔幻现实主义者";参见 Allan Chavkin, *Conversations with Louise Erdrich & Michael Dorris* [C]. Jackson: U P of Mississippi, 1994. p.221.

② 详见加斯东・巴什拉:《空间的诗学》[M].张逸婧译,上海:上海译文出版社,2009 年,第 74 页。

厅的内部装饰“非常假,宽敞的屋子里影影幢幢”(*Beet*:116)。不论是“死亡之船”还是“阴沉”的装潢都强调餐厅缺乏生命力,也是玛丽眼中西塔生存状态的最好写照。不仅如此,西塔认为赋予她控制力的地下室也成为禁锢她、使她与世隔绝的牢笼,她拉起厚厚的窗帘,终日生活在黑暗之中。

与此相对,空间意象却勾勒出玛丽逐渐走出封闭自我、重构心理空间的过程。幼年时,玛丽与母亲弟弟靠母亲的情人奥博的接济度日,除了偶尔来访的奥博,他们“几乎不见其他任何人”(*Beet*:5)。幼年封闭的生存空间,被忽视、被抛弃的痛苦,使玛丽的心理空间既封闭又残缺,对家庭和亲情缺乏信任,以致被弗里兹姨妈收养之初,她所想到的只是尽力博取姨妈的欢心,“打算要让他们需要我,永远不让我离开”(*Beet*:19)。后来姨妈的关怀以及塞莱斯汀的友谊逐渐使玛丽改变对家的看法,这一转变在玛丽的梦中以房间的意象体现出来。玛丽看到“有许多空房子,房间都很深。我在房子里四处游荡,从不会迷路,但也不太肯定身处何处,直到我走进一个熟悉的房间,我会在这个房间里等他”(*Beet*:79)。分隔的房间隐喻玛丽的多个心理层面,其中既有童年被母亲抛弃而产生的心理创伤,也有当下的新生活带来的内心冲击。潜意识中,这些层面被区分开来,就像不同的房间一样构成她心理的空间。这种区分,以荣格的理论来说,是一种精神层面的自我保护,使她当前的生活不受童年时期创伤性记忆的影响。最初玛丽对母亲抛弃子女的行为毫不宽恕,当母亲写信询问她们的下落时,她冷淡地回复:“你的三个孩子都已经饿死了。”(*Beet*:58)她觉得“我的心结了冰,我对她没有一点爱”(*Beet*:16),甚至幻想让母亲坠机作为惩罚。而在梦中,玛丽却总在不同房间中游荡,这暗示她潜意识里一直希望能在记忆与现实间建立联系,与过去达成和解。以爱为基础的家庭关系与她童年时期体验过的以利益交换为基础的家庭关系完全不同,因而对她而言就像“从未住过”的房间;而她一直以来对亲情的渴望、与姨妈、塞莱斯汀建立的新关系,又使得这个“房间”是“熟悉”的。房间中的“他”在小说中并未言明,他既不是玛丽曾抱有好感的罗素,也并非现实生活中的任何人,“他”象征着玛丽对全新的家庭关系的期待。这一期待随着塞莱斯汀的女儿多特的降临而变得更加触手可及,她带来的网状纽带幻化为玛丽另一梦中的全新图景:

> 天黑了,夜变得香醇而柔软。在她睡着的地方,玛丽听见野李子成熟了,它们在细细的枝头长大然后在风中跌落于地面。午夜梦回,她听到李子坠入深草的声音,然后把它们收拢在一起,在自己身边围成壮观的一堆。(*Beet*:143)

开阔的草地与前一个梦中带有压迫感的房间形成了鲜明的对比，玛丽在这里感到放松、愉悦。果实的意象在美国女作家西尔维亚·普拉斯的《钟形罩》中也曾出现，它承载着女主角对于女性社会价值的追问，成熟后迅速枯萎、坠落的果实包含着女性的诸多无奈。而在玛丽的梦中，李子的意象却充满了希望和圆满（玛丽将它们拢在身旁）。李子象征着丰饶和生育，表达出玛丽对亲子关系的向往，这片草地也成为一个自然/母亲、果实/婴儿互相融合的亲密空间，不仅人与自然的间隔被消解（醇香的夜，草地上熟睡），亲子之间的关系也更加紧密（坠入深草并聚拢的李子）。人与自然、母亲与婴儿形成的和谐并置关系，正是印第安文化中“万物皆相连”观念的体现，与自然的和谐相处伴随着玛丽对周围的人与事的接纳，健全的人格心理开始形成。

两个与空间有关的梦作为玛丽的人生注解，与自然、家庭有着千丝万缕的联系，也从一个角度解释了为什么玛丽与西塔同样通过空间进行身份构建，结果却大不相同。印第安文化提倡个体的存在以家庭、部落为基础，“身份并不是寻找自我，而是寻找人际关系中的自我”[①]；与西方个人主义不同，在印第安文化体系中，个人主义与集体主义相比甚至是“消极的价值观”[②]。西塔构建自主性的过程充满个人主义色彩，完全背离了该小说总的伦理取向。另一方面，家庭、部落和族群在印第安文化中具有相似的内涵。玛丽以家庭为坐标，在构建与家庭的联系和纽带中寻找完整的自我，而西塔的人生故事却与家庭渐行渐远，从幼年与父母的疏远到之后婚姻的失败，再到拒绝玛丽、塞莱斯汀的一切善意、与世隔绝，她的生活轨迹始终游离于家庭与族群之外，她的命运因而并非如一些学者所说是作者对性别政治的强调[③]，而更多体现出作者对印第安传统文化的思考和观照。西塔受挫的个人主义、封闭的生活轨迹，都反映了与印第安传统文化的集体意识相背离后人的孤独和异化，美国学者肯尼斯·林肯因此强调集体主义观念对于印第安文学的意义：

---

① William Bevis, “Native American Novels: Homing in”, in *Critical Perspectives on Native American Fiction* [C]. Ed. Richard F. Fleck. Washington: Three Continents, 1993. p.19.

② Paula Gunn Allen, *Spider Woman's Granddaughters: Traditional Tales and Contemporary Writing by Native American Women* [M]. Boston: Beacon Press, 1989. p.9.

③ 参见 Susan Meisenhelder, “Race and Gender in Louise Erdrich's *The Beet Queen*” [J]. *Ariel* 25.1(1994): 45-57; Susan Perez Castillo, “Postmodernism, Native American Literature and the Real: The Silko-Erdrich Controversy” [J]. *Massachusetts Review* 32.2 (1991): 285-294.

> 真正的印第安文学是部落的;它的支点就是相互的关联感。对印第安人来说,部落就意味着家庭,不只是血亲,也指大家庭,氏族,族群……它意味人类群体共有的基本东西,不管是什么,都是创造共同抵御痛苦的纽带的催化剂。[①]

按照林肯的标准,对部落主义的观照无疑使《甜菜女皇》具有“真正的印第安文学”的特点。小说结尾,玛丽、卡尔、华莱士和塞莱斯汀这几个原本孤独而隔膜的人终于在甜菜皇后嘉年华上找到了“关联感”和“抵御痛苦的纽带”,虽然周围人潮汹涌,但他们围成一个“小团体”,“始终在一起”,“站得稳稳的”(stood rooted,*Beet*:328)。这里“rooted”不仅表示他们站得稳,更暗示他们从家庭、集体中得到了根基,唯有如此,才能找到自己的身份与定位。这种在回家路上获得自我认知的成长方式,与《哈克贝利·芬历险记》等西方成长小说中离家而成长的模式迥然不同,“对印第安人而言……与人际关系中的时间和空间隔离开就等于失去自我身份”[②],个人可以从家庭和集体的纽带中获得自我建构的力量,“回家”不仅指主人公回到家乡,更隐喻精神上回归传统,“通过留下来而找到自己的身份”[③]。因而《甜菜女皇》将个人身份建构深植于家庭中,将个人的存在建立在与他人的关系之中,这在更广阔的语境中与印第安传统的价值观相互呼应:人们生存的意义在于与他人之间“看不见的线”(*Beet*:176),它联结着人们的生活,用人际关系构成“复杂的房子”(*Beet*:176),帮助人们形成自己的身份和定位。

结　语

厄德里克在访谈中多次表示“想要刻画出可歌可泣的印第安人形象,不是

---

① Kenneth Lincoln, *Native American Renaissance* [M]. Berkeley: U of California P, 1983. p.8

② William Bevis, “Native American Novels: Homing in”, in *Critical Perspectives on Native American Fiction* [C]. Ed.Richard F.Fleck.Washington: Three Continents, 1993. p.19.

③ William Bevis, “Native American Novels: Homing in”, in *Critical Perspectives on Native American Fiction* [C]. Ed.Richard F.Fleck.Washington: Three Continents, 1993. p.19.

模式化的印第安人，而是任何非印第安族裔都能认同的角色"[①]。这体现出厄德里克对于跨文化共通价值观的追求。一方面，她的作品着力表现齐佩瓦族的价值观，这种价值观或许与其他种族有所不同，但由于都以个体与家庭、集体的关系为着眼点，使得更多非齐佩瓦族的读者对该文化产生共鸣。另一方面，小说中的人物也较为多元化，既有齐佩瓦人，也有白人和混血儿，这样的角色设置逾越了种族的羁绊，更易于传达印第安文化、价值观并获得认同。

从这个意义上看，厄德里克在《甜菜女皇》中对印第安性的书写是当代印第安文学创作中的独特一笔。小说虽不能说完全绝缘于种族、政治等问题，但却提供了另一种方式书写当代印第安民族的生活经验，这种经验基于社会伦理生活，以各种族都能认同的普遍价值观为基点，将印第安文化中的重要形象蜘蛛女与讲求集体、母系传统等核心价值观，投射于非印第安裔读者也能认同的人物故事之中，不仅传达了印第安性，也使作品充满时代气息和普遍吸引力。然而，这一创作策略并未得到应有的肯定。从"西尔科—厄德里克之争"可以看出，评论界对于族裔作品的认定过于依附于政治、种族因素的存在或缺失，这与将印第安人简单概括为"高贵的野蛮人"这种本质主义的归类方式并无不同。因而，厄德里克通过"非印第安"的书写方式传达印第安传统价值观和思想的创作有其价值和意义，它提示了另一种形式的文化表达，期望通过建构超越种族的阅读空间来还原现实生活中的伦理、道德等社会关系，避免过于强调作品的族裔性而使其沦为政治或种族问题的记事簿，最终阻碍族裔文学的整体发展。

（原发表于《外国文学评论》2011 年第 4 期）

① Laura Coltelli, *Winged Words: American Indian Writers Speak* [M]. Lincoln: U of Nebraska P, 1990. p.48.

族裔界限的延展与消散:《手绘鼓》

张　琼*
(复旦大学外文学院)

摘　要:本文评析美国作家路易丝·埃德里克 2005 年出版的长篇小说《手绘鼓》,指出这部作品在延续作家以往创作主题和模式的同时,更加明确了一个逐步形成的族裔创作趋势:"族裔"界限不断消解,族裔自身是一个同化和异化的动态过程,而对此采取的批评视野也应该不断延伸扩展。小说中作家的创作意图不断深入,通过"事物间的空隙"这个关键词,以超越族裔范畴的文化态度揭示了当代人类的生存困惑,同时又以其独有的创作手法,即叙述声音的轮唱转换,汇集了具有解构和重构作用的族裔元素,不断丰富着读者看待问题的视角和方式,并借助"人人都是印第安人"的隐喻,揭示了人文精神和文化关怀的实质。

关键词:美国本土文学;埃德里克;《手绘鼓》;族裔批评

引　言

美国作家埃德里克(Louise Erdrich,1954—)自 20 世纪 80 年代以来发表了多部关于美国印第安族裔生活的系列作品,她尤其擅长揭示本土文化在强势的文明同化过程中所呈现的生命力和渗透力。埃德里克 2005 年出版的长篇作品《手绘鼓》(*The Painted Drum*)依然延续着作家的创作主题和模式,渐进而坚定地向读者透露着一个愈发明朗的族裔创作动态,即作家依然不断地延展和逐步地消解着"族裔"界限,为这一领域的批评提供一个无限延伸的新

---

* 作者简介:张琼,教授,研究方向为英美小说与诗歌、莎士比亚及改编、美国本土裔及华裔文学等。

视野。

《手绘鼓》仍然以多重叙述的轮唱形式展开,故事伊始,第一位叙述者特拉弗斯(Faye Travers)就以现实主义的真实为大家讲述了自己经历的情感故事。年届五十的菲亚是个有着四分之一印第安血统的女人,她避开喧嚣的都市,回到新罕布什尔州的乡村,希望和母亲一起过清静的生活,共同打理小家庭的生意,整理、估价和买卖一些当地的古董收藏品。这时,她与邻居、一位德国裔的石雕艺术家克拉赫(Kurt Krahe)有了一段隐秘的私情,而身为鳏夫的克拉赫有一个性格倔强的女儿,她和菲亚之间彼此怀有本能的敌意。当女儿不幸死于一场交通事故后,克拉赫越来越依赖菲亚,并逐渐将两人的关系公开化。为此,长期处于焦虑和不安状态的菲亚决定重新审视自己的感情,追溯自己家族的历史,以期从中疗治心病。一天,菲亚在帮助一个大户邻居塔特罗(Tatro)整理家族遗物时,在阁楼里意外地发现了一只装饰精美而传统的手绘鼓,并在走近这只鼓的时候,听到"一个深沉、低柔、带有共鸣的声音",感到那声音响彻脏腑。(Erdrich 39)这只奇异的鼓一下子捕获了菲亚,让她着迷、惶惑、不由自主地将手绘鼓据为己有,偷偷地带回家。塔切的祖上是个专营印第安手工制品的商人,而那只来历不明的手绘鼓不断地让菲亚产生幻听和幻觉。正如菲亚母亲所说:"鼓是一个宇宙……尤其是一只手绘的鼓,它被看作是生灵,像灵魂需要供养一样,它也要养分,它旁边要摆放烟草和一杯水,有时要放一盘食品……它比人的骨骼更具有生命力。"(Erdrich 43)于是,小说的情节发生突转,叙述者发生了变化,视角也不断转换,但是他们都跟随并围绕着鼓的历史和现状,从各自特定的历史与现实片断中,逐步将故事延展并再次汇拢于最终的主题。

小说的第二位叙述者是生活在北达科他州印第安保留区(也是埃德里克最擅长展现的故事背景)的印第安后裔伯纳德·沙瓦诺(Bernard Shaawano),也是菲亚最终将手绘鼓归还的主人。自伯纳德拿起叙述接力棒后,印第安口头文学的叙说特质就臻于明朗瑰丽。原来,手绘鼓展示的是一段痛苦的心路历史,是伯纳德的祖父在遭遇了情变的痛苦之后,为了纪念死去的女儿而制作的。而且,在祖父的梦中,女儿的亡灵不断鼓励、指点他,告诉他何处找木材,如何构造形状,装饰手工制成品,并要求将自己的骨骸放置在鼓的内部,由此,他最终完成了这只神奇的鼓。但随着伯纳德叙述的深入,故事走向了一段向前望的新开端。

作为医院的勤杂工,伯纳德的口述故事和一个印第安裔的年轻母亲艾拉(Ira)以及她的三个孩子联系起来。最终,因为艾拉和子女们在一场风雪之夜的遭遇,伯纳德叙述的手绘鼓传奇最终与现实结合到一起,他口中的历史也由此与当代生活和未来的展望有了密切的关联。艾拉独自抚养三个孩子,竭尽全力地以各种途径维持一家人的生活,一次决策错误,她将三个孩子留在家中,独自一人出外寻求帮助。孩子们取暖不慎,导致大火烧毁了房子,在冷饿难耐的深夜,他们只有一同走出户外寻找庇护。生命垂危之际,大女儿竟然循着心里的鼓点声,挣扎地拖着弟妹走到伯纳德家,从而全家获救。那只手绘鼓神奇地解救了印第安后裔,也为之前曾经困惑的菲亚解开了心锁,甚至为每个人送来了希望和慰藉,并改变了大家的生活态度。

一、不断延展的界限

小说中,埃德里克依然坚定而以一贯之地写着她那片熟知的土地和人民。一系列的作品各自交叉、互文地建构着她的"族裔王国"和想象版图。然而,从作家的第一部《爱之药》开始,读者似乎能看到她所坚持的创作延展性。虽然,有人或许会担心,埃德里克笔下如此固定的土地,相似的本土文化背景,是否会让读者在雷同中产生疲劳?不过,这样的坚持似乎更有效地强调了一种延展性,揭示了作家所要昭示的创作理念。

麦迪诺等在《教授美国族裔文学》中强调,"美国族裔作家促使我们重新思索和调整文学,包括其边界、主题、形式。或许这是因为……族裔是一个过程,是同化与异化之间的动态关系,而不是一件产品。"(Maitino & Peck 4)从这一角度看,我们可以发现,埃德里克二十几年来的创作,正是在不断深入地揭示这一动态的过程,而族裔文学批评也日趋展现了这一平行发展的态势,即传统的、经典的学术批评方法并非适用于这个开放而动态的领域,而一个更具有弹性限度和开阔的批评视野正在悄然形成,补充并丰富着我们的文学创作。例如,从埃德里克等本土作家的文学诠释来看,读者逐渐认识了传统印第安视域中的历史和地理观,了解他们有着不同的空间和时间概念,以及这一族群对于文化创伤和强制性文化同化政策的态度。但是,在深入阅读和逐步了解的过程中,如果普通读者能通过这种本土文化的视点,以全新的目光来注视与反思自己的历史和生存境遇,那么,族裔文学创作的延展性就逐渐凸显出来。

首先,埃德里克在这部作品中展示了自己在创作力度和角度上的深入与延展。开篇不久,她就通过菲亚的叙述,迅速而准确地引入了一个关键词*Zwischenraum*(事物之间的空隙),从而以纵深的角度推出德裔石雕艺术家库尔特·克拉赫的空间观,即"事物之间的空隙"(the space between things),并强调自己有时就是这样看世界的。这个地道的德语词汇挑战了读者的心理期盼,以超越族裔范畴的文化态度揭示了我们的生存困惑,也延伸了作家一直在思考的创作主题,即我们如何通过彼此之间的空隙,不同文化之中的空间来看待自己赖以生存的环境。

在菲亚与母亲的关系中,那段空隙是妹妹与父亲离开人世所带来的心理阴影。在菲亚与克拉赫之间,那段空隙是彼此无法走入的"往事"情结。然而小说中最不可思议的一段情爱间的人际空隙,就在伯纳德所叙述的一段先辈的回忆中。伯纳德的祖父曾有个名叫安娜珂特(Anaquot)的印第安爱妻,他们育有一儿一女。可是,安娜珂特竟然无可救药地爱上了丈夫之外的男人,并为他怀孕生下孩子。此时,"空隙"就揭示了异常微妙的情爱关系,"当一种爱燃烧得太过熊烈,它会灼烧爱所抚过的任何人。年长的妇女都知道这样的爱就是祸害"(Erdrich 122)。冬天来到后,安娜珂特带着女儿,和刚生下的私生女,离开丈夫和儿子,投奔情人而去。途中,为了拯救自己和襁褓中的幼女(即后来成为埃德里克系列小说之主要女性人物的芘勒杰(Pillager),她被迫牺牲了长女的生命,使孩子葬身饿狼之腹。此后,安娜珂特竟然是被情人的妻弟带到情人的妻子那里,而两个女人和一个男人之间的错综关系进一步展开了,她们为了爱情、亲情、友情而纠缠在嫉妒、背叛、愤怒、复仇、默契等情绪中。

这一段段人与人之间的空隙和复杂关系,一如既往地延续着埃德里克创作中所要揭示的生存追寻。从这个德语词汇所辐射的各种人际关系中,读者感受到的是印第安族裔这个不断变化的群体,他们在联合、冲突、异族通婚中汲取着新的生存理念和技术,成为一个彼此具有特定空隙的族群,无怪乎有学者称:"印第安历史并不停留在19世纪,印第安文化不是博物馆展品,它们没被凝结在时间里,没有被存放在玻璃罩下面。它们发展演变、成长,并不断地自我更新。"(Iverson 175)正是在这一段段持续不断、推陈出新、百听不厌的口头叙述中,埃德里克不断将火候烘托酝酿着,让读者们渐进地领悟到她笔下人物与自然和传统的那种和谐而牢不可破的关系。"事物之间的空隙"在《手绘鼓》中始终是个只可意会的概念,然而在读者的阅读中,一代代之间的历史空隙似乎是没有清晰界限的,情节、情感,甚至是那只起着枢纽作用的鼓都在时空中自由穿梭,从过往来到现在,又指向了未来,留下来的就是人类对生命、神秘、创造的敬畏和荣耀感。

其次,从作家的写作角度看,《手绘鼓》也给读者呈现了某种延伸和拓展。众多的批评者或许尽可以用不同的批评角度来看待这部作品,无论是从新批评的细读看到细节之美,意象之深,从神话原型角度诠释族裔文化母题,还是从读者反应理论中看到阅读的共生和互文性,我们或许得承认,对于《手绘鼓》这样的作品,大家总是习惯于依托固有的欧美文学批评理论和视角,不断探究其族裔和民族的文化符号与特色。诚然,埃德里克接受过传统的欧美学院派的文学创作及批评教育,而作为其思想载体的创作工具也是英语,从一定程度看,我们以同样的批评体系来评判其作品也是顺理成章的。然而,在埃德里克本人的一次访谈中,她坦言自己首先是把美国印第安人作为第一读者群,希望这些读者能认可自己充满个性张力的浓烈创作风格。因此,跨越在这种文化差异和文化交流的空间中,埃德里克的创作方法也不断引出人们的争议。例如在小说的第二段叙述中,埃德里克延续了以往的创作风格,转换叙述者,让伯纳德说出了一段与这只鼓的来源有关的伤心往事。然而,从第一部小说《爱之药》开始,循环式的人物和细节不断重复着,如何让这些看似陈旧的线索转接一次次地捕获读者呢?作家的写作魅力是无以抵挡的,在我们说不清道不明的再次感动和沉浸中,有一个事实还是不容置疑的,即《手绘鼓》是十部小说中,在历史与现实、过去和现在等时空关系上穿梭得最自然流畅的力作,故事和故事间也串联过渡得最纯熟。叙述声音的转换是贯穿十部作品的固有手法,然而细节上却更加水到渠成。作为开场叙述者,菲亚所从事的职业就是经营和评估历史文化遗物与先辈留下的手工艺品,她可以从中感知往昔和另一个世界,而她本人的族裔混血身份就是某种译介的桥梁。另外,伯纳德的父亲在殖民时期,受到朗姆酒和啤酒的诱惑,将鼓卖给代理商的换购行为,也为不同文化和时空的联结提供了很好的情节发展契机。

尽管作家坦言,她的第一读者群体为美国印第安裔,但是在小说中,她更深入地与本土文化之外的"外行"读者进行了交流,以四分之一本土血统的菲亚作为介入者,逐步转换并深入到伯纳德吟唱般的、更原汁原味的、印第安风格的口头叙述,让阅读文字的过程渐变为仿若倾听声音般的感受,让读者逐步消除身份芥蒂,不知不觉地感知另一种思维和世界观。不过,埃德里克不断在小说中贯穿的叙述理念似乎是:叙述情节本身比叙述者重要,因为"叙述者并不是意义的最终决定者,事实上,情节是一个变量,并不是属于某个特定'作者'的'确定文本'"(Rainwater 152)。或许,这也是作家在系列作品中始终坚持以多角度、人物的叙述来传达意义的一个重要的原因。同样,在《手绘鼓》中,每个叙述者都在困惑和质疑中,他们毫不掩饰自己对整体意义的无法确定性,把意义的决定权,或者更确切地说,就是生存的困惑,交给了读者。

在伯纳德的叙述中,他的父亲因为自己的姐姐舍身喂狼解救了母亲与弟弟妹妹，从而背负了歉疚与伤怀的灵魂创伤。但是这个创伤，却在多年后儿子伯纳德的阐释中延伸出更深远的意义。多年后，伯纳德劝慰父亲，

> 你是否想过，如果你的姐姐不是那么善良勇敢，如果她不是从考虑全局出发，事情又会怎样？她知道狼只是饥饿了，她明白它们只是有生理需求，她知道你是独自一个人留在雪地里，知道自己疼爱的（车上的）婴儿（他们的妹妹）不能没有母亲，知道只有叔叔认路，清楚地意识到车上只有一个人可以牺牲，否则大家都要死。（Erdrich 117）

更值得思考的是，伯纳德在此后的叙述中，把自然界生命的平等和尊严又以狼的视角进一步讲述出来，让似乎是某种印第安人的生存诠释成了读者的共同领悟。伯纳德告诉大家，他曾经和一位长者对话，长者与狼有过近距离的眼神交流。狼盯着人的眼睛，相互凝视了很久，在灵魂的对话里，狼提出了一个问题，“你想死吗？”而这位印第安人的回答是：

> 狼，你的同类到处被人从空中猎捕、地上投毒，人看到你们就杀，你们不得不远系繁殖，被关进牢笼，甚至被灭绝。你们怎么还能带着这样的痛苦继续生存下去呢？怎么能克制自己不反身自毁，就像我们许多人在遭遇到类似境遇时那样呢？（Erdrich 120）

狼用持久的注视回答了这个问题：“我们活着就是因为我们存在着。”从这个叙述角度看，印第安后裔所给出的“认命”生存准则似乎并非作家主体上要强加给读者的，意义的不确定性让读者在看到，甚至听到这一段段故事后，能从不同的角度来看待“如何有效而坚定地生活下去”这个生存问题，因为和作者及每个叙述者一样，大家都在经历着混沌和永恒的生存困惑，而印第安手绘鼓从死者开端，经历各种人物的生死沉浮和历史变迁的过程，其本身就是作家通过印第安人独特的生死观，传达给现代人的一种生命启示。在此，作家将所有读者（无论是印第安裔读者还是更广泛的普通读者）先入为主的很多思维框架和观念都放在各段叙述中，形成了人们质疑和思考的新问题；当然，埃德里克并不满足于提出问题，她更深一层的愿望是要汇集这些具有解构和重构作用的族裔元素，从而改变读者看待问题的视角和方式。

在菲亚的叙述中，克拉赫具有典型的当代美国人的多元特征，他最早从堪萨斯州的农场迈向纽约，在随后的经历中附加了层层叠叠的文化身份，“带有

仿造的欧洲式的倦怠,好斗的男性沧桑感,此外,还对别人的宗教信仰怀有一种路德教的审判态度……";同时,在揭示自己的时候,菲亚也从一个自信地认为自己同时具备本土风格和全球意识的文化旁观者,一个摆脱了"本土"标签的艺术女性,逐步进入了印第安文化的深层认识。在这个很微妙的思想进程中,各种负载着印第安文化标志和象征的元素交融起来,无论是那只不仅给伯纳德祖父,还有艾拉一家,甚至是菲亚等人带来过希望、救助和慰藉的手绘鼓,还是具有独特生存意志的狼,甚至包括精灵般自由而迅疾的乌鸦,尤其在菲亚的那句"我越了解人,就越喜爱乌鸦"的表述中,作为倾诉对象的读者被第一人称的叙述直接赋予信任,担任起心腹知己的角色,"我们(读者)需要做出反应,需要构筑起各种联系和形式…是她(作家)让非印第安裔的美国读者进入一个异质的历史和现实的织网中,而且如此引人入胜"。(Maitino & Peck 83)当然,这个过程,正是在埃德里克错综复杂、环环相扣、渐入佳境的叙述中达到的。

在创作意图和写作手法的延伸和发展中,《手绘鼓》也进一步走上了拓展读者视野和转换思维框架的进程。这一点,或许也是族裔文学研究者们新近的认识,因为根据莫里森编著的《美国印第安研究》,"直到近期(20 世纪 90 年代末期),在西方思维培育下的文学批评者们对本土文学的研究方法,才开始与他们研究乔叟、埃米莉·狄金森,或是威廉姆·福克纳文集时的批评手法相提并论"。(Morrison 265)同时,学者还提出,在面对一些本土文学作品时,我们得学会"抛却",遗忘固有的思维和批评框架。

《手绘鼓》是埃德里克进一步揭示"抛却"的作品,无论是作品中的人物,还是作品外的读者,大家都要抛却和遗忘一些旧有的问题视角,尤其是读者,我们在阅读过程中是在不知不觉地跨越文化差距,是在城市现代性中重回自然的神秘和原始,无论这种神秘原始是象征性的,还是现实性的,它强大的逻辑力量已经征服了许多读者的内心。菲亚在自以为出世的冷漠中,被这只印第安手绘鼓捕获,不惜以"偷窃"来暂时占有它。因为这只鼓,菲亚重新梦见死去的妹妹在另一个世界的平行时空里快乐地生活,由此菲亚抛却了缠绕不去的记忆困惑和内疚;因为这只鼓,历史、现实和未来有了很好的交融,而读者也从另一个视角理解了背叛、爱情、牺牲的另一层含义,明白了心灵疗伤的意义。

手绘鼓除了在不同时空中有着神奇的心灵治疗功能,也能用某种"循环"模式来裁决人的罪恶。小说中,安娜珂特背叛了丈夫,爱上了杰克(Simon Jack),而后者却在妻子和情人之间游移不定,无法忠实于情感。故事中,西蒙最终疯狂地在手绘鼓的鼓点中舞动不止,直到累死倒地,而死去后,人们才发现他身上那件妻子和情人共同编织的衣服已经勒入肌肤,无法剥离,而他离开人世的地方，也恰好是情人抛弃丈夫儿子的起点。和我们平时的思维方式不同的是，埃德里克小说中的时间和空间有其能动性、发散性和循环往复性。这为我们提供了新的主观能动的感知角度，并使我们通过独特的个体和群体关系来重新定义生存意义。通过小说中不同人物的叙述，读者能动地穿梭在不同的空间和时间中，从一个个时空点回溯，而后返回现实，指向未来。在想象的空间中，神话、历史、传奇般的语境让人物通过个体和集体的回忆，对此在有了深刻的反思。

二、逐渐消散的界限

从一定意义上看，埃德里克的《手绘鼓》，似乎不断通过解构现代读者的思维框架，在凸现印第安族裔元素的同时，也在努力消除读者和批评者一直要设定的族裔写作与主流文化的界限。甚至有学者指出，“族裔可以被视为是一种‘创造’而不是一个确定的概念”，而美国著名的族裔研究学者索勒斯也曾提出，“族裔不断地被再创造，族裔不仅仅是一种文化的生存（更不用提生物学意义上的生存）；人们（当然也包括族裔作家们）在建立新的特点，设定新的界限，形成新的群体的过程中，它不停地被再创造”。(Maitino & Peck 13)由此看，界限原本就是人为的、概念的，而非固有和本质的。

那么，到底是什么因素让人们判定小说属于“本土美国”文学？是埃德里克的族裔身份吗？可她只有八分之一印第安血统，从生物学角度说更多为欧洲后裔。是小说内容吗？还是其他更为重要的原因？倘若将族裔文学的界定放在一个更深层的角度来看，或许会发现，读者在故事发展中的自身身份介入和视域的形成也在一定程度上起了关键的作用。有学者认为，“最普通的符号在阅读的社会语义转换中，也会具有族裔特性。”(Chavkin 6)那么，是否也可以从反向思维来看：其实，从深层的体验角度看，人人都是印第安人，而这一共通的认识，消弭了人们最初设定的界限。况且，从客观上讲，根据人种学研究，也确实有相当比例的美国人祖上有印第安血统。索勒斯甚至认为，“美国文学从总体上而言，可以被认为是祖先的足印，或者是以往的族裔群体生活，以及现在族裔间的紧张关系所烙下的印记。”(Chavkin 145)任何美国文学究其根本都带有深刻的族裔性，或者反言之，我们也能从少数族裔文学中，发现这道界限的设置有时反而产生阻碍作用；而埃德里克的创作，也就越来越反映出它对所谓的主流文化文本的不断解构和模糊。

这种对界限设立的干扰因素,往往被粗心的读者忽略,他们在阅读《手绘鼓》的过程中,常常过于关注"印第安特征",认为这是停留在排他性层面的族裔元素,而族裔作家对此会有权威性的阐释能力,是一种表现他者的"奇异"能指,其实,这种预设恰恰是使阅读无法进入深层面的某种障碍。

实质上,埃德里克作品的魅力在于它从全新的角度揭示了每一个现代人的生存焦虑和生存意义。《手绘鼓》中的三段叙述围绕着同一个文化象征,表达了生存的思索、对自然的溯源探寻,以及对生命的激情和困惑。菲亚在主流文化中沉浮了半生后回到乡村,在对往事的回忆中,她渴望自然、爱情、亲情、传统文化的慰藉;伯纳德的叙述从更本能、神秘的角度启发了人对生命的渴望,狼的那句"我们活着就是因为我们生存着",更让我们明白了生命不息,尊严不止的意义;而在第三段故事中,鼓点声拯救了雪夜中三个孩子的生命,而神奇的是,这声音只有渴望生存的女孩能在灵魂深处清晰地听到,被唤醒。作品在尾声处,也在一定程度上唤醒和激励了菲亚,让她敢于接受新的情感和信念。埃德里克在系列创作中的独特之处在于,她从来不在叙述中解答困惑,她藐视所有"知心大姐式的"灌输和劝解,而是尽量以自然主义的真实来展现问题。在该书的后记中,作家如此坦言:"我只能肯定的是,所有故事都有其存在的时序性,也确实发生过,然而我也认为,在狼对人的胆怯和策略性回避一事上,故事与事实是背道而驰的,我已经努力在这两方面都尽量保持真实。"(Erdrich 277)或许,这种真实就是埃德里克创作中对待历史和传统的一个态度,菲亚在树林里的感受已经把这个问题揭示得淋漓尽致:"在树林里,没有正确的路可走,没有足迹可跟随,只有生长的法则。你必须把是非概念抛却在身后,只需环顾四周,路就有了,那里有树枝缠绕、掉落,在根部分叉,谁长得最茂盛取决于在它地下的是什么。"(Erdrich 25-26)埋在地下的枯枝败叶和旧时废墟为长出地表的大树提供了真正的养分,而这段对历史传统与往昔文化的隐喻,就一直萦绕在小说的始终。印第安文化和族裔特征,究其实质,就是埋在地下的历史和传统养分,地表以上的茂密树叶和阳光下的现实成长是作家和每个读者应该思索的问题,为何菲亚、伯纳德、艾拉在小说中会有那样的领悟和叙述,为什么他们会不时地困惑和彷徨,为什么回忆过往和展望未来会交织在此刻生活的每一个瞬间?这些问题,似乎不再是印第安族裔和文化能够涵盖的了。

换言之,菲亚在小说最初,以克拉赫的德文词汇 *Zwischenraum* 提出了一个贯穿小说的深层问题,历史与现实及将来、新罕布什尔州乡村与现代都市、个人生活与集体归属、情感现实与创痛回忆,这些间隙都是每个现代人的生存问题。这也是为什么有学者认为埃德里克能像七十年前的福克纳一样,通过一个类似于约克纳帕塔法的小镇，让读者走入更深的灵魂领域，探究生存和人际关系。埃德里克的创作，打破了主流文学的某些固定象征和文化符号，给读者一个独特的间隙来看待曾经被异化的本土美国传统和处于强势的主流文化，从另一种偏离“经典”的角度对待人的生存境遇。在马赛克式的故事拼贴中，碎片般的生活和心灵需要弥合，而同样在现代人“寻找心灵家园”的困顿中，她的小说给了读者一种隐喻性的答案和反思。

从《手绘鼓》中，读者读到了从来不是单向度的、简单的文化同化和反抗问题，而是某种借用、转换和保存的文化间的间隙关系。在一次访谈中，埃德里克曾经对这种文化转换力如此评价：“那就是印第安文化的力量之一，你尽可以采用、选择、保存，甚至抛却它。”“埃德里克不耽于（文化的）失落，而是强调人们可以获取力量的方式，哪怕是在最遭受毁坏的（文化）境遇下。”（Maitino and Peck：87）由此，我们可以相信，埃德里克在《手绘鼓》中更关心的是她通过这个本土的、古老的、异域特色的视角所看到的灵魂内界，她所设计的三段不同时空下的故事，围绕着那只神奇的鼓，放出了不同的线索，而阅读过程就是我们按线索溯源，找到联结点、发现关系和线路的过程。

虽然埃德里克认为，只要人们读她的作品，她不会介意只被定位为美国本土作家，但是她最大的愿望却是，“人们此后能在十年或二十年中都阅读自己的作品，把我视为是从全方位多角度表述美国人生活经历的作家”（Chavkin 185）。其实，从《手绘鼓》的作家后记来看，埃德里克的故事素材也大多来源于本土历史材料，并非亲身经历。而读者心目中真实的印第安世界，从某种角度看，也同样是作家的文学想象疆域，其间充满了幽默、诙谐、忧伤和感悟。熟知埃德里克系列作品的读者或许已经很了解这片同样是“邮票大小”的北达科他州的印第安保留区，他们或许更明白，作家的想象疆域已经超越了这片土地所能承载的时间与空间。

菲亚在《手绘鼓》的最后说出了这样一段话：

> 你必须去爱，你必须去感受，这就是你此刻活在尘世的原因。在这里，你拿心灵下赌注，做好被吞噬的准备。当你被摔碎、背叛、抛弃、伤害，或接近死亡时，请坐在一棵苹果树下，倾听着果实落下来，堆起在你的四周，枉费了所有的甘甜。请告诉自己，你已经尽力品尝了。（Erdrich 274）

显然，在逐步消散的界限和隔阂中，埃德里克把读者的感知打磨得更为敏锐而热烈。

参考文献

[1]Chavkin, Allan. *The Chippewa Landscape of Louise Erdrich* [M]. Tuscaloosa and London: U of Alabama P,1999.

[2]Erdrich, Louise. *The Painted Drum* [M]. New York: Harper Collins Publishers,2005.

[3]Iverson, Peter. *We Are Still Here: American Indians in the Twentieth Century* [M]. Wheeling: Harlan Davidson,1998.

[4] Maitino, John R., and David R. Peck, eds. *Teaching American Ethnic Literatures: Nineteen Essays* [C]. Albuquerque: U of New Mexico P,1996.

[5]Morrison, Dane, ed. *American Indian Studies: An Interdisciplinary Approach to Contemporary Issues* [C]. New York: Peter Lang Publishing,1997.

(原发表于《外国文学》2009 年第 6 期)

论印第安作家厄德里克小说中的边界主题

蔡　俊*
（中南财经政法大学新闻与文化传播学院）

摘　要：“边界主题”是当代美国印第安作家露易丝·厄德里克小说的重要主题之一。在美国学界，“边界”有一个从地理学概念演变为文化研究范畴的过程。本论文通过对厄德里克的“齐佩瓦四部曲”中涉及的印第安居留地与非居留地之间的“内部边界”主题的研究和美国与加拿大之间的“国家边界”主题的研究，得出结论：“物理边界”的划分是文化“软边界”形成的根源，正是它们导致了当代印第安人土地的丧失、文化的破碎和家园的失落。

关键词：露易丝·厄德里克；内部边界；国家边界；软边界

在美国学界，“边界”问题的提出一开始就与印第安问题密切相关，而且它经历了一个从地理学概念演变为文化研究范畴的过程。早在历史学家特纳(Frederic Jackson Turner)提出的“边疆理论”中就有了“边界研究”的萌芽，特纳在“边疆在美国历史上的重要性”一文中指出，美国的拓殖史实际上就是向印第安人的土地推进的历史，就是印第安人与欧洲移民的土地边界形成的历史(3-38)。“边界理论”真正进入文化和文学研究者的视野始于美国女作家安扎尔朵(Cloria Anzaldúa)的《边界》(*Borderlands/La Frontera: The New Mestiza*)一书。她在这部自传式理论著作的第一版前言中指出：“在这本书中我所指的事实上的物理边界是美国西南的德克萨斯和墨西哥的边界。心理学的边界、性别的边界和精神的边界却不是美国西南特有的。边界是两种或多种不同的文化在地理空间上的交界地，在那里不同种族和阶级的人们占据着同一空间，他们之间产生了特殊的影响，空间在不断缩小。”(Anzaldúa 19)安扎尔朵是生长于美国和墨西哥边界的欧洲移民、墨西哥人和印第安人的混血

* 作者简介：蔡俊，博士，研究方向为美国文学。

儿，同时也是一个女性同性恋者。她在写作和研究中将自己的个人经验与地理的边界理论结合在一起。在《边界》一书中，读者可以寻找到一条由探讨地理的边界演变为研究文化、性别边界的清晰线索，而安扎尔朵本人因其身份的特殊性也成了美国边界研究的最好象征。此后的边界研究多延续这一思路，而且越来越强调"边界"的隐喻意义。大卫·约翰逊(David E. Johnson)和斯科特·迈克尔森(Scott Michaelsen)在《边界理论：文化政治的界限》(*Border Theory: The Limits of Cultural Politics*)一书中将"边界"分为了山川河流、水泥战壕、铁丝网等"物理边界"和包括民族主义、文化本质主义等各种文化研究在内的各种"软边界"(soft borders)，他们将"边界"的概念扩大到包括几乎所有的心理的、地理的空间，将之扩展成了一个融汇人类学、社会学、女性主义、马克思主义、后现代主义、后殖民和种族问题的复杂概念(Johnson & Michaelsen 1-11)。约翰逊和迈克尔森从美国——墨西哥的边界分析入手，扩展到美国——拉丁美洲、加勒比地区、美国内部边界和美国加拿大的边界研究，但正如书名所暗示，虽然他们的著作着眼于物理的边界但更强调"软边界"——即文化边界的分析。和其他当代美国印第安小说家的作品一样，"边界"的主题也常常出现在露易丝·厄德里克的小说里，它包含了两层含义，一方面是"物理边界"的形成：美国国内一系列土地政策旨在划分出美国国家土地的"内部边界"，通过"居留地"[①]的建立将齐佩瓦印第安人与欧洲移民区隔开，将印第安人驱逐到"世界的尽头，地图的边缘"；此外，美国与加拿大之间的"国家边界"也让原本散居于五大湖区的齐佩瓦民族内部产生了分裂。另一方面，随着"物理边界"的划分，文化"软边界"也不断形成，在厄德里克的笔下，印第安人被迫离开家园，离开自己的族群，传统文化分崩离析。"边界"的形成正是印第安人家园失落和文化破碎的原因。

---

① 参见 Christopher Vecsey, *Traditional Ojibwa Religion and Its Historical Changes* [M]. Philadephia: The American Philosophical Society, 1983. p.22.居留地是美国印第安人聚居的地方。

一

《痕迹》(*Tracks*,1988)是露易丝·厄德里克的“齐佩瓦四部曲”[①] 中的第三部,但它所讲述的故事发生在19世纪末20世纪初,早于该系列的前两部小说《爱药》(*Love Medicine*,1984)和《甜菜女王》(*The Beet Quee*n,1986)的故事场景。厄德里克在《痕迹》中主要探讨了齐佩瓦印第安民族的土地问题,交代和补充了整个小说系列的时代背景。在小说的开篇,纳娜普什正在给养女露露讲述她的母亲弗勒·皮拉杰和皮拉杰家神圣的土地的故事。纳娜普什认为露露只有听了这个故事,才能明白她的母亲为何会抛弃她,才会了解母亲如何在这片日益萎缩的土地上艰难求生。同样只有阅读了《痕迹》,读者才能更好地理解四部曲中的其他三部小说。在小说的开始,纳娜普什对露露说:“冬雪降临之际,我们部落的人开始死去,就像这纷纷扬扬的雪片,人们无声无息地陨落、消失。……我们战胜了南方的天花,顽强地活下来,后来逃亡到我们

---

① 参见 Lorena L. Stookey, *Louise Erdrich—A Critical Companion* [M]. Westport: Greenwood Press,1999. p.9.史多奇(Stooky)指出,厄德里克用三个名字来称呼她的部落人民:在《痕迹》中,纳娜普什将他的人民称为“艾尼施那比”(Anishinabe),这个名字在阿尔冈昆语(Algonquian)里的意思是最初的居民,是在接触欧洲人之前,最早居住在大湖地区的说阿尔冈昆语的居民的名字。在与欧洲人有了来往以后,欧洲人称“艾尼施那比”为“齐佩瓦”(Chippewa)意思是居住在苏必利尔湖(Superior)附近的人。或是“奥吉布瓦”(Ojibway/Ojibwa/Ojibwe),意思是北部的艾尼施那比。法国的毛皮商人则称他们为“索尔特人”(Saulteur)。在厄德里克早期以北达科他州为背景的小说里,她通常用“齐佩瓦”这个名字,随后她将小说的背景转移到了明尼苏达州她就称他们为“奥吉布瓦”。因为本论文主要以厄德里克以北达科他为背景的“齐佩瓦四部曲”为研究对象,所以统一采用“齐佩瓦”这个称谓。关于“四部曲”的界定参见 Allan Chavkin and Nancy Chavkin, eds, *Conversations with Louise Erdrich and Michael Dorris* [C]. Jackson: UP of Mississippi,1994.在艾伦·卡金(Allan Chavkin)和南茜·卡金(Nancy Chavkin)所收录的厄德里克与多利斯的访谈中,两人多次提及了四部曲的创作计划,其中主要包括了《爱药》《甜菜女王》《痕迹》和《印第安马》。但在1993年的访谈中,当卡金提到“最终曲”这个提法的时候,厄德里克回应,她也无法确定有多少本书与其有关,有哪些书与其无关,厄德里克说,尽管她之前的构想是四部曲的写作计划,但如今她也不清楚《宾果宫》(原名为《印第安马》)会不会成为这个系列的终篇。但这四部小说仍被批评家们视为一个创作整体,被称为“齐佩瓦/奥吉布瓦四部曲”“北达科他小说系列”“马奇玛尼图小说系列”等。

曾经签订条约的纳多索。可是，祸从天降，从东方刮来一阵风暴，政府铺天盖地的文件、条款，逼得我们无家可归，背井离乡”(Erdrich，*Tracks*：1)。纳娜普什的讲述不但让露露了解了母亲弗勒的苦衷，也将读者带进一个更加宏大的历史场景中。这部关于土地的传奇，吟唱的是印第安人先后两次被赶离家园的故事，讲述了欧洲移民与印第安人所共居的同一片土地的“内部边界”的形成过程，也述说了印第安人在地理上、文化上逐渐被边缘化的历史。在美国建国的过程中，有两个同印第安人相关的土地政策，一个是印第安人的西部迁移，一个就是1887年的《道斯法案》(Dawes Act)。印第安人的西迁与欧洲新移民最初对西部“大荒原”的想象有关。在大规模的西进运动之前，由于殖民者对美洲大陆地理上的无知，认为西部与东部相比是一块让人生畏的荒原，于是一个想法腾空而出：还有什么比这凶险的大荒漠更适合成为节制印第安人的理想之地呢？于是1823年，陆军部长约翰·C.卡尔霍恩(John C. Calhoun)向门罗总统建议，将十万左右的印第安人迁移到西部荒漠。这个法案在1825年通过，在当时被认为是永久解决印第安人土地问题的方法。在四部曲中的第一部《爱药》里，露露已经长大成人，政府看上了她的土地，勒令她搬走，露露说：“我们都搬过多少次了？齐佩瓦人是从五大湖对岸搬到这儿来的。过去外婆常常说我们是如何被硬生生地赶到大草原这个孤寂的角落里来的”(383-384)。露露诉说的就是这段历史。《痕迹》中纳娜普什所说的“曾经签订条约的纳多索”就是奇佩瓦部落在西迁之后新建的家园。《爱药》的第一章，年轻一代的印第安人艾伯丁回家参加舅妈琼·莫里西的葬礼，透过她的视角，读者第一次看到这片土地——“居留地就在巨大的农场和微风吹过的天地的尽头”(《爱药》：11-12)。在《爱药》第二章，印第安人玛丽·拉扎雷则说居留地“是世界的尽头，是地图的边缘，上帝在创造那儿时只使用了半只手，魔鬼将茂密的矮树丛、酒、野狗和印第安人置于其中”(《爱药》：47)。

尽管西方新移民已经将印第安人驱逐到了“世界的尽头”“地图的边缘”，他们的欲望仍然无法满足。随着人们对西部地理的了解，移民的增多和随之而来的对土地的越来越多的需求以及西部从“荒原”到“花园”形象的转变，特别是淘金热的蔓延，白人开始怀疑西部具有更大的价值。《道斯法案》是他们绞尽脑汁窃取印第安人土地的另一个伎俩，它也是厄德里克笔下整部家族传奇的历史背景。《道斯法案》因由参议员道斯(Henry L. Dawes)提出而得名。道斯提出要把部落的土地分配给每一户印第安人，分配后剩余的印第安土地归各州所有，由州政府拍卖，实际上绝大多数的竞买者是白人。特别需要指出的是政府对于这些被分配的土地有二十五年的托管权，托管期满之后对土地的所有权才正式地移交给印第安人，但是之后他们要向政府上缴财产税。在《痕迹》开场的1912年，正是这个免税期快要结束的日子，在这个严酷的冬日，交税的最后期限就要到来，弗勒也即将失去皮拉杰家神圣的土地。这个法案最终目的是强制性地实行土地私有化，不但剥夺印第安人的土地，更旨在从根本上瓦解印第安人的文化体系。当时西方新移民和印第安人对待土地和自然的看法是完全对立的。在仍以狩猎和采集为生存手段的印第安人的思维中并没有“土地的所有权”这一概念。自然对他们来说是生活之源，自然不但满足了他们生存的需要，对他们的影响更深入到了宗教和哲学领域。土地提供了印第安人所需的一切，具有比人类更大的力量，耕种是对神灵和大地母亲的亵渎，耕翻土地意味着冒犯神秘力量。而在欧洲移民看来，这一思想无疑是受到了蒙昧主义阻碍。农业文化对土地有一个基本的假设，“土地是属于那些最了解如何使用它的人的”(Quantic xvii)。因此欧洲移民认为为了帮助印第安人懂得“美国生活方式”的“好处”，就得教他们懂得合理地利用土地，强制实行土地私有化。但在印第安部落内实行土地私有化的结果却是“没有任何一个北美的印第安部落靠农业取得了经济发展的成功”(Jorgensen 157)。在《痕迹》中厄德里克写道：“饥饿愚弄了所有人。在过去，有的人为了一百磅面粉就卖掉了分的土地”(Erdrich，*Tracks*：8)。有的人则像弗勒一样，为了凑齐缴纳税收的钱到附近的城镇去寻找工作，遭到白人的欺凌，最终还是因为无法凑齐税款而失去了土地。据统计，在《道斯法案》实行前后大约五十年里，印第安人的私有地不断缩小，“从1887年的147 000 000英亩，减少到了1934年的55 000 000英亩”(Mclaughlin 65)。正如艾伯丁在开车回家的途中所感慨的：“土地分配政策是场闹剧。……居留地的好多土地被卖给了白人，永远失去了。”(Erdrich，*Love Medicine*：12)

这两个土地政策不但是整部系列小说的背景，甚至可以说是小说的重要主题之一。“内部边境”的划分不但使齐佩瓦印第安人失去了土地，也瓦解了家庭和部落的团结，造成了小说中人与人之间的距离和隔膜，甚至产生了内部文化的分裂。首先，它改变了齐佩瓦印第安人传统的生活方式。在印第安传统中，人们是不能轻易离开部落，离开土地的，正如站熊酋长饱含深情地在演说中提到的：“印第安老人坚持与土地为伴，不愿与生命的力量之泉分开。他们在土地上或坐或躺，好让思维更深刻，感觉更生动。这时，他们以更清晰的方式思索着生命的神秘，感到与周围一切活生生的力量靠得更近”(转引自杰克恩 121)。这不仅因为土地上生长的万物是人们生命的源泉，因为土壤对印第安人来说“有平息、增强、洗涤、治疗的功能”(转引自杰克恩 121)，更因为人们在同一片土地上生生不息，形成了亲族关系，这也是印第安人力量的源泉之一，正如人类学者路威调查研究发现的，“一个庞大的家族”是印第安人成功的根源之一(路威 23)。在四部曲中，由于北达科他州小麦地不够分，老拉什斯·贝尔·玛格丽特的儿女多数都分到了远在蒙大拿的土地，他们不得不离开母亲，迁徙过去，或是干脆将土地卖掉。玛格丽特想要见自己的孩子必须乘火车到蒙大拿州去。弗勒为赚钱赎回自己的土地，也不得不离开女儿露露。“内部边界”的划分不但将齐佩瓦人的土地强行分割，也将本来聚居在一起的部落成员分散在了美国各地，在同一个部落、同一个家族的人们之间设立了无形的边界，分散了他们的力量。

其次，这种分化的力量还体现在经济观念与文化传统的转变中。四部曲中，纳娜普什是传统奇佩瓦人的代表，同时他也接触过西方文化，每天都要阅读英语报纸，但他却坚持了印第安人的世界观和文化传统，纳娜普什认为“土地是唯一代代相传的东西。金钱像易燃物一样燃烧，像水一样流过。相比政府的承诺，还是风更为稳定”(Erdrich, *Tracks*: 33)。然而有一些印第安人已经被欧洲移民的土地和财产观念所同化，他们开始测量起部落土地，渴望从中牟利。他们还通过购买和拍卖无法缴纳税收的族人的土地而从中获利。四部曲中的莫里西和拉马丁两大家族就是被欧洲移民文化所同化的代表，他们是居留地中最好的农夫。厄德里克写道：“他们(莫里西家族)是从那些不知道如何保住自己的土地的老齐佩瓦人那里弄到分配地从而获利的有钱的混血印第安人。在那年月里，他们有着很大的农场，六百四十英亩，……他们养着鸡，有养着六头正在挤奶的奶牛的谷仓，两头猪，一个带花园的厨房，甚至有一些鹅。”(Erdrich, *Tracks*: 33-34)当莫里西家的寡妇贝尔内德面对即将失去土地的危机时，她通过整理部落成员的土地和房产并给他们寄出账单的方式来支付自己的税务。以贝尔内德为代表的印第安人在经济上的“成功”是以牺牲部落其他成员的利益为代价的，并不是一件荣誉的事情。在印第安传统中，财富不是通过物质，而是通过个人与部落的联系、他的家庭和他的支系来衡量的。从印第安人的传统观点来看，贝尔内德无疑是赤贫的，她的一双子女都和居留地里名誉扫地的拉扎雷家的人联了姻，最后还离开了居留地，搬到镇上和欧洲移民混居在了一起。相比区隔印第安居留地与美国白人社区的“内部地理边界”，由价值观念的差别而导致的“软边界”的形成对传统的印第安文化造成了更大的伤害，被美国文化同化的印第安人渐渐融入了主流的文化，而坚守自己文化的印第安人却被逐渐边缘化。

二

除了在美国国土内部居留地与美国白人主流社会被边界隔离开来，齐佩瓦印第安人还被西方新移民所制定的国家边界所限制。在新移民来到美洲之前，齐佩瓦印第安人主要分布在美洲的五大湖区，占据着苏必利尔湖、密执安湖和休伦湖的交叉界，对于他们来说，大湖区是一个天然形成的生态区域，他们的繁衍生息取决于大湖区的“风景、气味、声响、历史、邻居及朋友的混合体，这种混合微妙、无形，却能触及灵魂深处，并构成了一个地方，一座家园”(Wilkinson 137-138)。除此之外，在齐佩瓦人看来，大湖区还是他们的圣地，是他们的文化扎根之地。印第安文化被认为是一种典型的“以地方为基础的口头文化”(Gonzales & Nelson 499)。例如与生活在平原地区的印第安人以“郊狼”为神话和传说的核心不同，构成整部齐佩瓦印第安神话核心的是湖灵和鸟灵的故事[①]，这一系列故事都离不开大湖区这一物理环境。因此五大湖区作为一个整体不但是齐佩瓦族印第安人的生存之本，更直接决定了他们部落文化的统一性和特殊性。但是美国和加拿大之间生硬的国界线切碎了作为整体的齐佩瓦部落，对于美国人和加拿大人来说，国家诞生了；对于印第安人来说，他们的民族被逼走向消亡。正如克劳迪娅·萨多斯基-史密斯(Claudia Sadowski Smith)在《边境小说：全球化，帝国和美国边界写作》(*Border Fictions: Globalization, Empire, and Writing at the Boundaries of the United States*)中指出，印第安边境小说的一个共同主题就是民族身份和国家身份之间、“生物区域”和“政治区域”之间的矛盾问题(Sadowski-Smith 72)。

当代齐佩瓦印第安人主要分散在美国北部和加拿大南部的四个区域，在美国又主要被分为了16个分支，厄德里克笔下的北达科他州龟山居留地就是其中之一，建立于1882年12月12日，位于美国和加拿大的边境。在四部曲中，许多重要时刻都发生在美加边境地区，一方面，靠近或者是跨越边境的行

① 参见 Norval Morriseau and Selwyn H.Dewdney, *The Legends of My People, the Great Ojibway* [M]. Whitby: McGraw-Hill Ryerson, 1965. p.33. Henry Rowe Schoolcraft, *Their History, Condition and Prospects from Original Notes and Manuscripts* [M]. Buffalo: George H.Derby and Co., 1851. p.194.湖灵和鸟灵的故事有许多版本，在这些记述中湖灵往往是鱼、蛇、水蛇、水虎、水狮子的混合体，它们控制着水域和鱼类，鸟灵则是它们的天敌。

为象征着某种成长的仪式。例如在《爱药》中厄德里克写到小亨利和莱曼在美加边境进行了一次旅行:这两兄弟“横穿爱达荷州和蒙大拿州,沿着加拿大边境,与天气赛跑般穿过哥伦布和德拉克斯,来到伯蒂诺县,很快就到家了”(187)。旅行结束后,他们及时回到了家,部队在征兵,亨利此前报了名。在《爱药》中,同样也是在加拿大边境,利普夏再一次见到从监狱逃狱的父亲——盖瑞·纳娜普什——盖瑞因为在酒后与白人发生争执而入狱。利普夏开车送父亲逃往加拿大,他这样回忆那个晚上:“那晚,我感到自己一下子变大了,好像世界这棵大树刹那间冒出新芽,迅速生长,快得都看不清。我感到了什么是渺小,大地如何不断分裂成小片,而小片继续分裂。”(368-369)四部曲中,无论是小亨利、莱曼还是利普夏在美加边境的经历,都像是一种成长仪式,他们来到边境历险,回归之后都发生了改变:莱曼开始了生意上尝试,亨利参加了战争,利普夏则感受到了自己的成长。

另一方面从美国越界到加拿大的行为又代表了对政府的某种隐秘反抗。由于十九世纪美国和加拿大对印第安民族的不同的政策,许多印第安人将加拿大视为一个潜在的避难所,他们因此将美国和加拿大的边界称为“药线”(medicine line)。厄德里克曾在自传性散文作品《齐佩瓦国度的书与岛》(*Books and Islands in Ojibwe Country*)中写到了自己跨越美加边境在齐佩瓦国度漫游的经历,其中特别值得注意的是她对分散在美加两国的齐佩瓦部落文化差异的感受。厄德里克在书中写道:“我的外祖父帕特里克·高诺是我们家里最后一个说他的本土语言的人。”(Erdrich, *Books and Islands*: 81)在美国的齐佩瓦印第安人已经在很大程度上被白人主流文化所同化,传统的民族语言也濒临失传。但随后在加拿大齐佩瓦居留地的旅行中,厄德里克发现生活在加拿大的齐佩瓦人保留着更多的民族文化传统,她感到自己被说本族语言的齐佩瓦人包围着,她想要领会他们所讲的笑话和他们的祈祷,厄德里克渴望着这个“真实存在的社区”(Erdrich, *Books and Islands*: 82)。尽管美加两国对印第安人的政策有所不同,但在四部曲中“药线”并不是一条可以轻易跨越的边界。在四部曲的最后一部《宾果宫》中,利普夏在和心爱女孩的一次约会中想带着她去加拿大的一家餐馆吃饭,因为那是一个“跨越边界”后的“浪漫的地方”,然而他们却在美加边境被扣押了,工作人员在他的车上搜出了一个大烟管,这个被白人工作人员认为是可疑物品的烟管是整个居留地的圣物。利普夏后来经常回想起那个“永恒的瞬间”:“在那间小小的边防站里,第一个非印第安人用手触碰到了那支烟管,天空撞到了地面。”(Erdrich, *Bingo Palace*: 33-35)在印第安文化中,抽烟是被严格地仪式化的行为,“烟草是他们崇拜的三件最为神圣的东西之一"(路威 5),但在小说中,"神圣的烟管"这一传统印第安文化中的圣物却成了阻滞当代印第安人跨越边界的力量,传统的民族文化与政治身份、国家机制产生了巨大的矛盾。更为现实的是"药线"的那头也不再是齐佩瓦人梦想中的家园,即使他们越过了"边界"也无法医治已经形成的伤痛。在《爱药》中,利普夏在送盖瑞跨越边界的时候,父子俩曾有这样一段对话:

> 他(盖瑞)问我能不能在下一个路口右拐,开到加拿大边境。他说如果让他在边境附近下车,他会非常感激我的。
>
> "我妻子和一个女儿在那儿,"他说。"我要去看看她们。""这次一定行的,"我说。"回了家就自由自在了。"
>
> "不,"他伸了伸胳膊,感觉好多了,说道,"我永远不会有你所说的家了。"(365)

盖瑞是正确的,这一次他成功逃到了加拿大,但是那里还是他的家么?对于当代印第安人来说,"家"已经成了这样一个地方——一旦你到了那里,却发现那里已经不再是那里了。齐佩瓦学者威尔弗雷德·佩尔蒂埃(Wilfred Pelletier)曾将"家"定义为自由之地(qtd. in Plant x),也就是说家是一个没有"边界"的地方。作为一个逃犯,盖瑞再也无法像他的祖先那样体会"无忧无虑"的回家的感觉,他的流亡者的身份,注定使他与家无缘,加拿大也不是他漂泊的终点。在《宾果宫》中,他再一次被抓进了监狱,他始终在"离家"和"回家"的路上挣扎。许多评论认为盖瑞·纳娜普什继承了齐佩瓦文化英雄的名字,是一个千面英雄、一个跨越边界者。① 但是其实他更像是一个印第安的西西弗斯,一个不断追求已经不存在的家园的当代印第安人的典型。

在美国印第安文化中,"土地"占据着核心地位。当代印第安作家和批评家波拉·甘·艾伦曾写道:"我们就是土地。……土地从某种真实的角度来

---

① 参见 Lorena L. Stookey, *Louise Erdrich—A Critical Companion* [M]. Westport: Greenwood Press, 1999. p.2.Christopher Vecsey, *Traditional Ojibwa Religion and Its Historical Changes* [M]. Philadephia: The American Philosophical Society, 1983. pp. 85-86.史多奇等人认为厄德里克的四部曲中的印第安老者——纳娜普什,一方面源于齐佩瓦文化英雄纳娜博卓(Nanabozho),另一方面是她受到自己外祖父的启发。在齐佩瓦神话传说中,纳娜博卓是非常复杂的角色,在很多时候他也被描述成创造世界的文化英雄。

说，就是我们自身，而这正是当代印第安作家小说和诗歌中的核心观念。”(Allen 191)在以露易丝·厄德里克的创作为代表的当代美国印第安小说中，“边界”主题往往和有关“土地”的核心观念紧密联系在一起，和印第安人自身，和他们的文化联系在一起。“地理边界”的划分割碎了印第安人的土地，更粉碎了他们的精神，击碎了他们的文化，在印第安人之间，在印第安人与欧洲移民之间筑起了一道不可逾越的“软边界”。对于当代印第安人来说，现实的家园和精神的家园都已不复存在，他们只能是徘徊于居留地与白人世界的一群人，是徘徊于加拿大和美国，墨西哥与美国边境线上的一群“无法归家”或者说“无家可归”的人。

参考文献

[1]Allen, Paula Gunn. "Iyani: It Goes This Way", in *The Remembered Earth: An Anthology of Contemporary NativeAmerican Literature* [C]. Ed. Geary Hobson. Albuquerque: U of New Mexico P, 1980.191-193.

[2]Anzaldúa, Cloria. *Borderlands/La Frontera: The New Mestiza* [M]. 3rd ed. San Francisco: Aunt Lute Books, 2007.

[3]Erdrich, Louise. *The Bingo Palace* [M]. New York: Henry Collins, 1994.

[4]——. *Books and Islands in Ojibwe Country* [M]. Washington D.C.: National Geographic Directions, 2003.

[5]——. *Tracks* [M]. New York: Henry Holt, 1988.

[6]Gonzales, Triso A., and Melissa A. Nelson. "Contemporary Native American Responses to Enviromental Threatsin Indian Country", in *Indigenous Traditions and Ecology: The Interbeing of Cosmology of Community* [C]. Cambridge, MA: Harvard UP. 441-499.

[7]Johnson, David E., and Scott Michaelsen. "Border Secret: An Introduction", in *Border Theory: The Limits of Cultural Politics* [M]. Minneapolis: U of Minnesota P, 1997. 1-11.

[8]Jorgensen, Joseph G. "Gaming and Recent American Indian Economic Development" [J]. *American Indian Cultureand Research Journal* 22.3 (1998): 157-172.

[9]Mclaughlin, Michael R. "The Dawes Act, or Indian General Allotment Act of 1887: The Continuing Burden of Allotment. A Selective Annotated Bibliography" [J]. *American Indian Culture and Research Journal* 20.2 (1996): 59-105.

[10]Plant, Judith. "Growing Home: An Introduction", in *Home! A Bioregional Reader* [C]. Eds. Van Andruss, Christopher Plant, Judith Plant and Eleanor Wright. Philadelphia and Gabriola Island: New Society Publishers, 1990.

[11]Quantic,Diane Dufva.*The Nature of the Place*:*A Study of Great Plain Fiction* [M]. Lincoln:U of Nebraska P,1995.

[12]Sadowski-Smith,Claudia. *Border Fictions*: *Globalization*, *Empire*, *and Writing at the Boundaries of the United States* [M]. Charlottesville,VA: U of Virginia P,2008.

[13]Wilkinson,Charles F.*The Eagle Bird*:*Mapping a New West* [M]. New York: Pantheon Books,1992.

[14]丹尼尔·J.布尔斯廷:《美国人:建国的经历》[M].谢延光等译,上海: 上海译文出版社,1989年。

[15]弗雷德里克·杰克逊·特纳:"边疆在美国历史上的重要性",载杨生茂编:《美国历史学家特纳及其学派》[C]. 北京: 中华书局,1984年,第3-38页。

[16]杰克恩:《印第安人:红皮肤的大地》[M].余中先译,上海:汉语大词典出版社,2001年。

[17]路易丝·厄德里克:《爱药》[M].张廷佺译,南京:译林出版社,2008年。

[18]罗伯特·亨利·路威:《乌鸦印第安人》[M].冉帆,C.Fred Blake译,北京:民族出版社,2009年。

(原发表于《外国文学研究》2013年第3期)

选择的焦虑与困惑

——论韦尔奇的《吉姆·罗尼之死》

陆晓蕾[*]

（复旦大学外国语学院）

摘　要：美国当代著名本土裔作家詹姆斯·韦尔奇以《血中之冬》(1974)与《吉姆·罗尼之死》(1979)和《愚弄鸦族》(1986)赢得巨大声誉。目前，学术界的研究多聚焦于另外两部，对《吉姆·罗尼之死》的研究尚不多见。本文围绕该作品主人公吉姆在保留地边缘的孤独、挣扎与自我毁灭的悲剧，从其面临一系列选择关头时的行为切入，并分析指出：迷失于主观意念的自欺逃避的人生态度使其一直面临选择之踵，制约于生存环境的身份困惑造成吉姆的选择之缚，毁灭于承担责任则成为其无法规避的选择之果。吉姆沉陷在自由选择的泥潭中无法自拔，最终只能自食其果走向灭亡，这也成为了他悲剧的根源。本文的结论点明了韦尔奇这部作品所具有的深刻的萨特式存在主义意义。

关键词：美国本土裔文学；詹姆斯·韦尔奇；《吉姆·罗尼之死》；存在；选择

美国当代著名本土裔作家詹姆斯·韦尔奇(James Welch, 1940—2003)出生于蒙大拿州黑脚印第安人保留地。作为美国印第安文艺复兴的重要作家之一，韦尔奇凭借《血中之冬》(*Winter in the Blood*，1974)、《吉姆·罗尼之死》(*The Death of Jim Loney*，1979)和《愚弄鸦族》(*Fools Crow*，1986)等作品赢得了巨大声誉，《愚弄鸦族》更是使他获得“美国图书奖”(American Book Award，1986)、“《洛杉矶时报》图书奖”(*Los Angeles Times* Book Prize，1987)等多项殊荣。1997年美国原住民作家社团为其颁发终身成就奖，褒扬其对在本土裔文学领域的卓越贡献。作为一名本土裔作家，韦尔奇的整个写作生涯都在“描述传统本土裔生活和分析欧洲文化对印第安文化的冲击”(Tillett 45)，寻找“散布在西方物质主义残骸中印第安人的遗迹”(Fleck 209)。《血中

---

* 作者简介：陆晓蕾，博士，厦门大学外文学院助理教授。

之冬》淋漓尽致地体现了韦尔奇的创作思想，得到了文学界和学术界的广泛认可，成为《美国印第安季刊》(*American Indian Quarterly*)1978 年的评论主题(Ruoff 138)，另一位著名本土裔作家厄德里克则认为，该书最应该获得 1974 年度空缺的普利策小说奖(Erdrich ix)。

《吉姆·罗尼之死》是韦尔奇的第二部作品，“尽管此书受到的关注远不及他那获得巨大成功、举世瞩目的处女作《血中之冬》，但其严谨性、艺术完整性仍可以与之媲美”(Whitson 54)。全书描绘了主人公“一直萦绕于自己的过去，其混血身份反而割断了他与印第安人和白人两边的纽带”(McClinton-Temple & Velie 391)。除此之外，困扰着吉姆的关键问题是，作为自己那种状态，身份复杂，消极度日，“怎样去爱和被爱”(Porter & Roemer 239)。目前，国内对于韦尔奇的这部作品研究甚少，而国际上对《吉姆·罗尼之死》的研究主要是将作品置于美国本土裔文学批评视野之内，以作品中的印第安元素、印第安文化与主流文化的冲突与交融、混血主人公身份的迷失与追寻等为主要研究内容。例如，桑兹注意到吉姆的行为中蕴含着格罗斯文特勇士的特征，从而阐释作品的印第安元素(Sands 1986)；村上阳介则从印第安人和白人不同的文化语境方面对小说进行解析(Murakami 1998)；而麦克鲁尔则指出，吉姆的命运如同他的混血身份一样也是悲喜参半的杂糅(McClure 1995)。

然而，与同时期其他著名本土裔小说相比，书中除了零星的印第安元素之外，并没有明显体现出对印第安传统文化的坚守，甚至这部作品是否可以归类为美国本土裔小说也一直备受争议。从小说情节主线看，吉姆的追寻道路并未遵循读者的期待视野，在挣扎、反抗与坚守之后完成回归印第安传统的使命，而是在不断的迷茫之后悲剧灭亡，同时，这一系列的迷茫，又恰好是他面临一个个生存关头时选择或不选择行为的结果。从这个意义上看，吉姆的选择和责任具有了典型的萨特式存在主义倾向，他的选择之踵、选择之缚以及随之而来无法规避的责任成为其悲剧根源，也使韦尔奇的这部作品具有了更广泛深刻的存在主义意义。

一、选择之踵：迷失于主观意念

萨特认为，“我们是进行选择的自由，但是我们并不选择是自由的：我们命定是自由。”个人是被“抛进自由，或者像海德格尔说的那样是‘被遗弃的’。”(萨特，2012：588)“在某种意义上，选择是可能的，但是不选择却是不可能的，我是总能够选择的，但是我必须懂得如果我不选择，那也仍旧是一种选择。"（萨特，2007：211）小说中，吉姆曾在多种环境下做过选择，包括在因迷茫糊涂而在不知情的情况下的被动选择，因不在意而进行的消极选择，更包括他主动选择不做选择。然而不论主动被动，知情与否，在意与否，一个人都无法避免选择，即使他挣扎于选与不选之间，也无法摆脱"被判定的自由"加给他的沉重的命运。

试图将焦虑从内部虚无化而招致的无知选择是吉姆的选择缘由之一——纵观吉姆短暂的一生，他曾因迷茫困惑而在不知情的情况下做出过许多选择。在沦为浑浑噩噩的醉鬼之后，吉姆并没有选择积极面对生活，行动起来摆脱困境，只是麻木不仁地等待着。此外，打猎时将高中校友普雷蒂·韦塞尔(Pretty Weasel)当作熊而误杀，并且将事情的经过告诉父亲也是吉姆在不知情的状态下的本能选择。慌乱的情形并没有给吉姆足够的思考时间，在事情都做完之后，才开始思考自己的行为是否妥当，他甚至怀疑自己来到艾克(Ike)住处的真实原因是否就是为了向父亲吐露自己的罪行。可是选择在不知情的条件下已经做出，不及后悔。蒙昧的选择来自于人的认识能力的局限性，更重要的是，这种无知的选择可能源自于吉姆对承担责任的恐惧，潜意识中迈向失去选择自由的幻境，然而这看似不知情的选择也需要选择主体负完全的责任。

此外，漠不关心也曾诱发主人公的消极选择。吉姆不在意自己是否有稳定的工作和收入认为自己"已经挣了足够的钱来维持一段时间的生计"，甚至以"用度很少"为理由来安慰自己。(3)当酒吧服务员拉塞尔(Russell)建议吉姆"真的应该去找一份工作"时，吉姆附和着，"确实"。(6)但他依然没有任何行动，选择继续三天打鱼两天晒网，不思进取，潦草度日，酒精为伴。对母亲的毫不在意使他从未选择主动去寻找母亲的下落，他与父亲形同陌路，不记得桑德拉(Sandra)头发的颜色，冷漠地对待姐姐凯特(Kate)和爱人莉娅(Rhea)。甚至是一直跟随自己却死去已久的狗，吉姆也从未有过想念，没有觉得它已经死了。"正如他也没觉得桑德拉已经死了，凯特去了远方不再回来，莉娅已经永远抛弃了他。"(94,95)出于不在意的种种消极选择塑造了一种非超越的性格本质，使他陷入自欺的泥潭，也必将成为导致他悲剧结局的缘由。

因恐惧责任而滋生的在焦虑内部否定焦虑的逃避心理，也使得吉姆饮鸩止渴式地做出毫无作为的选择。当凯特试图带他去华盛顿，而莉娅想带他去西雅图时，他徘徊于两者之间，选择了不做选择。当凯特从华盛顿赶来，他们之间的对话耐人寻味：

> “你不知道我大老远来这儿就是为了把你带走吗?”
>
> “我不知道。我是说,我本应该猜到的。我觉得我不是很聪明,我本应该从你的信里就猜到的。”
>
> “我无法相信你不知道。”
>
> “我并不像某些人那样聪明。”
>
> “别那么说了!”凯特呵斥道,“别再那么说了。你和其他人一样聪明。”然后凯特又说:“不幸的是,你看起来并不知道你的聪明。”
>
> ……
>
> “我不理解在这里你期待什么会发生在你身上。你会认为有一天当你醒来事情会有所改变?你会突然拥有什么,变成什么?”(66)

吉姆反驳道,他现在拥有莉娅。可是当凯特要求他不要急着拒绝时,吉姆也答应了。而对于莉娅曾经提到的想带他去西雅图的设想,吉姆起先在表达了对西雅图的喜爱,描述了一些美妙场景之后,更多的却是逃避,那之后便一直躲着莉娅。当他去机场没有接到凯特时,吉姆的内心经过了一番挣扎:

> 吉姆想过给莉娅打电话,因为她应该知道要怎么做,对此她十分擅长,但是最后吉姆改变了主意。莉娅有可能会重新提起去西雅图的事,那让他无法把控。他还没做好准备。就目前来看,在他的生命里只有凯特才是最重要的,他无暇兼顾两边。(52)

吉姆就这样自欺欺人式地摇摆徘徊,最终故意不做出选择,反而寄希望于事情能够顺其自然的发展,时间和命运能够帮他做出选择,克服选择的焦虑,但却因此陷入试图逃避焦虑的焦虑当中。作为选择的主体,他也必须为自己的选择负完全的责任。

导致主人公自身毁灭的打猎是其自欺式的最后选择。起初他并没有打猎的意愿,“他躺在床上,害怕黎明的到来。韦塞尔要来带他去打猎,他并不想去打猎,也不想见到韦塞尔”(95)。吉姆思索是否要拒绝韦塞尔,但这个念头只是一闪而过,他最终没有行动,被事态推动着一直往前。在误杀韦塞尔之后,吉姆没有离开哈莱姆去加拿大,而是毫无作为,随波逐流。吉姆在这一系列事情中无所作为的选择,最终一步步走向了穷途末路。但无论是不知情,不在意,或者故意不做选择,都逃离不了必须承担责任的命运,这也是造成吉姆悲剧的根源,这些选择来自于他试图从焦虑内部将其虚无化和自欺逃避的人生态度。通过试图坚持看似安全,浮于表层的简单选择,而不去深入挖掘选择的其他多层可能性,使得个人命运制约于环境,因此"物化"的吉姆更接近"自在的存在"而并非"自为的存在"。主人公的选择困境不仅仅是韦尔奇所需要描绘的关于美国本土裔、其他族裔,甚至全人类选择之惑的隐喻,更承载着本土裔人民关于生存环境共同或者个别的记忆。

二、选择之缚:制约于生存环境

自由是一个人的基本属性,但个人的自由要以所有人的自由为先决条件。正如萨特所指出,"我的自由也在他人的自由的实存中发现了它的限制。于是,在我们自己所处的某种水平上,一个自由遇到的唯一限制,是它在自由中发现的。"(萨特,2012:636)对于每个人来说,自由选择固然是与生俱来的权利,但也恰恰是这种个人的自由让他人的自由成为一种必然,而他人的自由无法逃离对个人的自由造成限制的漩涡。萨特认为:"存在着给自由加上枷锁的环境。这种环境是由他人的自由产生的。换句话说,一个人的自由被他人的自由加上枷锁。"(萨特,2007:32)悲剧主人公吉姆的自由选择以他人的自由选择为客观环境,其自由被他人的自由套上了枷锁,同时也制约于本土裔族群共同面临的选择困境与记忆。

过去的选择和记忆,造就了生存环境的束缚之源,而吉姆身份的困惑与追寻来自父母带来的无法改变的混血身份。这种身份是吉姆的父母自由选择的结果,使得吉姆必须面对随之而来的后果,也是他无法挣脱的命运之殇。在小落基山上,吉姆和莉娅曾有过这样一段对话:

> "你曾经有想过你的祖先吗?"
>
> "哪一个?"
>
> "你所认可的那个。噢,你是如此的幸运,可以拥有双重祖先,想象一下吧,你可以今天选择是印第安人,而明天选择是白人,总有一个适合你。"
>
> 在他们说话间,白云将阳光遮住了,车里顿时变得阴冷。吉姆想:"这听起来似乎不错,但是只有一个祖先更好,那种单纯的印第安人或白人比成为一个混血儿更好。"(13)

在莉娅家的聚会上，吉姆一看到宾客全是白人，顿感很不自在，他告诉莉娅“没有人认识他”，觉得自己成了某种“非人”。(36)但他一样不认同自己的印第安血统，认为自己出身并不纯正，从未感到自己是印第安人。他的身份在白人和印第安人两边都无法得到承认，这也加剧了他迷茫、颓废的人生态度。“吉姆显而易见的混乱，意志的缺乏，自怨自艾的倾向和无用的酗酒”，并不影响“他对其所处困境的本质的敏感度和洞察力”。(McFarland 88)双重身份的选择之困成为了吉姆开始新生活的一块拦路石，像是萦绕在他身边的黑鸟，使得他一直沉陷在寻找过去的泥潭中无力自拔。这种混血身份是父母自由选择的结果，是吉姆自由选择的桎梏，弱势主人公与强势命运的对话，以及身份之殇对人生轨迹的阻碍。

自他人行为刻印而来的挥之不去的记忆，织就了吉姆的选择之缚。父母的抛弃和桑德拉的离开植根于吉姆的心灵中，而对记忆有意无意的提取和解码的过程，使得吉姆的自由在他幼年时便被他人的自由套上了枷锁。吉姆的母亲伊莱克特拉(Electra)在他一岁时便抛弃了吉姆和凯特，离开了这个家庭，成为了他同学“黄眼”(Yellow Eye)的继母。因此吉姆对母亲几乎一无所知：不知道她来自哪里，她的长相，她的工作，甚至不清楚她是否还在人间，能听到的传言只是母亲已经发疯，关于母亲的真实身份和现状自始至终是一个谜。然而，吉姆依然憧憬母爱的降临，他经常想起那个他第一次试图理解的梦，在梦中，他看到一位母亲在墓地里寻找儿子。自幼母爱的缺场加剧了吉姆的身份困惑，成为他自由选择的生存困境。

父亲的离去带来的记忆之殒将主人公的一生置于不安与惶恐之中。艾克贪饮无度，对吉姆姐弟的生活不闻不问，甚至在母亲走后九年的一天晚上突然离开，给当时未满十岁的吉姆以沉重打击。十四年来，吉姆都与父亲形同陌路，生活在一座城镇却从未有过交流。凯特三年前曾找到父亲，希望他能承认父亲的身份以及抛弃他们姐弟的行为。然而，凯特没有如愿以偿，相反，父女间发生了剧烈的争执。实际上，父亲内心除了他见到他儿子那些时刻，从未因为抛弃他的孩子们而感到懊悔。父亲的离开在幼年吉姆的内心埋下了不安的隐患，在客观上束缚了吉姆的自由选择。

艾克的情人，社会工作者桑德拉是吉姆最努力去爱的人。在父亲离开之后，桑德拉收留并承担起照顾吉姆的责任。吉姆一生中记忆最深刻的时光都有桑德拉的陪伴。可是好景不长，两年之后桑德拉也离开了。巨大的打击之下，吉姆不得不独自去蒙大拿州南部的一所教会学校。他对桑德拉念念不忘，甚至幻想桑德拉如果没有死，他愿意和她永远生活在一起。父母的遗弃，桑德拉的离开，都是他人的自由选择给吉姆的自由选择加上的限制与枷锁。

康德在其晚年给友人的一封信中曾说过，“人有自由；以及相反地：没有任何自由，在人那里，一切都是自然必然性。”（康德 244）选择之踵与选择之缚的交织使得主人公在对自由的患得患失中走向自然必然性。借着追寻过去为由，吉姆选择沦为无所事事、浑浑噩噩的酒鬼；“一个月都在思考自己的人生”，胡思乱想却没有任何实际行动，成为一个只想不做的闲人，可讽刺的是，最后也没有“将他支离破碎的生活片段，或是进出他生命的人联系起来”（18）。选择的限制与自欺，试图逃避焦虑的焦虑，都为吉姆的必然灭亡埋下伏笔，也使其不可避免地走向了毁灭之路。

三、选择之果：毁灭于承担责任

萨特的存在主义在强调自由的绝对性的同时，也规定了承担责任的无条件性。人在世上处于一种“有组织的环境”，选择是无法避免的，责任也是个人必须承担的。萨特认为，人是孤独无助地被抛入一个需要他完全负责的世界。“就是人，由于命定是自由，把整个世界的重量担在肩上：他对作为存在方式的世界和他本身是有责任的。”（萨特，2012：671）没有任何事物可以减轻这种重量，这种责任丝毫无法脱离，无论个人去做什么，因为逃脱责任的欲望本身也必须被负责。因此，无论在意与否，知情与否，个人都必须对他自己以及他人的选择负完全的责任。

居无定所，酗酒成性的吉姆一生庸庸碌碌，到死也一事无成。凯特早已开始新的生活，而他一直纠缠过去，不愿面对当下。和莉娅相比，吉姆更是一无所有，无怪他也曾感到自卑：“罗尼感觉自己像是一个乞丐站在莉娅的身边，因为他嫉妒莉娅的思想丰富。”（26）吉姆也认为：“这样的自己没法和莉娅天长地久，因为他什么都不是。她来自更好的世界，因而希望他变得更好。他却想不到任何方法能达到她的要求，这令他害怕不已。”（23）还有高中校友韦塞尔已经是经营着大农场的可靠有为的公民，相比之下，吉姆只是一个没有固定工作的流浪醉鬼，这种巨大的差距让吉姆感觉在韦塞尔旁边很渺小。而这一切都是迷茫、自欺、自缚的结果，是他无法逃脱的责任。

众叛亲离、孤独无依也是吉姆不得不尝的苦果。他在听说母亲发疯之后，并没有觉得自己有所愧疚或者有责任，只是感觉如果他和母亲互相了解，悲剧可能就不会发生。但他也没有去寻找母亲，而是无所作为，熟视无睹。在他无意中杀了韦塞尔之后，吉姆来到父亲的住所寻求帮助，父亲假装允诺，却转身向警察告密。这是他人的自由选择给吉姆套上的枷锁，而吉姆选择不作为，就必须为此负全部的责任。

凯特曾对吉姆说："你什么都剩不下了，没有信仰，没有灵魂。"(77)吉姆后来在反思时也同意了凯特的说法，并且认为："明天之后我便没有未来，所有人所有事情都要离开我的生活"，而"我只会简单的存在"。(95)吉姆在射杀韦塞尔之后打过电话给凯特，可是没有接通。他一直拒绝跟凯特去华盛顿开始新的生活，最终临死之前也没能再和凯特说上话，这也是他为自己当初的选择必须负的责任。在误杀了韦塞尔之后，吉姆与莉娅见了最后一面，他曾想到如果自己可以是另一个人，如果自己内心能够平静一些，他和莉娅也许会有着美好的生活。可他知道这一切都太晚了。即使心中未尝不抱有遗憾，但是选择既已做出，他也不得不为此负完全的责任。

穷途末路，悲剧身亡是吉姆艰辛历程的终结，也是其灵魂的归宿。虽然射杀韦塞尔可能出于无心，但这确实发生了，即使是无心之为吉姆也责无旁贷。对此他心知肚明：

> 他确实射杀了韦塞尔——什么时候的事，两天前？还是三天？——他杀了一个人，并且在冬天的寒风中闻到了血腥味。他不可能像是什么都没发生一样继续他的生活。那血腥味太强烈以至于死去的人会在他脑海中永远挥之不去。(114)

连书中不知名的讲述者也说："吉姆并不知道，那时的行为已经为他设定了结局。"(115)那时起打猎的游戏规则变了，他从猎人变成了猎物，穷途末路，悲剧身亡，这也是他为自己的选择所承担的后果。

萨特承认了选择的不可避免性："人发现自己处在一个有组织的处境中，他是摆脱不掉的：他的选择牵涉到整个人类，并且他没法避免选择。"并且认同了承担责任的绝对性："反正不管他怎样选择，鉴于他现在的处境，也是不可能不担当全部责任的。"(萨特，2007：211，212)吉姆通过自己不知情、不在意、不作为的选择，妥协于生存环境的制约，落得了一事无成，碌碌无为，众叛亲离，穷途末路，最后悲剧身亡的下场，造就了他不得不承担的悲剧命运。这种关于选与不选的选择，诠释了本部作品的存在主义意义。

结 语

通过以上论述，我们可以清楚地看到吉姆的毁灭之路：从小就被父母抛弃，缺乏人间亲情的眷顾，这种经历使他敏感脆弱，在不断的自我麻醉之中沉溺于声色犬马，从而一生庸庸碌碌，纸醉金迷；在面对可以去寻找母亲和与父亲相认的机会时，也没有行动，麻木不仁；在对待所爱的人凯特和莉娅时敷衍了事，安于现状。最后在一次打猎时不小心射杀高中校友韦塞尔，走上了毁灭的道路。纵观吉姆的一生，他虽然从小命途多舛，但却没有试图想要改变现状，甚至逃避改变的选择，宁愿将生活浸泡在酒精之中，不断伤害爱他与他爱的人，无所事事，潦倒度日。吉姆这一半是魔鬼，一半是鸵鸟的生活模式以及他无法挣脱的命运之殇最终成为他为自己死去负责的根源。

韦尔奇在这部作品中并没有以本土裔文学普遍的"寻源"主题和"回归"情节为主题，而是把主人公吉姆塑造成一位周而复始深陷于自我选择囹圄的混血儿，并以此为切入点展开故事，以保留地边缘的相关人物活动作为核心要素，立足于印第安文化和白人文化的冲突与融合的时代背景，描写了一位面临生存和选择困境时，"哀其不幸，怒其不争"的悲情人物形象。纵观全书，吉姆曾在多种环境下做过选择，包括在因迷茫糊涂而在不知情的情况下的被动选择，因不在意而进行的消极选择，更包括他主动选择不做选择。然而不论主动被动，知情与否，在意与否，都是个人做出的一种自由选择，一种关于选或不选的选择，而他作为选择的主体，不得不为自己的选择负完全的责任。吉姆始终无法摆脱"被判定的自由"加给他的沉重命运，最终悲剧灭亡，根源就来于其自由选择和承担责任的无条件性，也是其存在式内涵的外在体现。

《吉姆·罗尼之死》以近乎白描的自然主义手法，呈现了本土裔族群生存环境的真实与残酷，他们生命的延续和记录的书写饱含着选择的困境。更重要的是，这样的选择之惑与生存之困，并非本土裔亦或是那个时代的本土裔所独有，美国的其他族裔甚至全体美国人民甚至整个人类，都会发现自己时时身处这样的困境，面对这样的选择。小说体现着浓厚的萨特式存在主义抗争，在某种意义上，吉姆的选择之惑超越了种族，描绘了全人类共同面临的选择困境。而挣扎于选与不选之间绝非是客观本身所固有的生存状态，它浓缩了世人对待焦虑与困惑时的态度，是现代人对自我选择的探问和对自我本质的追寻，正如克莱恩曾经说过，吉姆"更像是每一个普通人"(Klein,1979)。正是这一点，使得《吉姆·罗尼之死》在深刻的本土裔独特性之外，更体现了全人类共有的关于选择和人性的普遍迷惘的意义。

参考文献

[1] Fleck, Richard F. *Critical Perspectives on Native American Fiction* [M]. Washington: Three Continents Press, 1993.

[2]Klein, C. M. "Review of *The Death of Jim Loney*" [J]. *Library Journal*, Vol. 104, Issue 15, (September 1979):1722.

[3]McClinton-Temple, Jennifer and Velie, Alan. *Encyclopedia of American Indian Literature* [M]. New York: Facts on File, Inc., 2007.

[4]McClure, A. B. "A Literary Criticism: Mixed Blood Reading" [J]. *Wicazo Sa Review* 11.2 (1995): 79-83.

[5] McFarland, Ron. *Understanding James Welch* [M]. Columbia: The of South Carolina, 2008.

[6]Murakami, Yosuke. "The Death of Jim Loney as a Bicultural Novel" [J]. *A Journal of Western Languages and Cultures* 50 (1998): 59-84.

[7]Porter, Joy and Roemer, Kenneth M. *The Cambridge Companion of Native American literature* [M]. Cambridge: Cambridge University Press, 2005.

[8] Ruoff, A. Lavonne Brown. *American Indian Literatures: An Introduction, Bibliographic Review, and Selected Bibliography* [M]. New York: The Modern Language Association of American, 1990.

[9]Sands, Kathleen. "The Death of Jim Loney: Indian or Not" [J]. *Studies in American Indian Literatures* 7.1 (Spring 1980): 61-78.

[10]Tillett, Rebecca. *Contemporary Native American Literature* [M]. Edinburgh: Edinburgh University Press, 2007.

[11]Welch, James. *The Death of Jim Loney* [M]. New York: Penguin Group, 2008.

[12]——. Introduction, in *Winter in the Blood* [M]. Louise Erdrich. London: Penguin Books, 2008. ix-xiv.

[13]Whitson, Kathy J. *Native American Literatures: An Encyclopedia of Works, Characters, Authors, and Themes* [M]. Santa Barbara: ABC—CLIO, Inc. 1999.

[14]康德：《康德书信百封》[M]. 李秋零译，上海：上海人民出版社，1992 年。

[15]萨特：《存在与虚无》[M]. 陈宣良等译，北京：生活·读书·新知三联书店，2012 年。

[16]——：《他人就是地狱：萨特自由选择论集》[M]. 关群德等译，天津：天津人民出版社，2007 年。

（本文原载于《英美文学研究论丛》2015 年 2 期）

第四部分

碰撞与融合：本土裔作品中的多元杂糅空间

当代美国本土文学的话语性主体建构

——评路易斯·厄德瑞克作品中的叙述杂糅

陈　靓*

（复旦大学外文学院）

摘　要：厄德瑞克的创作，将西方经典的多重叙述技巧与本土口述传统结合在一起，将本土语言融入白人的文字之中，这种技巧在结构上界定了杂糅性的文学身份。文本中的叙述性杂糅技巧立足于本土传统，这不仅仅是对视角和语言的简单混杂，而是力图在结构上创建一个杂糅的表述方式，在塑造自身意义的同时，也鼓励对霸权文化统治的抵抗与颠覆。

关键词：厄德瑞克；叙述；杂糅；多重视角；本土；身份

一、口述传统在美国本土文学中的当代意义

美国本土文化独特的故事叙述传统，在保存其文化底蕴及特色方面发挥了至关重要的作用。在白人殖民者到来之前，美国本土文学大多是以口口相传的形式记录、传承下来的，通过这种方式，许多神话和传说也得以世代相传。除内容之外，本土故事叙述本身也成为一种独特的文化活动，它在口述者和听众的创造性互动机制中生存、流传，并不断被丰富，承载了大量的文化信息和沉淀。美国本土概念和价值在这个进程中被表述出来，并在传承的过程中逐渐融入本土居民的内在性格和思维习惯，它是了解美国本土思想、创造力和文化的最好媒体。（Toelken 161）

实际上，口述传统之所以在本土部落中享有如此高的地位，在于它所发挥的文化和精神功能。本土人将口述语言以文字的形式记录下来，是想在传统文化受到冲击的时候保存自身的口述传统，在此基础上，美国的本土文学也得

* 作者简介：陈靓，教授，研究方向为美国本土文学、北欧文学、后殖民理论。

以逐步发展。自 1772 年以来,美国本土作家开始以文字的形式发表作品。20 世纪,尤其自 1968 年以来,越来越多带有浓郁本土特色和时代特征的本土作品进入人们的视野,并引起了广泛的关注。虽然长时期处在白人文化的浸染中,本土作家对西方文学流派的写作风格和手法都比较熟悉,但他们在创作中一直或鲜明或隐含地表达对口述传统的尊重和推崇,并将之作为当代本土文学中的重要部分。口述传统作为本土语言遗产的一个核心部分,对美国本土作家的影响是多方面的,包括叙述形式、风格、文学表述,等等。美国本土作品通过找寻口述传统中的“原生态”文学,试图重新确定身份和主体性,作家们将口述历史转化为神迹故事,以他们对身份概念的感受和体验构建了一个内容及形式都丰富多彩的表述载体。

如果从后殖民的视角来审视当代文学语言体系中口述传统的保留问题,可以更好地理解口述传统在美国本土文学中的地位。语言不仅仅是一个工具,它具有历史性,是意识形态控制的一个主要功能板块。权力的统治结构在很大程度上依靠语言进行建构,对“真理”、秩序和现实的阐释也通过语言这个媒体开展。因语言载体的主观性,它所构建的对于过去的认知总会带有一定的偏见。以文本为载体的故事或历史叙述在意义上是流动的,而文本的创造也是自我界定和文化延续的行为,在此,文本就被赋予了文化建构和能量积累的重要意义。例如,厄德瑞克在作品中借用女主人公宝琳的角色提出,故事“每次的叙述都会不同,没有结尾,没有开始”(Erdrich,1988: 31)。这就提醒我们,故事和以往我们所接受的“客观的”历史,在不同的叙述场合和不同的叙述者那里都会发生变化。在克拉帕特看来,我们不应将过去视为一个如古迹或艺术品般的客体存在,而应该将对过去的主观阐释一并纳入对历史的理解和记忆中。(Krupat 20)

同样,口述传统作为本土历史的一个主观建构,也包含了本土的感知倾向,很适合于保存其传统文化身份和特色。白人的语言已经依照其强大的意识形态控制力画出了边界,并制定出允许入界的规则,在此情形下,对本土口述传统的保存可以有效创建自己的领域界限,抵制白人意识形态规则。通过强调氏族身份、精神传统、与土地的联系以及口述传统中动物象征的意义等,当代美国本土作家在这一传统中储存了大量的主题、神话和象征,已将它革新为一个文化上的主体存在。他们将口述传统中的元素融入西方叙述形式之中,创造了一种杂糅性的本土文学叙述形式。(Grice 22)

二、厄德瑞克作品中叙述杂糅的文化溯源

相比出生于20世纪30年代的莫马迪和出生于40年代的希尔科，1954年出生的厄德瑞克（Louise Erdrich）属于本土复兴作家群中的第三代作家。她以北达科塔为原型，构建了一个富含本土文化特色的世界，通过氏族的变迁展示了20世纪以来齐佩瓦[①]与白人文化交融的历史进程。在这个进程中，她的作品涵盖了当代美国社会所关注的焦点问题，包括土地、宗教、性、口述故事、赌博、女性的角色等等。她的第一部小说《爱药》（*Love Medicine*）由一系列相关故事组成，集中叙述了两个齐佩瓦家庭的生活变迁，获得了包括国家图书批评奖在内的许多奖项。《甜菜女王》（*The Beet Queen*）、《痕迹》（*Tracks*）、《宾格宫殿》（*The Bingo Palace*）等作品也赢得了评论界的一致称赞，与《爱药》一起构建了互相关联、具有时代意义的美国本土小说体系。

厄德瑞克的作品部分或间接地传承了本土口述传统。他父亲是德国人，母亲是本土人，都在印第安事务局工作。作为混血儿，厄德瑞克的童年在北达科他州的本土部落瓦佩顿中长大，受到天主教的影响。其后，随着她在达特茅斯进行的美国本土研究的深入，她的本土文化意识开始逐渐苏醒。她没有在保留地长期居住的经历，但会定期前往保留地看望她的父母，听一些本土的传说和氏族历史，这些对她的本土意识都产生了一定的影响。她的德裔父亲则给她讲述大萧条时期，北达科他州这个多元民族聚集区里人们的生活故事。混血儿的身份以及两种不同的文化影响，赋予了厄德瑞克的作品以双重文化视角和双重表述目的。在被问及美国本土文学的地位和贡献的时候，厄德瑞克回答道："我没有觉得本土文学和白人文学有什么差异。美国本土文学不应该从主流文学中区别开来，如果区分，强调本土文学的读者的特殊性，这也就将本土人从主流社会划了出来。"（Chavkin 25）

厄德瑞克意识到本土人的边缘化地位，并采用主流语言（英语）和主流表

---

① 齐佩瓦族是美国本土奥吉布瓦族的一个氏族，与奥吉布瓦族曾同属于阿尔冈琴族，居住于加拿大南部和五大湖区域。17—18世纪齐佩瓦族西迁到威斯康星和明尼苏达州北部地区，并继续西迁。厄德瑞克作品中使用"齐佩瓦"称呼她的部族，然而人类学家大多使用"奥吉布瓦"或"安尼施纳比"（Anishinaabe）一词来指称。为在阐释中更贴近原文，本文在涉及厄德瑞克作品中的人物时采用"齐佩瓦"的称呼，而在文化背景阐释中采用"奥吉布瓦"的称呼。

述方式(写作)来展现她的人民的历史,让读者知晓他们的过去。通过这种方式,她的写作使得口述传统得以合法化,并在文字中让口述传统从边缘发出自己的声音。她的叙述具有典型的杂糅特征,其流动性和灵活性既反映了氏族的历史特色,又揭示出身处后现代环境中的本土作家所意识到的生存困境。她将本土传统元素如萨满教、神灵、巫术、爱药等注入具有本土特色的空间、时间观念之中,从而形成了魔幻与现实交叉的现实主义风格,而英语语言这个载体有效扩大了读者群,并以文本的方式维系了新时期本土文化的整体观念。她作品中很多齐佩瓦故事叙述以部落传说的形式展开,采用多重叙述视角,每位叙述者仅讲述故事的一个部分,故事的不同章节可能会重复甚至冲突,所涉及的人物也非常广泛,这是符合齐佩瓦传统的叙事方式的。

值得一提的是,在两种文化的相互交融中,当代美国本土作家也同样受到西方作品的影响。恩·伯纳在提及本土文学与美国主流文学的差异的时候也注意到了这一点,同时许多本土作家也承认主流文学对他们的创作有较大的影响。不论他们对本土文化的吸收程度如何,他们在阅读非本土作品时也同样吸收了西方作者的本土观念和写作手法。(En Berner 119)厄德瑞克也不例外,除了齐佩瓦的口述传统,她也受到了西方文学传统的熏陶。但通常来说,她的多重叙述与西方文学的多重叙述在功能上有其不同之处。后者强调精神失控、整体意识的分裂以及语言的不确定性,前者的使用与异化、失落无关,而更多地与氏族的文化多元性相关,并更关注氏族的文化重建。

厄德瑞克的五部以芙乐为主人公的作品,以一定的叙述顺序被融合起来,展示了北达科他州欧美人、齐佩瓦人和混血儿数代人的文化交流的多元状态。《爱药》叙述了北达科他州保留地及周边地区居住的齐佩瓦和混血家庭的故事,采用复调式的叙述手法讲述了1934至1984年五十年间的历史演变。《甜菜女王》中的一系列叙述者从个人的角度讲述了1932至1972年间的历史,但叙述集中在北达科塔一个叫阿格斯的小镇上的欧美和混血本土人物。《痕迹》中仅有两个叙述者纳纳普什和宝琳,讲述1912至1924年间齐佩瓦和混血家庭的演变。欧洲的民间故事大多与数字"三"有关,而美国本土神话和传说大多与"四"相关,"四"被认为是一个神圣的数字。在齐佩瓦神话中,一年中有四季,有水、火、风、土四个元素,有东、西、南、北四个方向等,"四"这个富有本土神话色彩的元素已经深深融入本土生活当中。厄德瑞克以最初发表的四部小说《爱药》《痕迹》《甜菜女王》和《宾格宫殿》构建了北达科塔系列的四个支柱,她承认:"'四'在奥吉布瓦神话中是一个圆满的数字……三则不是个圆满的数字,而四不同。所以四是个很好的数字。它与幸福相连——四个方向。对四的阐释的视角也多种多样。”(Chavkin:45)在“四”的传统观念影响下,《爱药》被赋予了水的意象,《甜菜女王》被赋予了风的意象,《痕迹》被赋予了土的意象,而《宾格宫殿》则被赋予了火的意象。(Kennedy:185)然而,厄德瑞克的创作既保留了传统元素,又对此进行了创新。恩·伯纳在其关于“四”的模式中忽视了中央这个位置,而这个位置正是《小无马地奇迹的最后报告》(*Last Report on the Miracles at Little No Horse*)在北达科塔系列中的方位。她的五部作品由此构建了一个文学上的药轮,在这个药轮中,个体、家庭、氏族以及神话叙述被融合在了一起。虽然这些小说可以被独立解读,但每部作品都可以在其他作品的语境中被重新阐释,它们以杂糅性叙述的形式共同构建了本土集体体验。

三、厄德瑞克作品中叙述杂糅技巧探讨

(一)以非线性时间顺序构建多重性叙述视角

厄德瑞克作品中的杂糅性叙述形式具有以下特点:叙述的破碎、间断、松散的结尾、多重视角及矛盾性情节。通过叙述性杂糅的应用,厄德瑞克构建了人物和读者间的对话,并鼓励创造性阅读方式。通过这种方式,读者可以在意义的构建中发挥更主动的姿态。此外,厄德瑞克强调每一个视角的独特性,它们无法被一个“绝对”视角所取代。叙述性杂糅的总体效果,在于以不完整的信息传递出一个完整的知识系统的碎片,每一位叙述者都以自己的视角对信息碎片进行主观性阐释。采用这种多重叙述方法,可以从不同的视角、甚至在个体故事内部观察现实,但是从作品的整体视角出发,它的效果会最为显著。

厄德瑞克的大部分作品继承了传统的叙述模式,同时也保留了多重叙述技巧。从她的作品中,我们可以看出欧美读者所熟悉的叙述方式,同时,在杂糅形式中,她的小说在人物间以叙述出来的以及未叙述的故事构建了精细的关联,不同的人物因为对本土传统的不同解读,而被塑造为不同的象征性意象。

首先,就时间顺序而言,厄德瑞克作品中呈现出典型的杂糅性特征。在她的五部作品中,作品构建和叙述顺序并没有依照线性叙述模式,因此作品中的人物和情景会有一定的重复。例如《爱药》中有一章集中叙述一个意志坚强的女主人公道特·阿黛尔和她的爱人盖瑞·纳纳普什两个主人公在1980年的经历,随后出版的《甜菜女王》则描述了道特·阿黛尔的孩童时代及截止到

1972 年的时光。《痕迹》创作于《甜菜女王》之后，但追溯到 1914 年，讲述了露露·拉玛汀的孩童生活，她在《爱药》中从一个少女逐渐成长为祖母。这种叙述的杂糅形式来自传统的本土观念，认为空间与时间都是循环往复的，这一点与西方的传统线性叙述截然不同。纳纳普什说：我们看到了季节的交替，月圆月亏，牙牙学语的孩子最终成为耄耋老人，但这都不是时间。我们看到河水拍击着河岸，每一次的拍击中，时间都在流逝，但这不是时间。当我们从孩子成长为年轻人，虚弱的体制逐渐强壮、坚韧，最后又因为年迈而虚弱，但这也不是时间。你们白人用的钟表，日出日落。这些都不是时间……时间就像一条鱼……我们都生活在它的鳍骨上……一个永不停歇的游动的鱼……直到游进一个没有时间的领域。（Erdrich，2002：223）

除了小说之间的循环叙外，非线性时间顺序也被应用于每部小说的叙述结构中。在《痕迹》中，每一年所发生的事件要从两个视角进行阐释，这些阐释通常在事件发生之前或之后的章节中展开，而一个叙述者也会在动词词态中切换，既将故事表述为当下，又赋予它以历史的色彩。《爱药》也采用了同样的手法。在《勇士的一跳》这一章中，时间被追溯到了 1957 年，耐克特·凯什保的叙述从过去时跳转为现在时；几页之后，他又回到了过去时，但没有改变他所叙述的故事时间，在叙述中也没有任何的间断，他以现在时叙述记忆中的 1952 年与露露在一起的夜晚。虽然每章开始会有时间标识，但使用线性叙述将会破坏故事的完整性和故事间的关联网络。

（二）多视角叙述者在叙述杂糅中的开放式阐释

在《爱药》和《痕迹》中，厄德瑞克采用了将直观与虚拟、事实与想象的界限进行模糊化的叙述策略。多重叙述者经常从不同的视角重复叙述同一个故事，并展现了多种多样的意义。不同的阐释彼此依赖，不断影响意义得以生成的叙述机制，撼动意义的终极阐释模式。通过这种方式，厄德瑞克并没有引入一种新的整体性观点，强行将处于边缘的本土传统转移到中央，而是通过多重视角的整合让本土传统在边缘绽放，在自己的空间里盛开。

在厄德瑞克的文本中，叙述与文化和人物的生存有着至关重要的联系：正是通过关于人物的经历叙述，厄德瑞克才得以有效地展示本土文化，并保留齐佩瓦文化的传统元素。在《痕迹》中，纳纳普什和宝琳构建了对抗性的叙述模式，其中所展示的对抗性现实再现了氏族精神与欧美文化的纷争。因为身份不同，纳纳普什和宝琳对历史的叙述也截然有别。如果说宝琳的叙述代表了精神上的绝望，纳纳普什的叙述则代表了“恶作剧者”式的对这种绝望的挑战。

在这个冲突中，厄德瑞克想要突出的是对口述传统的重视。纳纳普什的叙述中可以明显看出口述传统的痕迹，而宝琳的叙述则完全忽视了这一传统，这就导致了她的疯癫和人格整体性的分裂。纳纳普什将他的故事讲述给露露听，但是宝琳没有特定的听众，这也暗示着宝琳与氏族文化的距离。通过对比性的叙述模式，厄德瑞克旨在展示历史并非一个客观的叙述，而是受个体利益和意识形态影响的主观叙述。更为重要的是，在这种对比式叙述中，口述传统和部落意识的意义和价值被凸显出来。通过杂糅性叙述形式，厄德瑞克创造出了她的视角下的本土历史，以自己的理解找到一个新的构建历史的方式。

《爱药》中同样可以找到相似的叙述模式。与《痕迹》略有不同的是，因为作品中涉及很多人物，包括一个故事外的、对奥吉布瓦文化持同情态度的叙述者，《爱药》在结构上的特征不是很明显。但其独特之处在于，将之前发表过的十四篇短篇小说融合在一起的机制。在《爱药》出版之初，因为小说的多重叙述结构过于复杂，引起了一些批评家的质疑，他们认为这部小说不过是短篇小说的拼接。作品中时间始于 1981 年，追溯到 1934 年，《痕迹》中的一些人物再次登上舞台；然后又缓慢回到了 1981 年，并延伸到 1984 年。模糊的人物、矛盾的生活模式在作品中再次得以展现；不同的生活模式靠近、分离；人物联系、分离，再联系；不同叙述者的视角所展现的不同事件构成了作品的主要特色；不同故事间的连接技巧和叙述模式成为小说独特的风格。赫莎·D.王在评论中回顾了当初评论界的质疑以及厄德瑞克和杜雷斯的辩解，并对作品中篇章间的连接技巧评述道：即使《爱药》第一版十四个章节中，有一半是之前在文学刊物或流行杂志上发表过的短篇小说，厄德瑞克和杜雷斯坚持认为他们对这些独立的小说进行了重大的改编，以构建、扩展或强化主题、结构或其他文学关联…….可以从[小说的]长度、广阔的视野和统一的观念中看出他们对小说的看法……虽然《爱药》中的每一个短篇与其他短篇都有着复杂的关联，作品中故事的顺序有其自己的连贯性，故事本身也同样有其自身的完整性。(Wong 170-174)

王所指出的《爱药》间的一致性，是这部作品的独特之处。十四篇短篇集中描写了齐佩瓦部落所在的海龟山保留区内凯什保家族和拉玛汀家族中七个不同的人物，以螺旋形结构来拉近或拉远视角，并在不同的章节中变换视角。其中五篇以艾伯丁、玛丽、耐克特、里曼和露露等五人的第一人称展开叙述，九篇以独立于人物关系之外的视角进行第三人称叙述。作者进行篇章重构的主要形式是独白，它同时也占据了《爱药》的大部分篇章。通过叙述者的直接阐释视角，读者能近距离感受到当代本土居民的生活。通过这种技巧，"事实"从叙述者所提供的信息碎片中得以拼接生成。从一个视角叙述一个故事可以展示一个整体的不同方面,每个故事都包含了单个人物对事实的理解,所有视角的整合可以为事实的叙述提供较准确的信息。只有将这些信息全部联系起来,才能对整体有更全面的把握,并对当代本土居民的体验有更宏观的了解。这些看似破碎的形式既互补又独立,它们在尝试构建一个完整的部落主体性。然而,考虑到完整性和多元性的平衡问题,这种叙述模式在操作和理解上都会非常微妙和脆弱。杂糅的手法,并非将不同文学元素简单地融合在一起,而应该遵循某些统一性的力量,不论这种力量来自于主题或来自于人物,还应该有助于凸现出杂糅性模式自身的特色。作为厄德瑞克结构上最为复杂的小说,《爱药》展现了作者为维持章节间结构和主题的平衡所做的努力。文本中的人物模仿了口头和文本叙述模式,从各自的视角、以自己的独特术语(再)叙述家庭和部落的故事。这种叙述展示了个人、家庭和部落的声音,以及个人历史和部落历史的主体性,因此读者不得不去整合、阐释及再阐释这些叙述,并将信息进行拼接,赋予其更大的意义。

《爱药》和《痕迹》在叙述形式上的差别与相似性,复杂而巧妙地展示了厄德瑞克对齐佩瓦部落历史的认知。如果说《爱药》的多元叙述模式反映了当代本土保留地的生活,《痕迹》则表述了齐佩瓦部落较早时期的历史。与这两部作品不同,《宾格宫殿》中的叙述视角在个人感受和群体意识之间保持了一种均衡态势。虽然利普沙·莫利塞在全书的二十七章中的叙述不到全书的一半,他却是这部小说中的主要叙述者,也是唯一的以第一人称叙述的叙述者。利普沙的"我"与多重叙述中的"我们"并行,以"我们"为人称的称呼散布于四个章节,包括书的开篇和结尾部分。复声的部分是一个统一的部落声音,此外,其中的"我们"的人称无意识间将复声的叙述与读者联系在了一起:"我们不知道它如何发挥效果,如何运行,这也是为什么我们所有的人如此辛苦地辨识一个争论的声音。虽然理解他人的内心是我们一生要去努力的任务,但我们知道,要做到这点很难,没有人会这么聪明。"(Erdrich,1986:6)

通过故事的分离和整合,复声的运用使部落能够以"一种争论的声音"获得生机,在这种状态下,整体性和多元性都得到了显现。厄德瑞克没有从正面的肯定性视角对部落进行界定,而是从利普沙的不同之处入手展开描述。在部落中,利普沙找不到合适的位置,但他的核心叙述作用表明了他对部落未来的重要性。作为《痕迹》和《爱药》的叙述延伸,《宾格宫殿》个体视角和部落视角的融合也构建了一个强大、统一、富有生命力的部落文化。厄德瑞克笔下的齐佩瓦民族第一次通过部落的声音说话,肯定了部落文化中的核心因素,它超越个人范畴，是具有更加宏大视野的自主意识。《宾格宫殿》中部落声音的存在表明，与一百年前的《道斯法案》的情形相比，当今的本土部落文化有了更有力的存在理由，它也表明厄德瑞克笔下的齐佩瓦人在社会意义层面重新构建了本土的部落生活。

总之，多重叙述是杂糅性叙述的特征之一，由此出发，厄德瑞克成功地将一个没有时间概念的口述传统转变为一个文本记录。她的叙述技巧有效地揭示了现实的多重性，丰富和充实了被过度简单化的本土居民及其历史形象。在建构这个"表述的传奇"的努力中，厄德瑞克开创了一个杂糅性的叙述空间，其中她可以在多元化的文化环境中表达新的身份和相应的主体意识。

厄德瑞克将霍米·巴巴的杂糅性理论作为整体性的复兴策略，在她的杂糅文本中尝试创新独特的杂糅技巧。"第三空间"的概念在文学和文化界面的阐释上是开放性的，这个空间的合理性和独立性取决于它是否创造了一个能自主发出个体性声音的空间。就多重叙述视角和复调性语言而言，它们立足于本土传统，有效地创造了一个具有厄德瑞克式特点的杂糅性文学主体。本土人将语言视为力量之源，这种语言上的杂糅表述也同样积累了文化和文学上的表述力量，创建了抵抗性文本，拒绝被西方视角所同化。

在文化多元化已成为大文化格局的当今，已经不存在严格意义上"纯粹的"本土文学了。(Krupat 21)所有当代的美国本土作品的话语表述，不论是口述还是文字形式，都或多或少具有杂糅性的特征。杂糅效果通过方言、典故、叙述穿插、关键词语使用方言、策略性使用方言以及不同语言的切换等方式，破坏了英语这种主导语言作为殖民工具的权威性和统治效果。叙述的杂糅性已经成为一种跨文化的实践，在创建自身意义的同时，也鼓励对霸权文化统治的抵抗与颠覆。

参考文献

[1]Chavkin, Allan, and Nancy Feyl Chavkin, eds. *Conversations with Louise Erdrich and Michael Dorris* [C]. Jackson: U P of Mississippi, 1994.

[2] EnBerner, Robert L. *Defining American Indian Literature: One Nation Divisible* [M]. Lewiston, NY: E.Mellen Press, 1999.

[3]Erdrich, Louise. Jacklight: Poems [M]. London: Flamingo, 1996.

[4]——. *Last Report on the Miracles at Little No Horse* [M]. London: Flamingo, 2002.

[5]——. *Love Medicine* [M]. New York: Harper Perennial, 1993.

[6]——. *The Beet Queen* [M]. New York: Bantam Books, 1986.

[7]——. *The Bingo Palace* [M]. New York: Harper Flamingo, 1994.

[8]——.*The Blue Jay's Dance*: *A Birth Year* [M]. New York: Harper Perennial,1996.

[9]——.*Tracks* [M]. New York: Harper Collins,1988.

[10]Grice,Helena.*Beginning Ethnic American Literatures* [M]. Manchester: Manchester UP,2001.

[11]Kennedy, J. Gerald, ed. *Modern American Short Story Sequences* [C]. Cambridge: Cambridge U P,1995.

[12]Krupat, Arnold. *The Turn to the Native*: *Studies in Criticism and Culture* [M]. Lincoln: U of Nebraska P,1996.

[13]Littlefield, Daniel F. Jr., and James W. Parins, eds. *A Bibliography of Native American Writers* 1772-1924: *A Supplement* [C]. Metuchen: The Scarecrow Press,1985.

[14]——.*Native American Writing in the Southeast*: *An Anthology*,1875-1935 [M]. Jackson: UP of Mississippi,1995.

[15]Toelken,Barre."Native American Traditions (North)",in *Teaching Oral Traditions* [C]. Ed. John Miles Foley.The Modern Language Association,1998.151-161.

[16]Wong,Hertha D."Louise Erdrich's Love Medicine",in *Modern American Short Story Sequences* [C]. Ed. J. Gerald Kennedy. Cambridge: Cambridge UP,1995.171-193.

(原发表于《外国文学》2010年第5期)

神话·民族志·自传

——论《黄女人》的多维叙事空间

王　卓*

（济南大学外国语学院）

摘　要：一直致力于建构新型民族故事的美国印第安女作家莱斯利·马蒙·西尔克不但擅长创作鸿篇巨制，她的短篇小说也因其独特的叙事策略而具有极高的艺术性，《黄女人》就是这样一个充满着叙事张力的精致的短篇小说文本。在神话叙事、民族志叙事以及自传叙事策略的共同作用下，西尔克实现了作为少数族裔女作家书写新型民族故事的文学理想并在叙事的建构和解构的动态模式中确立起印第安女性共同的精神成长。

关键词：L.M.西尔克；《黄女人》；神话叙事；民族志叙事

如今的莱斯利·马蒙·西尔克（Leslie Marmon Silko，1948—）已经成为与斯科特·莫马代声名并驾的美国印第安作家。从1969年至今，西尔克先后出版了《典仪》（*Ceremony*，1977）、《死者年鉴》（*Almanac of the Dead*，1991）、《沙丘花园》（*Gardens in the Dunes*，1999）三部鸿篇巨制和大量精致的短篇小说。同时，她还是文学创作的多面手，在诗歌、文评等领域也颇有建树。一直以来，西尔克的长篇小说常常因为篇幅冗长、政治取向过于鲜明、火药味过于

* 作者简介：王卓，教授，主要从事现当代美国文学研究。

浓重而备受诟病[1]；相比之下，她的短篇小说短小精致，极具艺术性，其中《摇篮曲》《讲故事的人》《黄女人》等更是成为各种美国短篇小说选的宠儿。如果说西尔克的长篇小说融印第安历史、民族文化和种族命运于一体，具有史诗般的厚重感和现实感的话，那么她的短篇小说似乎更偏爱印第安民间传说和轶事以及个人命运的深情讲述，而这些特点恰恰体现了西尔克探索新型的民族故事的远大的文学理想。

西尔克的文学理想是要创作"既有书面文学也有口头文学能力"的作品(Morison 340)，要把古老的印第安部落传说和尘封的历史的"味道传达到纸张上去"(Barnes 50)。"徘徊在三种文化边缘"的特殊经历使西尔克清楚地意识到少数族裔作家的文学作品只有成为本民族故事的有机组成部分，才能把这些故事传递下去，并在这样的文化传承中使自己的作品生命永驻。(Silko, "Contributors' Biographical Notes"：230)

西尔克的短篇小说集《讲故事的人》中的代表作《黄女人》就是一篇集中体现其新型民族故事理念的精致的短篇。故事的主人公是一名来自"高地那边的普韦布洛"的女人，我们不知道她的名字，只知道她被刚刚认识的男人称为"黄女人"。就像《莫比·迪克》的开篇，故事讲述人的那一句"叫我伊斯梅尔吧"而开启的自我寻求的海上旅程一样，《黄女人》中女主人公被冠以"黄女人"的名字传递给我们的一个信息是，这似乎又是一个老生常谈的自我寻求的故事。不错，《黄女人》将满足此类故事的一切基本要素，然而，这却似乎并不能概括它的全部。小说叙事中细密编织的印第安部落传说和精心构建的充满印第安典仪色彩的情节不断地呼唤着读者对古老的印第安民族文化的遥远记忆，以及对"黄女人"传说的深层思考。那么，这些印第安部落的文化符号是如

---

① 西尔克长篇小说的政治性和冗长的篇幅从以下两个例证就可见一斑：西尔克的第一部长篇小说《典仪》发表时，为了凸显小说的政治性，她特意选择于 1977 年出版该小说，目的是接近美国独立两百周年纪念的时间。在一次访谈中，她特别强调："在各种庆祝活动进行得如火如荼的时候，我们不应该忘记，还有一些不同的方式来看待过去的两百年历史。……在这两百周年纪念之际，我们要记住，这个国家是在一片偷来的土地上建立和发展起来的。"参见 Per Seyested, "Interview with Leslie Marmon Silko, in *Conversations with Leslie Marmon Silko*[C]. Ed.Ellen L.Arnold. Jackson: UP of Misisipi, 2000. p.8；西尔克的《死者年鉴》因为长达 763 页而受到某些评论家的揶揄，对此，西尔克回敬道："《死者年鉴》长吗？当然了，所有的联邦诉状都很长……而我的[小说]只不过是比平铺直叙的联邦诉状读起来更有趣一些。"参见 Dona Pery, "Leslie Marmon Silko," in *Backtalk: Women Writers Speak Out* [C]. Ed. Dona Pery. New Brunswick: Rutgers UP, 1992. p.327.

何编织在这充满着无限张力的文本之中的呢？西尔克创作新型民族故事的理想又是如何得以实现的呢？

对于少数族裔作家而言，表达个人与族群身份中深植的情感的关键是“找到不违背一个人身份的多重构成成分的声音或风格”（费希尔 242），而《黄女人》正是在这种多重叙事的声音中构建起女主人公自我身份意识和印第安的族群记忆的。事实上，面对关于印第安族群的“历史的叙述之间存在着如此巨大的差异”的后殖民叙事话语时（汤普金斯 247），多维度、多声道的文学叙述也许是建构这个族群历史和未来的最好的选择。迈克尔·费希尔在研究少数族裔作家自传体小说的基础上，概括出印第安裔作家的三个叙事声音——“永远的传奇故事”“历史轶事或民族志观察”和“个人回忆”。（274）细读《黄女人》的文本，我们不难识辨出这交织在一起的三个声音，以及作者为传递这些声音而精心运用的神话叙事、民族志叙事以及自传叙事策略，而作者作为少数族裔女作家书写新型民族故事的文学理想以及身为少数族裔女性的主人公成长的心路历程正是在这三个声音的碰撞和问诘中，经历了建构和解构的动态模式而确立起来的。本文就将关注的焦点锁定《黄女人》中的神话叙事、民族志叙事和自传叙事策略，并将特别关注这三种叙事策略共同构建的多维叙事空间的动态的“文化力量”。[①]

一、神话叙事——“黄女人”的传奇故事

故事开端，女主人公从睡梦中醒来，新的一天开始了，而她发现周围的一切仿佛如梦幻般空灵：无论是“落叶松和柳树间的空隙里”的太阳，还是棕色的水鸟留下的“一个个褐色的小脚印”，抑或是“河水流过时，发出的啪啪的水泡声”都与她以往的生活迥然不同。（西尔克 10）当然，还有那个躺在她身边的陌生的男人。这梦境一般的新生活带来的是她的一个既陌生又熟悉的新的身份——“黄女人”。尽管她一再强调自己有名字，然而这并不能阻止男人固执地叫她“黄女人”。这个名字让女人想起在印第安部落传说中的“黄女人”的故

① 米克·巴尔在《叙述学：叙事理论导论》第二版中用单独的一章讨论了叙事学的“文化分析”的运用问题。在这一章中，她提出了叙事是“一种文化表达模式”的观点。国内叙事学研究领域，乔国强、张甜在其论文《叙事学与作为文化力量的叙事学研究》中明确提出叙事作为一种“文化力量”的观点。

事。用列维-斯特劳斯的神话学观点来看,这是一个典型的北美印第安神话:有动物、人和神的共同参与:

> 獾和郊狼出去打猎,打了一整天。太阳快要下山时,他们发现了一个房子,住在里面的是一个女孩,她有着浅色的头发和眼睛,女孩说他们可以和她一起睡。可是郊狼想整晚单独和女孩在一起,于是就打发獾去找一个土拨鼠洞,还告诉獾那个洞里肯定有东西。可是等到獾回来的时候,郊狼已经用石头把门给堵上了,急匆匆地去找这个黄女人了。
>
> ……
>
> 黄女人和来自北方的卡其那神走了,和他以及他的亲人住在一起。黄女人离开了很长一段时间,当有一天她回来时,身边多了一对儿双胞胎男孩。(西尔克 11)

《黄女人》这个篇幅不长的短篇小说框架当中居然镶嵌进一个完整的印第安部落神话,而这个神话又具有鲜明的北美印第安神话的独特气质和基本元素。在北美印第安神话体系中,动物神话占有非常重要的地位,而郊狼更是其中的重要角色。列维-斯特劳斯的美洲印第安神话系列著作就多次讲述了郊狼的不同版本的故事。而不论是哪一个版本,郊狼都是足智多谋,甚至带点狡黠的小聪明的角色。在印第安神话中,"郊狼的形象在某种程度上已经成为恶作剧者的代名词,它已经穿越了文化的圜囿渗入异族的仪式概念之中"(朱振武 4),而"黄女人"故事中的郊狼正是这种角色。"黄女人"传说中的"卡其那神"是印第安自然神话体系中的雨神,是保佑大地收成的大神。"黄女人"传说中的"双胞胎男孩"也在提醒着我们这个故事的北美印第安传说的特质:"印第安人认为,一分为二是生双胞胎的原因"。(斯特劳斯 117)在印第安神话传说中,双胞胎是与诸如气候的变化等诸多无法解释的自然现象紧密联系在一起的。[①] 印第安神话中有多种版本的"黄女人"传说,在另一个版本中,她与水牛人(buffalo man)也生下了双胞胎兄弟,而他们后来成为拉古纳文化的英雄。可见,"黄女人 "是印第安传说中一个重要的女性原型,是"神灵、母亲、是神圣的谷穗、是一种原型、是人、是女儿……是转变的使者和不明物",是与印第安其他族群的男人私奔的豪放女人。(Alen,*Spider Woman's Grandaughters*:211)

---

① 人类学大师弗雷泽在其代表作《金枝》、列维-斯特劳斯在《猞猁的故事》中均专门谈到了"双胞胎",并阐释了双胞胎与自然现象之间的联系。

“黄女人”传说中的这些元素犹如印第安族裔文化的特殊符号张扬在西尔克的小说文本之中，并形成了《黄女人》这个短篇小说文本的核心叙事声音和阐释声音。列维-斯特劳斯曾经就神话的变化过程进行过一个简单的总结：“当一个神话跨越语言界限时”，会出现两类变化：“神话的中心内容尚存，但已经发生了变化或彻底颠覆”；或者“大框架没变，但内容不复存在，仅成为一个优美文学片断存在的借口”。(128)前一类情况主要指神话在口头流传的过程中出现的变异，而后一类情况指的是神话与文学作品的关系。美国印第安裔作家的小说创作与印第安神话结合产生了很多充满震撼力和民族特色的佳作。莫马代的《黎明之屋》就是这方面的经典之作。作家把整个故事建构在口语化的叙述模式之上，“充分利用了典仪、歌唱等口头文学形式，并将它们贯穿于小说始终，为小说故事情节的发展以及主题的彰显做了重要烘托”。(朱振武 30)但总的来说，《黎明之屋》还是属于列维-斯特劳斯所归纳的第二种情况。然而，《黄女人》的叙事却并不能简单地归结为这种情况，因为“黄女人”传说在小说叙事中经历了一个完整保留和微妙改写的悖论的嬗变过程。

如前文所言，嵌入《黄女人》文本中的“黄女人”传说成为小说叙事的一个有机组成部分。小说中女主人公身份的建构正是在与传说中的“黄女人”身份和经历的交互参照的审视中建构起来的。从一开始对于“黄女人”这个称谓的不断抵触和反抗到最终求得认同并决定把这一故事传承下去的过程正是女主人公身份意识的建构过程，而这也是西尔克所有创作激情的源泉。对此，西尔克曾经明确地指出：“我们需要故事。有了故事才有我们这个部落。人们讲述关于你，关于你的家庭或者别人的事情。在这个过程中，他们塑造了你的身份。从某种意义上来讲，你是从关于你的故事中了解或听说你自己是谁的”。(Evers & Carr 12)然而，“黄女人”传说在小说叙事中扮演的角色并不是浮现在小说的叙事之上，而是深深地潜入到小说叙事的最底层，而且西尔克在“黄女人”传说的文本之上建构起另一个“黄女人”文本的同时，对前一个“黄女人”文本进行了微妙地改写。“黄女人”传说的讲述人并不是女主人公本人，而是她已经去世的祖父，女主人公只是这个故事的转述者；祖父版的“黄女人”故事中，留下了很多空白，而这些空白却是女主人公最为关注的事情：“我在想到底黄女人知不知道她自己是谁——知不知道她会成为这众多传说中的一部分。或许她在丈夫和亲戚面前有着另一个名字，这样一来就只有来自北方卡其那神和那些讲故事的人知道她就是黄女人。”(12)可见，祖父版的“黄女人”传说不能满足女主人公对故事的全部期待，因为黄女人在传说中只是一个面目不清，身份不明的女性符号，她与其他扮演着繁衍后代的传说中的女人别无二致。

在祖父版本的"黄女人"传说中,黄女人保留了这一模式化的女性身份,却失去了作为独立的个体而存在的身份特征。女主人公并不能满足于这一模式化的身份和称谓,因此,在她与传说中的"黄女人"逐渐求得认同的同时,也悄然地改写了这一神话。她决定成为自己故事的讲述人,而讲故事者的身份、视角和目的的变化势必带来故事的变化。下表呈现了两个不同版本"黄女人"故事的对照:

表 1　对照不同版本"黄女人"故事

	祖父版"黄女人"故事	女主人公版"黄女人"故事
时间	远古时代	现在
地点	河边	河边
人物	1.郊狼 2.獾 3.黄女人、卡其那神	1.女人 2.男人 3.白人牛仔
人物关系	郊狼、獾 黄女人、卡其那神	女人、男人 男人、白人牛仔
情节	黄女人跟随卡其那神出走	女人被男人"绑架" 男人与白人牛仔冲突
结局	黄女人带领双胞胎归来	女人只身归来

在女主人公讲述的故事中,来自北方的卡其那神被"纳瓦霍人"所代替,而黄女人主动跟随卡其那神出走的情节也变成了被动的"绑架";古老传说中的动物、人与神之间的多元互动的关系转化成为男人与女人、白人与印第安人之间一对一的关系;而传说中的黄女人带着双胞胎一起归来的情节也变成了女主人公孑然一身孤独地返回家中。这些看似随意的改动,却镌刻着深刻的社会历史烙印。

小说中女主人公一再强调"黄女人"传说发生的时代因素,例如,她反复强调:"故事里讲的只是在那个时候是真实的";"那是发生在远古时代的事儿了";"我不相信那一套。那些故事不可能发生在现在"等,都似乎在暗示我们她已经清醒地认识到印第安女人命运在历史的流变中发生的变化。在古老神话中的"黄女人"故事里,"起着关键作用的是一种吸引力,一种激情,一种将人类、动物和灵魂世界联系在一起的紧密关系"。(Evers & Carr 11)而这种"吸引力"正是体现在印第安女人身上的神奇力量。在白人殖民者踏上这片土地之前,女性在印第安部落文化中享有崇高的地位:她们往往是家族的中心人物,是睿智和和平的象征。保拉・艾伦(Paula Gun Allen)在对印第安女性传统和神话的研究中发现,在很多印第安神话中,女性神祇原型占有十分重要的地位,其中流传最广泛,影响最大的有克里克人信奉的“思想女”、玛雅女神“光之母”、切诺基人的“谷女希露”,拉古纳-普韦布洛人的“蜘蛛女”等。(Barnes 57)然而,随着殖民者身影的出现,浪漫的传奇在她们的身上已经不复存在,换言之,现代的印第安女人身上已经难以承载曾经浪漫、传奇、宽厚的印第安民族的独特气质,更难以维系在生物、神灵和人之间所起到的纽带的作用。在女主人公重塑的“黄女人”传奇中,女人的角色由主动变成了被动;动物、人和神共同构成的浪漫的想象空间被现实的种族和部落之间的冲突所替代;原本动物、人和神和谐的多元关系变成了单一的人与人之间的关系,而印第安女人的母神原型也在这些改写中被悄然颠覆了。

母神原型的颠覆清楚地表明了西尔克对少数族裔女性身份构建的一个具有现实主义特质的观点,那就是,“身份不能靠浪漫幻想的自由意志建构”,也同样不能靠古老的神话模式来建构。(费希尔 263)正如艾伦所言,土著妇女要直面一个事实,一个“更难于注意或讲述的事实:如果公众和个人视美国印第安人这一群体是隐形的话,那么印第安妇女则根本不存在”(Alen,*The Sacred Hoop*:9)。对于这些“根本不存在”的印第安女性来说,“走入”神话传奇是与传统精神空间建立精神之流的一个无形的管道;而“走出”神话传奇则是她们向世界证明自己存在的力量的发射器。在传说与现实的双重镜像的比照下,女主人公从“黄女人”的传奇和自我的放纵中回到了“现代家务的空间”(黄心雅 346),一个印第安女人平凡的生活空间,一个需要更大的勇气和耐心面对的现实空间。从这个层面来看,《黄女人》的神话叙事策略的应用实际上经历了一个从“神话”到“去神话”(demythologize)的嬗变。

二、民族志叙事——反讽的印第安历史轶事

《黄女人》的双重神话叙述并不是顺畅进行的,或是完全平行发展的,而是不时地被一个或远或近的如“民族志观察”[①]的声音所打断。这个声音成为西

① “民族志观察”这一提法借用了文化人类学的相关研究成果,现已被民族志诗学与政治学研究普遍采用。迈克尔·费希尔在《族群与关于记忆的后现代艺术》一文中明确地把“民族志观察”作为叙事视角引入了文学作品的解读之中。他认为“民族志观察”在文本中“通常是一或两个句子”,以“采用非个人的、平板的描述性或科学性散文”的文字插入叙述之中。

尔克小说创作中的一个法宝，在她的长篇小说《典仪》和《死者年鉴》中都有类似的“民族志观察”的客观声音。尽管《黄女人》是采用人物的第一人称叙述，但整篇小说却无时无刻不投射着作者巨大的影子，她躲在她声称要描述其经验的人的身后，并不时地探头探脑，窥视着小说中人物的一言一行，并试图对他们的行为从印第安历史的高度做出权威性的解释和判断。

事实上，从宏观叙事的视角来看，小说集《讲故事的人》就是一部在“民族志观察”的视角下构建起来的作品。这部小说集的内容十分繁杂，覆盖了西尔克的家族故事、印第安部落传说、小道传闻(gossip stories)等；形式更是特异新奇，不但诗文并陈，还夹杂着家族、部落、印第安保留地的照片等，可谓图文并茂。这些特点使得这部作品一经出版即引起了评论家的关注和思索。原住民文化研究专家阿诺德·克汝派特(Arnold Krupat)把这一特点概括为“史学与诗学”“文献与创作”之间“持续的对话”(qtd. in Lappas 59)；凯瑟林·拉帕司(Catherine Lappas)称这部作品为“多声部自传”(polyphonic autobiography, 60)；玛丽·普瑞特(Mary Louis Prat)与林达·克鲁姆豪兹(Linda J. Krumholz)则称其为一部“自传民族志”(autoethnography)(Krumholz 90)。从以上的评论中不难看出，这部作品是文学，也是印第安民族志学，是神话传说，也是族裔历史；而“自传民族志”更是指出了这部作品的一个鲜明的特点，那就是自传与民族志学的融合，而这种写作策略恰恰是典型的后现代民族志的阅读和写作方式。

从微观叙事的视角来看，《黄女人》这个精巧的短篇也渗透着民族志书写的精神实质。透过神话叙事编织的男人和女人之间的故事，《黄女人》中还细密编织进了一段印第安民族记忆中的历史，而这段历史正是体现西尔克“民族志观察”的典型例证。带着一个民族志观察者的眼睛，西尔克启动并操作了一种微型历史叙事，然而最终的目的也与神话叙事相似，那就是含蓄地质疑了这种叙事的终极目的。《黄女人》中为女主人公命名，自己却身份含混不清的男人是一个颇有点神秘色彩的人物。女主人公除了对他强加给自己的“黄女人”的名字满腹狐疑之外，对这个在河边邂逅、自称为“席尔瓦”的男人的身份也充满疑虑：“我开始对这个男人产生了怀疑。他的普韦布洛语说得非常好，可却住在山上，靠偷牲口为生。我觉得席尔瓦肯定是个纳瓦霍人，因为普韦布洛人是不会这么干的。”(12)男人一直拒绝给女人一个明确的答案，这越发引起了女人的好奇心。从这个角度来看，女人成为男人的一个好奇的观察者。小说中多次用到了观察的字眼：“我看了看身边的他”“最后看了一眼还在白色河沙上熟睡的他”等都在极力地提醒着读者女人对男人的观察和揣摩。然而，女主人公却无法看透这个既熟悉又陌生的男人，而接着发生的两个富于象征性的事件越发加重了她的疑虑。

一个事件是当女主人公本打算逃离男人，却如被施了魔法一样半路折返，这时，她看到了一个颇具仪式感的屠宰牛的情景：爬满苍蝇的血淋淋的牛皮，木桶里的血水以及上面漂着的灰白色的动物毛都充满了印第安典仪色彩；第二个事件是他们被白人发现，白人试图逮捕“席尔瓦”，一场冲突剑拔弩张。从民族志叙事的角度来看，这两个情节都是典型的印第安历史叙事。屠宰生灵在印第安部落生活中是带有仪式色彩的神圣活动，充满祭祀感。印第安土著相信万物有灵，因此，他们虔诚地为神灵献上生灵作为祭品，以祈求神灵的福佑。而第二个事件则是白人和印第安人之间的历史关系的缩影：抓捕和被抓；迫害和被迫害；驱逐和被驱逐的关系。这种富有仪式感的情节使得女主人公对“席尔瓦”个人的观察变成了她对印第安典仪和历史的观察，而此时，一个客观而冷静的声音悄然切入了叙事之中。对白人牛仔的描写就是一个冷静的、评论式的声音：“这个牛仔肯定没带武器，因为他看上去很害怕。他要是带了枪，这会儿早就拔出来了。”(13)这个声音显然不是身处危险之中的女主人公的声音，而是一个建立在历史事实之上的经验之谈。这个声音在提醒着我们要特别关注前面提到的两个充满印第安典仪感的情节的内在含义。这种关注带给我们一个颇有收获的发现，那就是，这两个情节在小说中均发生了性质的根本变化。屠牛的情节在小说中变成了一个“反讽的幽默”(费希尔 274)：虔诚的奉神典仪变成了偷牛者换钱的前奏曲；而与白人的历史对峙则成了偷牛者与被偷者之间猫与老鼠的游戏。这种改写“不仅将其既定程序化为异质性的碎片，而且还要求读者认真去发掘被此英雄主义记述所藏匿的碎事”。(凌津奇 186)从本质上说，这是一种对直观式(unmediated)历史的微妙颠覆。西尔克的这种颠覆的心理机制是复杂的，而且是有明确指向的。

印第安土地不断被强占的过程伴随着白人文化精神上的强占，而其中之一就是白人，尤其是白人作家试图挪用印第安意识时的碎片化和表面的浪漫主义的文学书写策略。当谈到加里·斯奈德的诗集《龟岛》(*Turtle Island*)时，西尔克把这部作品比喻成“冲进印第安地区的新骑兵”，认为它带来的“狂暴的新浪漫主义不仅像 20 世纪的侵略者一样想占据他们[土著印第安人]的土地，而且还想占据他们的精神”。(qtd. in Castro 159)对此，西尔克揶揄地说：“具有反讽意义的是，当白人诗人试图抛弃他们英裔美国人的价值和他们英裔美国人的出身，他们冒犯了他们想效仿的部落民的一个基本信念：他们否定了他们的历史和他们的出身。”(213)西尔克的言外之意就是，白人浪漫化印第安原住民的倾向事实上否定了印第安人的当代性和人性，并因此模糊了一个事实，用印第安文化研究学者卡斯特罗的说法就是，“美国成为什么样子现在是我们的共同问题”(169)。这段话表明了西尔克对西方历史主义的两个核心问题的关注：一个是它对历史起源的建构，另一个是它对历史主义的构想。西尔克认为，当印第安历史在白人的新浪漫主义的想象中被不断挪用、篡改，并按照西方历史主义观构建印第安的浪漫传奇时，印第安文化正在被以一种怀柔的方式“再边缘化”。

前面提到的两个例子与其说是西尔克对印第安历史的改写，不如说是她对白人作家改写印第安文化和生活的戏仿。可以说，这是一个典型的“西尔克式”的反讽。费希尔在谈到印第安作家的当代自传体小说写作时指出，当代印第安作家将反讽作为一种“生存技巧”、“承认复杂的一种工具”、“暴露或颠覆压迫性的霸权意识的一种方法”(274)。建立在历史意识上的反讽的扭曲使得印第安民族特质的表达获得了“深度或扩大了反响”，而这种建立在“混合遗产”之上的写作还有一个独特的作用，那就是“推动了新身份建构的开放性”。(274)这种视角对于理解小说中神秘的男主人公是有一定借鉴意义的。这个自称为“席尔瓦”的男人失去了自己确定的族群身份，他讲“普韦布洛语”，却“住在 ft 上靠偷牲口为生”；当女主人公问他是否是“纳瓦霍人”时，他“什么也没说，只是摇摇头”；当女主人公追问他“你到底是谁?”他也是含混其词地回答：“昨天晚上你已经问过我的名字了……”(10)然而，男人和女人都清楚，名字和“你到底是谁”不是一回事；女主人想要知道的是男人的族群身份，而不是一个不代表任何意义的个人的名字。男人对族群身份的含混其词是一种逃避，确切地说，是对族群归属的逃避。而他看似浪漫的坐拥群山的诗意生活背后可能暗藏着一个印第安族群的历史悲剧，而这一点恰恰是“民族志观察”所特别关注的问题。可见，西尔克的“民族志观察”的叙事声音带有一种清醒的反讽气质，并在颠覆白人新浪漫主义想象中的印第安历史的同时，以一种开放的姿态构建出了当代印第安人新的身份意识。从以上的论述不难看出，与前一层叙事从神话到“去神话”的过程相似，《黄女人》的民族志叙事策略也经历了一个从历史到“去历史”(dehistoricize)的嬗变。

三、自传叙事——温柔的女性记忆

美国少数族裔女作家“公开的个人化叙述声音”的出现经历了一个漫长的过程。(兰瑟 161)从缺席到遮遮掩掩直到自传性叙述成为美国少数族裔女性作家身份书写的重要策略,反映了少数族裔女作家女性主体构建策略的变化。作为少数族裔女性作家,西尔克的一个明确的写作目的就是构建印第安女性自己的叙事声音。事实上,这几乎是所有少数族裔女性作家共同的“写作情结”。托尼 · 莫里森的一段话颇具代表性:

> 60年代我们的主要诠释者是黑人男子。当然,他们的地位是不容攻忤的;但我与赖特和艾里森绝不相同,因为那中心有一个空白,没有妇女的声音。我感觉他们不是在与我谈心,他们社论般的讲话是诠释型的,是给其他男人看的,可能是给白人男人看的。我意识到我想要一名妇女在某个特定时期的内在生活。我在渴望他们作品中不存在的某样东西。(转引自王守仁、吴新云 215)

莫里森的这种“因为是女人,写作更有价值”的思想也是西尔克的真实想法。(215)另外,对于把女性与智慧联系在一起的印第安传统文化来说,女性的思想和情感恐怕更具有代表性和权威性。作为印第安女作家中最杰出的代表,西尔克的主要作品中均能够听到清晰的印第安女性个人化的自传叙事声音。

在《黄女人》中,与印第安部落神话、反讽的历史记忆杂糅在一起的就是一个来自女主人公记忆深处的温柔的自传叙事的声音。然而,值得注意的是,尽管作家本人的生活经历也是其作品自传性的因素之一,西尔克关注的焦点却并非是她的个人生活,而是她作为活跃的一员的印第安女性共同的精神成长。西尔克时常强调她与印第安部落女性水乳交融的关系。在她的第一部长篇小说《典仪》的“序诗”中,她写道:“沉思的女人,蜘蛛女/为万物命名/当她命名时,万物现形/……我正在讲述这个故事/而她正在沉思。”(1)显然,把自己与印第安女性原型放置在同一个文本背景之中,西尔克强调的是她本人在印第安女性传统中的位置,以及小说中女主人公的声音的自传性。这是一种细碎、温柔、抒情的记忆的片断,巧妙地穿插在神话叙事和民族志叙事的声音的间隙。这个自传性声音告诉我们女主人公与传说中的“黄女人”的本质的不同：“黄女人来自于过去，而我生活在现在。我上过学，这里还有很多黄女人根本没有见过的高速公路和敞篷车。”(11)这个写实的声音蕴涵着很多言外之意。现代教育可以使人脱离蒙昧，也可以使人割断与民族之根的连接和纽带，女主人公在被现代化的历史进程裹挟着前行的时候，她离自己的印第安之根也将渐行渐远，而这正是她的疏离感产生的根本原因，也是她一开始难以与传说中的“黄女人”求得身份认同感的原因所在。在这个自传性声音的倾诉中，女主人公零散的生活记忆的片断逐渐勾勒出她的现实生活：她的生活中有“妈妈、祖母、丈夫和孩子”；“妈妈在教祖母做吉露果子冻”，她的“丈夫艾尔正在逗孩子玩儿”。(11)这本是一幅祥和的家庭生活图景，然而这也是女主人公无法抵制神秘的男人的诱惑，试图逃离这平静的生活的原因所在。

当女主人公回忆她的家庭和现实生活时，她的声音是平静的，没有激情但也不失温情。这与她对神秘的自称为“席尔瓦”的男人的叙述形成了鲜明的对照。她对“席尔瓦”的叙述充满了澎湃的激情，同时也充满了疑虑。相反，她对家庭的叙述，尽管只是她脑海中的想象，但通常采用的是十分确定的口吻：

> 脑子里在想这会儿他们到底在家里干什么：妈妈、祖母、丈夫和孩子。他们肯定在准备早饭，还会说：“她到底去哪了？被绑架了吗？”艾尔会去部落警察那儿报警，讲出他知道的所有细节：“她沿着河走的。”(14)

女主人公对自己的家庭和亲人太熟悉了，熟悉到会预知他们的一言一行。然而对于“席尔瓦”的叙述，尽管近在咫尺，她的声音中却充满着犹疑和不确定：

> 早晨醒来的时候，他已经不在了。我有种奇怪的感觉。我在毯子上坐了很久，尽量努力地在屋子里寻找他的痕迹——某种可以证明他来过或者他会回来的痕迹。可是屋子里只有毯子和纸盒子还在，放在屋角的那把点三三式手枪不见了，我昨天晚上用过的那把刀子也不见了。他出去了，现在是我逃跑的好机会。(11)

女主人公对神秘的“席尔瓦”的不确定犹如一柄双刃剑，一方面呼唤着她的好奇和冲动，另一方面也让她恐惧和害怕。挣扎在熟悉的平淡生活和陌生的情感冲动之间的女主人公的自传叙述为我们还原的是一个具有现实感和现代感并极具人性化的印第安女人的生活、情感和追求。

当我们把这个个人的叙事声音与前面的神话叙事和民族志叙事并置在一起比照时，这个声音呈现出更加丰富的含义，而且与前两层叙事形成了复杂的观照性。这个自传性声音体现的是印第安女人的个体生活和情感，不带有任何程式化和模式化的元素，表达的是平凡的印第安女性的“小情感”和“小世界”。女主人公的个人生活和情感世界有效地强化了前两层叙述中含蓄表达的“去神话”和“去历史”的目的，并共同形成了一个富有层次感的叙事空间。正如费希尔所概括的那样：“个人经验，文化规范或概括以及幻想故事就这样交织在一起，以致在相互强化中获得并再现每个意味深长的层面的同时，暴露和凸现了型塑这些层面的修辞手段。这种做法达到了一种少量、稀疏但锋利、多维的诗意效果。”(275)女主人公在“黄女人”传说的遥远记忆和对现实生活的温馨回忆的闪回交织中，完成了个人身份的“古典与现代的接续”。(黄心雅376)这个现代“黄女人”在返家的途中放弃了大路而选择了一条在河岸边的古老路径，暗示着当代印第安妇女将自己融入永不枯竭的“黄女人”“传奇与传承的决心”。(Graulich 17)同时，她也意识到在她仿佛轮回转世的生命体验中，一切都已经面目全非：高速公路已经四通八达、小货车来回行驶，白人的藩篱分割出象征殖民暴力的保留地，因此，在传承“黄女人”传奇的同时，现代印第安女性还将在真实的生活中续写新的故事、创造新的传奇。从这个角度来看，《黄女人》中的女性自传叙事策略对神话叙事和民族志叙事起到了既强化又颠覆的作用，并使小说叙事和印第安女性的命运在神话和现实之间取得了平衡。

结　语

《黄女人》中的神话叙事、民族志叙事和自传叙事在建构和解构的交错中共同构建起一个多维的叙事空间，而充溢在这个空间中的叙事的“文化力量”完成了对印第安族裔女性复杂身份的多维度阐释。作为美国印第安女性文学第二阶段的代表性人物，西尔克担负着印第安女性“身份重建”和“认祖归宗”的历史使命，因此字里行间充满“敌视和愤懑”的政治火药味是难免的。(刘玉94)然而，西尔克的高明之处在于她没有让自己作品的文学性湮没在硝烟之中，而这首先要归功于她精妙的多维叙事策略的选择。神话叙事在赋予其作品神秘而浪漫的远古文化的维度的同时又呈现出“去神话”的特质；民族志叙事在赋予其作品共同的、清醒的族群意识和种族历史感的同时又呈现出“去历史”的特征；自传叙事则在赋予其作品现实感和现代感的同时构建了印第安女性共同的精神成长。

参考文献

[1]Allen, Paula Gun. *The Sacred Hoop: Recovering the Feminine in American Indian Traditions* [M]. Boston: Beacon, 1986.

[2]——.*Spider Woman's Grandaughters: Traditional Talesand Contemporary Writing by Native American Women* [M]. Boston: Beaton, 1989.

[3]Barnes, Kim. "A LeslieMarmon Silko Interview", in "*Yelow Woman*": *Leslie Marmon Silko* [C]. Ed. Melody Graulich. New Brunswick: Rutgers UP, 1993.47-65.

[4]Castro, Michael. *Interpreting the Indian: Twentieth Century Poets and the Native American* [M]. Albuquerque, NM: U of New Mexico P, 1983.

[5]Evers, Lary and Deny Car. "A Conversation with Leslie Marmon Silko", in *Conversations with Leslie Marmon Silko* [C]. Ed. Elen L. Arnold. Jackson: UP of Misisipi, 2000. 10-21.

[6]Graulich, Melody. "Introduction: Remember the Stories", in *Yelow Woman* [C]. Ed. Melody Graulich. New Brunswick: Rutgers UP, 1993.3-26.

[7]Krumholz, Linda J. " 'To understand This World Diferently': Reading and Subversion in Leslie Marmon Silko's *Storyteller*"[J]. *ARIEL* 25.1(1994): 89-113.

[8]Lapas, Catherine. "The Way I Heard It Was …: Myth, Memory, and Auto biography in *Storyteller* and *The Woman Warior*"[J]. *CEA Critic* 57.1 (1994): 57-67.

[9]Morison, Toni. "Rootedness: The Ancestor as Foundation", in *Black Women Writers* (1950-1980): *A Critical Evaluation* [C]. Ed. Mari Evans. New York: Doubleday, Anchor Books, 1984.339-345.

[10]Silko, Leslie Marmon. "Contributors Biographical Notes", in *Voices of the Rainbow: Contemporary Poetry by American Indians* [C]. Ed. Keneth Rosen. New York: Viking Press, 1975.230-231.

[11]——.*Ceremony* [M]. New York: Penguin, 1986.

[12]黄心雅：《“陌生”诗学：阅读美国少数族裔女性书写》[J].《文化研究与英语教学》专刊，台北：台湾师范大学，2003 年，第 335-391 页。

[13]简·汤普金斯：《“印第安人”：文本主义、道德和历史问题》，胡军译，载张京媛主编：《后殖民理论与文化批评》[C].北京：北京大学出版社，1999 年，第 230-254 页。

[14]莱斯利·马蒙·西尔克：《黄女人》[Z].翟润蕾译，《外国文学》2007 年第 1 期，第 10-14 页。

[15]列维-斯特劳斯：《猞猁的故事》[M].庄晨燕、刘存孝译，北京：中国人民大学出版社，2006 年。

[16]凌津奇：《叙述民族主义》[M].北京：中国社会科学院出版社，2006 年。

[17]刘玉:《美国印第安女性文学述评》[J].《当代外国文学》2007 年第 3 期,第 92-97 页。

[18]迈克尔·费希尔:《族群与关于记忆的后现代艺术》,吴晓黎译,载詹姆斯·克利福德、乔治·马库斯编:《写文化——民族志的诗学与政治学》[C].高丙中、吴晓黎、李霞等译,北京:商务印书馆,2006 年,第 240-284 页。

[19]苏珊·兰瑟:《虚构的权威——女性作家与叙述声音》,黄必康译,北京:北京大学出版社,2002 年。

[20]王守仁、吴新云:《性别· 种族· 文化——托尼· 莫里森的小说创作》[M]. 北京:北京大学出版社,2004 年。

[21]朱振武等:《美国小说本土化的多元因素》[M].上海:上海外语教育出版社,2006 年。

(原发表于《当代外国文学》2009 年第 4 期)

方寸之间的诗性舞蹈
——论杰拉德·维兹诺俳句的多元文化意蕴

王　卓*
（济南大学外国语学院）

摘　要：美国土著作家杰拉德·维兹诺深厚的俳句情结与他在日本的经历有关，但更源于土著文化与俳句之间三个令人意想不到的契合点：其一，自然是土著文化之精髓，也是俳句主题意蕴的核心；其二，滑稽、戏谑的评说是土著捣蛋鬼文化的精神内核，也是俳句内在的文化气质；其三，俳句非连贯性、多层次的表述特征也是后现代土著作家试图实现拆解白，人语法哲学的理想语言状态。在某种意义上说，俳向是维兹诺"升存"写作策略的理想文本试验田。

关键词：杰拉德·维兹诺；俳句；自然；捣蛋鬼；升存

奥古布瓦族（Ojibway）作家杰拉德·维兹诺（Gerald Vizenor，1934—）是美国土著文学复兴的领军人物，曾获得了两个标志性奖项：2001 年的美洲原住民作家终身成就奖和 2005 年的西方文学协会杰出成就奖。著作等身的维兹诺似乎主要是以小说和评论著称文坛，然而他的诗歌创作，尤其是俳句创作的才华也不容忽视。事实上，维兹诺本人对他的诗人身份是十分看重的。他在一次访谈中说："我认为我作为作家肖屈一指的重要经历，[也是]我最痴迷的经历是在诗歌中产生的。"（Bowers & Silet 43）确切地说，他的文学生涯就是从创作俳句开始的。1962 年他出版了第一部俳句诗集《蝴蝶两只翅膀》（*Two Wings the Butterfly*），接着他又以惊人的速度接连出版了五部俳句诗集。维兹诺本人多次强调他的所有创作都可以浓缩进小小的俳句中（Schweninger 165）。可以说，俳句的创作对他的文学美学的发展，以及他的政治意识的强化起到了推动作用，成为他漫长的文学生涯的动力之源。

很多评论家和读者把维兹诺的俳句情结归因于他在日本服兵役的经历。但笔者认为，诗人对俳句这份割舍不断的情怀更多的是出于一种内心情感的

---

* 作者简介：王卓，教授，主要从事现当代美国文学研究。

共鸣和文化的认同感。而此认同感的基础就在于土著文化与俳句那富有东方意蕴的诗学文化之间某些令人意想不到的契合点:其一,自然是土著文化的物质和精神的精髓,也是俳句主题意蕴的核心价值;其二,滑稽、戏谑的评说是土著揣蛋鬼文化的精神内核,也是俳句文化深藏不露的文化气质;其三、俳句非连贯性、多层次的表述特征也是后现代土著作家试图实现拆解白人语法哲学的理想语言状态。维兹诺以富有土著文化特征的诗性语言对此三个契合点进行了如下概括:

> 我内在的灵魂舞者欢呼转化和我们的躯体与土地、动物、鸟儿、海洋、造物主之间的直觉的联系;我内在的街舞者是捣蛋鬼,唇枪舌剑中流浪的幸存者,在教室、在超市、在公共汽车上与普通人交集;我内在的词语舞者是想象的表演者,戴着面具,拿着披风。在树上讲述着神话故事;最后的舞者在寂寞中独自起舞,回忆着街道上的举止,灵魂的律动和土地下的言语。(qtd.in Blaeser,"Preface":5)

事实上,维兹诺的前三个"舞者"概括的就是土著文化在俳句中寻求到的共鸣,而"最后的舞者"则是对前三点的概括。维兹诺以不同的"舞者"来比喻俳句巾的多重声音和多重元素,这一形象思维显然来源于土著的部落典仪舞蹈。这四位舞者在维兹诺的心灵深处共舞,并以最形象的方式概括了维兹诺诗歌创作,尤其是俳句创作的"后现代行动的范式"(Jabner 55)。可以说,维兹诺的俳句创作是后现代思维与印第安部落典仪舞蹈所代表的传统文化思维碰撞擦出的耀目火花,是东西方诗学与美国土著文化语境和后现代文化思维交汇后一次具象化的展现,同时也是他"身为美国印第安人这一事实本身就具有政治意义"的身份观的政治性表述(王建平 50)。那么,维兹诺是如何在俳句的方寸之间实现了海纳百川、东西交汇的诗学理想和诗歌实践呢?笔者走进维兹诺的俳句空间,并借用土著部落舞蹈的文化意象,在充满视觉冲击力的诗歌意象和挑战深度思考的东方禅宗以及西方后现代思维之间寻找答案。

一、灵魂与自然共舞

当被问及为何以俳句开始文学创作生涯时,维兹诺把个中原因首先归结为"自然",并就自然土著人和俳句之间的关系发表了这段引用率颇高的言论:

> 在某种意义上,俳句把我带到了自然之路,而那是我文学之路最好的转折。自然的魅力在我的血液中,那使得品味和声音塑造了想象;毫无疑问,这样的结果比异国风情或者发现更具意象性。自然是狡黠的,不断地揶揄,甚至四季中最寻常不过的土著人[生活]的足迹都是创作的灵感,是故事[产生]的契机。(Powell 400)

从维兹诺这段肺腑之言,不难看出,他对俳句情有独钟的首要原因在于自然在俳句中独特的分量和地位。日本俳句的这一特点与在自然怀抱中世代繁衍生息,过着游牧生活的土著部落的生活和思维方式不谋而合。这是维兹诺对俳句有着天生的亲切感和归属感的根本原因,也是维兹诺特别强调自然与人之间"转化"关系是他的"灵魂舞者"欢呼对象的根本原因。

俳句是歌咏春秋的诗歌。英国诗人、翻译家布莱斯(R. H. Blyth)指出,对于松尾芭蕉等俳句大师来说,季节是俳句基本的组成部分,不仅仅"作为一种原则,更是种直觉的方式,一种更开阔地审视某些事情的方式"(qtd. in Eynch 207)。日本人对四季轮回的理解和维兹诺继承的印第安传统对人生的理解有着某种令人感到亲切的契合点。维兹诺在俳句中不但发现了自然的四季轮回,而且还"在最微妙的意象和起承转合中"体味出了人生之"永恒和短暂"(Interior 172)。自然的四季轮回以最张扬的方式出现在维兹诺的俳句中。就宏观结构而言,维兹诺所有的俳句诗集都是"按照季节架构的"(Lynch 208)。在他的俳句诗集中,代表四季的日文以夸张的排版方式醒目地穿插在俳句之间,成为每一页"文字的核想象中心"。这些文字不仅仅具有装饰功能和视觉冲击力,还拓展了诗歌的语境,强化了万事万物瞬息变化、周而复始的宇宙循环。从微观层面来看,自然集中体现在俳句的传统用语和意象季语中。季语是俳句的灵魂,"它除能为诗歌意境增添季节美,还能以人们审美经验中的季节特征生成从实到虚或虚实相生的诗歌意境"(李怡 106)。季语最大的功能就是能将读者瞬间带入一种高远的审美境界,从而用心和情体验人生际遇。例如,《仙鹤起飞:俳句的风景》中的一首俳句:

> 红羽黑喙鸟
> 轻点沼泽香蒲枝
> 谢幕啁啾叫(*Cranes Arise* n. pag.)

季语黑鸟作为一个审美视点以"红"与"黑"的反差先声夺人地涂抹了一幅

色彩的画面。“轻点”(ride)一词亦动亦静，动静相宜，将鸟儿与花枝并暨。香蒲花枝也指向了季节特征，因为这种生长在水边湿地的植物只在春末夏初开花吐香。黑鸟与香蒲花枝构成的是一幅平实、真切的自然图景。换言之，在这首俳句中，季语以写实的方式满足了读者的视觉和嗅觉体验。然而，一句“谢幕啁啾叫”却将实体和实相陡然延展开去，思维的触角伸向对生命本质和人生沉浮的思考，颇具禅宗的玄妙：一只红羽黑喙的鸟儿在香油花的枝头施展美妙歌喉，展示漂亮羽毛，却鲜有观众喝彩，不得不寂寞落幕。鸟儿的自然生活习性在维兹诺的俳句中被转化为对生命原初意义的探寻，从而悄然“引向了寂寞感伤的情怀”(邱紫华 60)。

然而，身为土著诗人的维兹诺与自然的关系还有十分独特的另一面和另一种情致，他的俳句对自然的感悟与日本传统俳句也有本质区别。传统俳句往往将内心情感移注、投射到自然与社会中，使之幻化为内心深处所欣赏的空寂无人的禅境和宁静恬淡的心境，从而达到“山水林鸟皆佛法”的意境(陈盛 164)。与传统俳句囿于自我心境的体验和对生命的感悟不同，作为土著诗人的维兹诺认为俳句是其美学的“升存”(*survivance*)[①]。在维兹诺的俳句中，人与自然山水的关系早比超越了“见山是山，见水是水”的借境观心的境界。维兹诺拓屣了俳句的外延意义，在有限的空间中纳入了土著文化和土著人的生活以及族群的命运等现实元素。在《升存：土著人在场的叙事》“绪论”中，维兹诺特别强调了自然对于土著“升存”叙事的意义：土著美国人的故事和诵歌是在“自然原因”，在“源于自然界经历的不可争辩的存在意识”的推动下产生的，是在“疾风暴雨”“仙鹤迁徙”“肆虐的蚊子”“霜打的漆树”“野稻米”等自然生灵的生生不息的生命律动中产生的(*Survivance*：11)。在《土著的自由》中，维兹诺也对自然与土著人之间的独特关系进行了阐释：“乌鸦狡黠的飞行、翠鸟的俯冲、风雨中的杓兰花、冰面上的鹅、窗上的飞蛾都是在场的证明，也是在叙事和土著故事中的自然原因的情感证明”(*Native Liberly*：5)。《仙鹤起飞：俳句的风景》中的一首脍炙人口的俳句最能说明这种土著人与自然之间充满情趣的互动以及相生相伴的依存关系：

---

① “Survivance 是维兹诺创造的词语，是“survival ＋ resistance”(生存＋抗争)的组合。有研究者把“Survivance”翻译成“升存”，区别于“survival”(生存)，以此凸显土著作家叙事策略的正面积极意义。详见洪敏秀：《“这水是打哪儿来的?”：金恩〈草长青，水长流〉中荒野与花园的对话》。本文借用了这一译法。

肥苍绿蝇飞
绕藤穿蔓舞翩翩
致敬你同伴(*Cranes Arise* n. pag.)

这首俳句最独特之处在于其中的“绿蝇”意象。在美国文学中，本不乏“苍蝇”为中心意象的先例。不过，无论艾米莉，迪金森的那只出现在弥留之际的苍蝇，还是弗兰克·奥哈拉那只冬雪中苦苦挣扎的苍蝇(O'Hara 24)，让我们嗅到的都是死亡的气息。然而，在这首俳句中“绕藤穿蔓舞翩翩”的飞蝇却散发着蓬勃的生命力。同时，这只苍蝇调皮地与人周旋于天地之间，形成了与人斗智斗勇，却和谐共存的互动关系。短短三行分别对应着动物、植物和人，从而共同构成了一个纷乱却生机盎然的大千世界。显然，这首俳句体现的人与自然之间的亲缘关系是对朴素的印第安生态文明思想的传承，是天人与共情怀的具象化，同时也解释了印第安世界之所以能够成为一个“运作与过程的和谐体”的根本原因(Witherspoon 53)。

维兹诺俳句中自然意象的选择不但别具匠心，而且有着明确的政治考量。纵观维兹诺的俳句，我们发现他很少刻意凸显印第安族群具有图腾意义的自然意象。前文提到的“苍蝇”意象就并非典型的印第安自然意象，更与族群的象征意义无关。这种选择恐怕与维兹诺避讳主流文化和白人作家把印第安人与自然血脉相连的关系作为刻板化印第安人形象的策略不无关系。维兹诺在《土著的自由》“结论”中指出：“一般来说，土著人被以自然和图腾动物呈现并联系在一起。然而，这种归类与其说是一种把自然的形象意识作为土著人的在场意识，以及动物作为一种文学叙事的声音，不如说是在商业社会中对万物有灵论的一种怀旧之情”(*Native*:10)。这种充溢在主流文化中的怀旧之情催生了一种“后印第安人虚构”：“展示土著人身着传统盛装；脊智而体面，承远无畏，对于自然、气候和他们的族群充满灵感”(Vizenor & Lee 86)。显然这种“主流文学的杜撰”以一种他者的表现方式固化了土著人形象，反而造成了“真实部落的缺席”(Manifest 55)。明白了维兹诺对典型印第安自然意象的顾忌，我们就不难理解，他的俳句中的自然意象往往是生活化的、普遍性的；很少出现郊狼熊、秃鹫等具有鲜明印第安文化特征的自然意象。同时，我们也清楚地意识到，出于复杂的政治考虑，尽管维兹诺的俳句离不开自然，但是书写自然又绝不会是他俳句书写的全部。

二、捣蛋鬼的街舞

维兹诺被称为"20 世纪美国印第安作家中的超级讽刺家"，是"才华横溢的、难以捉摸的捣蛋鬼"(qtd. in *Bearheart* 封底)。之所以有此定位与他的捣蛋鬼写作策略是分不开的。捣蛋鬼的故事在印第安文化和文学中流传甚广，对印第安当代文学也影响颇大。印第安传统文化中的捣蛋鬼是"不守规矩、逾越边界者"，是"爱要诡计的说谎者"，是"善于变形"的"颠覆者"和"搞笑者"(Hynes & Doty 34-42)，颇具"前理性戏耍"的意味(Liang 127)。印第安捣蛋鬼文化气质在维兹诺的俳句中找到了意想不到的契合点。这个契合点的基础在于俳句本身所承裁的文化含义就带有深藏不露的戏谑的痕迹。从文化起源来看，俳句源于日本传统和歌的前三行，"是以平近口语描写诙谐洒脱题材的俳谐连歌的发句"；从词源来看，"俳谐"一词本身就有"滑稽、诙谐、戏谑的意味"。俳谐的这些特点正是印第安捣蛋鬼写作的精神实质；从诗学特征来看，俳句的诗学特征与印第安的捣蛋鬼文学传统有很多相似性：两者均使用"自相矛盾的表述"，"悬而未决的紧张"，"明显不相关的意象的并置"，迫使读者进入一种"直觉而不是一种现实的理想观念"。(Aman 33)

捣蛋鬼形象对维兹诺深具吸引力，原因在于他认为凭借捣蛋鬼的精神和思维方式，"处于美国社会边缘的印第安裔既能在主流社会中求得生存，又能保留其特有的信仰与生活方式，在生存与发展中取得平衡"(方红 64)。捣蛋鬼的形象和气质成为维兹诺特有的符号，甚至可以说，他就是一个能说会道、亦正亦邪的捣蛋鬼。当然，对于维兹诺而言，捣蛋鬼形象最重要的意义还是在于成就了他的"升存"实践。从某种程度上说，维兹诺"升存"的方式就是他的"捣蛋鬼的阐释"[①]，是把主流的同化阴谋转化成为解放力量的生存与文学创作策略。

在维兹诺的很多小说中，捣蛋鬼形象都给读者留下了深刻的印象。在他的诗歌中，捣蛋鬼也不时露上一面。例如，在《白色大地保留地》("White

---

① 维兹诺这样解释了"捣蛋鬼的阐释"："在生存＋抗争文学中模仿的阐释，血统和种族主义的反讽、变形、第三性、口头部落故事和书面叙述中的转化的主题"；"捣蛋鬼的故事是部落生存＋抗争的后现代模仿"。参见 Gerald Vizenor，*Manifest Manners*：*Postindian Warriors of Survivance* [M]. Lincoln：Nebraska，1999.

Earth Reservation")中，"部落捣蛋鬼/游荡在后视镜中"(Bruchac, *Songs*: 262)；在《州际间的光环》("Auras on the Interstates")中，一个声音呼唤着读者们"跟随捣蛋鬼之路/在黑暗中向着家园前进"(*Songs* :265-266)。正如布雷泽所言："维兹诺的许多俳句…毫不牵强地表现出了与土著美国文学中捣蛋鬼传统的联系"(Blaeser,"Multiple":345)。而俳句之所以能够成为捣蛋鬼声音最恰切的文本空间，就是因为俳句更适合把"评论与文本表现巧妙地结合起来"(Blaeser,"Canons":201)。在《空荡荡的秋千》(*Empty Swings*)中的俳句就是一个绝妙的例子：

黑鸟骂咧咧
乌龟们逃之夭夭
又剩孤独人(13)

前两行中一个充满喜剧感的声音讲述了一只黑鸟和一群乌龟之间的故事，后一行简单的两个词却既是对前两行故事结局的交代，也是对黑鸟行为的评说：讲述人认为黑鸟自作自受。这种幸灾乐祸感完全是一副捣蛋鬼的姿态。

在维兹诺的俳句中，捣蛋鬼的声音能够煽动视角上的改变"并"巧妙针砭时事"(Blaeser,"Canans":201)。比如以下这首俳句：

孤苦老人家
羡慕草人衣衫暖
秋日早霜寒(*Seventeen* :4)

此俳句的前两行中，人与稻草人并置，动词"羡慕"(admire)凸显了两者令人惊讶的关系：人羡慕稻草人，只因为后者的衣裳。言外之意清晰地呈现出来：老人可能衣不遮体。"秋天"这一季语作为该诗的远景提供了"老人一草人"这对看似毫无关系的主体之间之所以发生关系的背景：秋风瑟瑟，心怨天寒。场景和意境倒是与白居易的《卖炭翁》颇有相似之处，然而，语气却迥异：这里没有现实主义大诗人白居易悲天悯人的哀叹，却以冷静的，甚至有点冷漠的寥寥数语暗讽了美国社会中"经济的不平衡"(Blaeser,"Canons":201)。更为巧妙的戏谑和批判在下面这首俳句中更有深意：

周日动物园

斑马孩童倚栏站
听人说非洲(*Empty*:36)

短短的诗行却营造出了一幅戏剧性很强的幽默画面:在动物园里,孩子们在参观斑马,而老师在介绍斑马的产地——非洲。在第二行中,斑马与孩子共同构成了行动的主体,他们都在津津有味地听着别人讲述遥远的非洲。斑马本是非洲大草原独特的物种,它们被运到美国并成为美国动物园中圈养的动物后,非洲家园从此成为陌生之地。斑马的命运不由得使人想到奴隶贸易中被贩运到美洲的黑人奴隶。无论是斑马还是黑人孩子,他们都对自己的故土非洲充满着陌生感,似乎那只是一个遥远的梦。维兹诺的这首俳句表现的主题对于熟悉美国非裔诗歌的读者并不陌生。非裔女诗人格温朵琳·布鲁克斯就曾经这样写道:"当你启程前往非洲/你不知道你的去处/因为/你不知道你是非洲人/你不知道那要到达的黑色大陆/就是你。"(Brooks,*To Disembark*:41)相比之下,维兹诺的俳句以有趣的画面感和幽默的语言更胜一筹。他巧妙地把俳句从语言维度延展到政治和历史维度,从而赋予了小巧精致的俳句以非同寻常的历史和文化的厚重感。不过,维兹诺这个舞蹈着的捣蛋鬼时刻不忘自己戏谑的本领,政治和历史维度非但没有产生沉重和悲壮之感,反而由于生动的画面感和不动声色的幽默感显得轻松调皮。而这正是俳句所蕴藏的四两拨千斤的情感力量。

三、词语的符号之舞

维兹诺享有"在言辞的战争中令人望而生畏的斗士"之美誉。(Ruof 13)这一赞誉与他独特的印第安后现代语言观是分不开的。在美国当代土著作家中,维兹诺是最具后现代精神的,然而,作为土著作家,他的后现代观不可避免地带有鲜明的族裔特征[①]。其中一个核心理念就在于他认为土著传统的口头性本身就具有后现代色彩,因为故事与口头表达的联系是一种"自由飘浮的所指或者所指的集合",取决于谁在场。(McCaffery & Marshall 50-54)这就意

① 维兹诺列出了四点作用于土著美国作家创作的后现代情况:摈弃线性时间,梦幻是现实的源泉,故事的每次讲述都是一个新的故事,与口头表达关系密切。参见 Deborah L.Madsen, *Understanding Gerald Vizenor*(1-42)。

味着故事的意义是通过口头传送的，取决于一系列生动的、直接的、暂时的、不可知的自然条件。这是维兹诺的核心语言观，也是他俳句的词语之舞的实质：那个戴着面具，讲述着印第安神话的词语舞者在俳句的舞台上创造出新的口头传统，颠覆了“写作的局限性，并用影像式语言来表现口头传统的活泼性，融合了对话，将文字从语言和想象力中释放出来”(Blaeser，Gerald Vizenor 15)。维兹诺对语言之于人的束缚力有着深刻的认识。他认为，从本质上说，美国印第安作家都是语言的囚徒(Coltelli 155-184)。之所以有此感慨，根源还是在于土著作家不得不用敌人的语言进行创作的无奈：土著作家拒绝接受白人殖民者的语言统治，但他们又不得不自觉地与殖民者的语言遭遇，并试图通过语言和想象改变这个世界。对维兹诺等土著作家而言，用语言对抗世界是政治意义上解放的前提条件。前文提到维兹诺青睐捣蛋鬼叙事的一个重要原因也在于此。维兹诺认为，捣蛋鬼不是一种形象而更多的是一种思维方式、言说方式和行动方式，是一种语言的力量；印第安传说和故事“不仅是生存、忍耐或者回应”，他们更有“创造”“再创造”或者“毁灭”世界的力量(*Fugitive*：15)。基于以上原因，语言在部落文化中备受推崇，使用十分慎重，常常惜墨如金。在部落中语言常常与仪式共同使用或者与某些部落禁忌相关联。例如，印第安传说通常以仪式开头和结尾，这似乎已经成为一个备受青睐的印第安小说框架；某些部落文化禁止提到死者的名字，认为提到他们的名字会唤来死者的灵魂，搅扰他们的安息。对于白人与土著人对词语的不同理解，维兹诺这样总结道：“白人出于含义说出词语”；而对于土著人来说，“词语是口头传统中的仪式，来自于造物的声音，风中的一抹幻……是冷冰冰的纸张，也不是把讲述者和听者分开的电子音乐。”(*Landfill*：99)很多评论家都注意到维兹诺在小说中进行的语言试验：以拟声的方式把部落的声音混杂到英语文本中，通过不同寻常的复合词组来创新语言，改变语言风格，戏仿白人作家的文字风格等等，可以说，他创造了一种声音和语气的“异体万花筒”(heteroglottal kaleidoscope)(Hochbruck 276)。与语言的战争是令维兹诺颇为纠结的行动。维兹诺在与约瑟夫·布鲁凯克(Joseph Bruchac)的访谈中说：“我想要打碎语言，我想要重新想象语言……我还没有完全打破语法[限制]。我已经打破了语法哲学、英语语法，但我还没有摆脱标准语法结构。”(*Survival*：293)维兹诺的这番对语言的感慨主要源于他在小说创作中的体会，一种被语言束缚，与语言抗争的无奈。

然而，他在小说创作中颇为困惑的摆脱语言束缚的梦想，在俳句创作中却得到了释放，至少是部分的缓解。可以说，俳句让维兹诺打了一场痛快的“文化的词语战争”(*Wordarrouws*:vi-ii)。俳句被称为“无词诗”,具有一种“呈现的直接性”:“把物体和事件直接呈现在我们面前,没有词语碍手碍脚”,与缜密的语法哲学相去甚远。(Willmot 211)意象派大师庞德之所以对俳句情有独钟,原因也正在于此。他的意象派诗歌代表作《在地铁车站》经过一年半的思考,数次删减最后用了两行“俳句似”的诗行才得以表达。可见俳句的妙处正是在于以“意象化语言”打破了能指与所指之间的对应关系,具有“生成多元意义的多种可能性”,从而具有了无限大的意指功能。(陈学广 202)维兹诺所追求的文字的解构性效果在俳句中体现为语言的“四分五裂”,因为只有在此种情况下,他才能重建“与存在的联系”(*Earthdivers*:xvi)。对于俳句语言特点的本质,恐怕没有人比维兹诺理解得更为透彻了。以下两段文字极为精到地概括了维兹诺所理解的俳句中词语的特点:“读者从俳句中创造一个幻景;没有什么印在纸上,词语变成梦幻声音,风中的痕迹,雪中的车辙,光秃秃的白杨树上高高的鸟巢”;“解构俳句中印在纸上的词语,空无一物;俳句中什么也没有,甚至连诗也不存在。俳句中的无不是一种美学的虚无;相反,它是一种启蒙的时刻,一种词语消解时的幻景”(*Matsushima* n. pag.)。在维兹诺的俳句中,这种语言的状态就是:

四月冰风冽
春雪夜霜绿叶寒
词语飘零落(*Matsushima* n. pag.)

此种语言状态恐怕只有在俳句中才能名正言顺地实现吧,因为这正是俳句追求的理想的语言状态。“日本传统俳句常将切字置于各分行即上五、中七或下五的结尾处,起到切断俳句的音调或内容和产生审美间性的功效”(李怡 108)。然而,英语中没有具有切断功能的语汇。为了弥补这一缺憾,同样创作了大量俳句的非裔美国作家理查德·赖特尝试用标点符号的断句功能加以替代。然而,这样的小把戏是维兹诺所不屑的,因为对俳句的本质有着深刻认识的他清楚地知道,俳句形式与内容之间的张力足以成就词语消解的目的。俳句的基本表述特征就是多层次和非连贯性,而这正是语言实验的天然沃土。信手拈来一首维兹诺的俳句都能体现出这一表述特征:

雪松松塔球
沉浮溪流山水间

封封家书唤(*Matsushima* n. pag.)

这首俳句以"生动的想象加上不那么灵活紧凑的语言"巧妙地并置了"松塔"和"家书"的双重意象,以毫无语法逻辑联系的方式,实现了语义上的"复式模式"(彭恩华 138)。尽管各分行的结尾处没有切字,也没有标点,但是"cedar cones"(雪松松塔球)与动词"tumble"(沉浮)的搭配所取得的陌生化效果,已经足以唤起读者对词语本身的关注。"雪松松塔"唤起的是读者视野中冬日白雪与青松辉映的静态画面,而"沉浮"一词却极具动感,瞬间就把读者的想象力从静止的状态解放出来,随着激流起伏跌宕。俳句的第三行与前两行在句法上没有任何联系,然而,正是由于这种陌生化的表述方式,"雪松松塔"与"封封家书"两个意象才以极为突出的方式并置起来,于是两个生活中的瞬间意象及其各自可能承载的情感重量旋即发生了碰撞和交汇,并诱导读者以此为联想起点,通往情感和思维恣意驰骋的空间场域:雪压青松,讲述人伫立江边,看尽吴波越嶂,清泪横流;多么希望自己的家书能够如水中松塔,随波逐流,漂向远方的家园。

俳句非连贯和多层次的文化表述特征成为维兹诺实践后现代语言观的利器。艾米·埃莱斯(Amy J.Elias)曾经指出:"维兹诺正通过鲍德里亚重写索绪尔。"(98)此观点是很有见地的。鲍德里亚的世界从本质上说是一个语言符号构成的世界,在这个世界中,符号不但遮蔽并篡改了现实,而且与真实之间已经没有必然联系,而成为自身的拟象。可以说,鲍德里亚的世界呈现出的是一个没有本源,也没有能指的幻象。维兹诺在俳句中追求的正是这样一个符号世界,因为俳句独特的结构和语汇体系寻求逃离的正是能指的链条。这个幻觉正是鲍德里亚的"幻象",也是令庞德和维兹诺等诗人欣喜若狂的诗歌境界。维兹诺不时地刻意在俳句中玩转一把语言游戏。在小说《广岛舞伎》中,维兹诺让一群叫"那那祖"(Nanazu)的绿色捣蛋鬼即兴赋了一则俳句:

幽静古池间
那那祖跳破镜中天
叮咚水声喧(Vizenor,*Hiroshima*:29)

了解日本俳句的读者不禁会哑然失笑。显然,维兹诺模仿了日本俳句大师芭蕉那首脍炙人口的俳句,只不过把芭蕉俳句中的主角"青蛙"改成了"那那祖"。从这一改写我们不难发现,对于维兹诺而言,俳句与其说是一种严肃的诗歌体裁，毋宁说是一种能够满足其语言游戏的文本试验田。不过，这个文本试验田的文化承载量不可小视。就以上面这则改写的俳句为例。“那那祖”的名字事实上与印第安创世神话有着密切的渊源。在创世神话中，那那祖是一个捣蛋鬼，也叫“那那波祖”(nanabozho)。这个奥吉布瓦创世神话中的捣蛋鬼非常神奇，作为萨满，他具有“转化自己并以不同的伪装出现的能力”(Vecsey 83)。可见，在小小的俳句空间中，维兹诺不但把玩着杂糅的语言游戏，而且植入了族裔文化的内核。维兹诺的词语之舞不但突破了语言的意指链条的束缚，还把印第安的创世神话以俳句为载体呈现出来，使得这个方寸空间中热闹地活跃着多元文化元素。

从以上的论述不难发现，在维兹诺手中，俳句小小的文本空间成为维兹诺诗情纵横驰骋的广阔天地，也成为他心灵之舞的舞台。灵魂之舞舞出的是印第安人与自然神思相契、呼吸相通的天人合一的境界；街舞舞出的是印第安人以戏谑为抗争的手段，以嬉笑为安身立命的态度的捣蛋鬼精神；词语之舞舞出的是后现代时期印第安人解构“白色词语”的时代精神以及建构和维护本民族语言文化的强烈意识。从这一角度看，俳句的方寸空间的确是维兹诺“升存”写作策略的一个理想的文本试验田。

参考文献

[1]Amann, Eric. *The Wordless Poem: A Study of Zen in Haiku* [M]. Toronto: Haiku Society of Canada, 1969.

[2]Blaeser, Kimberly M. "Canons and Canonization: American Indian Poetry through Autonomy, Colonization, Nationalism, and Decolonization", in *The Columbia Guide to American Indian literature of the United States since* 1945 [C]. Ed. Eric Cheyfitz. New York: Columbia UP, 2006. 183-287.

[3]——. *Gerald Vizenor: Writing in the Oral Tradition* [M]. Norman, OK: U of Oklahoma P, 1996.

[4]——. "The Multiple Traditions of Gerald Vizenor's Haiku Poetry", in *New Voices in Native American Literary Criticism* [M]. Ed. Arnold Krupat. Washington: Smithsonian Institution Press, 1993. 344-369.

[5]——. "Preface", in *Matsushima: Pine Island; Haiku* [Z]. Gerald Vizenor. Minneapolis: Nodin Press, 1984. 1-5.

[6]Bowers, Neal, and Charles L. P. Silet. "An *Interview* with Gerald Vizenor" [J]. *MELUS* 8.1(1981): 41-49.

[7]Brooks, Gwendolyn. *To Disembark* [M]. Chicago: Third World Press, 1981.

[8] Bruchac, Joseph, ed. *Songs from This Earth on Turtle's Back : Contemporary American Indian Poetry* [M]. New York: Greenfield Review Press, 1983.

[9]——. *Survival This Way: Interviews with Native American Poets* [C]. Tucson: U of Arizona P, 1987.

[10]Coltelli, Laura. *Winged Words: American Indian Writers Speak* [M]. Lincoln: U of Nebraska P, 1990.

[11]Elias, Amy J. "Holding Word Mongers on a Lunge Line: The Postmodernist Writings of Gerald Vizenor and Ishmael Reed." *Loosening the Seams: Interpretation of Gerald Vizenor* [C]. Ed. A. Robert Lee. Bowling Green: Bowling Green State U Popular P, 2000. 85-108.

[12] Hochbruck, Wolfgang. "Breaking Away: The Novels of Gerald Vizenor" [J]. *World Literature Today* 66.2 (1992): 274-278.

[13] Hynes, William, and William Doty. *Mythical Trickster Figures: Contours, Contexts and Criticism* [M]. Tuscaloosa and London: U of Alabama P, 1993.

[14]Jahner, Elaine A. "Trickster Discourse and Postmodern Strategies", in *Loosening the Seams: Interpretations of Gerald Vizenor* [C]. Ed. A. Robert Lee. Bowling Green, OH: Bowling Green State U Popular P, 2000. 38-58.

[15]Liang, Iping. "Opposition Play: Trans-Atlantic Trickstering in Gerald Vizenor's *The Heirs of Columbus*" [J]. *Concentric: Studies in English Literature and Linguistics* 29.1(2003): 121-142.

[16] Lynch, Thomas. "To Honor Impermanence: The Haiku and Other Poems of Gerald Vizenor." *Loosening the Seams: Interpretations of Gerald Vizenor* [C]. Ed. A. Robert Lee. Bowling Green, Ohio: Bowling Green State U Popular P, 2000. 203-224.

[17] Madsen, Deborah L. *Understanding Gerald Vizenor* [M]. Columbia: U of South Carolina P, 2009.

[18] McCaffery, Larry, and Tom Marshall. "Head Water: An Interview with Gerald Vizenor" [J]. *Chicago Review* 39.3/4(1993): 50-54.

[19]O'Hara, Frank. *The Collected Poems of Frank O'Hara* [M]. Berkeley and Los Angeles: U of California P, 1995.

[20]Powell, Malea. "Rhetorics of Survivance: How American Indians Use Writing" [J]. *College Composition and Communication* 53.3(2002): 396-434.

[21]Ruoff, A. LaVonne Brown, "Woodland Word Warrior: An Introduction to the Works of Gerald Vizenor" [J]. *MELUS* 13.1/2(1986): 1343.

[22]Schweninger, Lee. "Listening to the Land: Native American Literary" [M]. Athens and London: U of Georgia P, 2008.

[23] Vecsey, Christopher. *Imagine Ourselves Richly: Mythic Narratives of North American*

Indians [M]. New York: Crossroad, 1988.

[24]Vizenor, Gerald. *Bearheart: The Heirship Chronicles* [M]. Minneapolis: U of Minnesota P, 2001.

[25]——.*Cranes Arise: Haiku Scenes* [M]. Minneapolis: Nodin Press, 1999.

[26]——.*Earthdivers: Tribal Narratives on Mixed Descent* [M]. Minneapolis: U of Minnesota P, 1981.

[27]——.*Empty Swings* [M]. Minneapolis: Nodin, 1967.

[28]——.*Fugitive Poses: Native American Indian Scenes of Absence and Presence* [M]. Lincoln: U of Nebraska P, 1998.

[28]——.*Hiroshima Bugi: Atomu* 57 [M]. Nebraska: U of Nebraska P, 2003.

[30]——.*Interior Landscapes: Autobiographical Myths and Metaphors* [M]. Minneapolis: U of Minnesota P, 1990.

[31]——.*Landfill Meditation: Crossblood Stories* [M]. Hanover, NH: Wesleyan U P, 1991.

[33]——.*Manifest Manners: Postindian Warriors of Survivance* [M]. Hanover, NH: Wesleyan UP, 1994.

[34]——.*Matsushima: Pine Islands* [M]. Minneapolis: Nodin, 1984.

[35]——.*Native Liberty: Natural Reason and Cultural Survivance* [M]. Lincoln and London: U of Nebraska P, 2009.

[36]——.*Seventeen Chirps* [M]. Minneapolis: Nodin, 1968.

[37]——.*Survivance: Narratives of Native Presence* [M]. Lincoln and London: U of Nebraska P, 2008.

[38]——.*Wordarrows: Indians and Whites in the New Fur Trade* [M]. Minneapolis: U of Minnesota P, 1978.

[39]——.*Survivance: Narratives of Native Presence* [M]. Lincoln and London: U of Nebraska P, 2008.

[40]——.*Wordarrows: Indians and Whites in the New Fur Trade* [M]. Minneapolis: U of Minnesota P, 1978.

[41]Vizenor, Gerald, and A.Robert Lee.*Postindian Conversations* [M]. Lincoln: U of Nebraska P, 1999.

[42]Willmot, Rod."Mapping Haiku's Path in North America", in *A Haiku Path: The Haiku Society of America*, 1968-1988 [C]. New York: Haiku Society of America, 1994.211-226.

[45]Witherspoon, Gary.*Language and Art in the Navajo Universe* [M]. Ann Arbor: U of Michigan P, 1977.

[46]陈盛:《论杰克·凯鲁亚克俳句的禅意》[J].《当代外国文学》2010 年第 1 期,第 161-

167 页。

[47]陈学广:《文学语言:直接意指与含蓄意指——文学语义系统及其特征解析》[J].《江苏社会科学》2007 年第 1 期,第 199-203 页。

[48]彭恩华:《日本俳句史》[M].上海:学林出版社,2004 年。

[49]李怡:《西话东禅:论查理德·赖特的俳句》[J].《外国文学研究》2011 年第 1 期,第 103-111 页。

[50]王建平:《世界主义还是民族主义——美国印第安文学批评中的派系化问题》[J].《外国文学》2010 年第 5 期,第 49-58 页。

[51]洪敏秀:《"这水是打哪儿来的?":金恩〈草长青,水长流〉中荒野与花园的对话》[J].《中外文学》2005 年第 8 期,第 129-153 页。

[52]方红:《美国的猴王——论杰拉尔德·维兹诺与汤亭亭塑造的恶作剧者形象》[J].《当代外国文学》2006 年第 1 期,第 58-63 页。

[53]邱紫华:《日本和歌的美学特征》[J].《华中师范大学学报》2004 年第 2 期,第 58-62 页。

(原发表于《当代外国文学》2013 年第 4 期)

异质空间中的本土特质

——评《踩影游戏》的空间叙述

陈　靓*

（复旦大学外文学院）

摘　要:《踩影游戏》是一部以时间性为线索，致力于异质空间构建的作品。小说通过空间并置、叙述视角以及故事情节嵌套等叙事手法，将女主人公艾琳置于肖像—阴影以及蓝色日记—红色日记所分别构建的多维空间中，立体展示艾琳女性意识之内的激烈冲突。此外，异质空间在内部结构和内涵上均借用了奥吉布瓦族的文化元素，赋予了作品鲜明的本土族裔性。

关键词:《踩影游戏》;路易斯·厄德里克;空间构建;族裔性

美国本土文化中的空间概念深深地根植于它的生态意识，并进一步塑造了自然与人之间的关联。而现代化进程中产生的环境恶化和土地流失等环境问题是导致身份缺失等现实问题的直接根源。所以对当代美国本土文学而言，“要重新恢复或阐述身份，就需要逐渐重新发掘地域和部落的归属感……这是美国本土小说的核心问题”(Owens 5)。从空间的角度上看，路易斯·厄德里克的“北达科他”系列作品不仅是历史性的地域文本构建，也是一个空间上的多重投射建构。同时，情节发生的行动域也是呈现了空间上的复杂性，其中不乏超自然领域的空间领域，也模糊了地理界限。可以说，这是一个极具包容性的动态领域，囊括了所有文化领域内的活跃因子。

空间写作的风格同样延续到了《踩影游戏》(*Shadow Tag*)中。与前期的小说不同的是，厄德里克刻意淡化了作品的美国本土风格，尝试以一种摆脱种族、政治、地域身份界定的因素，以更为宏观的视野观察、写作。在内容上，《踩影游戏》跳出了他之前所构建的“北达科他”系列小说以及惯用的多人称叙事手法。但是就创作技巧而言，依然在文本层面延续了“北达科他”系列的空间构建特质。在厄德里克的创作理念中，要建立文本的主体性，不是对美国本土

* 作者简介：陈靓，教授，研究方向为美国本土文学、北欧文学、后殖民理论。

传统元素的简单借用，而应将其内化为一种创作视角，以此构建带有独立特质的文本性。

在对空间结构的具体探讨中，本文拟从空间并置和叙述时间两个角度来展现《踩影游戏》中的空间特质。从空间的角度来看，这部小说有明确的空间并置特征，且赋予了艾琳的女性意识以鲜明的异质空间特质。在异质空间(heterotopia)概念中，福柯旨在展示权力是怎样通过空间的划分及对异质的排斥和规训来实现有效运转。“异质空间”本身是多元、破碎、繁多的无数空间的集合，包容二元并超越二元。它通过自身矛盾、片断和破碎的状态对权威话语进行破译，凸显空间自身的异质性本质，并以此来消解主体的权力秩序。在《踩影游戏》中，艾琳的女性意识以阴影的形式时刻处于被男性控制的边缘化位置，且内部有着丰富矛盾的冲突性，从这个意义上说，它本身有着鲜明的异质空间特征。虽然小说集中描述了一位女主人公，但厄德里克将她置于男权主体空间的审视下，以艾琳的女性意识构建了异质空间，并将抽象意识概念以空间并置的形式具体化呈现出来，突出了它的复杂性和矛盾性，从而呈现出一个立体多元的空间结构。

一、肖像与阴影：男权主体空间与女性异质空间

在《踩影游戏》中，以阴影的象征所构建的女性异质空间强调了美国本土文化中的差异性、开放性和复杂性，它依托本土文化对个体力量的界定，撕裂了男权对女性美好乌托邦的幻象性构想，揭示出那些未被粉饰的真实空间。具体而言，在作品中，阴影作为作品的核心象征，承载了厄德里克对女性意识的关键性构建。而吉尔绘画中的塑像作为典型的男性主体空间构建，与阴影构建的女性异质空间对立存在。从性质上来说，这两种空间无法直接彼此沟通，而以显性和隐性的形态并置对立，这种意识隔阂也是造成两人情感裂痕的主要原因。

从动态的文本性出发，厄德里克采用转喻的方式，由艾琳叙述的画家乔治·凯特林(George Catlin)为少女明科(Mink)绘画的嵌套故事来阐释阴影的具体内涵。在创作中，故事嵌套的方式是厄德里克常用的手法。从情节上来看，艾琳对历史的文本改编展示出艾琳对画作与灵魂的关联性意识。在奥吉布瓦文化中，人的个体概念不局限于骨骼所构建的肉体，它有着更广泛的精神延伸。奥吉布瓦人把一个人的形象，包括影子，都视为个体的组成部分。为他人画像可以影响到这个人的人生，同样，如果伤害到了他的影子也会伤害到

他的真实身体。从作者的创作理念上考察,厄德里克对历史性和文本性的多元特质的思考也为小说中多元空间的构建做了铺垫。除了彰显文本的多元性,这个嵌套故事也正式建立了影子这个隐性的异质空间,并让它拥有了比肖像画的男性主体空间还要强大的力量。至此,厄德里克成功搭建了以肖像和影子为代表的两个空间,并将吉尔与艾琳的主体意识放入其中进行权力审视。

在创作中,吉尔的画作成为男性想象的载体,并将艾琳描绘成不同的形象来自我满足。在这种想象性构建中,吉尔的画作构建了男权意识的空间,这个空间是显性的,占据着视觉接受的主导地位。对于吉尔来说,绘画不仅仅是一个艺术行为,而且被赋予了权力,换言之,在吉尔的想象中,绘画已经成为他操纵与艾琳关系的象征性方式,他通过这种方式来获取男性权力的自我认可,并确认在两性关系中的掌控力。

与此同时,如果考察文本中的女性身体,不难发现艾琳对自己的裸体有着明确的自我意识,"孩子们都睡着后,艾琳溜进了卫生间,把门锁上,开始洗澡,把自己泡在发烫的热水中"(Erdrich 17)。在这里,艾琳流露出了明确独立的自我意识,而这种意识仅在浴室这个封闭的空间里独自呈现,这里的女性空间呈现出鲜明的私密化特质。如果说吉尔的画室的封闭式空间特征是主体进行控制的必然要求的话,艾琳的封闭性浴室空间则是出于对自我意识的保护。同时,两种空间的物理性封闭也展示了两人的情感矛盾,并在画作和阴影这一对显性和隐性的空间并置中被进一步强化。吉尔的画作和艾琳的浴室可以被视为第一维度的地理空间,但小说用了大量笔墨描绘第二维度空间,即浓缩在肖像和阴影之中的性别意识空间。从空间的角度来看,肖像与阴影的空间彼此关联,但无法沟通。这对空间中有丰富的情感投射,但它们更多地被赋予了权力斗争和冲突的特质。

从理论上看,异质空间能够将彼此矛盾的多个空间并置在一个地方。这一特征凸显的是异质空间的多元性和包容性,它可以将多个不同类型的、彼此冲突的空间以一种隐喻的方式组合拼接到一起,并生成新的价值与意义。这种多元开放的空间特质展示了异质空间内部复杂的空间关系及其平等性。在作品中,为了从内部细致展示艾琳女性意识的矛盾和冲突,厄德里克在异质空间内部设置了两个并置喻体:红色日记和蓝色日记。

二、红色日记与蓝色日记：异质空间内的开放并置

早期的厄德里克作品在叙述手法上呈现出复杂的蛛网结构，这展示出她娴熟的叙述技巧和强大的文本整体性把握能力。不过在《踩影游戏》中，厄德里克采用了相对简单的并列叙述结构。

首先，从主题上来看，作品的空间性可以从对称性结构这个宏大框架上展示出来。对称结构不仅反映着人物间的关系和情感诉求，小说的情节发展也以维系这种对称结构的平衡向前推进。对它的把握，不仅可以分析作品的人物关系，也可以进而揭示作品的主题。我们可以在吉尔与艾琳的爱情模式中看到对称结构。他们爱情中的对称与和谐因为吉尔强大的男权想象逐渐演变成压制性的力量，而让这种结构出现了失衡。这种失衡直接导致了肖像与阴影这两个空间的出现，标志着两人之间的隔阂与距离。长期受到压制及边缘化的阴影需要自我释放和调节，并因此导致了第二个对称结构—红蓝日记的出现。因此，并置的两个日记所购建的空间有效地维持了阴影这个异质空间内部的平衡。红色日记是艾琳女性意识中针对吉尔男性想象的反抗，蓝色日记则是其女性意识的真实记录。在小说中，厄德里克将红色日记和蓝色日记以日记体的方式直接嵌入文本。它们将一个女性意识的个体以对应投射的方式同时展示，并在情节上相互参照，这种互文性生动展示了女主人公的女性意识，并赋予文本鲜明的空间叙事特征，同时以强大的文本召唤力激发了读者的阅读想象。

在小说中，蓝色日记属于自我倾诉性的封闭式叙述，红色日记是以丈夫吉尔为假设对象的叙述。在最后一篇红色日记之前，蓝色日记有四篇，红色日记有五篇，而第一篇的蓝色日记在文中被分为两个部分，分别在两个章节展示，所以无论从数量还是篇章布局上来说，蓝色日记和红色日记是典型的对称性存在。这种对称性的存在是艾琳设计的一个迷局，她用红色日记构建了一个虚幻的空间，在这个空间里，艾琳虚构了对丈夫的诸多不忠行为，甚至编造了三个孩子各有三个不同的生父这样的情节来刺激、羞辱吉尔，而她则平静地躲在蓝色日记的空间中书写自己在看到吉尔各种反应之后的心理状态。

在小说的开篇，厄德里克用第一人称的视角开始描述蓝色笔记，并在文中直接与“你”即丈夫吉尔进行交流。“你花了这么多力气，我想应该找到红色笔记本了吧。你应该一直在读它，想确认我是不是在欺骗你。第二个日记，也就

是你所说的真正的日记,我正在写着它"(Erdrich 5)。

从小说的主题上看,处于核心地位的影子所指涉的是艾琳真实、充实而理性的意识,这个意识隐藏在蓝色日记的空间。它在吉尔的画作中被误解、扭曲,无法被吉尔所感知。在与男权意识的压制与反压制中,强大的压力导致了艾琳的意识分裂,这一点可以从艾琳的酗酒中反映出来。酗酒的状态会带来她对生活感知的虚拟感,这也是她为何在红色日记中虚构情节的主要原因。红色日记代表的是一个不真实的空间,以及沉浸于虚拟世界无法自我安置的艾琳。红蓝色日记的对立是一种虚拟和真实的女性心理对立,它的构建起因是艾琳对自己真实的女性意识无法被感知而实施的报复,所以,在非理性的疯狂之外,她会寻求蓝色日记的真实空间来帮助自己取得平衡。可以说,这两组空间中的四个元素都存在作用力与反作用力。红蓝日记所构建的女性空间是第一组肖像与阴影空间冲突的产物,它的出现舒缓了艾琳的精神压力,其中强大的女性意识在不断挑衅吉尔的男性幻想。这种报复性的对抗在吉尔读到艾琳与三个不同的男人偷情后达到了高潮,同时也加剧了与吉尔的矛盾,打破了整个空间的平衡。吉尔盛怒之下,将日记扔在地板上。如果说在艾琳和吉尔关系破裂之前,红蓝两本日记折射了艾琳女性意识的两面性的话,在吉尔意识到自己偷看日记的行为被艾琳得知以后,此时红色日记构建的虚拟空间已发挥了效果。因为吉尔不会再阅读红色日记,艾琳也不再需要蓝色日记展示自我的真实意识,她所致力构建的并置空间就没有了存在的必要。在平衡完全被打破后,如何处理之前的两种不同的女性意识?最后一篇于 12 月 16 日写的红色日记就很值得回味。面对失衡的危险状态,艾琳以真实的自我坦诚面对现实情境,以对话的方式和开放的姿态展示自己内心的情感。她以一只仓鼠来隐喻吉尔脆弱的生命,渴盼挽留这只受到伤害的仓鼠。她将真实的自我从蓝色日记空间释放到红色日记的空间中,以真诚的姿态宽慰吉尔,重建空间的平衡,让两人关系回归到正常的状态。但是吉尔在最后选择了自杀,在这个天平上,吉尔的死去也意味着艾琳无法独自支撑,在对称结构失去平衡后,她选择与吉尔一同死去也就可以理解了。

三、异质空间的叙述时间和叙述视角

如果我们从空间的角度,从叙述时间和叙述视角这两个层面看这部小说,其空间特征就更为明显。文本中的空间不仅是情节的背景,而且可以"生成话语的意义”(Hoffmann 588)。而在对文学空间的讨论中,有一个问题必须要解决,即:文字作为一种线性表述方式,是无法进行共时性构建的,如此,它是如何在文学文本中表述或生产出以共时性为特征的空间的呢?在莎伦·斯潘塞(Sharon Spencer)的阐述中,现代主义带有空间特质的作品“通过破碎和并置这两个最有效的方式打破时间的线性叙述,并将事件重新以空间方式构建”(156)。在斯潘塞的理念中,破碎和并置所产生的共时性正是对时间的线性特征的消解。从红蓝两本日记的情节设计上来看,虽然这两本日记的写作时间有历时性的差异,女主人公艾琳大多先在家中完成红色日记,然后会前往银行的保险间写完蓝色日记。但在整部小说中,这种历时性的时间差距感几乎无法被感知到,读者更多感受到的是两本小说中同时存在并互相冲突的两种女性意识。也就是说,厄德里克试图让读者从共时性而不是历时性的角度去理解作品,这也正是空间形式小说的典型特征。空间手法的运用,不仅从多维的角度细节化放大了艾琳的女性意识,凸显了情节的共时性,同时也通过这种陌生化手法延长了读者的体验过程。

在《踩影游戏》这部空间特征明显的小说中,很明显的特征就是降低物理时间的作用。作者把抽象的线性时间之流切割成多段,以红蓝日记的隐喻性空间交替呈现。在叙述中,红蓝日记虽按照线性时间的结构铺展,但作者也有意识地对这种结构进行了共时性的拓展。如在第二篇蓝色日记(2007 年 11 月 2 日)的叙述中,整部日记被分为两部分,在两个不同的章节分别展开。在小说的开篇,作者以 2007 年 11 月 2 日的蓝色日记展开叙述。在随后的章节中,厄德里克打破了时间的线性特征,开始展示 11 月 1 日的红色日记。在交替穿插叙述中,随后展示的蓝色日记也同样没有按照时间顺序,而以回叙的方式展示 11 月 2 日蓝色日记的第二部分。叙事结构中自然时序的改变会延缓甚至中断情节的推进,从而达到一种时间停顿和共时性的陌生化效果,增加了读者与作品的细节之间的审美距离,空间形式感随之加强。读者通过时序和意象参照来掌握各部分之间的联系,在迷宫一般的结构中体会人物关系和叙述对象的内涵。从 11 月 2 日蓝色日记的分割叙述的效果来看,在展示艾琳对婚姻的失望和与吉尔关系的疏离感上,这种分割叙述的手法取得了慢镜头般的聚焦特效。

这种通过加大叙述时间(以缩小被叙述时间)的方式,正体现了厄德里克创作中敏锐的空间感。在对叙述对象的展示上,红蓝日记发挥了双重投射的效果,这里所凸显的不是时间的流动性,而是凝聚在一个时间点上两个不同投射视角的共时展示。所以我们可以说,这部小说虽然与其他作品一样有着明确的时间标识，但它反而更加强调其空间构建。同时，在空间化的理念上，与第一维度的物理空间相比，小说更注重表现人物的心理和情感空间。红蓝两部日记仿佛对应放置的两面镜子，折射出艾琳复杂的矛盾意识。从叙述时间的物理速率来看，这种结构已经将传统速率有效减缓，使读者在这里停住并集中关注艾琳挣扎的内心与丰富的情感。

从叙述的视角来看，小说以红蓝日记为主要媒介的空间结构看起来是封闭的，置于一个平面，但它远非这么简单，厄德里克不仅赋予了这个结构以动态的特质，而且隐藏了另一个叙述者—瑞尔。在最后一章，瑞尔写道："所以你知道了吧，我就是小说中的第三人称叙事者。我有着全知的视角"（Erdrich 251）。在情节即将结束的时候，作为隐含叙述者的瑞尔的突然出现对读者的阅读体验是一个很大的冲击，这使得小说脱离了红蓝日记固定视角的局限，兼具内聚焦和外聚焦的双重特质，赋予文本以更大的叙述张力，这种方式以陌生化的手法提高读者对艾琳的女性意识感知难度，使得对红蓝日记的解读变得愈发晦涩，并让读者对之前的叙述判断产生不确定感。

正如对线性时间顺序的割裂和重置一般，叙述者的多元化本身也代表了多维度的空间形式。如果说红蓝日记的空间形式是对艾琳的女性意识的平行映射的话，瑞尔的叙述则增加了投射的立体维度，丰富了对叙述对象的展示，读者在两本日记的意识冲突中可以感受到其主体性的复杂性和不确定性。

四、异质空间的本土族裔特质

厄德里克的作品在吸收了西方现代创作元素的同时，在创作的风格和主题上凸显了美国本土文化特质。首先，就两本日记的设计而言，它们作为艾琳女性意识两个不同方向的投射，在奥吉布瓦部落文化中可以找到相似的文化结构。在奥吉布瓦族的神灵观念中，每个人有两个灵魂。在身体入眠的时候，第一个灵魂（或称为"自由灵魂"）会在做梦期间离开身体远行，因此，会有第二个灵魂（或称为"本我灵魂"）驻守在身体里。它在人的心脏位置，可以自由出入身体，并给予身体以智力、推理能力、记忆、意识和行为能力。它可以短暂地离开身体，但长时间分离会让人生病乃至死亡。而第一个旅行的灵魂停留在大脑中，并与身体互相独立存在，可以在身体睡眠期间自由离开。它作为"本我灵魂"的眼睛一般，可以感知远处的事物。从功能上看，它类似于心理学中所探讨的第六感。这两个灵魂都独立存在，并与身体保持着和谐关系。"在身体死亡的时候,‘本我灵魂’会随即离开身体,前往往生世界,而‘自由灵魂’则会成为鬼魂,在墓地附近停留一段时间,并最终也会前往往生世界与‘本我灵魂’汇合”(Vecsey 60)。就三者的关系而言,“‘本我灵魂’会为身体提供力量,没有了它,身体将没有意识。同时,身体要依靠‘自由灵魂’以获得灵性的沟通能力,这也是他们维系自己与神灵玛尼托(Manitos)的必要关联。可以说,这两个灵魂从物质和精神上为身体的正常运转提供了必要的保证”(Vecsey 61-62)。

从这两个灵魂的性质上看,蓝色日记作为记录艾琳最为真实情感的载体,符合“自由灵魂”的特征,它具有敏锐的感知能力,并经常离开身体自由穿行,轻灵而无所羁绊。同时,蓝色日记一直被置于银行,与艾琳保持了一定的空间距离,这也与“自由灵魂”远离身体的情况相吻合。而红色日记作为艾琳的女性意识与男性协调、沟通的部分,它具有更多的是“本我灵魂”在身体上的实际功能,如智力、意识和行为能力,所记录的文本所承载的意义和实现的价值都被固定在现实层面,即与丈夫的情感试探和沟通上。它也是在围绕维系现实中的家庭而发挥现实性作用。从这个意义上看,红蓝两本日记从性质和功能上均符合奥吉布瓦族对“自由灵魂”和“本我灵魂”的传统神灵观。

其次,从整篇文章的象征结构上看,厄德里克借用了奥吉布瓦部落文化中的药轮结构,以药轮十字架的空间结构和环形的时间观念构建了作品中的几个核心意象。如果将以上的分析以图表的形式总结,我们可以得到下图:

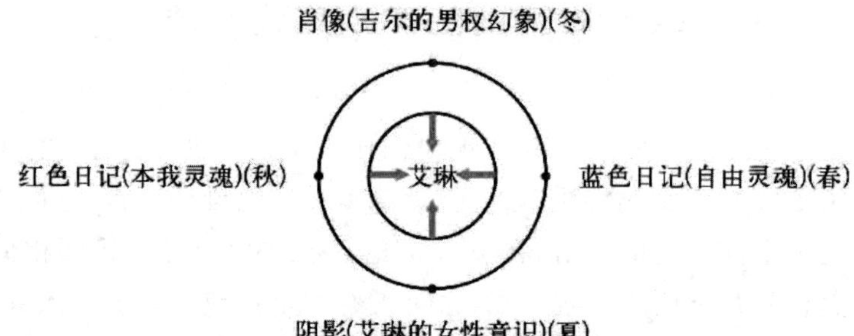

图 1　以奥吉布瓦部落文化的药轮结构构建作品的《踩影游戏》的核心意象

这个结构中,艾琳作为厄德里克在本部小说中凸显的女主人公被置于核心位置,作为男权幻想的肖像和艾琳女性意识的代表阴影分别作为异质空间遥遥相对,而两本日记作为平衡艾琳女性意识的拓展空间被置于两侧。这个结构与奥吉布瓦族的药轮结构极为类似。在奥吉布瓦部落文化中,药轮是一个对称的环形结构,象征着生命、时间和精神的循环。自然以环形的顺序发展,对时间的测量也以自然的环形顺序为准,这种四位一体的神话模型构成了本土文化中自然和时间的基本象征。其中的四个方向分别有着不同的意义。北方为白色,象征冬季,东方为黄色,象征春季及自我的新生;南方为红色象征夏季及青春蓬勃的状态,西方为黑色,象征秋季。学者乔治·汀克(George Tinker)曾介绍道,"对于平原地区的印第安人来说,生活中的基本象征是圆形。这个多元的象征暗含着家庭、氏族、部落以及万物创造。作为一个造物性象征,这个圆形的重要性在于它真切的平等性。没有办法把一个圆形等级化。因为它没有起点,也没有终点,所有的一切都在这个圆形中享有平等价值。"(123)

如果以艾琳的女性意识为标准来分析这四个方位,我们可以发现,这个结构符合药轮的四季时间结构,它以艾琳的女性意识的感知出发,展示了不同空间的价值。肖像作为压迫性的男性意识,对于艾琳的女性意识而言是最为对立且冰冷的;而蓝色日记(自由灵魂)作为艾琳自己的内心独白,从情感上来看最为接近女性意识,可以被视为一种春季般的萌芽和亲切;作为南方的阴影则是女性意识最为本真和炽热的状态;红色日记(本我灵魂)是艾琳的女性意识被置于男性审视之下的产物,多局限在现实层面,其中的生命力开始削弱,符合秋天的特征。从这个意义上说,厄德里克在主题上将美国本土的核心精神元素融入了创作,搭建了独特的空间框架,营造了富含象征意义的叙述结构。

结 语

综合以上的空间特质,我们可以说《踩影游戏》是一部以时间性为线索,致力于空间构建的作品。小说正是通过多维的空间叙事性构建,多角度展示艾琳女性意识之内的激烈冲突。在对艾琳女性意识的聚焦中,通过空间并置、叙述视角以及故事情节嵌套的叙事手法打破及淡化时间的线性发展速度,从而有效延缓物理时间,增强了对叙述对象的聚焦强度和细腻程度,这些都赋予了《踩影游戏》以鲜明的叙述空间性,展示出追求空间化效果的趋势。作品中的空间性不仅仅是一种西方现代写作风格影响下的一种策略,它更多地与美国本土的文化特质相关联。在环形的时间结构所包围的自然生存景观中,厄德里克依托以"四"为参数的空间方位搭建了美国本土宇宙观的基本框架。空间作为美国本土文化中的一个重要特质,也作为族裔性的一部分被纳入到厄德里克的创作中,它不仅进入了作品的象征层面,也构建了作品的框架和意义生成范式。

参考文献

[1]Chavkin, Nancy Feyl, and Allan Chavkin. "An Interview with Louise Erdrich", in *Conversations with Louise Erdrich and Michael Dorris* [C]. Eds. Allan Chavkin and Nancy Feyl Chavkin. Jackson: UP of Mississippi, 1994.

[2]Erdrich, Louise. *Shadow Tag* [M]. New York: Harper Collins Publishers, 2010.

[3] Hoffmann, Gerhard. *Raum, Situation, Erzahlte Wirklichkeit* [M]. Stuttgart: Metzler, 1978.

[4]Owens, Louis. *Other Destinies: Understanding the American Indian Novel* [M]. Norman: U of Oklahoma P, 1992.

[5]Spencer, Sharon. *Space, Time and Structure in the Modern Novel* [M]. New York: New York UP, 1971.

[6]Tinker, George. "Spirituality, Native American Personhood, Sovereignty, and Solidarity", in *Native and Christian: Indigenous Voices on Religious Identity in the United States and Canada* [C]. Ed. James Treat. New York and London: Routledge, 1996.

[7]Vecsey, Christopher. *Traditional Ojibwa Religion and Its Historical Changes* [M]. Philadelphia: The American Philosophical Society, 1983.

（原发表于《当代外国文学》2017 年第 2 期）

第五部分

人文与自然：本土裔作品中的生态景观

地域景观、环境与身份认同

——《爱药》的生态解读

秦苏珏*

（四川师范大学外国语学院）

摘　要：路易斯·厄德里克在《爱药》中通过对土著人居留地的地域景观和环境的描写，抒发了她对这片土地的强烈情感。这种情感来自于她对印第安历史的了解，更重要的是，她深切地理解印第安传统灵学思想一直颂扬的人类与大地的亲缘关系，而这一点与当今的生态思潮不谋而合。

关键词：地域景观；环境；身份认同；《爱药》

以1984年出版《爱药》①（*Love Medicine*）而一举成名的奇佩瓦人（也被叫作奥吉布瓦人）路易斯·厄德里克（Louise Erdrich）是美国当代最多产、最有成就、创作力最旺盛的作家之一。她迄今已出版十余部长篇小说、三本诗集以及四本儿童故事，先后荣获欧·亨利短篇小说奖、全国书评家协会奖、司各特·奥台尔历史小说奖等多种奖项，《爱药》也成为被美国教材选用最频繁的作品之一。她在创作中既吸收了土著口述故事的传统，又将之与西方的文学写作方式相融合，从而开拓了更广泛的阅读空间。以《爱药》为例，这部作品从形式上来说不像一部长篇小说，而更像一部分别由六个人物以第一人称讲述加上作者从旁观者的角度叙述的二十多个短篇故事组成的故事集。多角度、碎片化的叙事内容跨度长达50年，开始于1984年，回溯到1934年，再逐渐回归到1984年，整个过程没有传统长篇小说所刻意营造的铺垫、高潮和结尾的程式，阅读可以始于或终于任何一个故事。同时，这部作品和她后来创作的《甜菜女王》（*The Beet Queen*，1986）、《痕迹》（*Tracks*，1988）、《宾戈宫》（*The Bingo Palace*，1994）被合称为“北达科他奥吉布瓦世家系列小说四部曲”，因为四部作品互为背景，都以北达科他州居留地的土著人和一些白人家庭的生

---

* 作者简介：秦苏珏，文学博士，四川师范大学教授。

① 厄德里克在1993年再版的《爱药》中增加了四篇故事，主要人物和事件未作大的修改。

活为主要内容，其中的人物、事件相互交织。尽管她的大部分作品都根植于那块土地，但是她对地域的关注与马克·吐温对密西西比、薇拉·凯瑟对内布拉斯加大草原和威廉·福克纳对美国南方的描写中所体现出的“地方色彩”(regionalism)具有很大的差异。在生态批评理论的影响下，当代文学评论对“地方色彩”进行了新的诠释，它已不仅仅是对地图上某一区域的熟知或生动描写，还是“对这个区域所有地方的全面了解和描述”，[①]更加强调对这一地域的感知(the sense of place)。厄德里克在《爱药》中所塑造的主要人物总是经历一个在颠沛流离中、在自我迷失的无根状态中以部落传统文化为依托、在族群的帮助下完成疗伤的过程。在这个过程中，对地域和环境的感知成为人物寻根的指南和良药。

一、土著人的大地情怀与盖娅假说

“对地域之情的关注一个世纪以来始终贯穿着美国文学的发展，既造就了其总体共性，又形成了各个地域文学的个性。尽管各位作家与之认同的地域有所不同，但是这种地域情愫却一脉相承，成为文学创作中具有无穷潜力的主题。”[②]厄德里克在《我的所属之地：一个作家的地域感》一文中解释了她的选择：

> 一个作家必须有一个他或她有爱有怨的地方。我们要经历过当地的损毁，听得懂它的俗语，能忍受收音机里的宣传。通过对这一地域的细细研究，包括它的人、作物、产品、猜疑、方言和各种挫败来向我们的真实情况靠拢。要瞎编一个地方的故事或情节是很困难的，但对一个地方真正的了解却能使情节变得有意义。[③]

那么，在北达科他州的红河谷长大并对龟山居留地极为了解的厄德里克

① Michael Kowalewski，“Writing in Place: The New American Regionalism”[J]. *American Literary History* 6.1 (1994)：80.

② 孙宏：《美国文学对地域之情的关注》[J].《外国文学评论》2001 年第 4 期，78 页。

③ Louise Erdrich，“Where I Ought to Be：A Writer's Sense of Place”，in *Louise Erdrich's Love Medicine*：*A Casebook*[C]. Ed. Hertha D. Sweet Wong. Oxford：Oxford University Press，2000. p.49.

对这一地域的选择就很自然了。[①] 不仅如此，她在分析了福克纳等人文学作品中的"地方色彩"之后更提到了作家的责任："当代美国土著作家有一个与我提及的其他作家不同的任务。鉴于我们的巨大损失，作家一定要讲述当代幸存者的故事，同时还要保护和歌颂灾难之后保留下来的文化核心。"[②]她刻意地将自己的地域描写与白人作家区别开来，强调其文化核心，因此，仅仅用传统的"地方色彩"的特点来解读她书中的北达科他居留地显然就无法参透其用意，也就不能完全理解她的创作主旨，无法把握人们的"标记和身份认同，以及能映照最强烈情感的地域景观"。[③] 厄德里克在《爱药》中对土著人居留地的环境和地域景观的描写，正是出于她对这片土地的强烈情感，这种情感一是来自于她对印第安历史的了解，更重要的是她深切地理解印第安传统灵学思想中一直颂扬的人类与大地的亲缘关系，而这一点与当今的生态思潮不谋而合。

当代生态批评的主要诉求就是"通过文学来重审人类文化、进行文化批判、挖掘导致生态危机的思想文化根源"，[④]生态学的基本思想就是"整体观、联系观、和谐观等"。[⑤] 著名生态学家詹姆斯·洛夫洛克(James Lovelock)借用古希腊神话中的地母神盖娅的名字提出的"盖娅假说"(Gaia Hypothesis)强调了地球生物圈的整体性，地球上的所有生物"都被视作一个连续的生命统一体"，而环境是"满足统一体的整体需要"。[⑥] 他面对人类为了满足欲望、增长财富的无限要求而将生态系统的有限承载力推向极限的现状而提出这一理论，希望人们能认识到人类不是地球上唯一的物种，物种间是通过相互联系、相互协作来实现基本的调节功能，从而保持整个生态系统的平衡。由此，将整个生态系统比作一张网成为一个核心的意象，而这些基本观点正好与土著人的宇宙观和人生观形成了观照。

---

① 她的外公、外婆都住在北达科他州的龟山居留地，外公是部落首长，并擅长讲故事。

② Louise Erdrich, "Where I Ought to Be: A Writer's Sense of Place", in *Louise Erdrich's Love Medicine: A Casebook*[C]. Ed. Hertha D. Sweet Wong. Oxford: Oxford University Press, 2000. p.48.

③ Louise Erdrich, "Where I Ought to Be: A Writer's Sense of Place", in *Louise Erdrich's Love Medicine: A Casebook*[C]. Ed. Hertha D. Sweet Wong. Oxford: Oxford University Press, 2000. p.49.

④ 王诺：《欧美生态批评：生态学研究概论》[M]. 上海：学林出版社 2008 年版，第 63 页。

⑤ 王诺：《欧美生态批评：生态学研究概论》[M]. 上海：学林出版社 2008 年版，第 59 页。

⑥ James Lovelock, *Gaia: A New Look at Life on Earth* [M]. New York: Oxford University Press, 1987. p.9.

美国土著作家、学者葆拉·冈恩·艾伦(Paula Gunn Allen)解释了土著人对地球的普遍认识:“印第安人都坚信,地球和活着的人一样是有生命的。这并不是一种物质的表现,而是玄秘和精神意义上的生命力,这种观点使印第安人意识中产生了根深蒂固的形而上的现实观。”[①]这种现实观中核心的理念就是“以敬仰之情对待环境中的方方面面,犹如对待亲人般,将之看作神或大智慧的化身。大部分印第安文化都从对地域景观的关心和互惠这一传统发展而来”。[②] 因此,苏族老人黑麋鹿口中所讲述的并不仅仅是他个人或他所在部落的经历,“这是所有神圣的生命的经历,是值得一讲的,这是我们两条腿的与四条腿的、空中长翅膀的以及一切苍翠植物同甘共苦的经历;因为凡此都是一母所生的子女”,“我们都来自大地,终生都和一切鸟兽草木一起伏在大地的胸膛上,像婴儿似的吮吸着乳汁”。[③] 这样朴素的表达警醒了现代人,在经历了“寂静的春天”[④]之后不由将目光投向土著人,去发掘他们古朴的生态智慧,在大自然这个相互交织的存在之网中寻找一种相互依存的伦理。

从白人踏上这个“新世界”开始,土地和资源就使土著人沦为殖民者的牺牲品,而他们根植于土地的文化也备受摧残。“现在印第安人拥有的土地是五百年前他们支配的土地面积的2.3%,这是一个不争的事实。”另外,“美国为了推行殖民化还将印第安人从土地上赶走(迁移),通过土地变革碎化居留地(配发),再强迫印第安人接受欧美人的土地使用传统(再配发)”。[⑤] 由此,失去承载着部落和家庭历史的土地、生存环境的巨大改变导致了土著人个人身份认同的危机。

---

① Paula Gunn Allen, *The Sacred Hoop: Recovering the Feminine in American Indian Tradition* [M]. Boston: Beacon, 1986. p.70.

② Donelle N. Dreese, *Ecocriticism: Creating Self and Place in Environmental and American Indian Literature* [M]. New York: Peter Lang Publishing, Inc., 2002. p.7.

③ 约·奈哈特转述:《黑麋鹿如是说——苏族奥格拉拉部落一圣人的生平》[M]. 陶良谋译,上海译文出版社1994年,第1,3页。

④ 参阅雷切尔·卡森的《寂静的春天》,指大自然由于受到杀虫剂等有毒化学物质的破坏,鸟语花香的春天从此消失。

⑤ Michael E. Harkin and David Rich Lewis, eds., *Native Americans and the Environment: Perspectives on the Ecological Indian* [M]. Lincoln: U of Nebraska P, 2006. p.40.

二、印第安文化与西方文明中的环境伦理的差异

在《爱药》一书中，厄德里克通过喀什帕、拉扎雷和露露三个土著家族的故事投射出她所熟知的印第安传统，展现了地域、环境的因素在几个主要人物身上对身份认同所起的重要作用，由此突现出印、白两种文化对自然解读的巨大差异。喀什帕家族中第一代的女主人玛格丽特(印第安名字是拉什斯·贝尔，意为奔跑的熊)坚守在北达科他州的土地上，将两个最小的儿子留在身边。她同意政府把尼科特送进白人的学校读书，却悄悄把伊莱藏在房间下面的地窖里，因此"尼科特从寄宿学校回来，像白人一样能看会写，而伊莱只对林子十分了解"，[①]成为居留地上唯一还会下套捕鹿的土著人，虽到老年仍然头脑敏锐，"是这片土地上最了不起的渔夫"(34)。而尼科特却早已糊涂，"满脑子里都是过去的事，但又记不起来，像鱼鳍一样拍打几下就消失了。就像水的颜色一样"(19)。尽管与伊莱相比，他失去了学习印第安传统生活方式的机会，但放暑假期间和伊莱一起去捕野鹅的经历也教会了他一些印第安文化中人类对待动物所应有的感受：

> 我一个人在林子里，检查陷阱套圈，发现受伤的动物已经痛苦地死去，或者更糟的是，它还没死，我只好帮它脱离痛苦。有时只是一只被我打伤的大鸟。当我别无选择时，喉咙有时会堵得慌。有时，我抚摸正在经受折磨的尸体，把它们当成死去的应该受到尊敬的圣徒。(70)

这像拍打的鱼鳍一样时隐时现的记忆和感受虽然像水一样清淡，却是奥吉布瓦族人世代遵守的道德操守。他们在狩猎和采集食物时都遵循一个理念，就是"在所有人际间的关系和活动中都要保持一种平衡，一种协调的比例"。因此，"猎人们必须总是仔细地、以恰当的方式对待杀死以获取肉或皮毛的动物……残酷地对待动物是一种冒犯，会导致同样的报复……满足最基本的生存需要，或者处于自卫所采取的行为与不必要的残忍行为有道德上的清晰区分"。他们如此强调道德的自律就在于他们始终遵守大自然中"互尽义

① 路易斯·厄德里克：《爱药》[M]. 张廷佺译，南京：译林出版社 2008 年，第 19 页。下文中所有来自小说文本的引文均出自此版本，不再赘述，只在括号中标明页码。

务"的准则,[①]也正是由于土著人的自律才使北美大陆几千年来都保持着生态的和谐。那时的大平原是"野牛和野生物的天堂,是探险家们注意到却无法理解的按照印第安人的管理原则保持的一种良好的生态状况"。[②] 但伴随着北美印第安传统文化的遗丧,和谐的生态圈也随之消亡了。

露露家族中的中心人物露露是由传统的土著代表人物纳娜普什抚养长大的,他对她如父亲般的影响就像他粗糙的衬衫里"木头和干墨汁的味道、捕猎手的麝香味"(72)一般持久而具有吸引力,她由此形成了自己发乎自然、顺其自然的生活方式。她在和以莱曼·拉马丁为代表的企图扭曲印第安文化的功利人物对抗时,表现出了纳娜普什辈的土著人所具有的勇气和精神,坚持自己的信仰。在看到野牛的照片时她想到的是"这些四条腿的,它们以前帮助过我们这些两条腿的",提醒年轻一代记住"以前万事万物都是相互关联的"(309)。尽管由于和不同的男人交往而备受争议,但她从不为自己辩解,只是以坦然、直白的方式对待每一个人,就如她对待大自然一样,"我热爱世界,热爱世界上用雨露滋养的所有生灵。有时,我望着外面的院子,那儿郁郁葱葱,看见黑羽椋鸟的翅膀油亮油亮的,听见风像远处的瀑布一样奔泻翻滚。然后我会张大嘴,竖起耳朵,敞开心扉,让一切都进入我的体内"(277)。人与人、人与物、所有事物之间相互关联、自然平等的理念不仅表现在她教育别人的话语中,也一直是她生活中无形的指导。对土著人来说,"部落就是家庭,不仅仅是血缘上的,还是延伸的家庭、氏族、群落,是与自然界进行礼仪交换的场所,为所有合情理的、强大的创造力表达尊重。部落也使人通过与某一区域实实在在的联系,认识寄居在身体中的这个尘世中的自己"。[③] 人与自然世界原本不可分割,部落群体与家庭都是和整个世界整体合一的,但在"部落"已不复存在的现代社会中,个体与群体、个体与自然的传统联系方式也被切断。露露无法接受现代人对待大自然的方式,"我知道,大自然是人脑无法测量的,所以我没有尝试过,只是让世界进入我体内"(282 页)。尽管并不为人所接受,她仍然用自

---

① A.Irving Hallowel,"Ojibwa Ontology,Behavior,and World View",in *Teaching from the American Earth*: *Indian Religion and Philosophy* [M]. Eds.Dennis Tedlock and Barbara Tedlock,New York:Liveright,1975. p.172.

② Dan Flores,"Wars over Buffalo: Stories versus Stories on the Northern Plains",in *N-ative Americans and the Environment Perspectives on the Ecological Indian* [C]. Eds. Michael E.Harkin and David Rick Lewis.Lincoln: U of Nebraska P,2006. p.156.

③ Kenneth Lincoln, *Native American Renaissance* [M]. Berkeley: University of California Press,1983. p.8.

己的方式表达着人与人、人与自然的关系，寻找着顺应自然的方法。

美国著名哲学教授、《环境伦理学》杂志的创始人和主编尤金·哈格洛夫(Eugene Hargrove)在探讨环境伦理时从历史演变的角度分析了西方文明人对野生动植物保护态度的转变。“原始部落往往会有一些风俗习惯，根据这些风俗习惯，他们祈求被他们杀死用作食物的野生动物的宽恕和谅解。然而，这些风俗和传统在西方文明中没有被保存下来，为娱乐而非为食物杀死野生动物的运动传统在西方文明中反而被发展起来。根据这一传统，猎人没有任何罪恶感地从杀死动物的活动中获得快乐。”[①]即使在19世纪公众对保护野生动物的良好态度已经形成的情况下，“对物种保护的关怀没有伴随着对构成这些物种的个体动物生命保护的平等关怀”，它们只是“遇见的自然客体，不是伟大的自然整体中的元素”。[②] 因此，工具理性仍然占据主导思想，利用价值和“极具美感效果”的捕杀场面才是关注的焦点。即使根据当代自然保护主义者的观点，坚信环境问题在性质上最终是一个哲学问题的著名学者奥尔多·利奥波德(Aldo Leopold)所提出的“动物拥有存在的权利”这样的说法仍然是“斑比综合症”的表现。[③] 从进化史的角度赞赏野生动物成为一种广泛的实践，它们只是“作为独特生命形态的展现者，作为有价值的对手，作为有意义的纪念物，作为健康生态系统的重要元素”[④]扮演着重要的角色。这样的视角显然与土著人在对待动物、对待自然中表现出的朴素的伦理观有着巨大的差距，也就不难解释为什么北美的生态圈会在短短的几百年中持续恶化。

三、地域感知与身份认同

拉扎雷家的女儿琼在母亲去世后是由伊莱“当亲生骨肉养大的”(24)，曾经被称作迷人的“印第安小姐”(9)，嫁给了尼科特的儿子高迪。她也想过“混

---

① 尤金·哈格洛夫:《环境伦理学基础》[M]. 杨通进等译，重庆:重庆出版社 2007 年版，第 138 页。

② 尤金·哈格洛夫:《环境伦理学基础》[M]. 杨通进等译，重庆:重庆出版社 2007 年版，第 147 页。

③ 尤金·哈格洛夫:《环境伦理学基础》[M]. 杨通进等译，重庆:重庆出版社 2007 年版，第 148 页。

④ 尤金·哈格洛夫:《环境伦理学基础》[M]. 杨通进等译，重庆:重庆出版社 2007 年版，第 145 页。

出个名堂”(9),但当她作为一个土著人被别人开玩笑、蛮横无理地对待后,就拂袖而去了,最终沦落为一个靠有钱的单身牛仔过活的女人。她在离家多年后的一个复活节前夕赶回居留地,却冻死在40年从未有过的暴风雪中。她的死成了一个谜,因为在平原上长大的琼应该知道暴风雪的到来,“凝重的空气、乌云的气味会告诉她的。她天生拥有那种动物般的本能”(10)。她死后的保险金为远在双城生活的儿子金换来了崭新的跑车,但在居留地生活的家人并不喜欢代表现代城市生活的跑车,“所有人对这辆车都格外小心”,除了金以外,“谁也没有因为这辆车而自豪”(24),因为炫目的跑车令他们想起了死去的琼。在琼、高迪和金的故事中除了有这部作为现代文明标志的跑车外,最令读者印象深刻的就是酒。琼曾经喝得醉醺醺地去工作,在酒精的迷醉中与各种男人交往;金在酒后痛打妻子,甚至差一点将她溺死;高迪整日沉溺于喝酒,酗酒后驾车在路上撞上了一只鹿。他唯一的想法就是把它卖了换酒喝。但被撞晕后的鹿又站了起来,“它眼睛乌黑,眼神深邃,让人心生同情。它的目光直刺他的内心。它看到了他已经六神无主,它看到了他的骨头嚓嚓作响。它看到了他是怎样为自己编织荆棘之冠的。它看到了他戴着荆棘之冠,虽然他不配。它看到了他的内心深处,他却看不透它”(223)。高迪用撬棍将它打死后,却突然发现“刚才杀死了琼”(224)。“他几乎要崩溃了,他绝望了。他慢慢失去控制力,就像风化的地面在塌陷。血在耳朵里发出巨大的声响。他不知道会掉入哪儿,但他知道,他身在茫茫无边的恐怖地带,那儿一切都是陌生的。”(224)

酗酒、刻板、非理性的土著人形象在美国文学中并不少见,但厄德里克笔下的这三个人物却发人深省。琼死在返回居留地的路上,金每次回居留地“都发疯了似的”(43),高迪在家中唯一做的事就是整日喝酒。被传统居留地生活和现代城市生活撕扯着的土著人成了酒的牺牲品。北美土著向世界贡献了玉米等农作物,烟草最初是印第安传统仪式中的物品,烟雾是与神灵通达信息的渠道,用量也是在有限的范围之内。但由西方人带来的酒并非自然的产物,就如同他们带来的天花等病毒一样,成为他们灵魂的毒药,将熟悉的家园变成了那陌生的、茫茫无边的恐怖地带。琼丧失了她天生的动物般的本能,高迪也只能“像个落水鬼似的在旷野上号啕大哭”(231)。

居留地与城市的差异不仅仅是地域景观的差异,也不仅仅是“猎鹿”与“跑车”这样生活方式的差异,它更是一种文化上的差异。与家园的疏离导致生活方式的改变,更导致了身份的迷失和灵魂的麻醉与枯竭。二战后的欧美作家(尤其是美国作家)更热衷于描写一种以人的异化、疏离为特征的病态的社会炎凉,并且大多对其改善持否定的态度(以索尔·贝娄、约瑟夫·海勒、约翰·

厄普代克等为例)。与此相反,美国土著作家却大多以这种病态为起点,力图寻求一种复原的途径,在迷失中重新找回自我。同时,与"欧美文学传统中的现代主义和现实主义都将社会认同视作真正的讨论对象"不同的是,20 世纪下半叶以来的美国土著作家更相信"文化身份,以及个体认同并非来自阶级斗争,而是来自土地"。[①] 他们相信,大地与文化、个人身份以及由此产生的林林总总相比具有毋庸置疑的优先性,它本身拥有持续的生命力,并不断激发人类的想象力,而不是受制于人类。任何意识形态或企图征服自然的途径都无法令人类真正认识到自己的本性,只有"与大地共存,才能拥有生活,被生活眷顾,从而达到个体和文化的幸存"。[②]

大自然在厄德里克的笔下和土著人眼中是宽容而有生机的,野外的北极光代表着他们的希望:

> 夜空如幽灵一般。淡绿色的点点光亮闪烁着,渐渐消失。充满生机的亮光。亮光慢慢上升,越来越高,越来越高,然后消失在黑夜中。有时,天空布满了光点,光线聚集、坠落、闪烁、消失,就像呼吸一样有节奏。整个天空好似一个神经系统,我们的思想和记忆则在其中穿梭。天空好似我们的一个巨大的存储器。或者说是个舞池,世上所有游荡着的灵魂都在那儿翩翩起舞。(38)

对大自然的敬仰,世间万物都是相互关联的有机统一体的整体观是他们一直坚守的信仰,也成为他们追寻身份认同的指南。因此,地域景观已经不仅仅是故事发生的场所,它指引着故事中的人物在自己的文化系统中重获身份认同。

作为印第安文化的代言人和文化使节,遵循印第安传统和价值取向、重构文化身份成为当代土著作家共同的使命。对地域与个人联系的关注是当代美国土著作家的文学创作中一个明显的共同点,[③]这一方面是由于他们对大地万物的亲缘关系的信仰,另一方面则是对北美土著几百年来的惨痛经历的控

---

① Robert M.Nelson, *Place and Vision: The Function of Landscape in Native American Fiction* [M]. New York: Peter Lang Publishing, Inc., 1993. p.7.

② Robert M.Nelson, *Place and Vision: The Function of Landscape in Native American Fiction* [M]. New York: Peter Lang Publishing, Inc., 1993. p.8.

③ 这样的关注还体现在斯科特·莫马迪的《通往雨山之路》、莱斯莉·西尔科的《仪式》和詹姆斯·威尔奇的《浴血隆冬》等作品中。

诉。同时,在印第安文化中,言说就是现实,因为它具有展现精神和显灵的神奇力量,因此,语言不仅仅是现实的再现,语言更能创造实在,它能将人与外在环境连为一体。这既体现在土著人对仪式的尊崇和对夜吟歌谣、讲故事的热爱,也成为他们用口述形式抵制历史叙述的权威性,自己记录历史的方式之一。尽管白人曾肆无忌惮地“翻译”“篡改”他们的历史和文化,一度令土著人在历史的叙事中消声,但厄德里克作品中的纳娜普什、露露等人再现了与文本性、按单向时间线性的方式记录的历史完全不同的口述的、按自然循环的方式呈现的另一种历史,成为对传统历史的修正。在这一过程中,土著人的宇宙观、人生观对复原和身份认同起到了非常重要的作用。因此,厄德里克认为仅仅依靠小说也许并不能改变总体恶化的趋势,但是“却能影响个人,鞭策我们对待地球就要像对待庇护过我们的母亲和父亲一样,要依从地球。因为我们脱离母体后就和地球建立了同样依靠的关系,完全靠着它的循环和环境,没有它保护的怀抱,人类是完全无助的”。人与自然的和谐、平衡的完美境界正是土著人战胜苦难、乐观面对生活、完成身份认同的精神支柱。

(原发表于《国外文学》2010 年第 2 期)

天、地、神、人的四元合一

——论《仪式》中的生态整体观

秦苏珏*

（四川师范大学外国语学院）

摘　要：海德格尔天、地、神、人四元合一的哲学思辨是当代深层生态学的思想基础，生态整体观将代表自然的"天地"、代表精神信仰的"神"和栖居在这个世界上的"终有一死的人"紧密联系起来，指导失去自然家园和精神家园的无家可归者与自然万物和谐相处。莱斯利·西尔科在《仪式》中分析了20世纪后半叶美国社会生活中土著人的艰辛和持续的生命力，而更大的目的则是通过塔尤的故事发掘出"老兵复员与重归族群"背后所蕴含的印第安文化的生发力，而这种生发力就来源于印第安民族一直拥有的传统生态整体思想。

关键词：生态整体观；四元合一；《仪式》

美国土著传统文学源远流长，虽然从18世纪下半叶起就有土著人从事创作活动，但直至20世纪30年代，才出现了第一代真正意义上从本民族的文化视角用英语进行创作的土著作家。从60年代末开始，随着美国国内民权运动的深刻影响和人们对印第安文化的关注，斯科特·莫马迪（Scott Momaday）的《黎明之屋》（*House Made of Dawn*，1968）和詹姆斯·韦尔奇（James Welch）的《浴血隆冬》（*Winter in the Blood*，1974）等作品引起了读者的极大关注。以莫马迪荣获普利策文学奖为起点，美国文学史上出现了被著名学者肯尼思·林肯（Kenneth Lincoln）称作"美国土著文学复兴"（Native American Renaissance）的新阶段。在土著作家的文学创作中，读者明显感知到了印第安民族的宗教观和灵学思想与基督教等西方传统宗教理念的不同、土著人的群体意识与白人的个人主义的差异等。在所有当代美国土著作家的作品中，"莱斯利·马蒙·西尔科（Leslie Marmon Silko）的《仪式》（*Ceremony*，1977）

* 作者简介：秦苏珏，文学博士，四川师范大学教授。

在评论界获得最多赞扬”,[①]迄今已被译作日文、德文等在多国出版,出售逾 50 万册。《美国印第安文学研究》的前主编罗伯特·纳尔逊(Robert Nelson)认为:

> 莱斯利·西尔科可能是最广为人知,当前被最频繁地收录进文学选集的美国印第安作家。她的《仪式》与其他当代美国杰出小说一样,被广泛阅读。正如她的其他作品一样,在《仪式》一书中,大地和她成长的拉古纳普韦布洛地区口述和记录的讲故事的表现方式造就了她创造性的虚构……而她创造性的虚构一再颂扬故事与地域的改造能力及其对生命的复原。[②]

处于文化夹缝中,陷于战后绝望、疏离的现实生活中的主人公塔尤正是在回归居留地,重访帕瓦蒂村、泰勒峰、阿拉莫清泉和沙丘、台地的过程中再次理解了人类与自然的亲缘关系,从而完成了复原的仪式。

一、四元合一的哲学思辨与印第安传统生态整体思想的观照

对人类与大地及其所包含的万物的亲缘关系这一理念的描述中,著名土著学者、作家葆拉·冈恩·艾伦(Paula Gunn Allen)做了很好的总结:

> 我们就是大地。据我的理解,这是渗透在美国印第安生活中最基本的理念。大地(母亲)和人类(母亲们)是相同的……土地是人类的源头和根本,我们都是土地上平等的生命。大地并不是一个与我们分离、任我们演绎孤独的命运悲喜剧的确切地点……远离她养育的其他生物,没有灵魂,土地就不是令我们幸存于世的唯一源泉。她也不能被认作毫无活力,任由我们按照自己的思想意识、根据社会和个人层面对自己的理解而抽

① Allan Chavkin,“Introduction”,in *Leslie Marmon Silko's Ceremony: A Casebook*[M]. New York: Oxford University Press,2002. p.3.

② Robert M.Nelson,“Leslie Marmon Silko:Storyteller”,in *The Cambridge Companion to Native American Literature* [C]. Eds. Joy Porter and Kenneth M. Roemer. New York: Cambridge University Press,2005. p.245.

> 取资源。我们决不能认为土地是一个没有生命的他者,由于完全的自我意识而漠视她的存在。因此,对于美国印第安人来说,土地就是存在,所有的生物都是存在:有意识、明显可知、充满智慧、充满活力。①

这里,自然界中的一切存在都被赋予了与人类同等的地位,是人类存在的前提,并成为预防人类盲目自大的警示物。这产生于土著人游牧、农耕文化的理念在流传千百年的传说中被一再重复,反复强调。

这样的理念与古希腊哲学家赫拉克利特的"万物是一"的思想形成了观照。但随着希腊和罗马文明的衰落、基督教的盛行,大自然在西方伦理学中就没有得到公平对待:

> 越来越多的人相信,大自然(包括动物)没有任何权利,非人类存在物的存在是为了服务于人类,并不存在宽广的伦理共同体。因此,人与大自然之间的恰当关系是便利和实用。这里勿需任何负疚意识,因为大自然的唯一价值是工具性和功利性。②

在工具理性思想的支配下、在人与自然二元对立关系的演进中,在所谓文明、现代的进程中人类最终走向了生态系统濒临崩溃的危急关头,至此,相互依存的观念成为人们思考的重点。奥尔多·利奥波德(Aldo Leopold)希望人类要学会"像一座山那样思考":"大地是有生命的……它的土壤、高山、河流、森林、气候、植物以及动物的不可分割性"使地球成为一个"拥有某种类型、某种程度的生命的有机体。"③由此,把生态系统视为一个统一的整体,将整体利益作为最高价值以保持其完整、和谐、平衡和持续发展成为与人类中心主义对抗的新趋势,是工业文明的飞速发展而导致的人类与土地疏离后必然的结果。"在很大程度上,这种强调整体性和万物有灵的看法,是由人与自然之间不断增强的隔绝感激发出来的,是西方国家工业化进程所产生的极其猛烈和痛苦的副作用的结果。"④由此所造成的理念和态度的转变既是面对现实状况的必

---

① Paula Gunn Allen ed., *Studies in American Indian Literature: Critical Essays and Course Designs* [M]. New York: MLA, 1983. p.128.

② R.F.纳什:《大自然的权利》[M]. 杨通进译,青岛:青岛出版社,1996 年,第 17 页。

③ R.F.纳什:《大自然的权利》[M]. 杨通进译,青岛:青岛出版社,1996 年,第 80 页。

④ Louis Owens, *Other Destinies: Understanding the American Indian Novel* [M]. Norman: U of Oklahoma P, 1992. p.29.

须,也是现代哲学思辨的成果。

海德格尔在他哲学思想的后期放弃了建立一般存在论的构想,更多地关注人的生存情况、人类命运与未来,通过开展技术批判,试图为无家可归者寻求精神家园。他绘制出了一幅天、地、神、人四元和谐的美学图景,将生存世界(人与生存环境全部联系的总和)的结构概括为天、地、神、人的四元合一(das Geviert,也被译作四重整体或四方关联体)。无家可归的现代人"居住于天空下,居住于大地上,居住于神圣者前"。[①] 海德格尔认为"终有一死的人通过栖居而在四重整体中存在",并被保护。人栖居着,"因为他们拯救大地……拯救大地远非利用大地,甚或耗尽大地。对大地的拯救并不是要控制大地,也不是要征服大地",而是使其摆脱危机,还其本质。人栖居着,"因为他们接受天空之为天空。他们一任日月运行,群星游移,一任四季的幸与不幸"。[②] 同时,人也向诸神表达希望,期待暗示。海德格尔指出,"诸神是暗示着的神性使者",其神性是隐而不显的,但与其他三方同在。[③] 在对四元合一的神性之维的探讨中,赵敦华认为"'神'是神秘之域",[④]王诺则清晰地将其分析为"自然规律,是自然之大道,是运行于世界整体内的自然精神……就是运行于包括人在内的整个世界中的、决定和制约着整个生态系统的真理和规律"。[⑤] 海德格尔天、地、神、人四元合一的哲学思辨成为当代深层生态学的思想基础,生态整体观将不可分割的代表自然的"天地"、代表精神信仰的"神"和栖居在这个世界上的"终有一死的人"紧密联系起来,指导失去自然家园和精神家园的无家可归者与自然万物和谐相处,以整体观取代人类中心主义,只有这样人类才能真正拥有家园,并能回归家园。

作为现代文明的重要表征,现代科技成为人类征服自然的手段,在带给人类物质享受的同时,也让人类陷入了生态崩溃的险境。海德格尔在批评人对自然的统治的同时,也期待着通过"诗",通过艺术美学从根源上影响导致生态危机的二元对立思维方式,进行技术批判,"把诗和艺术视为存在之真理的澄明,把人的生存理解为诗意地栖居,即对天地神人共同构成的完整生存世界的

---

① 张贤根:《海德格尔美学思想论纲》[J].《武汉大学学报(人文科学版)》2001 年第 4 期,第 417-418 页。

② 马丁·海德格尔:《演讲与论文集》[Z].孙周兴译,三联书店 2005 年,第 158 页。

③ 马丁·海德格尔:《演讲与论文集》[Z].孙周兴译,三联书店 2005 年,第 186 页。

④ 赵敦华:《现代西方哲学新编》[M]. 北京:北京大学出版社,2001 年,第 113 页。

⑤ 王诺:《欧美生态批评:生态学研究概论》[M]. 上海:学林出版社,2008 年,第 89-90 页。

看护”。[①] 诗人所进行的创作就是要在空洞、危机四伏的流浪中“通过生命体验寻觅最合适的意象、词语，让对常人来说隐蔽陌生的本源通过熟悉的生活形象发出声音，或者说让在世俗生活中已经疏离本源而黯淡的事物、语言通过接近存在之本源而重新散发出光彩”。[②] 这个存在之本源就是大地，如果没有意象、语言等建立一个有意义的世界，大地就无法被人所理解，而文学家则具有主动进入意义世界，向世人昭示本源并向其靠拢的可能性和责任。

海德格尔在对诗人荷尔德林的诗歌阐释中和对艺术语言的美学研究中勾画出了四元合一的美好蓝图，当代美国土著作家则是在古朴的生态智慧的引导下讲述了一个个无家可归者从疏离绝望中重回家园的生动故事。他们在归家(Homing-in)之途的描写中提供了一种西方文化所缺乏的全新的观察视角，“那是一种整体性的、生态的角度，将总体的生存视为核心价值，将人类置于与所有因素等同的位置，而不是高高在上，并赋予人类关照我们居住的世界的重要责任”。[③] 这样的世界观并非像生态批评理论一样是来自环境恶化后的反思，而是土著人在世代相传的故事中一再表达的主题。在讲述的所有故事中，土著人所表达出的“最令人信服的主题就是大地的神圣庄严”。作为所有生灵的母亲，大地不仅富有活力并庄严神圣，“她还与那些要听、要看的人们交谈”，向人类传达自然之道，与万物和谐相处的生存之道。这样的世界观不仅在从美国西南部到东北部的土著部落中被广泛接受，也在以西尔科为代表的“当代美国土著作家的创作中被强烈地表达了出来”。[④] 当他们在与天、地、神的和谐共处中受到庇护、感受神圣时，从西方哲学观点看来，却容易将之理解为神秘主义的表现，“一种主客统一的感受”，“感觉自己以某种方式和神、存在、一切事物‘融为一体’”。[⑤] 如果根据表象而用西方哲学的定义将土著人的生态整体观打上神秘主义的标签的话，显然是一种极大的误解。首先，他们的意识和表达中从未有过主客体的二元对立关系，一再强调的都是多元平等的相处之道；其次，西方哲学解释人类追寻这种万物一体的神秘感受是因为“人

① 王茜：《生态文化的审美之维》[M]. 上海：上海人民出版社，2007 年，第 161 页。

② 王茜：《生态文化的审美之维》[M]. 上海：上海人民出版社，2007 年，第 173 页。

③ Louis Owens, *Other Destinies: Understanding the AmericanIndian Novel* [M]. Norman: U of Oklahoma P, 1992. p.29.

④ Richard F.Fleck, “Introduction”, in *Critical Perspectives on Native American Fiction* [C]. Ed. Richard Fleck. Pueblo: Passeggiata Press, 1997. p.4.

⑤ 恩斯坦·图根德哈特：《自我中心性与神秘主义：一项人类学研究》[M]. 郑辟瑞译，上海：上海译文出版社，2007 年，第 1 页。

需要灵魂的安宁”，[①]而显然土著人更看重的是共同的受益，强调由于人类的行为给现实世界造成怎样的后果，四方中的任何一方都会相互影响，而不仅仅是人类的独存或安宁。

土著作家一直坚信传统文化的持久生发力，在当下的语境中也通过文学的想象进行着不懈的传承和强化，西尔科无疑是其中最为典型的代表之一。作为一位拉古纳(Laguna)、普韦布洛(Pueblo)和白人混血的女作家，西尔科成长于印第安文化氛围浓郁的新墨西哥州，从小就表现出对印第安故事和传说的浓厚兴趣。她的父亲仍然记得童年的“西尔科一直是一个好听众，总是在大人身边听他们聊天……她似乎记住了每个人讲给她听的故事”。[②] 将印第安文化中典型的口述传统与欧洲叙事形式相结合成为《仪式》一个突出的特点，也是文学评论家和读者广泛讨论的一个话题。但在文学艺术形式的讨论之下，还有一个更深层次的话题却被忽视了，那就是口述传统所蕴含的文化意韵。“普韦布洛人将世界想象为一个不间断的故事”，在创世故事的反复讲述中，“普韦布洛故事讲述者变成了来自大地的声音，故事本身以及他们的呼吸、话语就取决于所来自的大地”。同时，因为生存本身就是不断发展的故事，故事也就“承载着人们对自己的理解，期待着每个人在故事的重述中增添新的内容”。[③] 在讲故事这样的表达形式中蕴含的是土著人的世界观和人生观，是他们对生命和死亡、对宇宙万物以及人类与万物的关系的理解。

美国荣获普利策文学奖的著名诗人詹姆斯·赖特(James Wright)在因癌症去世前曾与西尔科保持了长达两年的书信往来。在谈及《仪式》时，赖特非常赞赏西尔科的描述能力，“《仪式》读来令人感受到你的一大长处就是难以形容的描述能力，可以这么说——你对地域景观的处理绝不仅仅拘泥于细节，而似乎是灵魂的召唤(我无法想出更好的词来表达)总之，我读来的效果几乎是倾听景观自己在讲述这个故事”。[④] 在回信中，西尔科坦诚地告知她在阿拉斯加创作《仪式》时正深陷远离拉古纳的沮丧之中，只有通过写作来为自己重造

---

① 恩斯坦·图根德哈特：《自我中心性与神秘主义：一项人类学研究》[M]. 郑辟瑞译，上海：上海译文出版社，2007 年，第 1 页。

② Frederick Turner, *Spirit of Place: The Making of an American Literary Landscape* [M]. Washington D.C.: Island Press, 1989. p.327.

③ Frederick Turner, *Spirit of Place: The Making of an American Literary Landscape* [M]. Washington D.C.: Island Press, 1989. p.329.

④ Anne Wright ed., *The Delicacy and Strength of Lace: Letters Between Leslie Marmon Silkon and James Wright* [C]. Saint Paul: Graywolf Press, 1986. p.26.

拉古纳，因为作为作家，她相信写作就如传统的沙绘一样，“沙绘中那些小小的几何图形代表着山脉、星球、彩虹——在一个个彩绘中所有创世中的事物都由细沙勾勒了出来”，[①]而作家也通过写作为自己重造了那熟悉的世界。“当你说似乎是大地在书中讲述故事时，你点出了大地一个非常重要的方面以及普韦布洛人与大地的联系。这是很准确的，但却难以传达这样的相互关系。”[②]西方以物质化为导向的思维方式使白人难以理解土著人对土地的情感和认知。例如，当美国政府为制造原子弹将许多土著人视为圣地的地方大肆破坏后，土著人并没有放弃这些地方，仍然坚持生活在这些地域，因为在普韦布洛人看来，“人们对这些地方（虽然已被破坏）的强烈感情、爱护和关心，那些情感，以及那些情感、记忆、信仰的重要性已经远远超出那些具体的场所了”。[③]《仪式》的主人公塔尤的回归之路就证明了这种重要性。

二、生态整体观与复原仪式

《仪式》中的塔尤是一个出生于保留地但不知父亲是谁的混血儿，长年酗酒的母亲在他四岁时去世，从此他由祖母、舅舅和姨妈抚养，在以舅舅为代表的印第安文化和姨妈为代表的基督教文化的夹缝中长大。他自小和舅舅一起骑马放牧牛羊，舅舅给予了他父亲般的关爱，也教会他如何像一个真正的土著人一样了解这片土地。他会指着峡谷和谷中的山泉告诉他世界上有比金钱更重要的东西，那就是周围这看似平凡的土地，“看，我们就来自这里。这沙、这石、这些树、藤，这些所有的野花，是土地让我们生存下来”。[④] 而当面临连续几年的干旱、生计难以维系时，他决定购买饲养更适合这片土地的墨西哥斑点牛，并告诫塔尤：“你听见人们在抱怨这些年的干旱，抱怨沙尘、大风和如此的干旱，但沙尘和大风也是生活的一部分，就如同太阳和天空一样。你不要咒骂

---

① Anne Wright ed., *The Delicacy and Strength of Lace: Letters Between Leslie Marmon Silkon and James Wright* [C]. Saint Paul: Graywolf Press, 1986. p.28.

② Anne Wright ed., *The Delicacy and Strength of Lace: Letters Between Leslie Marmon Silkon and James Wright* [C]. Saint Paul: Graywolf Press, 1986. p.27.

③ Anne Wright ed., *The Delicacy and Strength of Lace: Letters Between Leslie Marmon Silkon and James Wright* [C]. Saint Paul: Graywolf Press, 1986. p.26.

④ Leslie Marmon Silko, *Ceremony* [M]. New York: Penguin Books, 1977. p.45.（下文中所有来自小说文本的引文均出自此版本，不再赘述，只在括号中标明页码。）

它们,知道吗是人,要骂就骂人吧！老人们常说,当人忘记了,当人犯错了就会出现干旱。”(46)与舅舅不同,皈依基督教的姨妈按白人的方式培养儿子罗基,他是学校的全优学生、橄榄球明星和田径明星,他长大后会远离居留地,成为一个“不仅了解外面的世界并且能融入其中的人”(76)。她因为对妹妹的放荡行为极为恼怒而迁怒于塔尤,刻意向塔尤明示他的出身给家族带来了耻辱,并在罗基与塔尤之间划分出一道清晰的分界线。塔尤在罗基主动入伍参加二战时被迫跟随他去菲律宾的战场,期望能保护自己的兄弟,但在罗基死于日本人的枪口下后不堪幸存者的负罪感,又在舅舅逝去的悲痛绝望中失去自我,整日哀嚎,成为一缕“隐形的白烟”(14),迷失在现实的世界里。

西尔科在不断的直线式和闪回式的交错叙述中勾画出了一幅拉古纳居留地的荒漠图,连续六年的干旱使圈养的“山羊和羊羔不得不每天到越来越远的地方找一些杂草和枯干的灌木充饥”(14),每天不间断的大风刮起漫天红尘,“沿着地面卷起红色的沙浪,随着干旱的红色沙洲翻滚向前”(19)。二战归来的老兵们失去了耀眼的英雄光环,成为游离于族群之外的不合时宜的人(misfits),在残酷杀戮的人性浩劫后以酒迷醉,驾驶着破烂的皮卡车整日在居留地边缘的一个个酒吧中耗尽自己的军残补贴,展现了与自然景观并置的人际间的疏离和冷漠。西尔科以此分析在20世纪后半叶的社会生活中“美国土著人的艰辛和持续的生命力”,而更大的目的则是通过塔尤的故事发掘出“老兵复员与重归族群”背后所蕴含的印第安文化的生发力,而这种生发力就来源于印第安民族一直拥有的生态整体观,即与天、地、神、人四元合一的理念相一致的精神信仰。

西尔科继承了印第安文化中“讲故事”的传统表达。她也曾专门解释这一术语对土著人的特有含义:“当我用‘讲故事’这一术语时,我所说的已远远超出了这个表达本身。我讲述的是来自生活的经历和对‘创世’的原初的理解——我们都是一个整体的一部分,我们并不会区别对待或分裂故事与经历。”[①]在《仪式》开篇的印第安创世传说中,端坐在房中的思想女(Thought-Woman)“想什么就出现了什么”(1),在最初,是思想女这位创世的母亲(Mother Creator)想出了所有的事物,她想出的所有“植物、鸟、鱼、云,甚至泥土——它们都与我们相连。老人们相信,所有的事物,甚至岩石和流水都有灵魂和生命,他们认为所有的事物都只愿保持不变……只要我们不打搅它们,所

① Leslie Marmon Silko, *Yellow Woman and a Beauty of the Spirit: Essays on Native American Life Today* [M]. New York: Simon and Schuster Paperbacks, 1996. p.50.

有创造出的事物就保持着相互的和谐状态”。在创世之初,“宇宙间没有绝对的好或坏,只有平衡与和谐的消长”。[①] 人类的生存或灭亡也不仅仅取决于人,而依靠“一切有抑或没有生命的事物间的和谐与合作”,[②]体现了拉古纳人的宇宙观中最核心的理念:“除非万物幸存,否则无人能独存。”[③]那么,塔尤的复原与幸存就不仅仅是他个人的仪式,而是他融入所处世界中的自然万物后一个精神和身体的双重洗礼。

从战场上归来的塔尤如一缕轻烟般失魂落魄地游荡在居留地,他试图通过寻访与舅舅旧日生活过的地方来重拾记忆,再次找到生活的意义。尽管人去物非,但坐在曾与舅舅和罗基常去的酒吧台阶上时,荒弃的酒吧前的三角叶杨树依然带给他熟悉的感觉,“在一个蟋蟀、大风和三角叶杨树的世界里他似乎又活过来了”。手上把玩着墙上掉下来的灰泥让他感到镇静,“像仪式上的舞者一样在手背上画出道道白线”(104)令他感悟到其意义在于泥土“让他们与大地连在了一起”,也让他突然“意识到这个地方才是他曾经的所在”(104),而不是一直盘绕在脑海中的大雨滂沱的东南亚雨林那死亡之地。随后祖母请来为他治疗的药师老贝托尼告诉他土著人世代居住的地域对他们的重要性,他们坚守在这里是因为他们“了解这里的山岭,在这里感到舒服”,而这种“舒服”不是因为大房子、丰富的食物或干净的街道,而是一种“置身于大地的舒服和与山岭一体的平静”(117)。当塔尤祈求他治愈自己的痛苦时,老药师告诫他不能只苦苦地等待帮助,“人们必须要行动起来,你必须要行动起来”(125)。与白人医生让他只考虑自己,不要顾及他人才能治愈心理问题不同,老药师让他意识到“他只是更大的问题的一部分,他的痊愈只有依靠一个更大的、包含一切的事物才能实现”(125-126),因为世界是与“我们”一起运行的,而不仅仅是“我”。在印第安的古老预言故事中早就提醒了土著人,伴随白人而来的欧洲文化对世界的摧残:

> 于是他们(指白人)就远离了大地,
> 于是他们就远离了太阳,

---

① Leslie Marmon Silko, *Yellow Woman and a Beauty of the Spirit: Essays on Native American Life Today* [M]. New York: Simon and Schuster Paperbacks, 1996. p.64.

② Leslie Marmon Silko, *Yellow Woman and a Beauty of the Spirit: Essays on Native American Life Today* [M]. New York: Simon and Schuster Paperbacks, 1996. p.29.

③ Leslie Marmon Silko, *Yellow Woman and a Beauty of the Spirit: Essays on Native American Life Today* [M]. New York: Simon and Schuster Paperbacks, 1996. p.130.

于是他们就远离了植物和动物。
他们看不见生命，
当他们四处张望，
他们只看到物体而已。
这个世界对于他们来说已死去，
树木和河流不再存活，
高山和巨石不再存活，
鹿和熊也只是物体，
他们看不见生命……
他们会为自己的发现而恐惧，
他们会为人而恐惧，
他们会杀死他们恐惧的一切。
(135-136)

与天地万物的疏离导致了人类对自然、生命的漠视，也导致了人类自己的毁灭。因此老药师告诫塔尤要行动起来，要恢复与自然万物的联系，这已经不仅仅是塔尤个体的复原仪式，而是以他为代表的土著人和整个现代社会中陷于疏离绝望、面临生存困境的所有人的仪式。

塔尤在老药师贝托尼的复原仪式的沙绘中再次感到了强壮，在代表快乐的四色彩虹沙绘的指引下重新找到了生活的目标，那就是找到舅舅留下的斑点牛，像熟悉这片土地的斑点牛一样继续作为真正的土著人顽强地生活在属于自己的土地上。当他心怀目标站在高岗上时，“一切界限都消失了，在这一晚，脚下的世界和沙绘中的世界合二为一了，四周的群山全都合在了一起”(145)。此时，沙绘仪式与真正的世界已没有了界限，也只有在此刻，仪式真正成为他行动的一部分，开始发挥复原的功效。但就如老药师所说，这只是开始。塔尤带着久已消失的对世间草木、昆虫、河流、岩石的热爱，追随沙绘的启示、在代表自然母亲的两位女性和天上群星的指引下踏上了属于他自己的复原之路。在追踪斑点牛的路途上，他路过了那些白人的牧场，回想起白人伐木工肆无忌惮地砍伐森林，劫杀鹿、熊和美洲狮，“那时起拉古纳人知道大地被掠夺了，因为他们无法阻止白人猎杀动物、破坏土地，也是从那时起，拉古纳和阿科玛的圣人们警告人们世界的平衡已被打破了，人们会面临干旱和更困苦的日子”(186)。当他最终在白人的牧场上找到被困的斑点牛时，他悄悄剪开篱笆，希望为斑点牛打开一个缺口，让他们跟随自己回到自己的土地上。躲避白人牧场篱笆检修工人的塔尤全身匍匐在树荫下,“将脸埋在松针中的他嗅到了大树的气息,从来自潮湿泥土深处的根部到月光中摇曳的蓝色的树枝顶端,这味道将他薄薄地包裹了一层,吸走了他的骨肉,他的身体变成了一个虚幻体……就像树下的一片阴影”(195)。这时,他看到了一头美洲狮优雅地走来,与他对视,随后又如一股黄色的烟雾消失在树林中。深刻体会到与大地融为一体的塔尤在古老传说中作为助手的美洲狮的辅助下最终走向了复原仪式的尾声,那就是以一种博大的、超越物种和种族的爱来克服世间的一切邪恶。他学会了克制自己的仇恨,在面对欲置自己于死地的艾莫时认识到这些世间的丑恶是传说中的“毁灭者”(Destroyer)“蒙蔽白人、愚弄印第安人”(204)的伎俩;目睹母牛与小牛的亲情令他看到了舅舅乔西亚的面容,“他能看到血与肉的故事正在展开”(226)。最终,塔尤在对自然天地和人类世界的重新认识中,在秋分这一天迎来了日出的一刻,“一切都是如此美丽,四面八方的所有一切,均衡地、完美地平分白天与夜晚、夏天与冬天。山谷包容了这万物化作的一体,就如思想在一刻间包含了所有的想法”(237),塔尤也最终在这万物一体的时刻完成了复原的仪式。他四处采集草籽,在沙丘上细心播种,因为“植物会像故事一样在那儿生长,像星星一样坚韧、明亮”(254);就如云会永远在天空一样,“我们来自这片土地,我们是属于她的”(255);就如枯黄的三角叶杨树“一直是被爱护的”(255)一样,世间万物都应该相互关爱而共同幸存。

著名土著学者小瓦因·德洛里亚(Vine Deloria Jr.)非常有影响的著作《红色的神:一种土著宗教观》在出版30周年后再次推出新版本,西尔科受邀为其写作前言时指出,基督教中的上帝在现代社会中已经如此脆弱,“上帝已死”的呼声四起,但在美洲大陆的土地上,“上帝——大地母亲之神——美洲土著社会的宗教却鲜活而欣欣向荣”。[①] 这种活力是由于部落信仰就是要确定部落中的人与其他生物的恰当关系:

> 在部落群体中开展自律,以使人们能与其他生物和谐相处,认识到人所经历的世界是由存在的力量控制着,是生命力的展现,是天地万物的整个生命之流。在认识到人类在天地万物中具有重要地位的同时,还要知

① Leslie Marmon Silko,“Foreword”,in Vine Deloria Jr.,*God Is Red*: *A Native View of Religion* [M]. Golden:Fulcrum Publishing,2003. p.viii.

道人类为了自己的生存需要和天地万物中的所有一切相互依靠。①

部落信仰中这种一直对天、地、神、人融为一体的强大力量的推崇与生态整体观不谋而合，也是挽救脆弱不堪的生态系统的唯一办法。作为印第安文化的代言人，土著作家在自身的生活经历中不断被这样的教导所指引，获得一种内化了的感性认同。同时，他们更能理性地反思印、白文化的差异所造成的现实后果，并能更深切地体会和表达出自己和族群所面临的困境，以直接经验证明印第安文化所宣扬的生态整体观的历史渊源及其长久的号召力和影响力。在她所有的文学创作中，小说《仪式》应该是受众最多、对于整体性共存阐释最清晰、最精彩的代表。她一再强调的整体性关联并共存的理念不仅是处于精神困境中的土著人的心灵指南，对于人类改善全球普遍的生存困境也具有一定的指导意义。

（原发表于《国外文学》2013年第3期）

① Vine Deloria Jr., *God Is Red*: *A Native View of Religion* [M]. Golden: Fulcrum Publishing, 2003. p.87.

化解生态伦理与环境正义冲突

——霍根《灵力》对环境伦理的想象

方　红*

（南京大学外国语学院　南京大学人文社会科学高级研究院）

摘　要：本文以环境伦理、生态伦理、环境正义为核心概念探讨霍根小说《灵力》的环境伦理观，提出霍根以奥米西托见证爱玛猎豹与被审事件展现生态伦理、环境正义的冲突与视角盲点，并以奥米西托成长为爱玛的精神传人寓意以关爱为基础的环境伦理是解决生态伦理与环境正义冲突的未来，表达了兼顾濒危物种与濒危人群的弱势人类中心主义的环境伦理观。

关键词：霍根；《灵力》；环境伦理；生态伦理；环境正义

保护濒危物种与保护濒危人群孰重孰轻？濒临消亡的原住民猎杀珍稀物种是否能够免责？美国当代作家琳达·霍根（Linda Hogan，1947—）在小说《灵力》（*Power*，1998）中通过印第安少女奥米西托见证濒临消失的泰迦部落成员爱玛猎杀珍稀美洲豹、受到白人法庭与部落长老的双重审判，表现抵御物种灭绝、抵御种族灭绝的双重主题，体现了兼顾濒危物种与弱势人群、兼顾生态伦理与环境正义的"弱势人类中心主义立场"的环境伦理观。此处提及的生态伦理即布伊尔所说的"非人类中心的伦理观"（Buell，*Writing*：224），包括人们熟知的动物权利论、生命中心主义与生态中心主义。环境正义是注重从种族、阶级、性别角度分析环境问题的"环境正义生态批评"的简称（Reed 145，Adamson 3）。生态伦理与环境正义各有侧重，前者注重保护野生动植物与濒危物种的生存权利，后者更多关注环境污染、荒野消失对弱势人群的生存影响；前者侧重人与自然的关系，后者侧重人类社会在环境资源、生存权利方面的公正性。尽管生态伦理与环境正义各有侧重，鉴于两者皆采用权利话语方式、重视保护生存权利，美国生态批评家劳伦斯·布伊尔（Laurence Buell）提出兼顾濒危物

* 作者简介：方红，香港大学文学博士，南京大学外国语学院教授，主要从事美国文学与文化研究。

种与弱势人群的"弱势人类中心主义"的环境伦理观(Future 134);美国环境伦理学家彼德·温茨(Peter S.Wenz)也将非人类中心的伦理观与环境正义置于其提出的"环境协同论"(environmental synergism,457)。相比理想化的生态伦理,弱势人类中心主义环境伦理观更具务实性与现实操作性。

本文从"豹女杀豹:生态伦理与环境正义的冲突""见证审判:发现生态伦理与环境正义的盲点""关爱与关照:霍根对环境伦理的想象"三个部分探讨《灵力》中体现的丰富而复杂的环境伦理观,提出霍根极富创意地将其对生态伦理、环境正义的思索纳入成长小说,借助奥米西托见证爱玛猎豹与被审事件突出部落文化信仰的延续与美洲豹生存之间的矛盾,暴露生态伦理、环境正义之间的冲突与其不同的视角盲点,提出以灵力为象征的关爱话语,兼顾保护濒危物种与濒危人群的需要,代表兼顾生态伦理、环境正义的弱势人类中心主义环境伦理观。

一、豹女杀豹:生态伦理与环境正义的冲突

霍根用奥米西托见证爱玛的猎豹行为暴露生态伦理与环境正义的冲突、保护濒危物种与保护原住民文化的冲突。豹女杀豹是《灵力》的核心情节。飓风袭击佛州沼泽之后,泰迦印第安人爱玛记忆深处的豹女神话受到激发,恍惚中她感觉自己能像传说中的豹女,通过猎豹祭天换回人与自然和谐相处的崭新世界。美洲豹是受到《濒危物种法》保护的动物,而爱玛是接近消亡的美洲原住民代表,她和泰迦文化同是环境正义运动呼吁保护的濒危人群与文化。

在霍根虚构的豹女神话的衬托下,爱玛猎豹成为生态伦理与环境正义相冲突的代表性案例。豹女创世神话是泰迦部落宝贵文化遗产,是其猎豹祭祀的宗教仪式的源泉,也是爱玛继承的集体文化记忆。由动物抚养长大的豹女主司维护世界平衡之职,在世界迷漫着死亡之气时,她接受美洲豹建议,以豹子的性命换回全新世界,而被杀豹子因尸头被豹女挂在树上,顺利转世投胎。面对飓风袭击后满目沧桑的佛州沼泽,爱玛感受到豹女神话中描绘的熟悉场景,在"环境无意识"的诱发下(Buell,*Writing*:61),爱玛忘记"所处之地",受到神秘"诅咒"(164),身不由己猎杀了美洲豹。为加剧抵御物种灭绝与抵御种族灭绝的矛盾冲突,霍根将爱玛所属的泰迦部落描述为文化信仰濒临失传、仅存三十多人的濒危人群,其人数与当今佛州的美洲豹存活数目相符,从而使印第安部落的消失与大地物种美洲豹的消失"两相映照"。霍根又通过镜头化的

特写展现泰迦部落长老与垃圾为伍、被世界抛弃、没落平静的生活:高速公路穿过草木丰盛的奇丽沼泽;曾经的不老泉被污染;空地上是"被扔的破旧、生锈汽车"(154);族人因居住环境污染频频生病。寥寥数笔勾画出泰迦部落是环境正义呼吁保护的濒危人群。

霍根在接受穆瑞(John Murray)的采访中提到,爱玛猎豹情节的设计受到塞米诺部落(Seminole)酋长詹姆斯·比利猎杀美洲豹案件的启发。她被比利案件代表的"宗教自由与《濒危物种法》之间的"灰色地带"所吸引(Of Panthers 8),她乐于探索这灰色地带体现的不同法律条款之间的矛盾。探讨原住民宗教自由与《濒危物种法》之间的矛盾是霍根作品经常涉及的题材。在《刻薄鬼》(*Mean Spirit*,1990)中,她突出蝙蝠与老鹰的生存受到原住民宗教仪式的威胁;在《北极光》(*Solar Storm*,1995)中,她展现北美驯鹿的繁衍受到原住民生活方式的威胁;在《靠鲸生活的人》(*People of the Whale*,2009)中,她表现了被商业机构收买的印第安人利用原住民宗教自由赋予的特权捕杀鲸鱼,加剧鲸鱼数量的减少。在《灵力》中,爱玛因相信猎豹能拯救世界而猎杀了珍稀动物,豹女杀豹在法律上陷入既违法又合法的灰色地带。

《灵力》巧妙地通过奥米西托见证爱玛猎豹的所见所闻、所思所想进一步突出不同法律条款形成的冲突。目睹爱玛杀豹,她脱口而出道:"你也要了自己的命。"(164)但同时,奥米西托也知道爱玛有射杀豹子的特权:

> 濒危的豹,部落协约的权利,根据部落协约,爱玛可以杀豹,这使要保护豹的人感到愤慨,特别是多病的美洲豹几乎难以生存。我既同意他们的观点,也赞同部落协约的权利。怎么会有两种相互矛盾的真理?而最糟糕的是,我两边都赞成,爱玛所做既对又错。(115)

奥米西托不仅面对相互矛盾的法律感到左右为难,同时也在情理与法理之间进退两难。一方面,奥米西托意识到爱玛猎豹会受到法律的处罚;另一方面,她理解爱玛的错误之举在于其迷失在豹女人神话中,倾向将其行径视为情有可原的过失。她面临的两难境地从侧面说明保护濒危物种与维护原住民文化传统的矛盾、实施生态伦理与维护环境正义的冲突。霍根将见证爱玛猎豹的奥米西托置于同情、理解爱玛的一方是别有用心的安排,为奥米西托在两场审判中发现生态伦理、环境正义的视角盲点埋下伏笔。

二、见证审判:发现生态伦理与环境正义的盲点

爱玛因猎豹而违背《濒危物种法》受到佛州法庭的审判,白人陪审团与法官因证据不足将爱玛无罪释放。在白人审判结束后,部落长老另设厅堂,严惩私埋豹尸的爱玛,将其驱逐出部落保留地。《灵力》在展现两场审判的过程中采用了一明一暗两条线索,以奥米西托所言所闻为明线,以其所思所想为暗线,巧借奥米西托的沉思默想、无声辩护暴露生态伦理与环境正义的视角盲点,突出环境体验是实施生态伦理、环境正义不可忽视的因素。

法官就被杀美洲豹的提问使奥米西托联想到被车轧死的美洲豹:"我想到它们,出入人迹罕至的沼泽、生活在柏树与美洲红树林中的大猫";"同时,我也想到被车轧死的大猫,自从高速公路开进荒野,它们中的十多只被汽车轧死"(123)。她的跳跃思维将爱玛猎杀的豹子与死于车祸的豹子相提并论,这看似无意的并置提出发人深省的问题:人类建造高速公路时是否考虑到美洲豹的生活领地?通过立法保护失去领地的美洲豹是否有效?《濒危物种法》忽视现代社会侵入荒野的大语境,怎能成为审判荒野事件的依据?如古语所言:皮之不存,毛将焉附。

奥米西托的反思及其为爱玛的默然辩护质疑了缺乏荒野体验的白人所具有的对荒野发生的事件进行审判的资格。面对白人法官、陪审团猜测爱玛猎豹抑或为了贪图皮毛,抑或为了在赌博中获得神助,奥米西托义愤填膺。她质疑他们有何资格审判以荒野为"领地"的爱玛,质疑"生活在狭隘物质世界中的白人"(130)何以理解荒野体验对人产生的影响。霍根巧借奥米西托的质疑,委婉指出忽视荒野体验是抽象、理性的生态伦理的视角盲点。

与此同时,奥米西托反思部落长老对爱玛的误判间接质疑以保护原住民生活方式与文化信仰为目的的环境正义。面对濒临消失的原住民文化,以贝纳(Devon Pena)为代表的环境正义者呼吁保护与恢复原住民的生活方式与环境理念,鼓励原住民恢复当地"生态环境与原住民文化"(67)。这既忽视了原住民文化演变发展的可能性,更没有考虑到部落宗教的暴力仪式与现代法制理念的冲突。错判爱玛的部落长老就像环境正义者,他们被保护部落宗教与文化的使命蒙蔽双眼,采取了貌似保护原住民文化却实际损害原住民文化的举措。奥米西托意识到,部落长老被狭隘的民族主义思想蒙蔽了良知,他们恼怒爱玛明知故犯、故意违背部落习俗,将爱玛拒绝辩护的行为视为对权威的挑

战，这才是他们重罚爱玛的真正原因。见证爱玛虔诚猎豹的奥米西托理解爱玛私自埋豹是为了保护部落长老的信仰、维护其生存的基石。

> 对老人们来说豹子太重要，千年以来都是这样，他们与豹子紧密相连、息息相关。如果让他们看到猫的脸，躺在黑色草上的瘦骨嶙峋的垂死的猫，他们将不再有任何希望，他们将会躺倒在地、不再起来看这世界。(166)

部落长老的墨守成规看似维护部落文化，实际则因处罚、流放部落文化精髓的继承者，使部落丧失了具有仁爱、掌握猎人文化、具备托管者责任的部落文化传人。

奥米西托的所思所想还深入探讨了不同文化社会语境中不公正审判背后的深层原因。无论白人律师、法官、陪审团，还是部落长老，都希望爱玛能成为自然环境被破坏的“替罪羊”(167)。在白人看来，居于荒野的爱玛愚昧无知、固执迷信、法治观念单薄，她代表的原住民生活习俗与文化是造成自然环境恶化、物种灭绝的直接原因。在部落长老看来，爱玛无视传统习俗，擅自处理豹尸，破坏人与自然的盟约，这是“沼泽无鱼”、树上无鸟、人类遭受自然惩罚的原因(167)。白人一方欲以爱玛猎豹事件为借口，说明教化部落成员、将部落领地纳入现代社会管理的必要性；而部落一方欲杀一儆百，流放爱玛以惩戒胆敢违背传统者，借此抵御美国主流社会对部落文化的洗劫。在这两场审判中，一方借爱玛“洗脱文明的玷污”，另一方以其“洗脱荒野的玷污”(168)，它们都偏离了公正的基础。

霍根以奥米西托的视角暴露生态伦理与环境正义的视角盲点，表明主流社会与原住民部落尽管有保护自然与弱势人群的良好愿望，但两方都缺乏公正合理解决人与环境冲突问题的实施机制，缺乏具体化、个性化的操作方案。布伊尔主张：

> 尽管国家审判与部落审判都严格按程序进行，两场审判都没能理解个案的复杂性、达到实施正义与保护的效果，而是适得其反。无法实施正义的原因是主流文化与部落文化都过分淤泥于仪式，无法想象受指控的女人故意不按部落仪式杀豹是为保全部落而导致自我迷失的牺牲行为。(*Writing*：239)

三、关爱与关照:霍根对环境伦理的想象

在《灵力》中,霍根对生态伦理、环境正义的探讨、她对环境伦理的展望都被巧妙地纳入奥米西托的成长历程。奥米西托在伴随爱玛的生活中体会到猎人文化与其关爱之心、关照之责;她在爱玛的猎豹行为中意识到生态伦理与环境正义的冲突;她在见证爱玛被审中发现法律与审判的漏洞;爱玛被长老判处流放使她体会到:相比繁文缛节的宗教仪式,爱玛具有的关爱之心与托管者责任是部落文化更有价值的精髓;她在爱玛的陋屋中立志成为爱玛的传人。奥米西托的成长暗示了现代社会对生态伦理、环境正义的理解有待成熟与发展,说明以关爱话语为代表的环境伦理更能兼顾生态伦理与环境正义的不同侧重,是化解两者冲突的良方。

《灵力》将奥米西托的成长置于物欲横流、人与自然失衡、野生动植物生存空间被极大压缩的病态美国现代社会中。在成长小说中,个体的困惑能够体现特定时期的主要社会问题,而个体的成长也预示社会的发展,反映特定社会的时代精神。克劳迪·瑞诺(Claudine Raynaud)认为,"个人的成长投射其家庭之外、历史的决定力量,甚至超越其所在的时空。"(108)奥米西托成长中面临的困惑,是当代美国原住民面临的问题,也是美国社会面临的问题:原住民部落如何在现代社会生存?如何协调保护濒危物种与维持原住民生活方式、部落信仰的矛盾?《灵力》借由奥米西托立志成为爱玛传人一事提出,以关爱为代表的环境伦理有助于化解环境正义、生态伦理的冲突。它以仁爱为情感基础,以环境体验为前提,以关爱之心、关照之责为具体表现形式。一方面,它具有布伊尔提出的"弱势人类中心主义立场"的环境伦理观兼顾濒危物种与濒危人群的特点;另一方面,相比布伊尔的环境伦理,它注重环境伦理实施的具体语境、情感基础,强调环境伦理的示范性、操作性,突出环境伦理的关爱话语与关照之责。奥米西托的成长、感悟具体演示了环境伦理的特点。她见证了爱玛猎豹、被审的过程,她发现白人法律与部落审判的视角盲点突出环境体验是实施环境伦理不可缺少的条件。奥米西托能理解爱玛猎豹救世的善良动机,其中的重要原因在于她跟随爱玛猎豹、目睹爱玛虔诚地追逐美洲豹,以豹子尸体向上苍"进贡"(66)。部落长老认为爱玛私自猎豹、私藏豹尸乃离经叛道的行径,一方面因为他们被狭隘的民族主义思想蒙蔽,另一方面因为他们没能参与爱玛猎豹,无法感受其使命感,更难以想象他们自己成为爱玛保护的对

象。白人法官、陪审团成员怀疑爱玛猎豹出于私利，原因在于他们缺乏荒野体验、不熟悉猎人文化，不能区分出于仁爱、信仰的杀生与出于贪婪的狩猎之间的差别。奥米西托认识到，白人“狭窄的生活空间与生活阅历”使他们无法理解、想象爱玛在荒野中的思想与情感(130)。霍根以两场对爱玛的错误审判间接地表明，环境体验是实施环境伦理不可欠缺的条件。她以奥米西托为评判爱玛猎豹的公正视角，不仅批判了生态伦理、环境正义的“教条性”，更强调了环境伦理的“实践性”。布伊尔评价，《灵力》“以强调环境伦理的实践性批判了伦理的教条性。”(*Writing*:241-242)

奥米西托对爱玛的理解传递出霍根的环境伦理观，即仁爱是环境伦理情感基础。奥米西托明白爱玛宁愿接受被驱逐的命运，也不愿长老目睹病残之豹而信仰破灭，她理解爱玛舍身求义的大爱。“如果她将豹子交给他们，就是将疾病与死亡交给他们。他们看到豹子，他们已饱尝痛苦的心会碎掉，这将是仁慈的错误的一面，这就是她守口如瓶的原因。”(166)奥米西托的感悟说明：爱玛保护部落长老的仁义善举出于爱心，却达到环境正义所倡导的保护濒危人群及其文化信仰的目的。她的仁爱善行不仅包含正义的欲望，而且超越正义的欲望。如罗尔斯(John Rawls)所说，仁爱与正义感“都包含着行使正义的欲望，前者更强烈、更广泛地表现这一欲望，它除了正义的义务之外，还准备履行所有的自然义务，甚至要超出它们的要求。人类之爱比正义感更为宽广全面，它推动着分外的行为，而后者却不如此”(19)。

“《灵力》肯定了个体榜样的示范作用要比叙述的作用更重要”(*Writing*:241-242)，奥米西托立志成为爱玛的传人体现以仁爱为基础、以关爱话语为表现的环境伦理更具示范性，更具影响力。奥米西托从爱玛身上学到的东西远比她在学校学习的东西更具塑造力和影响力。与爱玛“同舟垂钓”，奥米西托学会沉着、耐心、不动声色；在共同追踪黑狐、“聆听蛇的动静”中(*Power*:23)，她学会在“荒野中生存”、与大地为友(19)；与爱玛行走于荒野，她学会眼观六路、耳听八方。她敏锐地意识到，自己与爱玛、豹子情况相似，他们都像被“割开的土地”“越来越渺小，处于濒临灭亡的地位”(69)。见证爱玛为保护长老信仰不惜违背部落法规的大爱之举使奥米西托明确了生活目标：她要成为爱玛的传人，继承的猎人文化，修复被破坏的荒野，照管林中的动物，照看部落的长老。作品结尾，奥米西托跟随灵视中见到的四位古装女子，回到泰迦部落保留地，接过长老手中的羽毛扇，这些预示她具备了灵力，实现人如其名，成为像爱玛一样“守护”森林、“照管”长老的托管者(4,109)。

霍根的关爱、关照式环境伦理观体现了生态女权主义的“关爱伦理”

(Warren 27)。它不同于抽象生态伦理与环境正义。前者以仁爱为基础,后者以公正为基础;前者是关爱话语,后者是权利话语;前者重视环境体验与个体经验,后者突出普适的规范与原则;前者重视情感体验,后者偏重规诫与处罚。以关爱、关照为特点的环境伦理注重环境体验、情感基础,更具操作性与示范性。《灵力》中的结尾:奥米西托认同爱玛的仁爱之心、勇于承担对自然和部落的责任,在成长中变得成熟,这寓意以环境伦理替代生态伦理与环境正义将有助于人与自然的和谐发展,表达了兼顾濒危物种与濒危人群、兼顾生态伦理、环境正义的弱势人类中心主义的环境伦理观。

参考文献

[1]Adamson, Joni, Mei Mei Evans, and Rachel Stein. *The Environmental Justice Reader* [M]. Tucson: U of Arizona P, 2002.

[2] Buell, Lawrence. *Writing for an Endangered World* [M]. Harvard: Harvard U P, 2001.

[3]——. *The Future of Environmental Criticism* [M]. Malden: Blackwell Publishing, 2005.

[4]Hogan, Linda. "Of Panthers and People." Interview by John A. Murray. Terrain.org: A Journal of the Built and National Environment. 22 Sept. 1999. Web. 25 Jan. 2013. < http://www.terrain.org/interview/5/>.

[5]——. *Power* [M]. New York: Norton, 1998.

[6]Pena, Devon G. "*Endangered Landscapes and Disappearing Peoples? Identity, Place and Community in Ecological Politics*", in *The Environmental Justice Reader* [C]. Eds. Joni Adamson, Mei Mei Evans and Rachel Stein. Tucson: U of Arizona P, 2002. 58-81.

[8]Rawls, John. *A Theory of Justice* [M]. Cambridge: The Belknap Press of Harvard UP, 1999.

[9]Raynaud, Claudine. "*Coming of Age in the African American Novel*", in Cambridge Companion to the African American Novel [C]. Ed. Maryemma Graham. Cambridge: Cambridge UP, 2003. 106-121.

[10]Reed, T. V. "*Toward an Environmental Justice Ecocriticism*", in *The Environmental Justice Reader* [C]. Eds. Joni Adamson, Mei Mei Evans and Rachel Stein. Tucson: U of Arizona P, 2002. 145-162.

[11]Warren, Karen J. "The Power and the Promise of Ecological Feminism", in *Ecological Feminist Philosophies* [C]. Ed. Warren Karen. Bloomington: Indiana UP, 1996. 27-28.

[12]彼德·温茨:《现代环境伦理》[M]. 宋玉波、朱丹琼译,上海:上海人民出版社,2007年。

《日诞之地》中的地理景观

——人文主义地理学视角

郑　佳*

（上海外国语大学）

摘　要：人文主义地理学主张通过人的意识、感知和体验来研究“地方”及人地关系，并把文学中的景观视为一种主观体验的表达。以这一概念为导向，考察当代美国印第安作家斯科特·莫马迪的代表作《日诞之地》中地理景观的表述可见，作者从印第安人体验的角度，以反差式手法，把印第安传统部落和美国现代都市分别表现为精神意蕴的中心和腐朽异化的空间，并通过前者所蕴含的精神力量来消解后者所代表的压制与异化，借以保持印第安人物的精神和身份平衡，从而在呼吁当代印第安人回归先祖家园的同时，又给他们指出一条城市生存的策略。

关键词：人文主义地理学；《日诞之地》；景观；部落；城市

地理景观是当代美国印第安作家斯科特·莫马迪的代表作《日诞之地》（*House Made of Dawn*，1968，又译《黎明之屋》）的显著特征之一。作者以反差式手法，分别呈现了传统印第安部落和现代美国都市两种迥异的地理图景。不过，在这部小说中，景观并不是单一的美学背景，而是一个抽象的、被赋予一定意义和价值的元素。从通常意义上讲，由于人们习惯把“地方”[①]看作存在和生活的物质场所，文学中的景观往往被视为事件发生和人物活动的环境或背景。这种从功能上对“地方”的理解不仅掩饰了“地方”的内在特征，而且使

---

* 作者简介：郑佳，博士，主要研究领域为美国文学。

① “地方”与“景观”在意义上有一些细微的差异（参见 Tim Cresswell，*Place：An Introduction*[M]. Chichester：Wiley Blackwell，2015. pp.17-18），但本文将在一个宽泛的层面上理解这两个以及其他意义相近的词语，如“场所”“土地”“领地”“区域”等，并在论述中交替使用。

人易于忽略景观在文学文本中的“另一层含义”①。人文主义地理学(Humanistic Geography)认为,“地方”是一个稳定且有序的意蕴世界。② 人在实践的过程中,将自身的感受、体验、经历投射在特定的空间上,使原本空洞无序的空间获得了一定的秩序和意义,从而形成了“地方”。因此,“地方”不仅是物理地点或场所,更是以“人的观念为特征”③的意蕴载体。这样来看,景观在文学作品中作为一种地理要素的同时,也是主观体验的一种表述方式。作者运用艺术想象和修辞手法对各种地理事物进行加工和修饰,赋予它们一定的象征意义,传达出人物或作者的地理感知,以及他们对人之生存环境和生存状况的看法与态度。就小说《日诞之地》而言,文本中地理景观的真正效果和意义并不在于它是否如实再现了客观的地理景象,而在于其“微妙的人文特质,那种能够揭示人性价值潜在层面的可能性”④,不仅蕴含了作者莫马迪以及他所代表的印第安群体对部落和城市的体验感受,而且传达出作者对当代印第安人生存境况的关注。

小说以印第安主人公艾贝尔(Abel)精神重生的历程为线索,讲述了他回归部落、离开部落、再回归部落的苦难经历。全文共由四个带标题的部分组成,分别是:“长发人:一九四五年,瓦拉托瓦村”“太阳牧师:一九五二年,洛杉矶”“黑夜歌者:一九五二年,洛杉矶”“晨曦中的奔跑者:一九五二年,瓦拉托瓦村”。从标题中不难看出,地理场所是贯穿全文、指引行踪的主线之一,而故事发生的两个地点——瓦拉托瓦村和洛杉矶也分别代表了印第安部落和美国都市。作者似乎正是以这种章节布局来突显地理元素在小说中的主导性以及部落与城市之间的界限和对立。而在处理这两种截然不同的地理环境时,作者也是从印第安人体验的角度出发,展现了作为印第安人精神支柱的部落与压制印第安人的城市之间的反差,并把前者所蕴含的精神力量作为抵制和消解后者所代表的异化的方式。

---

① Douglas Pocock,“Introduction: Imaginative Literature and the Geographer”, in *Humanistic Geography and Literature* [C]. Ed. Douglas Pocock. Totowa: Barnes & Noble, 1981. p.9.

② 参见 Yi-Fu Tuan, *Space and Place*[M]. Minneapolis: U of Minnesota P, 1997. p.179.

③ Edward Relph, *Place and Placelessness* [M]. London: Pion Limited, 1976. p.3.

④ Christopher Salter and William Lloyd, *Landscape in Literature* [C]. Washington: Association of American Geographers, 1977. p.2.

一、部落:精神意蕴的中心

莫马迪以自己童年的故土为原型,精心建构了一个古老而传统的印第安部落。作者不仅呈现出部落景观优美亘古的视觉意象,而且深入揭示了景观内在的文化和精神层面,尤其通过主人公的"归家"历程强调景观是印第安人物质和精神存在的根基。

小说中的瓦拉托瓦村(Walatowa)位于美国新墨西哥州西北部的赫梅斯普韦布洛(Jemez Pueblo)印第安保留地内,作者把它作为地理背景之一与其童年经历有着密切关系。莫马迪几乎是在赫梅斯普韦布洛度过了自己的童年,曾在多个场合表示,那里是他"闯荡世界之前的家乡",也是"童年最后一个美好家园"[①]。他对那片土地的热爱超越了一般意义上的"乡土依恋",更像是一种"敬地情结"(Topophilia),一种基于感情、认知和实践而形成的人地关系。[②] 如他自己所说,"我存在于[赫梅斯的]景观中,生命的一部分与之不可分割。在旧日的清晨、午间和夜晚,我把身影投在那儿的山里,把声音注入吹动的风中"[③]。在小说《日诞之地》中,作者也是详尽呈现了以赫梅斯为素材的瓦拉托瓦村,突显出部落景观外在的永恒之美和内在的精神活力。

小说开始前有一个序幕,在短短三个段落中,莫马迪把部落景观的外在特征和内在意蕴大致呈现了出来。作者先以意象派绘画式手法,通过"五彩斑斓"的小山、"色彩绚丽"的泥土和砂石、"红的、蓝的……带花斑的"马的毛色、"深色的荒野"等一系列颜色变化造成强烈的视觉冲击,生动描绘出部落亘古、绚丽的瞬间意象;又以"宁静、结实"[④]二词凸显土地永恒的生命力,暗示印第安人相信土地具有生命的传统观念。随后,主人公艾贝尔出现在画面中,但作者并没有把他作为中心,只是简略提及"他一个人在奔跑。脚步起初沉重、僵硬,后来轻盈、矫健"(《日》:1)之后,继续围绕着周围的景观展开叙述,使主人

---

① Scott Momaday, *The Names: A Memoir* [M]. New York: Harper & Row, 1976. p.117.

② 参见 Derek Gregory, et al., eds., *The Dictionary of Human Geography* [C]. 5th ed., Chichester: Wiley-Blackwell, 2009. pp.762-763.

③ Scott Momaday, *The Names: AMemoir* [M]. New York: Harper & Row, 1976. p.142.

④ 斯科特·莫马迪《日诞之地》[M]. 张廷佺译,南京:译林出版社,2013 年,第 1 页。后文出自同一著作的引文(个别地方的文字表述略有调整),将随文标出该著名称首字和引文出处页码,不再另注。

公成为和画面中其他事物没有任何区别的组成部分，“在冬日的天空和晨曦初露的长长的山谷的映衬下，他仿佛站在原地一动不动，那么渺小，孤零零的”(《日》:2)。这种叙述安排隐含地表达了印第安传统观念中人与土地之间的主次关系——地先于人，地重于人；景观不是人生活的背景，而是存在的依托。这样，部落景观的外貌与内涵从小说开篇之始就确立起来。

在小说正文的叙述中，莫马迪对瓦拉托瓦村进行了更细致的描写，全方位展现了部落的山水风景、地貌特质、自然变迁等地理现象。在作者笔下，部落的山川、峡谷、平原、丘陵等地貌形态奇特、色彩斑斓，包括鹰、郊狼、山狮，甚至蜥蜴、青蛙在内的飞禽、走兽、昆虫等各类物种相生相克、互为依存，与自然环境紧密交融在一起，构成一个“看似平静”(《日》:70)，但却富有生机的动态整体，而部落的这种外在气质与其精神内涵是一脉相承的。

事实上，作者也正是在描写部落外观的过程中，不断从部族历史文化传统出发，揭示景观内在的多维层面。在一篇标题为“7 月 28 日”的章节中，作者以全景视角，用长达数页的篇幅描述了一幅由远及近，横越山川、峡谷和村庄的部落整体图景，并由此阐发了一系列的感思。他把土地上的原住物种和外来物种做了比较，强调前者的优越性，因为它们“自古以来就生长在这片土地上”，而后者都是“外来户……与这片原始的土地格格不入”(《日》:71-72)，从而暗示了土地在印第安文化传统中的价值——不仅是生存的物质空间，更是衡量一切事物价值的尺度。接着，作者由对动物的思考转向对人的思考，明确指出印第安人“是这片土地的主人”，并以“山顶的断壁残垣之间和悬崖壁上被烟熏黑的山洞里还遗留着磨盘、破碗和古老的玉米穗”为证，声称“两万五千年前他们开始在此定居”，并创造了丰富的“史前文明”(《日》:72)，由此否定了白人所谓的“发现”新大陆之说。而对土地归属的思索又促使作者联想起过去几百年来印第安人被殖民的痛苦经历，回忆起白人以武力占领土地之后，又通过强迫印第安人皈依基督教、使用白人姓名、学习白人举止等手段实施的文化灭绝。不过，在他看来，以土地为根基的印第安民族与文化具有强大的生命力和适应力，“从来没有改变过自身的基本生活方式……内心深处仍然坚守着自己的信念”，并乐观地表示，“他们抵制、战胜了征服者，笑到最后”(《日》:72-73)。这样，作者层层递进，诠释了土地的深层意蕴——是部族价值观的根基、是印第安人遭受殖民和反抗殖民的见证，是他们精神信念的支撑。

除了以叙述者的视角直接诠释景观的内涵外，莫马迪更多还是通过景观与人物的互动进一步揭示景观在精神上对印第安人的意义与作用。尤其对主人公而言，其命运的走向在很大程度上取决于他对土地的认知和态度。正如一些评论者指出,艾贝尔寻求的精神平衡只有在他认识到作为他出生和成长地的普韦布洛保留地及其周围环境的神圣性和疗伤作用时才可能实现。[①]

在小说中,艾贝尔是一个无“处”可依的迷失者;既无法适应部落传统生活,又难以融入城市现代社会。相当一部分学者把这一结果归咎于主流社会,尤其批判美国政府的二战决策和后来的“重置计划”[②]迫使大批印第安人离开保留地,脱离部族传统,割裂了他们与过去的联系。[③] 不过,仔细回顾主人公早年的经历则不难发现,在走出部落以前,他和故土之间实际上已经存在着某种程度的“分离”。一个较明显的例证就是他在准备离开部落时,“双手插在口袋里,等待那一时刻到来”(《日》:26),这一细节反映出他(至少在服饰上)的一些同化迹象。[④] 因此,与传统的背离,或者说与土地之间精神纽带的断裂才是他迷失的根源所在,而二战和“重置计划”只是在割裂他和土地空间关系的同时,进一步加剧了他们的精神疏远。

莫马迪正是以艾贝尔为典型,一方面展现印第安人脱离土地后的精神困境,另一方面又让他通过重建和土地的情感联结而实现自我救赎,进而传达出土地是印第安人体验中不可或缺的精神要素。如文本所述,艾贝尔离开部落后,先是在二战战场上遭受了巨大的心理创伤,而后又经历了第一次回归部落的迷茫,接着因谋杀被判处六年牢狱之刑,后来又被强制迁入城市,饱受主流社会的暴力和摧残。对于自己的处境,尽管他在“拼命思考哪儿不对劲,究竟怎么不对劲”(《日》:128),但始终无法找到问题的症结所在。作者似乎也是在刻意延长着他在肉体和精神上的折磨,直至把他推到绝望和死亡的边缘时才让他开始明白导致这一切的根源——土地。如我们在文本中看到,艾贝尔是在被一个城市警察毒打几乎丧命的情况下,神志不清地回忆起脱离部落以来的种种不幸,最终认识到“他曾经在世界的中心”,现在却“失去了自己的归属

---

① 参见 James Giles, *Violence in the Contemporary American Novel: An End to Innocence* [M]. Columbia: U of South Carolina P,2000. p.101.

② “重置计划”指20世纪50年代美国政府把印第安人从保留地迁入城市的政策方案,小说主人公后来即是在这一政策下被安置到城市中。本文第二部分对此略作详述。

③ 参见 Robert Nelson, *Place and Vision: The Function of Landscape in Native American Fiction* [M]. New York: Peter Lang,1993. pp.47-48.

④ 传统印第安服饰以类似斗篷或罩袍等样式最为常见,不带有欧式的西装口袋(参见 Adolf Hungry Wolf, *Traditional Dress: Knowledge and Methods of Old-Time Clothing* [M]. Summertown: Native Voices,2003. p.39;Evard Gibby, *Traditional Clothing of the Native Americans* [M]. Liberty: Eagles View Publishing,2001.),因此从“他双手插在口袋里”的描述中可以推断,主人公此时身着白人装束,并表现出娴熟的白人举止。

之地”(《日》:126)。应该说,这一刻标志着主人公土地意识的觉醒,也意味着其命运的转折。不过,这种觉悟并非偶然,作者在此之前已经为这一刻的到来做好了铺垫。例如,主人公的室友、纳瓦霍族(Navajo)印第安人本纳利(Benally)即经常在他身边讲述以土地为核心的“古老的仪式、故事和吟唱”,并“按自己的理解向他解释歌谣的含义”(《日》:178),从而将印第安传统的土地概念注入他的潜意识中,促使他最终把自我和土地联系在一起。可以说,在作者的安排下,艾贝尔一步步认识到了部族土地的价值,也由此开启了精神复原的历程。最后,艾贝尔决定重返部落,重建和土地之间的精神纽带。在这一过程中,祖父弗朗西斯科(Francisco)起到了关键作用。他在临终前向艾贝尔讲述往事,指引他重温童年时聆听过的关于如何在部落景观中认清和界定自我身份的传统常识,懂得了“伟大的自然循环本身具有更大的影响和更深远的意义”(《日》:240-241)。小说的结尾让我们回到了开头序幕的画面中——艾贝尔独自在部落景观中奔跑。这幅人依存于景观的画面也暗示着主人公对部落景观内在意蕴的认同,从而获得了维系精神平衡的支撑。

纵观小说对瓦拉托瓦村的表述可见,作者力图呈现部落古老且优美的外在意象及其所蕴含的历史文化意义,“怀着对土地的敬畏、超凡的乐观和神秘的整体感创造了一种新浪漫主义”[①]。同时,他又通过主人公精神的迷失与复生历程进一步强调了部族景观在印第安观念中的精神价值,昭示出景观是印第安人生命中不可分割的组成部分。

二、城市:虚无的异化空间

《日诞之地》的另一半故事情节发生在城市中。在这一部分的叙述中,城市景观的表述与之前形成了明显的反差。莫马迪基于 20 世纪 50 年代印第安人在城市中“流离”的经历与体验,通过带有寓意的意象、碎片化的叙事手法,以及主要人物的间接讲述等方式,描绘了一个空虚且异化的城市空间。

作者把城市部分的背景安排在 1952 年的洛杉矶,这一时间和地点的选择具有特定的目的和意图。从美国政府的印第安政策来看,50 年代通常被称为“终止和重置”(Termination and Relocation)阶段。二战后,美国政府决定结

① Vernon Lattin, “The Quest for Mythic Vision in Contemporary Native American and Chicano Fiction” [J]. *American Literature* 4(1979): 637-638.

束对印第安土地的托管，终止在社会、教育和经济等方面向印第安部落提供优惠措施。[①] 为了配合“终止政策”，50 年代初又开始了所谓的“重置计划”，即把大批印第安人从保留地迁入城市，在政府的临时帮助下重新安置。政府宣称这一做法是为了让印第安人更好地融入主流社会，但是，“觊觎一些印第安保留地上的石油和其他资源”[②]或许是其根本动机。但不管怎样，进入城市的印第安人由于环境陌生、语言障碍、风俗差异等问题很难适应城市生活，结果，失业、酗酒、无家可归、暴力、犯罪、自杀等成为城市印第安聚居区的普遍现象。对印第安人来说，“重置计划”无异于“极度痛苦的驱逐”[③]，一些学者甚至把它和印第安人在 19 世纪遭受的种族和文化灭绝相提并论。与当时的“重置计划”密切相关的是美国全国各地的大型城市，而洛杉矶则是其中最为显著的一个。作为美国西部最大的都市，五六十年代的洛杉矶已经是全国第二大印第安聚居区，被称为“城市印第安人的首府”[④]。在“重置计划”实施的过程中，这里也成为印第安人迁移和安置的最主要地方。这样来看，作为小说背景的洛杉矶就有了明确的含义和作用：一方面，它是涉及 50 年代印第安“重置计划”的典型城市，最能反映当时印第安人被迫迁移到城市中的普遍状况。更重要的是，作为一个地方，甚至一个地名，50 年代的洛杉矶对许多印第安人来说本身就意味着一段苦难的经历与回忆，记载着当时他们在城市中痛苦的生存体验。对于这样一个充满伤痛回忆的地方，作者也是一改之前的全知叙述视角和连贯的叙述方式，呈现出一个朦胧、破碎和异化的城市意象。

在开始城市部分的叙述前，莫马迪同样先展现了一幅带有寓意的画面。画面描写的是夜晚南加州海滩上银汉鱼(grunion)产卵的场景，我们看到，“冲上海岸的上百条小鱼在海滩上猛烈地跳跃，在月光下蠕动，月光下，月光下；它们在月光下蠕动”(《日》：106)。作者最后还加上一句评论性的文字：“它们是

---

① Nicolas G.Rosenthal, *Reimagining Indian Country: Native American Migration and Identity in Twentieth-Century Los Angeles* [M]. Chapel Hill: U of North Carolina P, 2014. p.52.

② Donald Fixico, *Termination and Relocation: Federal Indian Policy*, 1945-1960 [M]. Albuquerque: U of New Mexico P, 1986. p.76.

③ Peter Nabokov, *Native American Testimony: A Chronicle of Indian-White Relations from Prophecy to the Present*, 1492-1992 [M]. New York: Penguin Books, 1999. p.336.

④ Nicolas G.Rosenthal, *Reimagining Indian Country: Native American Migration and Identity in Twentieth-Century Los Angeles* [M]. Chapel Hill: The U of North Carolina P, 2014. p.3.

地球上最弱小的生物，渔夫、情侣和过路人把它们顺手捡走"(《日》:106)。表面上，这段文字只是描写了海滩上的一个自然景象，但是，如果我们把银汉鱼在海滩上的处境和印第安人在城市中的遭遇联系起来的话，便会发现两者之间有着十分相似之处。本应生活在海水里的银汉鱼在潮水这个强大且无可抗拒的外部力量的作用下，被带到一个难以适应的环境中，处于一种生存的困境。不仅如此，脱离海水的银汉鱼彻底失去了自我防御能力，被渔民和游人轻易抓在手中作为玩物。同样，印第安人是在当时美国政府的驱使下，被迫离开世代居住的保留地，迁入与传统印第安世界完全不同的陌生环境中，也遭受着生存的危机。而在白人主宰的城市中，作为少数族裔，他们也只能忍受主流社会的欺凌和压迫，毫无反抗能力。因此，这幅画面实际上构成了一个关于城市的隐喻；作者用海滩上蠕动的银汉鱼喻指在城市中挣扎的印第安人，从而将他们眼中的城市以及他们对城市的体验和感受生动地传达出来，而最后那句看似怜悯银汉鱼的话实际上是对城市印第安人的悲惨境遇表达的一种哀痛。所以，在正式描写城市之前，压抑和异化的城市意象即已呈现。

尽管小说以洛杉矶作为主要地理背景之一，但故事中几乎没有关于这座现代都市景观的实际描写。既看不到商业街、休闲广场、摩天大楼之类的标志性建筑，也感觉不到都市的繁华与喧闹，反复出现的只是地下室、小酒吧、工厂生产间、公寓等印第安人经常出没的场所。作者即是以这样一些毫无城市特征的地方表明印第安人生活空间的局限性。虽然他们居住在偌大的城市中，却被束缚在其中一片狭小的范围内，与外界缺乏接触和互动。从这个意义上讲，他们都是城市中的局外人，生活在空洞而无意义的环境之中。而在描绘这些地方时，作者也是颇费笔墨地刻画出一个个破旧、阴冷、肮脏、单调和压抑的场景。比如，文本中出现的第一个城市印第安人的场所是一个作教堂使用的地下室：

> 地下室又阴又冷，灯光昏暗……讲台由不同材质和尺寸的粗糙木板拼凑而成，甚至没有用钉子和锤头之类的工具加工……讲台后方挂着紫色幕布，破旧不堪，颜色褪得很厉害。通向祭坛的过道两旁，椅子和柳条箱被排成教堂长椅的样子。光光的灰色墙壁上有一条条渗水的痕迹。天花板附近……开着几个长方形的小口，算是仅有的几扇窗；窗玻璃上积着厚厚的一层煤油和灰尘，蜘蛛网有的挂在窗框上，有的像烟一般漂浮在房间里。地下室里空气混浊，长久以来烟和香的气味郁积在那儿。(《日》:108)

从这一场景的描写中可见,作者调动多种感官,从温度、光线、色彩、气味等方面描绘印第安人生活环境的恶劣,传达出城市留给印第安人的那种破败和腐朽的感受。换句话说,这些地方就是印第安人体验中城市的写照。

城市的异化形象通过印第安人物的层层讲述和解说得到进一步强化。从叙事手法来看,作者主要采用了碎片化的叙事模式。在叙述过程中,作者往往在没有任何提示和过度的情况下频繁转换时间和空间,不断变换叙述声音和视角,插入各种人物的口述、内心独白、回忆,甚至梦境,从多重角度讲述人物在城市中的生活经历、思想变化、体验感受等。结果,展现在读者眼前的是一个个片段式的、"如同梦幻和幻觉一样"[①]的无序场景、事件、和人物心里活动,让读者陷入错乱的情节和迷雾般的叙事中。尽管这种缺乏统一性和连贯性的叙事在一定程度上破坏了小说整体的美学效果,但却形象地传递出一个模糊不清、凌乱不堪、支离破碎的城市意象。而作者正是以这种方式把读者推入难以摆脱的阅读困境中,从而让他们感受到印第安人在城市中生存的彷徨、无助与绝望。

在内容层面上,作者借助人物之口,讲述了印第安人在城市中的生存体验,表达出对残酷城市环境的批判。比如,基奥瓦族(Kiowa)印第安牧师拖萨玛(Tosamah)在一次城市印第安人的礼拜会上做了题为《约翰福音》的布道。不过,他是以恶作剧的方式对"圣徒约翰和《新约》进行了解构",[②]嘲讽白人对语言的滥用使原本神圣且宝贵的语言变得平庸而无意义,从而暗示以城市为象征的白人社会表面看似光鲜,实则空洞虚无的本质,并深刻地指出,在这样的环境中,印第安人只能任由白人摆布,"在他[白人]的世界、他的地盘你们不过是孩子,不过是树林里一群小毛孩而已"(《日》:113)。同样,对另一位印第安人本纳利来说,城市也是"闷抑、异化和毁灭"[③]的代名词。透过这一人物的眼睛,我们看到了文本中少有的一段关于城市外景的描写:"那儿[市中心]整天昏暗,哪怕是中午,所以路灯总是亮着。雨天的晚上似乎到处都是灯。灯照在人行道上和汽车车身上。灯五光十色的,时明时暗,四处移动,商店里亮灯了,橱窗里的商品亮闪闪的,琳琅满目。一切那么干净、明亮,焕然一新。"

---

① Matthias Schubnell, *N.Scott Momaday: The Cultural and Literary Background* [M]. Norman: U of Oklahoma P, 1985. p.124.

② James Giles, *Violence in the Contemporary American Novel: An End to Innocence* [M]. Columbia: U of South Carolina P, 2000. p.106.

③ Carol Miller, "Telling the Indian Urban: Representations in American Indian Fiction" [J]. *American Indian Culture and Research Journal*, 4(1998): 57.

(《日》:171)这段文字用直白的语言,粗略地勾勒出一道光亮的城市街景。不过,“整天昏暗”的环境和终日通明的街灯形成了极不和谐的对比,暗示城市虚华表象下的混乱与破败。而这看似“干净、明亮”的街道和商店也只不过是单调和清冷的地理建筑,缺乏实在的生机与活力,反映出人物与景观之间亲近感的缺失。这种冷漠的感受在人与人之间的关系上体现得更加明显,正如本纳利所说,“那些站在角落里卖报纸的老人总会冲你大声吆喝,不过你听不懂他们在说什么。反正我听不懂”(《日》:171)。这再次表明了印第安人与城市之间的隔阂,进一步印证了他们都是城市中的局外人。

很明显,莫马迪对城市的描写与之前处理部落时形成了显著的反差。在描写部落时,他透过全知叙述者的声音,采用全景视角,以连贯流畅的叙事方式,丰富优美的语言修辞,浓重地表现出部落的外部景象和内在意蕴。但在描写城市时,他几乎没有在外部环境上耗费笔墨,只是把叙述交给故事中的人物,以混乱且缺乏条理的方式让他们讲述故事。结果,读者必须在不同的叙述声音和一个个错综复杂的事件中拼接起一个异化的城市意象。这种反差明确传达了作者或者说印第安人对城市的看法和态度——没有价值和意义的异化空间,在肉体上和精神上压制着印第安人的生存。

三、城市空间下的部落景观:反抗与消解

毫无疑问,莫马迪展现的城市是空洞虚无的,既看不到显著的景观建筑,也感觉不到稳固的精神氛围。对小说中的印第安人物来说,城市代表了一种腐朽的价值观,从这个缺乏意义的空间中,他们找不到任何维系身份稳定和精神平衡的因素。然而,作者在勾画出这个空洞和异化空间的同时,却又不断在其内部呈现部落景观,以此对抗和消解城市环境给印第安人带来的压抑和异化,让其中一些人物保持了精神和身份的稳定性。在文本中我们看到,拖萨玛和本纳[illegible]他们的城市经历时,多次把目光转向过去,回忆起各自曾经在保留[illegible]他们从自身族裔背景出发,带着深情讲述部落景象以及他[illegible]与看法。正是通过这种方式,作者再次描绘出一幅幅清晰连[illegible]部落图景,并揭示出其背后蕴藏的文化价值和意义。

[illegible]一篇题为《通往雨山之路》的布道中,回顾了自己按照基奥瓦部族[illegible]两百多年前部落大迁徙的路程。这一迁徙历程始于美国北部蒙大拿山区的黄石河,途经中部大平原,最终到达南部俄克拉荷马州的雨山。

在叙述的过程中，拖萨玛对沿途所见的山水湖泊、平原草场、花虫鸟兽作了较为细致的描述，再现了部落景观原始秀丽、雄浑壮美的特征。其中既有对地理方位的确切指引，“俄克拉荷马州有座土丘，兀立在威奇托山脉西面和北面的平原上……那是个古老的地标，人们称它为雨山”；又有关于风景地貌的直接描述，“白天，日照很长，天空辽阔无比。波浪般的云像流水一般，阻碍了光线的照射，在草地和农作物上投下阴影”；还有对美景的赞叹，“你会浮想联翩，甚至觉得天地就是在这儿造的”，“我觉得那儿是世界上最美丽的地方”(《日》：156-161)。如果说拖萨玛是把基奥瓦领地上壮丽的自然景观展现在读者眼前，那么本纳利则把我们带入西南地区纳瓦霍部落温馨的生活场景。在他的描述中，部落到处充满了宁静与安逸，“四周明亮，景色优美……圣山、白雪皑皑的群山和高地、溪谷和低地、晚霞和夜色”；人与环境之间形成了一种浑然一体的和谐关系，“你是一切的中心……那一切——你儿时就生活在那儿，认为那样的生活是理所当然的”(《日》：192-193)。

不过，他们描述的景观都不是单纯的自然现象，而是和本族历史、文化、身份有着密切关系的圣地。比如，按照拖萨玛的讲述，那片纵跨蒙大拿、怀俄明和俄克拉荷马等地的广大区域不仅是基奥瓦人曾经的领地范围，而且涉及了部族转向文化“黄金时代”(《日》：159)的过程，而这一转型则集中体现在魔鬼塔(Devils Tower)这一标志性的地理景观上。魔鬼塔是位于怀俄明东北部的巨型岩石，“最高处好似锉刀的顶部，直插灰蒙蒙的天空……它静静耸立着，似乎在运动，像一颗千年古树，直指云霄，在大地上投下阴影”(《日》：162)。据拖萨玛所说，基奥瓦人越过北部山区进入大平原时看见这块巨石，并被其雄伟和壮观所震惊，于是在巨石前编出一则熊和七姐妹的故事，以此表达对巨石的敬畏。这一时刻在部族历史上意义非凡，标志着“他们已经成功走出那片荒野”(《日》：163)。后来，基奥瓦人吸收了当地部族的文化和宗教，获得了生存所必需的马匹，从此不断壮大，成为 19 世纪平原地区强大的游牧民族，创造了部族历史的鼎盛时代，同时也确立了一直延续下来的文化与身份特征。而那则围绕魔鬼塔编讲的故事也在部落中代代相传，成为传递和延续部族文化的纽带。因此，现实中的魔鬼塔不仅是基奥瓦人开创新历史、确立新文化身份的见证，也是维系部落文化传统的保障。每当基奥瓦人看见这一地理景观时，便会记起有关部族起源和演变的历史，从而强化族裔意识和文化身份。正如与莫马迪同时代的另一位印第安代表作家莱斯利·希尔科指出，景观是部族口头故事的核心；景观的存在意味着故事的存在，故事的存在又确保了文化、历史和身份的延续，而文化、历史和身份的延续则预示着整个民族的生存。[①]

借助这两位主要人物的回忆和叙述，莫马迪把部落景观及其文化意义再次表现出来，并制造了一种强烈的讽刺，即在异化的美国城市空间下，我们看到的不是现代都市景观，而是富有族裔文化内涵的印第安部落图景。这样，作者即在文本中填补了城市的空洞和虚无，为印第安人物创造了想象的生存空间。更为重要的是，这些想象和回忆的部落景观是印第安人物获得精神源泉的途径。

在印第安传统观念中，土地具有生命和精神维度。从这一观念出发，莫马迪认为，通过想象行为，人可以把自己寄托于特定的景观中，同时又能够把景观融入个人的基本体验，使之成为自我意识的一部分。对莫马迪来说，回忆和想象是他与特定景观之间建立联系的方式，而想象中的景观又反过来使他和蕴含其中的传统结合在一起，确立一种地方身份，[②]这一点经常在其创作中有所体现。例如，他在《神圣的地方》（"Sacred Places"）一文中回忆起父亲讲述的有关他儿时在保留地观看部族典仪的场景。在重述这一事件的过程中，莫马迪把自己想象成在现场观摩的父亲和另一个参与仪式的部族男孩，从而打破了时间和空间距离，让自己成为那一时刻的见证者和参与者，进而融入景观之中，获得他所谓的地方身份。[③] 这样来看，在小说《日诞之地》中，作者是以同样的方式让人物与部族景观和传统建立联系，使他们有了抵御城市异化的精神依托。

就拖萨玛而言，他在宣讲《通往雨山之路》时，把自己的"朝圣之旅"（《日》：160）与几百年前祖先的迁徙行程并行，在想象中重温这一具有历史和文化意义的旅程，完成了被希尔科称为"典仪轨迹"[④]的心灵之旅，从而缓解了在城市中面临的身份和精神的困境。至于本纳利，研究者大多只是关注这一人物对主人公的疗伤作用，将其等同于印第安部族中拥有治愈身心顽疾能力的疗伤

---

① 参见 Leslie Marmon Silko, *Yellow Woman and a Beauty of the Spirit* [M]. New York: Simon & Schuster, 1996. pp.35-38.

② Chadwick Allen, "N. Scott Momaday: Becoming the Bear", in *The Cambridge Companion to Native American Literature* [C]. Eds, Joy Porter and Kenneth Roemer. Cambridge: Cambridge University Press, 2006. p.213.

③ Scott Momaday, "Sacred Places", in *The Man Made of Words* [C]. Ed. Scott Momaday. New York: St. Martin's Griffin, 1997. pp.113-114.

④ Leslie Marmon Silko, *Yellow Woman and a Beauty of the Spirit* [M]. New York: Simon & Schuster, 1996. p.37.

师(Healer),但却忽略了他的疗伤行为实际上也是他自己从景观中汲取精神资源的过程。的确,本纳利吟唱的典仪圣歌对艾贝尔重新认同土地价值,重获精神平衡起到了关键作用,但是,圣歌的力量却源自于部族景观。以其中最重要的那首"黎明之屋"为例,歌词的开头有一个引导词"Tsegihi"(泽吉希)。在纳瓦霍语中,"泽吉希"意为"岩石深处的地方"[①],歌者必须在开始歌唱前说出这一词语。美国评论家劳伦斯·埃弗斯指出,"泽吉希"一词"涉及地理概念,具有重要的文化意义",表明"典仪语言与地方之间的有效相连"[②]。可以说,整个圣歌是在"泽吉希"这一地理景观的框架下吟唱的,否则将"残缺不全"[③],不再具有愈合伤痛的神圣功效。因此可以推测,本纳利在歌唱时,首先需要在想象中呈现"岩石深处"的景观意象,并与之建立一种精神联结,从而一方面使圣歌产生疗伤的典仪作用,另一方面使自己在与景观的融合中得到一种精神抚慰。所以,本纳利通过以景观为导向的圣歌,不仅推动了主人公精神伤痛的愈合,而且使自己获得了肯定自我文化身份、应对城市异化环境的支撑。

应该说,拖萨玛和本纳利都在不同程度上受到城市环境的影响,在某些方面与传统印第安人物形象有一定差异,如前者的浮夸和冷漠,[④]后者对白人社会抱有不切实际的理想主义。[⑤] 但是,与主人公艾贝尔因背离传统而陷入精神困境不同,二者对各自部族的信仰和价值观有着较好的理解与坚持,并把这种理解与坚持延续到城市中,表现出较为鲜明的精神面貌和族裔性。尽管他们

---

① 莫马迪在回忆录《名氏》中把"Tsegihi"译为"岩石深处的地方,纳瓦霍圣地"(参见 Scott Momaday, *The Names: A Memoir* [M]. New York: Harper & Row, 1976. p.169)。根据美国学者罗伯特·奈尔森的研究,在现在的纳瓦霍部族中,"Tsegihi"通常指亚利桑那州东北城镇凯恩塔(Kayenta)周边的峡谷区域,而凯恩塔也正是本纳利称之为"家园"的地方(参见 Robert Nelson, *Place and Vision: The Function of Landscape in Native American Fiction* [M]. New York: Peter Lang, 1993. p.158)。

② Lawrence Evers, "Words and Place: A Reading of *House Made of Dawn*", in *Critical Essays on Native American Literature* [C]. Ed. Andrew Wiget. Boston: G. K. Hall, 1985. p.225.

③ Susan Garci'a, *Landmarks of Healing: A Study of House Made of Dawn* [M]. Albuquerque: U of New Mexico P, 1990. p.99.

④ 参见 Sarah Schiff, "Power Literature and the Myth of Racial Memory" [J]. *Modern Fiction Studies* 1(2011): 102.

⑤ 参见 Lawrence Evers, "Words and Place: A Reading of *House Made of Dawn*", in *Critical Essays on Native American Literature* [C]. Ed. Andrew Wiget. Boston: G. K. Hall, 1985. p.224.

身上存在诸多不稳定因素，但二者在“没有牺牲与传统文化思想和精神联系的前提下，实现了在城市环境下的生存”[①]。从这一层意义上说，作者在文本中把部落景观作为一种抵御城市异化、保护印第安人精神稳定和身份特征的手段。

结　语

小说最终以主人公艾贝尔回归部落，寻求精神复原和身份认同而结束。如许多评论家所说，这一结局明显昭示出作者呼吁印第安人回归传统的意图。不过，从作者处理城市和部落景观时的反差，以及他把后者作为抵制前者给印第安人造成的压迫和异化的做法来看，他似乎又在指引印第安人该如何在城市中生存。长期以来，在主流话语中，“只有保留地才是合乎印第安文化和身份的空间领域”[②]。特别是在白人文学作品中，那片曾经是印第安人世代居住的土地通常被描绘成带有浪漫色彩的“处女地”(virgin land)。许多白人作家从主流观念出发，讲述白人对土地的占有、开发和建设，不断促进和强化他们与“地方”之间的关系，在很大程度上抹除或忽视了印第安人在这片土地上的历史存在。但是，作为北美大陆的原住民——土地的真正拥有者，莫马迪以及其他许多印第安作家并“不愿意舍弃任何地方，哪怕是城市区域”[③]。所以在小说中，他在表现印第安人与部族景观的密切关系，强调印第安人需要回归部落、建立地方认同的同时，又通过两个身份鲜明并且在城市中生存下来的印第安人物形象保留了他们作为自主的族裔群体在城市中存在的希望，为印第安生存空间和文化身份的拓展创造了可能性。在他看来，“不管是在保留地之内还是以外，印第安人都绝对有可能保持印第安本质，根本原因在于，人的内心世界要比其外部环境更加重要”[④]，而对于印第安人而言，与部族景观之间建

---

① David Rice, *Mediating Colonization: Urban Indians in the Native American Novel* [D]. Storrs: U of Connecticut, 2004. p.76.

② Kathi Wilson and Evelyn J Peters, “You Can Make a Place for It: Remapping Urban First Nations Spaces of Identity” [J]. *Environment and Planning D: Society and Space* 3(2005): 405.

③ Carol Miller, “Telling the Indian Urban: Representations in American Indian Fiction” [J]. *American Indian Culture and Research Journal*, 4(1998): 57.

④ David Rice, *Mediating Colonization: Urban Indians in the Native American Novel* [D]. Storrs: U of Connecticut, 2004. p.110.

立并保持牢固的精神纽带则是实现这一切的首要前提。在这一层意义上可以说，小说《日诞之地》给现实中的城市印第安人提出了一条生存策略，反映了作者对印第安人在当代美国社会生存状况的深切关注。

（原发表于《外国文学评论》2016 年第 3 期）

综述

美国本土裔文学研究的现状与展望

——2015 年美国本土裔文学专题研讨会综述

陆晓蕾*
（复旦大学外文学院）

摘　要：20 世纪 60 年代以来，美国本土裔文学一扫之前相对沉寂的状态，重新迸发鲜活的生命力。以“本土裔文艺复兴”为契机，美国印第安文学开创了族裔文学研究的新气象，在国际国内美国文学研究界逐渐发展成为一个重要门类，成果丰硕。

关键词：族裔文学；本土裔文学；复兴

美国本土裔（印第安人）是当代美国四大少数族裔之一，美国本土裔文学自 20 世纪 60 年代以来一扫之前在美国文学总体中相对沉寂的状态，重新迸发鲜活的生命力，以“本土裔文艺复兴”为契机，开创了美国本土裔文学发展的全新气象，也使读者与学者开始用崭新的眼光认识和解析本土裔文学。随着文本和研究成果的日益增多，本土裔文学发展的脉络和方向被逐渐理清，其历史发展溯源和线性谱系建立显得愈加必要。无论是文学史还是文学作品与作家具体个案研究，在国际美国文学研究界已逐渐发展成为一个重要门类，成果丰硕。

近二十年来，国内对于本土裔文学的研究也悄然兴起，出现了大量相关的学位论文和科研项目。在一些高校外语学院中，本土裔文学已被纳入美国文学教学的框架体系之内。国内学者的专著也初成规模，自 1999 年的《美国印第安神话与文学》（四川大学石坚）以降，国内相关著作不断涌现。2002 年，《新编美国文学史》第一、四卷就从历史叙事的视角将美国文学与本土裔文学之间的源流关系有所厘定，为国内本土裔文学纳入文学史的编写开了先河，2014 出版的《从边缘到经典：美国本土裔文学的源与流》（复旦大学张冲、张琼）是国内首次对本土裔文学史的系统梳理。除此之外，关于本土裔文学具体

* 作者简介：陆晓蕾，博士，厦门大学外文学院助理教授。

作家作品的研究解读与文学史评述也不乏后殖民、生态主义等理论层面的成果，如《后殖民理论视角下的美国印第安英语文学研究》(江苏师范大学邹惠玲)，《文化对抗—后殖民氛围中的三位美国当代印第安女作家》(西南大学刘玉)，以及《当代美国土著小说中的生态思想研究》(四川师范大学秦苏珏)等。对于新生代本土裔重要作家的研究也有相关专著出现，如《趋于融合——谢尔曼·阿莱克西小说研究》(哈尔滨工业大学刘克东)。

有鉴于此，复旦大学外文学院于2015年5月8日至10日举办了以“美国本土裔文学：教学与研究”为主题的专题研讨会，为国内相关研究的学者专家提供了一个学术交流的平台。三十余位来自不同学府的美国本土裔文学研究代表云集申城，其中不仅包括在本领域已经成名立言的学者专家，也吸引了一大批崭露头角的年轻研究生。与会者打破桎梏各抒己见，就我国美国本土裔文学研究现状与未来、教学情况等各多方面话题进行了热烈的讨论。会议以专题发言和座谈沟通为主要模式，相互交流了各自在美国本土裔文学领域的新成果，并对该领域蓬勃有力的未来进行了展望。

一、美国本土裔文学(国内外)研究的理论思考

自英语演说与抗辩文学以来，美国本土裔文学对白人文学文化呈现出疏离回避，踟蹰抵抗，杂糅融合相更迭的探索模式，而对美国本土裔文学史的研究，也从早期的发展模式梳理，身份认同研究演变到关于其成为美国文学开端的合理性问题，本土裔与其他族裔文学的对比研究，以及当代语境下本土裔文学与民族主义的关联。邹惠玲在其“美国印第安文学研究现状及对当下我国学界研究的建议”中，综述了美国学者在2000— 2010年间关于美国本土裔文学研究的期刊论文，正视了本土裔文学在国外的研究与批评虽然远离文学中心，但依旧顽强生长，不可轻视，因而拓展相关批评理论和研究范围极具必要性。王微(中国人民大学)认为，寄宿教育给本土裔文学的意识形态，文化传承等方面带来的冲击不容小觑，也可能是目前本土裔文学中世界主义与民族主义矛盾的间接起因；胡铁生(吉林大学)从文学发生学的角度，阐述了美国印第安文学从主流到弱势，从中心到边缘演变的内外因素；张冲将本土裔文学传统，本土裔文学英语创作与美国文学相勾连，并理清了三者之间的承接关系，重新考量本土裔文学在美国文学中的整体地位。王建平(中国人民大学)在《美国印第安文学批评中的民族主义问题》一文中，从民族主义的基本问题出

发，阐释民族性与现代性的矛盾，分析了在后学话语蓬勃盛行，多元文化杂糅的全球化语境下，民族主义兴起的合理性缘由。而张冲则提倡本土裔与其他族裔文学的对比研究，在充实本土裔文学研究的同时为其他族裔文学的研究提供了独特的研究范式与参照。他还提出了翻译印第安文学作品时对关键术语专词进行“正名”的必要性，以及就相关本土裔文学及文化中独特语汇的翻译原则进行研究与探讨的紧迫性。

二、深入经典作家，拓宽研究视野

在本次会议上，不但有学者对传统经典作家深化研究、以细读填充宏观框架脉络，更有学者将研究视野拓宽到更多现当代作家作品。尽管到目前为止，国内学者对本土裔文学中具体作品的研究主要集中于西尔科，厄德里克，阿莱克西，韦尔奇等著名小说家，但本次会议的交流论文表明，国内学者的研究视角已呈多样化态势，既有对生态，身份，叙事策略，归家范式等传统视角的重新阐释，也有置身于理论框架之外的其他角度，如语言，政治美学以及文化解读。高琳（深圳大学）从生态视角对《爱药》中自然、动物形象与人物的关系等进行解读，揭示出被边缘化的印第安宇宙观的失落；陈召娟（江苏师范大学）对《宾果宫》中利普沙·莫里西的精神归家范式进行了研究；依托文学理论维度，黄晓丽（南京大学）阐述了《踩影游戏》（又译《影子标签》）中红蓝两本日记、侮辱和声望、仇恨与热爱三重二元对立并对其施以解构；许丽莹与修昕婷（哈尔滨工业大学）分别将《圆屋》与《愚弄鸦族》划归为成长小说范畴，将主人公的阶段性成长与其族裔特性相耦合；另外，陆晓蕾（复旦大学）追溯了《身陷重围》中的混合身份，标举出印第安混血身份的三个层面：即遗传身份，主流文化与亚文化的融合以及本土裔族群中纯种印第安人和混血人的杂糅。

还有一些学者从文本主题与叙事技巧等角度，剖析了印第安人独特的宗教观，宇宙观及其在现代视域下的冲突与疑虑。杨恒（中央民族大学）通过解析《小无马地奇事的最后报告》中基督教的欺骗性，神职人员的质疑以及印第安与基督两种宗教的融合，提炼出作品的正义主题；刘克东以印第安人循环往复的死亡观为根基，挖掘出《吉姆·罗尼之死》中主人公自杀性死亡中的积极能动性；赵文书（南京大学）与康文凯（南京邮电大学）合撰的《走出保留地——解读阿莱克西的〈保留地布鲁斯〉中的生存与发展主题》，评述了作品中现代性与传统性相互碰撞的主题；邱蓓（江苏师范大学）将《典仪》中分层和复调结构的叙事策略与作品的主题相偶联，剖释了多重文化冲击下对异域文化接纳和吸收的重要意义。

此外，对于本土裔文学的跨文化、跨学科，以及意识形态研究也略具轮廓。徐谙律（上海外国语大学）在其《“美国印第安文艺复兴”小说的部落语言政治》一文中，通过对比《日诞之地》（又译《晨曦屋》）等三部作品，论述了本土裔人民运用“敌人的语言”的策略意义与权力意义，从物质与精神两个层面，勘探出本土裔作家守卫与规复美国印第安部落语言的深挚企望。另一些学者则从政治美学的视域进行研究，如张瑾与赖宇琛（哈尔滨工业大学）合著的《谢尔曼·阿莱克西〈盛装舞蹈业〉的反种族主义力量》，从文学的“危险性”出发，讲述了印第安人以文学为武器，质疑传统，找寻传承的政治诉求。赵丽（中国人民大学）以《〈死者年鉴〉中的文化抵抗与西尔科的政治审美》为题，通过蠡测美国历史话语中的罅隙，凝练出《死者年鉴》中的文化抗衡和西尔科的政治美学。

一些国内学者也从传统的文学研究转向文化研究与阐释。王聪与朱荣华（江苏师范大学）分别剖析了西蒙·J.奥蒂斯中的文化记忆元素与《圆屋》中的文化创伤因素；陈靓（复旦大学）在其“回归与越界：《圆屋》的地理现实主义”中绘制了小说生态图景中的概念圆屋，将“非乌托邦式”的回归与地理性的解构相互衬比；张琼（复旦大学）在其《行进与交融中的文化嬗变：论西尔科的《沙丘花园》》中，以花园意向为起点，旅行游走为契机，分析了种子与文化在传播与迁移中的现象，展现了相互交融的不同文化催生的体谅、包涵和矛盾。

值得注意的是，在本次会议上，学者们开始对美国本土裔诗歌与戏剧成就有了一定的观照。丁文莉（江苏师范大学）剖释了生态女性主义视域下的当代美国印第安女性诗歌，指出她们通过文学话语对被蚕食的宇宙观和自然观的策略性重构；陈晓曦（江苏师范大学）通过对印第安女诗人乔伊·哈乔两首诗歌的细读，分析了作者自幼深植于心的恋马情结，是逡巡于被动同化与积极融入之间的印第安矛盾身份的代表。任华妮（安徽理工大学）的论文虽然并未直接研究当代美国本土裔戏剧成就，但她以莫马迪《三部剧》的文本翻译为例，从翻译中的文化角度进行深入研究探讨，通过直译，通感补充，替代，多种翻译等模式，缓和异元文化意象在译语中空白时的窘境，也引起了与会者对当代本土裔戏剧成就的关注。

目前国内一些高校的外语院系已经将美国本土裔教学纳入课堂，或作为课程的某个组成部分，或独立开设研究生课程等等，形式不一。如何将本土裔文学纳入美国文学教学框架，如何设计其比重与选择教学内容（作家与作品），是本次会议上众所瞩目的又一个议题。会上，各位学者还对本土裔教学的现状以及未来展开了讨论。秦苏珏综述了四川省高校(四川大学与四川师范大学)较早开设的美国族裔文学课程,以及呈上升趋势的与本土裔相关的学位论文,指出本土裔文学的研究力量虽生机盎然但依然处于边缘状态;张冲简单介绍了复旦大学外文学院英文系开设的"美国本土裔文学导论"的硕士研究生课程;叶如兰(复旦大学)则结合自身教学实践,以课程定位与设计,教学理念为立足点,展开了关于"美国本土文学教学问题分析"的探讨,并试图将美国本土文学独特的教学与研究范式作为其他少数族裔文学教学的借鉴与参考。

笔者认为,近年来,国内研究本土裔研究大多立足于反抗诗学的认知范式,以本土裔文学文化特色为导向,引生态、政治、语言为框架背景,聚焦于文学史或是具体作品的研究。更重要的是,目前的研究多集中于少数几位作家的作品,拓宽研究视角还有很大的可能与必要。早期的本土裔反抗诗学以颠覆、取代中心为首要目标,从批判的单一视角,试图解构与脱离主流文学文化的认知范式,但当下的本土裔文学的策略性抗争激发了国内相关研究呈现出独特视角与跨文化跨学科多元研究并置的局面,同时,也有必要从纯文学研究兼及文化研究的角度来继续推进这一领域的学术深入。另外,研究视角从族裔内部的静态差异向动态差异转变的趋势,使美国本土裔与其他族裔文学的对比研究成为必然要求,这又为美国文学史中的比较族裔文学史建立了理据。另一个大趋势是从分析族裔文学的特殊性回归至人类的普遍性。本土裔文学的族裔特殊性的确不容忽视,然而其本身应作为人类共有文学一个不可或缺的元素,只有将其内嵌于文学所具有的普遍共性之中,才可拥有源源不断的动力。总之,美国本土裔文学的教学与研究均具有深刻的学术意义,因此需要更多的学术关注,有更多的学者投入,以更好地展示、发掘其作为当代美国文学整体之一支的丰富内涵与深刻意蕴。

(原发表于《当代外国文学》2015 年第 3 期)